Cartas a un Ángel

Cartas a un Ángel

LORENA RODRÍGUEZ

Número de Control de la Biblioteca del Congreso de EE. UU.: 2012919372

ISBN:	Tapa Dura	978-1-4633-2566-4
	Tapa Blanda	978-1-4633-2565-7
	Libro Electrónico	978-1-4633-2567-1

Este libro fue impreso en España.

Para pedidos de copias adicionales de este libro, por favor contáctenos en:
Palibrio
1663 Liberty Drive
Suite 200
Bloomington, IN 47403
Gratis desde España al 900.866.949
Gratis desde EE. UU. al 877.407.5847
Gratis desde México al 01.800.288.2243
Desde otro país al +1.812.671.9757
Fax: 01.812.355.1576
ventas@palibrio.com
426361

Índice

Agradecimientos 9

Prólogo 13

Primera Parte 15

Segunda Parte 43

Tercera Parte 163

A STELLA, ALEJANDRO Y MARIA.

Lola, Marisa y Alicia, gracias por las navidades y por los regalos escondidos detrás de las cortinas.

Fernando, por tu paciencia y compromiso, en todo momento. Por arreglar el ordenador mil veces, y pensar en imposibles, para hacerlo posible. T.Q.

A Patricia, J. Antonio y Ximo, por hacerme reír siempre, por escucharme y no faltar nunca.

A Mabel, por tu mayor apoyo y tu gran intención.

Papa, que me trajiste aquí, y porque siempre consigues sacarme de quicio.
Juani y Claudia, gracias por haber dicho que si.
Al alemán, por haber realizado la portada
A Glenn, que siempre ha sido para mí, tan gran hombre y especial persona.
Y como no, ante todo y sobre todo, a ti, María, la mejor abuela del mundo; espero que lo leas desde el cielo.

"¿Alguna vez pensaste, que no se puede alcanzar el cielo? ¿Creías que declinarías y no verías la luz? ¿Olvidaste la magia, y que se puede conseguir la gloria, sin tener que estar en lo más alto? Pues ya está, todo permanece desde hace tiempo, en tu memoria; no hace falta nada más, para saber que has hecho lo que debías; y eso, es difícil de superar".

Para mi madre y mis hermanos, Juan y M—C.

Prólogo

El desarrollo de esta historia, es el resultado de un sinfín de vivencias y anécdotas recogidas; algunas, en su mayoría, son experiencias propias; otras, de amigos y conocidos, que en aquella época (incluso antes), conocieron y vivieron la ley de la calle y las bandas, creando la suya propia.

Los personajes, (algunos de ellos inventados), tienen nombres y apodos ficticios; algunos, son la combinación de varias personas, por las que se ha formado después un solo personaje.

Primera Parte

¿Cuántas vidas hacen falta para saber lo que es la vida? ¿Cuántas vidas hacen falta para comprender lo que sucede a nuestro alrededor? ¿Cuántas necesitamos para asimilar la verdad aunque no nos guste y cuántas para saber donde reside la felicidad?.. ¿Cuántas vidas hacen falta, para ser un alma libre? Muchas.

Mi vida, la vida que yo elegí, comienza (al despertar, como de un gran aturdimiento provocado por un gran desinterés exterior) a la edad de 13 años. Mientras tanto, mi primer recuerdo data del 1980 a la edad de 4 años cuando un señor, que acostumbraba de vez en cuando a venir por casa, dejaba caer al suelo a un cachorro de perro, un Pastor Alemán, me encantó. Sentía algo especial por esos animalitos; teníamos un perro de caza, que pasaba las horas en la terraza de casa; lo veíamos cuando mi madre nos dejaba salir a jugar y a él lo dejaba atado dentro de una caseta que le habían instalado bastante grande y así, aprovechar el sitio para guardar un montón de trastos que la mujer, ya no alcanzaba a encontrar dentro de casa. Se oían unas voces discutir por alguna habitación de la casa, en el momento en que disfrutaba del perro, mi madre se acercó, lo cogió y mientras seguía discutiendo con el señor, lo bajó y ya no lo volvimos a ver. El señor se fue y mi madre cambió la música de un tal ELVIS por un Nino Bravo repetitivo ya en casa.

Crecí con la música y la música me ha acompañado en toda la trayectoria personal de mi amplia existencia. Se pinchaban varios tipos de música en las distintas casas a las que acudíamos de visita familiar; en casa de mis tías, (aunque también mi madre) coincidían en un tipo de música a la que denominaban ligera, pero que a mí, se me hacía pesaaaada y pesada; mi abuela, se decantaba por Machin, la copla y los tangos de

Gardel. Y ese señor, que aparecía y desaparecía y que cuando la comida estaba en la mesa, mi hermana(un año mayor que yo) preguntaba: "¿Mamá, cuándo viene papá?". Ese señor que parecía tan simpático con nosotras el poco rato que estaba en el hogar, ese señor que era mi padre, y que era el que traía la música a casa (trabajaba en una casa de venta de discos y casetes por entonces, entre tantos otros trabajos desperdiciados) aparte de elegir la música para mi madre y para nosotras, traía la música que debía escuchar en sus escasos ratos hogareños; una música, con la que yo coincidía y la que más me gustaba, (después de escuchar a los Teleñecos, Enrique y Ana, Parchís...) esa música que escuchaba mi padre era... Rock'n'Roll. Así pues, a través de los títulos de la música que más gustaba a las almas que pertenecen a mi vida, y para que ninguna se moleste; haremos un repaso basado en la búsqueda de esa chispa y ese algo que llevamos todos dentro, haciendo que seamos especiales y diferentes, y que tanto nos cuesta admitir, es lo único que nos puede enseñar a vivir.

Mi casa pues, la componían mi maravilloso y querido perro Charlie, (al que adoraba) mi hermana Claudia, que siempre ha sido más alta que yo, mi madre Carmen, una señora muy guapa y embarazadísima de mi hermano (más alto que mi hermana, y que llegaría un 24 de marzo, pasado ya el susto del golpe de estado, cuando los tanques invadieron valencia, y donde creo recordar, fue la única noche que mi padre pasó en casa) y con unos maravillosos ojos pequeños y azules como el color del mar en las aguas del Caribe, que ninguno hemos sacado y que con el tiempo, esperábamos pues, sacaran nuestros vástagos. Y por último yo, Vanesa; Vane, para los amigos y conocidos, Vanesilla, para la familia, y... ¡Señorita venga usted aquí!, cuando mi madre se enfadaba conmigo, pues eran muchas las veces. Les explicaré, queridos lectores, que una servidora, era más bien enclenque y seria con casi todo el mundo; alguien a la que reñían continuamente, y castigada al dormitorio, sin ton ni son y mil veces, preguntándome porqué una y otra vez, sin encontrar la respuesta hasta más tarde, ya que, lo que mi hermana veía bien y hacía y cumplía, yo necesitaba un resumen detallado y reposado, para hacer y cumplir; algo por lo que mi madre, no estaba dispuesta, teniendo en cuenta la frenética vida que se puede llevar en una casa donde los principales culpables eran: El desorden, la falta de ingresos y un marido dedicado en cuerpo y alma, (aunque el alma de mi padre vagaba por separado hacía ya mucho tiempo) a mantener abiertos todos y cada uno de los bares y discotecas de los alrededores y más allá, desde el principio y hasta la hora del cierre. Lo trataban como el mejor cliente, ya que con su charlatanería y buen humor (don con el que Dios le había mandado a este mundo, ya que si no, hubiese sido algo imposible, hasta para El) entretenía al personal cualificado para lo mismo, y que hacía las delicias de los dueños, que contentos, daban a sus hijos de comer, mientras su familia se marchitaba en casa. Así que, mamá andaba malhumorada todo el tiempo, malhumor que se incrementaba a la mínima que mi hermana y yo, nos hacíamos de notar cuando pasábamos horas en casa sin salir y que mi madre arreglaba, muy a su pesar (por qué no se podía mover apenas) arreglándonos para marchar a los jardines, con el único vestido de domingo que teníamos, donde las rodillas de mi hermana ya se podían apreciar. Pero aun así siempre decía: "Así estáis más monas" y también decía, que se veía a si misma cuenda era pequeña... "entonces los vestidos se llevaban enseñando un poco la rodilla". Se autoconvencía, mientras intentaba sonreír y nos llevaba al baño; para mí, la sala de tortura del peinado, algo por lo que enseguida comprendí el origen de mis migrañas en la adolescencia. Mi madre utilizaba media botella de colonia (olor lavanda) gigante familiar de tamaño ahorro, para encharcar nuestro cabello y así, empezar a peinar o más bien prensar, todo el pelo hacía atrás; entonces nuestras cabezas se contorneaban de un lado a otro, de repente, el baño entero se movía con nosotras, cuando conseguía tener todo nuestro pelo amarrado, nuestros ojos se nos levantaban de la misma manera que los tenía la muñeca Nancy Oriental que me habían regalado los "Magos" en las pasadas Navidades, y terminar por fin (para alivio nuestro) en una simple coleta de caballo.

Ya arregladas e hipnotizadas, con una sensación de hormigueo en la cabeza, las dos, esperábamos sentadas en el sofá aturdidas por el movimiento, a que terminara mi madre de arreglarse; ella también lo hacía con el único vestido que le quedaba, ya que ese embarazo (según ella) había convertido su estilizada figura, en la figura de un luchador de sumo. Supongo que exageraba un poco. En fin, el vestido que se ponía mi madre era un vestido negro, negro o azul oscuro, no lo recuerdo muy bien, de dimensiones increíbles donde mi hermana y yo, muy bien podíamos habernos escondido y ella misma no lo habría notado.

De todas maneras, mi madre, estuviese como estuviese, o se pusiese como se pusiese, siempre conseguía estar espléndida; llevaba por aquel entonces, una media melena con flequillo, milimetradamente cortado, que conjuntaba muy bien, con su cara armoniosa y perfecta, como la de mi padre; este, tenía un cierto parecido a un actor francés que se llamaba Alain Delon, o por lo menos así lo llamaban mi madre y mis tías; yo se que soplaban los vientos por él, cada vez que este aparecía en pantalla, porque enseguida paraban la conversación, para contemplarlo embobadas. Aun así, he de confiaros, que la cara de mi madre en aquellos pocos días de embarazo que le quedaban, era algo similar a la de un Pan quemado por Semana Santa, algo que aún la ponía de más malhumor, contando con que yo, siempre estaba enferma, bastante delgada y con todos los virus existentes, habidos y por haber. No me escapaba de estar siempre en cama solo con un simple resfriado, donde mi alta temperatura no la registraba ni el estropeado termómetro que teníamos en casa. De todos modos, los Dioses debieron apiadarse de mi, ya que puedo decir triunfante, que por lo menos, conseguí salvar el buen parecido de mis padres, junto con mis hermanos, y casi de milagro, porque mi madre dice que cuando asomaron la cara todos para mirarme, el día que nací, coincidieron a la hora de decir que era el bebé más feo del mundo entero, ¡se imaginan!

Bien, sigamos. Pasada la hora de ponernos guapas para ir al mismo sitio de siempre a pasar la tarde, venía el momento que más esperaba, el momento cumbre de aquellas tardes de paseo; mi madre abría la puerta y entonces disparadas bajábamos, si, allí estaba, esperándonos la persona que más adoraba en el mundo, MI ABUELA. Yo saltaba a sus brazos y me agarraba a su cuello como un niño se aferra a su juguete y no deja compartirlo con nadie más; porque yo a mi abuela, no la quería compartir con nadie. Durante la semana se ocupaba de nosotras para ayudar a mamá, cuando llegaba el fin de semana, tocaba dar el paseo a los jardines, así que cuando mamá decía de irnos, no sabía si me alegraba más por el hecho de ver a mi abuela y pasar toda la tarde con ella o por salir a jugar.

Esta gran mujer, esta superdotada de los cielos y la tierra, que era mi abuela, tiene y tendrá, en mi corazón y en mi ánimo, una mención especial de por vida. De corazón honrado y honores divinos, que trajo con ella a este mundo, nos aleccionó en la vida con la gran virtud de la paciencia y la humildad, tan poco comunes en este mundo. Cuando conoció a mi abuelo, era ya mujer adulta, sin ganas de novios, ni enlaces matrimoniales; pero el acercamiento continuo, el empeño, y la fuerza de voluntad de este, por conseguirla, consiguieron la unión esperada, para continuar con nuestro árbol genealógico, que nada tiene que envidiar al de las casa reales. Esbelta, por padecimientos de la guerra, y de estatura normal establecida, poseía un rostro anguloso, de cejas finas y arqueadas, como dibujadas por un pincel, y unos ojos pequeños y oscuros como la noche, que podían desarmar al más pintado, Don Juan de los galanes. Su pelo negro y ondulado, aparecía normalmente, en las pocas fotos que puedan quedar de su retrato, en blanco y negro, recogido en un moño de manera austera, lo mismo que su postura elegida, en todas ellas. Mujer, valiente y protectora de toda su familia; se había dedicado en cuerpo y alma a todos los componentes del hogar, siendo el único mundo para ella, pues los adoraba por encima de todo y no existía nada más, siendo fácil, el escucharle hablar de ellos, contándonos historias y anécdotas, con un montón de calamidades incluidas. Fueron tiempos difíciles para una mujer que aún fuerte como el roble y dura como el único pan que tenían como alimento, no pudo soportar la pérdida de su hermana pequeña enferma de tuberculosis, y el encierro de su amado padre, por las inesperadas calumnias de una familia despiadada, que no paró hasta conseguir su propósito.

Lo que siento, es no haber conocido a ese hombre del que siempre había oído, era maravilloso, y al que mi abuela lloraba en silencio, en los ratos libres que le dejábamos, en la tranquilidad de su hogar.

A mí me gustaba mucho estar en casa de mi abuela, si, era mi sitio, era mi espacio, no compartía mis aventuras, era yo la única protagonista, sin tener que escuchar segundas opiniones; mi imaginación volaba y mis invenciones eran escuchadas por mi abuela y mi tía Lola, sin ningún tipo de reclamación; me dejaban esparcirlas y volaban sueltas por las habitaciones y cualquier recoveco de aquel hogar bendito. Después del juego de la tarde y siempre que podía y si mamá me dejaba, me quedaba allí y pasaba la noche; entonces el día para mi, era un día completo. Las tres preparábamos la cena, después, nos alimentábamos tranquilas y con gana; ellas charlaban y yo escuchaba sus voces serenas, mientras observaba la televisión. Después, una vez acostada, y con un beso sonoro de despedida, en la oscuridad y el silencio de mi habitación, me quedaba absorta pensando en muchas cosas; como por ejemplo, en las cosas que me gustaría cambiar, para que todo funcionara mejor en mi casa, y por lo tanto, fuese más fácil y sencillo..... Las cosas sencillas, me gustaban; y recreaba un plan estratégico, para exponerlo y que todos estuvieran de acuerdo, porque entonces pensaba, que todo era así de simple, que todos... estarían de acuerdo.

Yo observaba, como mi hermana, me miraba con cara de pocos amigos, cada vez que les dejaba, por ir a casa de mi abuela; creo que no le gustaba que me fuera y la dejara allí sola, encargándose de todo como siempre; decía que me escapaba siempre que podía, que huía, y creo que tenía razón; aunque también creo que eso, un niño, aun lo puede hacer ¿no? Sea como fuere, a veces me sentía mal y me enfadaba conmigo misma; además, mi hermano ya se había integrado en la familia, así que, la faena era triplicada, mi padre seguía sin aparecer, y de aparecer, aún así, no servía de mucha ayuda, ya que su estado era deplorable. Al cerrar los ojos recordé algo, algo que veía hacer siempre a mi abuela, bueno, cuando espiaba un poco por la casa. Recordaba haberla visto, prender una vela blanca, mientras recitaba algo en voz muy baja, que a mis siete años no acertaba a comprender, así que un día le pregunté y ella me respondió claro, como siempre hacía:

— A veces, Vanesilla, nuestros corazones, se sienten tristes, se sienten encadenados por cosas que ocurren a nuestro alrededor, y que no nos gustan, ¿entiendes?

— ¿Tú estás triste abuela? Me miró, y acariciándome el pelo me dijo.

— Me acuerdo de tu abuelo, eso es todo. Yo sabía que no era de mi abuelo por quien pedía, aunque sabía que lo recordaba mucho.

— ¿Y con quién hablas?

— Escucha, aunque tú no los veas, hay seres a tu alrededor que saben cómo te sientes, pídeles, ellos te escuchan y te ayudan.

— ¿A ti te han escuchado?

— Siempre.

— ¿Y el abuelo vendrá para poder conocerle?

— No. Él de momento, aún tardará en volver, pero nos cuida y viene a vernos de vez en cuando, para asegurarse de que estamos bien.

— Y... si alguna vez pido algo... ¿Por quién pregunto? Mi abuela rió.

— Por tu Ángel de la guarda.

Así que esa noche, sin pensarlo dos veces, me arrodillé a los pies de la cama, junté mis manos y en posición de súplica me puse a rezar y a pedirle, a mi Ángel consignado, que ayudara a mamá con mi hermano pequeño, e hiciese todo lo posible por sacarnos de allí o para que mi padre, hiciese más caso a su familia, que para eso, la había formado. Así pues, esperando no haberle pillado dormido o entregado en otra tarea, ansiaba el resultado; y... no es por fantasear pero... me pareció oír por el dormitorio, un revolotear de alas a mi alrededor....

Ese día de clase me recogía mi hermana, no vería a mi abuela hasta la tarde siguiente y el día se me hizo largo, como las veces que mamá me obligaba a comerme la hamburguesa de la cena; sola, en la mesa de la cocina, mirando el trozo de carne, como si me fuese a hablar y pudiésemos congeniar al fin las dos, de alguna manera. Mi hermana junto a su amiga Nuria, (que vivía en el mismo barrio que nosotras), me recogieron y comenzamos el trayecto a casa, mientras hablaban como dos loros, yo caminaba con la cabeza agachada como siempre, sin interesarme su conversación, lo único que escuché, y que fue de mi agrado, era que Nuria, como tantas otras veces, nos invitaba a su casa para hacer las tareas de clase, me encantó la idea. Si mi padre iba por casa, solía ser a esas horas; dormía un rato, o se quedaba viendo la tele, entonces mi hermana y yo, nos escapábamos a casa de Nuria, o si teníamos pocos deberes, bajábamos al barrio hasta que se hacía de noche; entonces veíamos a mi padre volver a marcharse, se acercaba a nosotras, nos besaba en la mejilla y nos decía:

— No subáis tarde, os veo después. Nosotras nos mirábamos porque aquello, era impredecible, pero nos conformábamos con eso y con verlo sereno. Cuando subimos a casa esa tarde, nosotras no nos habíamos dado cuenta, porque aún había luz del día, a la salida de clase, pero cuando entramos por la noche a casa... estaba a oscuras. Mi madre nos esperaba en el destartalado saloncito de casa, alumbrada por dos velas encima de la mesa y con la misma cena de hacía dos días, la hamburguesa y yo nos volvíamos a encontrar. Nos lavamos las manos y con poca gana nos dispusimos a cenar, mi hermano descansaba en el sofá a punto de caer en brazos de Morfeo; no quisimos preguntar nada ante la seriedad de mi madre, yo comencé a cortar la hamburguesa, fingiendo que me interesaba. Una vez, escuché que hay dos clases de silencio, el silencio de un ambiente que está envuelto por la paz, como el de una tarde de verano a la hora de la siesta, envolviéndote la brisa del mar, o el silencio que llega a través de la angustia de algo inesperado o peor aún, esperado, y que te envuelve en un halo de incomodidad y ahogo, del que, esperas con impaciencia la clave para poder salir. Ese era nuestro silencio esa noche, y yo, arriesgándome, pregunté:

— Mamá, ¿por qué estamos a oscuras?

— Terminar e iros al cuarto. Así me quedé, con una respuesta fría y seca como el trozo de carne, pero que nos valió para escaparnos de ese silencio, del que creo, buscábamos hacerlo las tres. Al día siguiente mi madre dijo que nos teníamos que ir solas a clase, mi abuela no podía venir, tenía que acudir al médico y se iba con mi tía Lola, mi hermano estaba muy resfriado, así que, mi madre nos preparó los respectivos almuerzos en las mochilas, nos encajó el gorro de lana que protegía nuestras orejas, y nos dio unos cinco o seis besos, que nosotras, no pudimos llegar a devolver, por mucho que lo intentáramos ya que nuestras bocas, estaban selladas. Y es que mi madre, era una experta poniendo bufandas; les daba tres vueltas sobre la cara, de manera que nuestros labios no pudieran articular palabra, y luego para asegurarse de que no caía, hacía un perfecto nudo, que quedaba a la altura del cuello, parecíamos robots... ¡Eramos como Mazinger Z!

Esa mañana, la cara de mi madre reflejaba tristeza, por no poder acompañarnos, lo adiviné, porque sus ojos estaban nublados como el día que nos esperaba fuera. Supongo, que aunque intentamos arreglar las cosas, a veces no encontramos solución, y esperamos a que el tiempo nos de una, en ocasiones, tarda en llegar, otras en el mismo instante; ella pensó entonces, que si algunas tardes volvíamos solas cuando no venía mi abuela a recogernos, confió en que esa mañana, la pequeña protectora de la casa que era mi hermana, cuidaría de su hermana pequeña (como siempre había hecho) y se encargaría de que llegáramos sin ningún problema y sin entretenernos con nada ni con nadie; algo de lo que mi madre podía estar segura, aunque se encomendase a todos los Santos, ya que mi hermana se tomaba al pie de la letra todo cuanto le decía, porque recuerdo que la señora Paquita, que vivía en una planta baja que vendía flores, nos saludó y nosotras no le dijimos nada. Bueno yo quise, pero no pude, mi hermana iba muy deprisa y mi cuerpo estaba inmovilizado; ella, que se había quedado muy extrañada, pensando si es que, se había equivocado de niñas, se lo comentaba mas tarde a mi madre, que la escuchaba con una sonrisa de oreja a oreja.

El día en clase fue tan aburrido y desconcertante como siempre, mi hermana y sus amigas, habían ido al Kiosco que estaba enfrente del parque del colegio, por allí, había un par de bancos pero no habían columpios; esa mañana habían decidido quedarse allí, así que, me quedé sin compartir el único momento de libertad que tenía, imagino que se cansarían de tenerme siempre al lado, y habían buscado refugio en otro sitio. Me había acostumbrado a no hacer amigas e irme por la vía rápida, y terminar así, pasando las horas de recreo con ellas. Estaba totalmente desinteresada por todas esas pequeñas cotillas que no hacían más que preguntar, cosa que me molestaba, porque no tenía nada interesante que contar y lo que querían oír no iba a salir de mi boca. Si eso me valía estar sola en el recreo no iba a importar; uno puede estar acompañado y sentirse solo, ¿por qué preocuparme?, sabían que siempre llevaba la misma ropa, y que me faltaba material para la clase, y que no había dinero, ni para las excursiones, ni para el material, que a veces escaseaba en nuestra bolsa lo que veían no les interesaba para admitirme y a mí no me interesaban ellas.

— Deberías buscar alguna amiga. Me dijo mi hermana de vuelta casa.

— No me gustan, me miran mal, son muy raras, prefiero estar sola.

— Eso no va a poder ser siempre, cuando yo acabe en el colegio, te verás sola todos los días, sin círculo social, ni nadie que te ampare.

— Me da igual, pues ya me ampararé yo sola, rezando los Ave marías que hagan falta.

— Mira niña, deja la arrogancia para los poderosos, que, aunque en pequeños bocados es buena, ellos pueden comprar a quien quieran, para no estar con la soledad... ¡Tú verás lo que haces!, yo ya te advertí.

— Pues advertida estoy, y te lo agradezco; me quedo con mi fragmento de la arrogancia, que es la única que mantiene abiertos estos ojos, frente a la injusticia.

— ¿Qué sabes tú de la injusticia, Nobel de la paz?

— De momento, lo que sabes tú de la señora arrogancia. Y en silencio, continuamos el paseo a casa.

— ¡Ya estáis aquí! ¡Qué bien!, estaba preocupada. Nos besó.

— Hemos venido enseguida que hemos salido, no nos detuvimos ni en las señales de stop; que no cunda la preocupación. Le contestó mi hermana, mientras desenvolvía todo lo que llevábamos de ropa.

— ¿Eh?, ¡ah!, sí, sí, venga, merendar, que nos tenemos que ir a un sitio. Estaba seria y un poco nerviosa; mi padre no había vuelto desde anoche, así que, suponíamos que era por eso. Mamá, puso a mi hermano en el cochecito, y nosotras cada una al lado suyo y nos dirigimos hacia el supermercado; nos pusimos muy contentas cuando nos lo dijo, porque prometió que si nos portábamos bien, compraría las galletas de chocolate que tanto nos gustaban, y que nunca teníamos oportunidad de probar.

Antes de entrar al supermercado, no sé porqué, mamá se paro en una especie de bar, que estaba justo al lado, (bueno solo separado por un kiosco, pequeño y oscuro) tenía la persiana a medio camino, y no sabía si la tenían que subir, o debía de bajar, aun así, mi madre, entró. Nuestros cuerpos y el carro, cabían perfectamente, mi hermana y yo nos miramos; había en la barra un señor más o menos de la edad de mi padre, pero no tan guapo como él, llevaba un bigote espeso y el pelo largo, limpiaba los vasos y los iba ordenando cada uno en su sitio, cuando vio entrar a mamá con nosotros dejó inmediatamente lo que estaba haciendo.

— ¿Disculpe, es usted el dueño del local?

— No, pero le avisaré enseguida. ¿Quién pregunta por el?

— Soy la mujer de Sergio, ¿lo conoce? Entonces el hombre nos miró y miró a mi madre, su cara demostró que si lo conocía y moviendo la cara de un lado a otro de manera lastimosa, asintió y fue a buscarle. Salió entonces un señor bajito y grueso, de pelo escaso y caminar ligero, como si quisiera extendernos un abrazo ya conocido, de otras tantas veces.

— Soy Fabián. Dijo estrechándole la mano a mi madre y mirándonos a nosotros.

— Dígame, ¿en qué puedo ayudarle?

— Verá, soy la mujer de Sergio. Mi marido dice que no le habéis pagado aún los días que ha estado trabajando aquí, me ha dicho que le pagarían esta noche, que es la última, pero yo necesito el dinero antes para poder comprar comida. Mi madre no dejaba hablar al dueño que hacía rato quería haberle contestado con cara de extrañado.

— Señora, por favor, tranquilícese, a su marido se le ha estado pagando al día, todas las noches al terminar se le ha pagado como él nos pidió. Hoy no tenía que venir, terminó ayer.

— Pero si él me dijo que usted... le pagaría hoy... que terminaba hoy.

— No señora, a su marido se le pagó ayer. Miró a mi madre, que se puso blanca por momentos, el hombre le puso la mano en el hombro en señal de consuelo.

— Lo siento.

— Vamos, niñas.

— Lo siento. Volvió a repetir aquel señor, que tenía pinta de ser un buen hombre.

Supongo que las personas, normalmente, debemos contenernos ante un momento de rabia, dolor, decepción....Mi madre se contuvo esa tarde, y nosotras, que nos quedamos sin nuestras galletas de chocolate, también, era costumbre, para las tres. Supongo que mi padre, aún imposible de pensar, le hizo un favor, en no aparecer por casa y seguir con su ausencia; por que estoy segura de que, si a mi madre, le hubiesen ofrecido una pistola en esos momentos, la hubiese descargado hasta convertir el cuerpo de mi padre en un colador. ¿Hasta qué punto, el ser humano está preparado para aguantar y soportar una pesada carga?, ¿hasta qué punto, se puede ver el ser humano enfrentado ante algo que no hubiese imaginado nunca imaginar? ¿hasta qué punto, aún estando sano y en tus cabales, puede tambalear el control de nuestra existencia, ante una prueba de la vida misma? Imagino que no hay una respuesta exacta, imagino que aun siendo diferentes e iguales a la vez, cada uno se cuestionará la vida de una manera, o incluso algunos ni siquiera lo harán. Mi abuela decía, que no solo, nosotros elegimos venir a la vida, sino que, además ya conocemos a las personas que influyen en nuestro camino por ella; y yo pensaba que podía haber elegido ser Madonna, por que cantaba muy bien, era guapa y sobre todo tenía mucho dinero. Creo que si cada uno tenemos un destino, sucederá lo que esté previsto que nos ocurra a cada uno, y para mamá, estaba previsto que tomara una determinación correcta, una decisión que cambió nuestras vidas; no sabía hasta qué punto, el favor que mi padre hizo a mi madre de no regresar, nos iba a favorecer.... Bueno, a unos, más que a otros. Así que, a partir de ese momento, yo empecé a cuestionarme las súplicas a mi guía protector; ¿Habría sido coincidencia?, ¿había sido real?.. No lo sabía todavía, la cuestión era, que no sólo salimos de allí, sino que además, nos quedábamos a vivir en casa de mi querida abuela.

La noche fue dura, no existió apenas conversación, seguía reinando ese silencio incómodo de las noches atrás, continuábamos sin luz, y peor aún, sin nada que echarnos a la boca. Mi madre no había querido decirle nada a mi abuela para no preocuparla, y yo pensé que de todas maneras se enteraría al día siguiente, cuando viniese a casa para llevarnos al cole. Así que compartimos una tortilla de dos huevos para las tres; mi hermano tenía suerte, mi madre había preparado un puchero, con las pocas verduras y un trozo de carne que quedaba en el silencio de la nevera, y al final me puse tan pesada, que comí lo poco que había sobrado y que mi hermano no quiso; no se, pero mis tripas echaban de menos esa hamburguesa que siempre estaba en mi plato. Nos fuimos pues, temprano a la cama, mi madre haría lo mismo, aunque aún nos quedaba la incertidumbre de si mi padre volvería o no; yo pensaba, que seguramente las cosas empeorarían, pero Dios quiso que por lo menos, muestras almas y sobre todo nuestras tripas, quedasen suspendidas durante toda la noche y olvidar así, por unas horas, las penas de ese día.

Cuando desperté ya estaba mi abuela en casa, nos había traído bollos y leche para desayunar, nos vestimos y nos peinó; mientras mi madre se ocupaba de mi hermano, pude observar, que en la cama descansaba una bolsa de viaje, esa bolsa estaba llena de ropa, entonces me acerqué a mi abuela sabiendo que la respuesta la obtendría sin problemas.

— Os venís a casa, esta noche dormiréis ya allí. No me lo podía creer, salté de alegría; mi madre me pegó dos gritos y me dijo que me apurara, que nos teníamos que dar prisa, mientras mi abuela repasaba nuestros almuerzos, yo caí en la cuenta, de qué era, lo que pensaban hacer con mi amado perro.

— No des el tostón, niña inoportuna, ahora no tenemos tiempo para preguntas, mamá se va a enfadar si nos ve aquí charlando.

— ¡Pero abuela, dime, que pasará con Charlie! Pregunté, casi llorando, ella se acercó.

— ¡Chuuus! No te preocupes, mamá lo traerá a casa. Yo me quedé mirándolas a las dos, salí de la cocina como una bala. Mi abuela me llamó, yo salí a la terraza, allí estaba Charlie, me miró como sorprendido, y me acerqué, él ladró, fue un ladrido de alegría; yo lo acaricié, le abracé.

— Luego nos vemos. Le dije, el saltaba de alegría, estaba contento de verme allí supongo, seguía ladrando y mi hermana llegó.

— ¡Nos vamos! Le lancé un beso con la mano, como los enamorados que se despiden, cuando ella va en el tren y él parado en el andén, le devuelve el beso y le dice que nunca le olvidará.

— ¡Vamos, corre!

Ese día fue en especial, bastante ajetreado, (y con bastante sensación de nervios para mí), más sabiendo que esta vez el trayecto a casa, sería distinto. Es extraño, pero ese día, estuve pensando todo el día en la casa, en la casa vacía y a oscuras; ¿A quién le gusta entrar en su casa y sentirla vacía de los seres queridos que habitan en ella?; pensaba también, en el regreso a casa de mi padre, ¿sentiría algo?, ¿sentiría arrepentimiento, sentiría decepción, abatimiento, soledad?, o... simplemente, como decía mi madre, no sentiría nada. Mi cabeza, andaba un poco desordenada, y no se porqué, tenía un mal presentimiento, ¿tenían que perder unos, para que salieran ganando otros? ¿En qué saldría perdiendo realmente mi padre con todo esto, ¿en qué saldríamos ganando los demás? Mi abuela y mis tías, coincidían en que, cuando una persona sufre, debe buscar una salida inmediatamente, comenzar una etapa nueva y dejar atrás una parte ya realizada de su destino; además de eso, mi tía Lola, insistía a todo el mundo, sobre los pensamientos de no sé, que persona trascendental, con la que estaba totalmente de acuerdo, y que según ella hablaba de que nuestro destino funciona por etapas; y yo imaginaba que debía ser algo así como, que la vida va fraccionada, ¡como un queso en lonchas!, hasta que no acabas no comienzas otro, y si lo dejas a medias debes terminarlo, date tu tiempo, pero termínalo, de no ser así no podrás empezar otro de nuevo, porque si lo haces habrás dejado algo pendiente, que esperará y esperará, y al final caducará y dejará de existir, y parte de ti, también lo hará.

El comienzo puede ser fácil o difícil, dejarás atrás personas amadas, o sin ganas de volver a ver, pero difícil al fin y al cabo; algunos recuerdos que hicieron que, esa primera parte de tu historia fueras feliz o irremediablemente desgraciado, pero que ya forman parte de uno y sirven para continuar.

No importa, llegaran otros nuevos, iguales o mejores, todos guardados en nuestra memoria; incluso preparados para hacer una historia, porque todos, tenemos una historia que contar. Bien, no me enredaré más por el momento con explicaciones, continuemos.

La casa de mi abuela, anduvo con mucho jaleo, toda el día; el piso era un cuarto y último, sin ascensor como nuestra casa, por lo tanto, no teníamos problemas para subir los escalones de cuatro en cuatro, mi abuela siempre estaba allí esperándonos, como siempre, apoyada con la mano en la baranda de la escalera. Cuando ya estábamos cerca nos abría los brazos, a los que yo me lanzaba como siempre hacía; yo le decía que éramos como los bailarines de Rock'n'Roll, cuando la chica se agarraba del cuello del chico, y bailaban como locos haciendo piruetas para arriba y para abajo.

— ¡Le vas a hacer daño tonta!, hola abuela. Le dijo mi hermana dándole un beso en ambas mejillas. Mi abuela se reía, estaba contenta de tenernos allí, lo sabía, y yo estaba encantada; mi madre y mi tía, deliberaban por algo a lo que nosotras no podíamos acceder, después de saludar a mi perro, me acerqué a nuestro dormitorio, el cual, estaba lleno de bolsas con nuestros enseres, que mi hermana y mi abuela iban sacando disciplinadamente. Cuando quise retroceder, estas, me animaron a hacer lo mismo, pero al instante me desatendí de tan molestas tareas, al oír la puerta; salí al pasillo, pregunté y me dijeron que mi tía se había bajado un momento a arreglar unas cosas, mi madre se disponía a salir también, y acompañada por mi perro, le pregunté si podía bajarme con ella, muy seria me dijo que no, que me fuera con viento fresco a ayudar a mi familia con todos los bártulos. Me enfadé, pero no sirvió de nada, me llevé una buena bronca y me fui a extender mi lado más solidario.

Después de un buen rato, mientras mi abuela preparaba nuestro vaso de leche, me acerqué al balcón; mi madre se retrasaba con el perro, pensé que el paseo, duraba demasiado, y me incomodé de la misma manera, que lo había hecho, durante mis divagaciones, en el recreo. Me asomé y vi a mi madre parada en el portal con Charlie cogido de la correa.

— ¡Mamá hola!... ¡Charlie! Gritaba. "¡Entra en casa!". Estaba enfadada, como siempre, últimamente estaba siempre enfadada, mi abuela se acercaba.

— Ven aquí, el vaso de leche lo tienes en el dormitorio, ve allí con tu hermana y tómatelo. Decía mi abuela sin pasar de la puerta del comedor, sabiendo que siempre le hacía caso, sin necesidad de ponerse seria.

— Vale, ya voy. Me giré hacía donde estaba mi madre, y en cuestión de segundos...No sé porqué, pero cuando eres un niño y algo te intriga, por algo que no ves del todo normal, aunque no tengas información ninguna, ni en realidad sepas que ocurre algo especial, deseas llegar hasta el final; aunque el final sea doloroso, muy doloroso para nosotros.

De repente, un camión azul, un camión azul y grande, paraba enfrente del portal de casa de mi abuela, donde mi madre estaba con Charlie. "¡Vanesa!"; esta vez el tono de mi abuela cambió, estaba enfadada, y yo, por primera vez... no le hacía caso. Mi madre se acercó a Charlie, lo acarició, le besó... Un hombre bajó del camión y se acercó a ellos; este intentó coger a mi perro, no pudo, bajó otro hombre. "¡No! ¡Abuela, se llevan a Charlie y a la mamá, abuela!". Me agarre a los barrotes llorando, mi abuela me intentó coger, no podía era imposible; mi madre miraba hacia arriba, la vecina Dolores, muy amiga de mi abuela, salió corriendo al balcón, asustada ante mis berridos; en los balcones, donde se me conocía, de otras tantas veces que había estado allí, ya había gente asomada. Mi madre acompañaba a los dos señores a la furgoneta con el perro, y yo no comprendía nada, y los odiaba a todos porque él no quería subir, y lo obligaban; tuvo que subir mi madre a la furgoneta, para engañarlo y mantenerlo preso por los fuertes brazos de aquellos dos hombres, hasta que al final, pudo bajar. Mi abuela lloraba, mi hermana asustada salió, pero no intentó nada, me conocía, sabía que mi rabia y mi dolor, no se pasarían de otra manera que allí tirada en el suelo del pequeñísimo balcón de mi abuela; agarrada a los barrotes, miraba a mi perro, que también languidecía como yo, intentando saltar la furgoneta azul; en su cara pude ver reflejada la desesperación de alguien a quien le quitan la vida lentamente, los últimos gemidos que salieron de él mientras se alejaba la furgoneta, fueron su último aliento.

Yo no quise saber nada esa noche, ni de nadie, ni del mundo entero.

No viviría mucho tiempo, lo sabía, lo había escuchado en el colegio a los niños; los perros morían de pena fuera de su hogar, sobre todo siendo mayores, y esa idea quedó clavada en mi cabeza durante mucho tiempo. Por mucho que los adultos me hablaron y me hicieron comprender, no quise escuchar nada. Me enfadé, me enfadé con mi madre, con mi abuela, con mi tía.... Si hubiera sabido, que era Charlie, el gran perdedor en todo ese maldito desastre, hubiera preferido no rezarle a nadie aquella noche y haberme quedado en mi casa, a oscuras, para el resto de mi vida, si hubiese hecho falta. Fin de esta historia.

Recuerdo pues, que fueron tiempos difíciles; no habíamos asumido aun la pérdida de nuestro querido perro, al que lloramos amargamente, cuando nos dimos cuenta de que seguía faltando sitio...y dinero. No había sitio para todos en casa de mi abuela, así que, mi tía Lola tuvo que poner en funcionamiento el plan que llevaba (sin prisa) de irse a vivir sola; nosotros no podíamos irnos, no disponíamos de medios posibles, entonces ante situaciones de emergencia, tenía que haber una solución rápida, a nosotras nos mandaron a casa de tía Marisa. Mi hermano, aún pequeño, se quedó con mi madre, ya nada nos sorprendía, o creo que preferíamos hacer que lo comprendíamos, pero sentíamos y pensábamos, incluso más deprisa que ellos; nosotras los observábamos, ante tanto movimiento, a veces se les olvidaba que estábamos ahí; veíamos a los adultos ir de acá para allá, y comentábamos entre nosotras, opiniones e indecisiones, que sentían en esos momentos nuestros corazones, pequeños e inocentes, pero corazones, al fin y al cabo.

Desde pequeños vamos aprendiendo que la familia es, ante todo, lo primero; todos tuvimos pues, que sacrificarnos un poco.

En casa de mi tía Marisa eran tres, bueno, cuatro, contando a la querida perra Lara, después le seguían: Mi tía, mi tío y su hija, mi prima Alicia, adolescente, estudiante y graduada con honores, en sacar de quicio a mi tía. Por las tardes acudía a clases de Inglés, (ya era toda una experta) pero después, se ocupaba de nosotras y disfrutábamos de lo lindo; no había pasado mucho, desde la marcha de casa de mi abuela a la de mi tía, pero sin embargo, a veces, se nos olvidaba todo cuanto había sucedido. La vida que llevábamos en casa de mi tía, nos mantenía ajenas a todo lo que pudieran discurrir los mayores; creo que, por aquellos días, mi padre hizo algunas apariciones por casa de mi abuela, para recuperar lo que, (según él decía) era suyo; pero lo único que se llevó, fue la presencia de mi tía Lola, con una escoba, en el portal de la calle, obligándole a que se marchara...y se marchó. De todo eso, no supimos nada, hasta bien pasado el tiempo; así que, pensé que nos sentaba bien, eso de no tener que enterarnos y que se ocuparan los demás sin estar nosotras de por medio, pues, no servía de nada sentir el problema, sin poder dar una solución. Aunque hubiera ciertas cosas y soluciones que no llegábamos a comprender ni las aprobábamos, nos dimos cuenta de que nuestros pensamientos debían permanecer al margen...de momento. Ahora nos tocaba disfrutar, no sabíamos por cuanto, por lo tanto había que aprovechar; las tres solas, mi prima Alicia, mi hermana y yo, hacíamos ruta por el barrio y más allá. Por aquel entonces, conocimos todas las casas de sus amigas, y los parques y plazas, de las casas de sus amigas. Fue el único momento, (breve pero intenso), en el que solo, nos tuvimos que preocupar, de ser unas niñas, nada más.

Eso nos valió también, para poder soportar la estricta norma, algo a lo que no estábamos acostumbradas, que reinaba en casa de mi tía. Empezábamos, (entre muchas otras cosas, que iban apuntadas debidamente en el cuaderno mental de mi tía, como órdenes recién salidas de algún reglamento militar) sobre cómo se debía comer correctamente en una mesa, o sea: "Con la boca cerrada y no como si estuvieras masticando un chicle", sobre cómo se debía sentar en una silla de manera adecuada... "¡y no balanceando las piernas, porque me van a salir cardenales de sentarme a tu lado!", cuándo y cómo pedir un vaso de agua, "si dejas tus tareas para ir a por un vaso de agua, pide primero permiso y si yo puedo te lo daré, si no lo cogerás tú"; esperar la hora adecuada de juego y pedir permiso sobre qué juguete utilizar:" ¿A qué queréis jugar?", "¡con los muñecos de la Abeja Maya!" decíamos las dos a la vez; entonces, una vez los relojes de toda la casa marcaban la hora exacta de juego, ni un minuto más ni uno menos, mi hermana y yo, nos dirigíamos al gran salón comedor, (tiesas y enderezadas como palos), de casa de mi tía Marisa, donde, dentro de un tarro marrón de cerámica se escondían casi todos los muñecos en miniatura, de la serie de dibujos que más nos encantaba de la tele... Bueno, aparte de Verano Azul claro, a la que creo recordar, mi madre le cogió un poco de manía, aunque ella se empeñe en negarlo una y otra vez. Y todo fue porque mi hermana, estuvo llorando la muerte de Chanquete durante una semana entera... o dos por lo menos, y esta, decía a todas horas, que era una pesada y que se enterara de que era solo una serie y que cuando terminaba, se iban todos a tomarse un vaso de leche con Cola - Cao, que era lo mismo que hacíamos nosotras.

Así que, llevábamos un mes en casa de mi tía, y los mayores llegaron al acuerdo de que, ya puestos, nos quedáramos a pasar las Navidades. Por lo visto, mi madre había empezado a trabajar y por lo tanto, mi abuela debía quedarse con mi hermano; mi tía Lola había encontrado el piso de sus sueños, y aunque todavía tenía que dedicarse a la mudanza y cosas varias, todo apuntaba a que nos instalaríamos en breve. A mí me hubiese gustado disfrutar con mi abuela mucho más tiempo del que nos podía dedicar, porque la echaba de menos y deseaba que llegara pronto la cena de Nochebuena para poder estar con ella; pero de nuevo, andaba muy liada, así que, de momento, mi hermana y yo, nos dedicamos a preparar la casa para las fiestas. Mientras nosotras montábamos el Belén con mi prima Alicia, mi tía se peleaba con las cintas del árbol de Navidad, las mismas de todos los años, enrolladas hasta lo imposible y que tenía que terminar por cortar y enganchar con otras de diferente color, para poder extenderlas en el árbol. Mientras lo hacía, las iba separando una a una y se las ponía encima, entonces llegaba un momento en el que no sabías si tenías que poner las bolas y los regalitos colgados de sus dedos o mejor ayudarla en su intento, antes de que se desplomara del sofoco que cogía.

El Belén que preparábamos con mi prima, era un Belén especial, porque era inventado por ella, con muñecos de plastilina; los demás accesorios, como el portal y el puente eran los reales de toda la vida de los Belenes, luego fabricábamos un río en papel charol azul cielo, por donde pasaban los patitos perfectamente esculpidos... quedó increíble, ocupamos toda la mesa larga del gran salón comedor de casa de mi tía, bajo la atenta mirada de la querida Lara, que se divertía destrozando los restos que iban cayendo al suelo, para desesperación de mi tía; fue el mejor Belén del mundo, aunque no quedar registrado en ningún almanaque, especial para esas fechas.

Mi tía Marisa, siempre quería vernos perfectas a primera hora de la mañana y por lo visto tenía la misma costumbre que mi madre a la hora de peinarnos, así que, continuábamos yendo con los ojos achinados y dolor en las sienes sin rechistar durante gran parte de la mañana. No nos libramos en ninguna de las casas de mi familia, de la hora del sufrimiento del peinado matutino, ni de llevar una o dos colas, que al igual que la colonia familiar debía de pertenecer a una gran tradición milenaria que ya utilizarían mis ancestros. Sin embargo, no podía entender una cosa; durante la jornada semanal, en un día normal, mi tía iba siempre enfundada en un chándal cualquiera, donde el pantalón era de un color, y la camiseta de otro bien distinto; en invierno y para las noches de celebración, no salía de llevar una bata azul claro larga hasta los pies, el delantal, y como no, la cabeza llena de rulos; unos tubos de color rosa, que le pegaban con el color de la otra bata que tenía de repuesto, en caso de manchas inoportunas; aunque nunca acerté a comprender para que se los ponía, si nunca se llegaba a peinar y los llevaba puestos en todas y cada una de las fotos del álbum navideño de la historia de la vida de mi familia.

Fueron noches especiales, donde de nuevo, resurgía la felicidad y la saboreábamos todo lo que podíamos; mi tía Lola sacaba de una bolsa las panderetas que tanto nos gustaban y antes y después de la cena, las tocábamos y cantábamos, junto con los villancicos, que mi tía ponía en el radiocasete, ante la desesperación de mi tío; este, en Nochevieja, al terminar las doce uvas, en las que habían atragantamientos múltiples, y cuando mi tía empezaba a servir copas de champán y vasos de agua, soltaba siempre la misma frase: "Bueno familia, yo, el año que viene..." Y decíamos todos a la vez: "¡Ya no estarás aquí!". Y acto seguido, mi tía le llenaba la copa para que pudiéramos brindar como se tiene que brindar, en una noche así. Yo no sabía adónde tenía pensado dirigirse en una noche como esa, lo que si sabía es que me alegraba mucho de que estuviera allí, con nosotros, porque nos hacía reír y por supuesto, la cena de Nochevieja, no hubiese sido la misma sin él. Además, cuando terminaba su frase, y terminaban de beber lo mayores, mi tío, nos repartía el aguinaldo.

Pasados unos meses, después de todo el ajetreo, cada uno volvía a dedicarse a sus vidas tal y como habían quedado antes; otros comenzaban como mi tía Lola, que tuvo que acostumbrarse a un piso demasiado grande y demasiado apartado de otros edificios colindantes; mi prima Alicia consumó su relación con un inglés muy simpático que había conocido en sus clases; por lo tanto, mi tía, no tuvo más remedio que aguantar que su hija quisiera ir a hacer un viaje al país de los Beatles, la cerveza servida en jarras de dos litros y los autobuses de dos pisos, y que su futuro yerno le pidiera la mano hablando una mezcla de valenciano-español-inglés, que mi prima tuvo que arreglar con un "¡Que nos casamos, vamos!".

Mi tía se quitaba los rulos, el delantal y la bata: "¡Si sólo tenéis dieciocho años!" "¡Pedro, di algo por Dios!"; mi tío, que desayunaba tranquilamente en la cocina como todos los días, con su bata a cuadros y recién peinado, (con colonia lavanda)... levantó la cabeza de su café y dijo: ¡Yo, el año que viene no estaré ya aquí, así que, hacer lo que queráis!; y así se hizo, se casaron, nos vestimos todos muy monos y nos fuimos de boda.

Mi madre había conseguido trabajo en un restaurante que estaba muy lejos de casa, tan lejos que quedaba por la playa, pero la llevaba y la traía una compañera de trabajo, a la que no le importaba, decía que le venía de paso. "Pues mejor", le dijo mi abuela cuando mi madre se lo contó.

Así que, a mi madre la veíamos muy, pero que muy poco, mi abuela evidentemente pasó a ocuparse de los tres; mi hermana salía ese año del colegio, y comenzaba el Bachiller en un instituto que quedaba cerca de casa de mi abuela y más cerca aún del campo de fútbol del Levante.

"Pues mejor", le dijimos todos cuando nos lo contó. El verano se acercaba, la estación que más nos gustaba y que más esperábamos todos, podíamos estar más tiempo jugando en la calle.... ¡Nuestra calle, el barrio! ¡Cómo lo habíamos echado de menos! No pudimos despedirnos de ninguno de los amigos del barrio, y los recordábamos a todas horas. Nos habíamos criado juntos, en una callecita pequeña y tranquila, donde sólo había dos edificios, el nuestro y donde vivía Nuria, la amiga de mi hermana.

Pasábamos horas y horas en la calle; los sábados por las mañanas, lo primero que hacíamos era bajarnos, y nos pasábamos el rato dando vueltas con las bicicletas, mientras nuestras madres se iban y venían de la compra; aprovechábamos al máximo nuestra libertad. Subíamos todas a casa de una amiga, bebíamos agua y bajábamos a la carrera, después cuando ya no podíamos aguantarnos más, íbamos todos a la planta baja de nuestra amiga Esme, (donde hacíamos los play-backs con las canciones del momento, disfrazadas e imitando a Mecano, Hombres G, Alaska...) y nos metíamos en el baño. Nos venía bien, no teníamos que subir escaleras y lo teníamos de paso, además, estoy segura de que más de una se habría hecho pis encima; luego nos metíamos en la planta baja de la Sra. Paquita, para poder disfrutar de sus flores olorosas y de vivos colores; siempre tenía mucha gente en el patio interior de su casa, iban a comprarle mucho, porque decían que preparaba unos ramos espectaculares. En cuanto nos veía, nos arreaba nísperos y albaricoques, y nos decía que nos fuéramos porque tenía muchas cosas que hacer, y es que siempre nos encandilábamos con las hortensias de color rosa, azulado... margaritas, geranios, tulipanes; queríamos cogerlas todas, la mujer, desesperada, tenía que ir detrás de nosotras para sacarnos de allí; entonces, el tío de mi amiga Esme, nos reñía y echábamos de nuevo a volar con nuestras bicicletas. Era genial, y por eso, yo me preguntaba: pero...¿ Cómo se puede añorar aquello de lo que has huido?

¿Puede haber algo bueno y algo malo a la vez? ¿Acaso, estaba haciendo mal, por acordarme de aquellos buenos ratos que pasábamos en libertad, y que nos dieron la oportunidad de conocer la niñez? ¿Qué hubiese sido de nosotras si nada de eso, hubiese existido?

Todos debemos tener una infancia, no se nos puede separar de ella, sin ella, la vida queda incompleta; sin los recuerdos en una mente que empieza a explorar y a descubrir las sensaciones, los estímulos y las emociones de todo lo que le rodea, no seríamos niños, y si no somos niños primero... ¿qué podemos pretender ser después?

Así pues, acostumbrados al juego con los amigos en el barrio, no nos costó hacernos nuevos amigos allí. Fuimos una pandilla de cuatro, no muchos, pero lo suficiente, para seguir sin perderlo todo; ya no éramos tan niños, pero intentábamos que ese momento fuese también especial. Fuimos perseguidos por todos los dueños de los campos que existían por entonces: Campos de patatas, de maíz, de sandías, de chufas... que nos echábamos a la boca sin más, después de una interminable carrera, por huir de alguna buena bronca. Mi abuela veía en su cocina toda clase de hortalizas y frutas, que utilizaba sin reparo, eso si, después de echarnos el sermón, por haberlas robado.

Desde luego, los buenos momentos en la calle estaban claros. ¿Qué fallaba pues, a la hora de compartir el juego en los momentos del recreo en la escuela, o de compartir las tareas con una amiga? Fallaba algo por supuesto, ¿bloqueo mental leve de las neuronas juveniles? ¿Desinterés por los compañeros, que no había tenido interés por conocer? ¿Veía a las chicas con una vida demasiado normal, o me parecían demasiado "repipis"?

Me acostumbré a la vida libre en los barrios, nadie preguntaba nada de tu vida, era el código de la calle; todos ya nos conocíamos, y conocíamos la función de nuestras casas, no nos importaba lo que tuviese mengano o fulano, simplemente aprovechamos la vida, sin pretensiones ni desprecios; las tareas quedaban hechas en casa y no había nada que preguntar. El juego de la calle, muy distinto a las charlas de las chicas en el horario libre de la escuela, no me aportaba nada, por el momento, y si algo o alguien, no consiguen aportarte nada de especial, para que perder el tiempo. Me había dedicado a observar durante todo el tiempo de escuela, vagando de grupito en grupito, lo que se decían entre unos y otros, todos hablaban y nadie escuchaba, tu opinión no valía nada, y siempre terminaba prevaleciendo la tiranía, que a esa edad, puede quitar de un zarpazo la inocencia, dando paso al mal común. Ahora, además de todo eso, también estaba sin compañera de mesa; era esta persona, una niña bien educada, bastante simple en sus rasgos físicos, su contenido de palabras era pobre y su rostro impasible, sin apenas regalar una sonrisa; si acaso de vez en cuando, al soltar alguna majadería de las mías, se le veían asomar los dientes, deseando librarse de aquel encierro indiscriminado; seguidamente, volvía a cerrar la boca rápidamente, como dándose cuenta de un fallo enorme. Recuerdo que cuando copiaba cualquier cosa que estuviese apuntada en la pizarra, o hacíamos algún examen, agachaba la cabeza protegiendo el papel y rodeándolo con el brazo izquierdo, mientras me miraba de reojo. Yo intentaba comprender, tan incomprensible comportamiento, aparte de intentar explicarme a mí misma, como podría ver en aquella oscuridad provocada por la bobería adolescente que ya empezaba a asomar, lentamente. No tenía más que una amiga, que era cosa rara como ella, y yo pensaba que Dios debía de hacer parejas iguales, para poder sostenerse la una en la otra; media clase se metía con ellas, y las imitaban continuamente, en sus dispares procedimientos, aunque no eran tan insólitos, como los de otros que habitaban por allí.

Bueno, la cuestión era, que sus padres habían decidido ir a vivir a otro sitio, así que, se despidió del cole y de su única amiga, para ir a otro; y eso, a mi me hubiese importado un pimiento, si no fuera, porque ahora quedaba a merced de los que estaban sueltos, lo cual me convertía en el comodín perfecto, para encajarme con el niño más repelente de toda la clase y de todos los tiempos. Jaime, que bien podían haberle puestos sus padres "Jaimito", de haber sabido su condición de lerdo desde el primer momento. Lo sentaban solo, porque ni trabajaba ni dejaba trabajar, a uno de los chicos rebeldes de la clase, lo sentaban con él de vez en cuando, como castigo, por una de sus tantas malas acciones; así que, lo quitaron de su pupitre individual, para sentarlo conmigo, querían experimentar, saber si estaba preparado para llevar una vida social normal, como los demás seres vivos de su clase, y me toco a mí, yo era el ratón de laboratorio. Nada más se sentó a mi lado, me hizo una mueca y empezó a hacer el payaso, moviéndose las gafas con los dedos puestos detrás de las orejas, unas gafas con un cristal a prueba de balas, y llenas de mugre. Yo miré a la profesora con cara de protesta, pero ella continuó con la lección como si no hubiera pasado nada, y yo mientras, pedía a Dios que me quitaran pronto a semejante eslabón perdido de la humanidad.

Ya en casa, mi bocadillo de la merienda se quedó sin recibir un solo mordisco, mi abuela hablaba con la vecina una conversación interminable. En una vieja radio con casete que había dejado mi tía sonaba una canción "Tus ojos negros" de la artista preferida de mi abuela, y yo recitaba al mismo tiempo que Conchita: "En la noche negra de mi mala suerte..." Tumbada en el suelo recién acabadas las tareas, me aburría soberanamente, mi hermana andaba con una de sus amigas de clase, con la que compartiría instituto; a su amiga Nuria ya no la volvería a ver, por que se mudaba a otro más lejano, en Cheste, ¡nada más y nada menos!, pensaba yo, que ni siquiera tenía entonces idea de donde estaba eso, y además, viviría allí en casa con su hermana, cuando Claudia nos lo contaba todo, pensamos, "pues mejor". Mi hermano ya tenía su pandilla fija en la calle y estaban muy ocupados con la construcción de una cabaña en un descampado, donde quedaba cerca, el campo de chufas. Intenté coger el último libro que me había comprado mi madre; la historia de María Antonieta me parecía fascinante, normalmente los acababa en unos días, tenía leídas las historias de Los Borgia, de Boabdil el chico, de los Reyes Católicos, las aventuras del nuevo mundo... y un sinfín de narraciones que me encantaban y que mi madre sabía que me encantaban, y compraba para mí y por supuesto para ella. Mi madre siempre caminaba con un libro a cuestas; había sido una lumbrera en el colegio, y siempre contaba, que podía estar disfrutando de una buena carrera, rodeada por la nobleza del intelecto, de no haberse cruzado con mi padre por el camino. Y yo pensaba si sería que alguien que no te conviene se cruza en tu camino o en realidad eres tú, el que se cruza por el suyo, para bueno o malo.

Pues sí, los libros y el dibujo, constituían gran parte de mi tiempo libre, sin nadie con quien estar; desde el primero, a los diez años que me proporcionó mi abuela de Alan Kardeck, el "Espiritismo", hasta llegar a los cómics, todos eran absorbidos por mí, como una esponja. Aunque, últimamente, María Antonieta, por muy fascinante que me pareciera, no me sacaba de una monotonía que me avisaba de que fallaba algo; y allí, tal y como estaba, tumbada en el suelo, como cuando disfrutaba de los rayos del sol en la playa, cerré los ojos, e intenté concentrarme todo lo que pude en una sola idea; quería, o más bien suplicaba, no tener que aguantar a Jaimito mucho más tiempo, o que me ayudaran a aguantarlo, lo mejor posible. Tenía que reconocer, que aquello era un poco difícil para mi, por no decir, que sentía mucha vergüenza, sabía que podía ser escuchada, pero, al mismo tiempo me sentía ridícula. Con los ojos cerrados y pidiendo ayuda para quitar de en medio a mi compañero de mesa, recordaba que mi abuela, me insistía en hacerlo de corazón, sin pensar en sentirte incómoda, "ellos están para eso, no les molesta en absoluto, confíales lo que quieras sin temor, si te sientes mejor, conversa con ellos, igual que si lo hicieras con una gran amiga. "¿Harías lo mismo en caso de tener unos buenos amigos, no?, hablarías y les confiarías lo que te da temor o lo que te gusta....´" ¿Sería un amigo así en realidad? Una suave brisa se hizo notar, por encima de mi cabeza, fue en cuestión de segundos, y desapareció en el mismo momento que mi abuela aparecía por el comedor, para pedirme que le acompañara a tender la ropa.

Había pasado toda una semana eterna, mi hermana y sus amigas me preguntaban por el niño en los recreos, y me proporcionaban toda clase de artimañas, para poder soportarlo o quitármelo de encima; pero todo era en vano. Se quedaba con el poco material del que disponía para clase, me quitaba mis deberes, me escondía las libretas, me hacía burlas, era un todo incluido. Algunos compañeros lo pillaban solo en el recreo, y lo hinchaban a collejas, se comportaban de la misma manera que él se comportaba conmigo, pero luego su frustración la pagaba yo, sabiendo sobre todo, que en la clase no tenía a nadie más, lo mismo que él.

Pasado el fin de semana, y con pocas ganas de empezar, la primera noticia, en aquella primera hora de la mañana, en el comienzo de la semana, por lo menos, fue buena. Volvía la profesora de historia, la noticia iba de boca en boca, cuando alguien la vio entrar antes de que abrieran las puertas, ya no nos daría más clases nuestra tutora, pero solo por esa asignatura claro. Todos acogimos la noticia con énfasis y aplausos, porque la maestra de historia era genial, seria, pero no estricta, además de que nunca chillaba en clase, a diferencia de la Señora Linda, que no parecía hacer mucho honor a su nombre. Le regalamos una sonrisa, que ella devolvió con ilusión, y empezó a contestar a todas las preguntas, que le llegaban de cualquier rincón de la clase y referidas, a su indisposición en aquellos días, junto con otras más disparatadas, que no tenían nada que ver en ese momento; recuerdo que yo la miraba ensimismada, pues pensaba que de mayor quería ser como ella, ya que la cosa no pintaba mucho, con llegar a ser una estrella del pop en potencia. Por lo tanto, aprovecharé, este momento de atención profunda hacia aquella magistrada, para definir su persona, sin esperar de ustedes, aburrimiento y bostezos.

Era mi profesora, una mujer alta, de complexión grande y mediana edad, con un cutis blanco perfecto, que no le pedía demasiado maquillaje; llevaba una melena oscura, que le llegaba por los hombros, siempre muy bien atendida; su manera de vestir pegaba con su porte, siempre con traje de chaqueta y pantalón, optando siempre por colores oscuros. Era reservada, y su rostro determinaba franqueza. Era de las preferidas por los alumnos. Además de que sabía mucho de historia, lo explicaba todo muy bien, de manera que lo entendías perfectamente, sin dar lugar a una avalancha de preguntas, que hacían retroceder continuamente la clase, haciendo que fuese un desastre monumental. A la hora de llamar la atención a un niño, lo hacía cuando terminaba su clase y nos levantábamos todos para salir, entonces, se quedaba sola con el alumno para darle alguna reprimenda, o para felicitarle por algún trabajo bien hecho, o simplemente para hablar con él, e instruirlo en el aprendizaje de la vida.

Ese día, nuestra profesora, puso en práctica más que nunca, el principio de sus conocimientos, como lo eran: la perseverancia, la diplomacia y la buena conducta.

Mientras repasábamos las tareas del fin de semana, impuestas por la tutora, muchos aprovecharon para imponer su queja, sobre la manera que esta tenía de dar la historia; dimos pues, un repaso rápido de todo lo que habíamos hecho, el tiempo que estuvo ausente. Fuera de su silla, pero apoyada en el canto de la mesa, iba preguntando las dudas a los alumnos; yo intentaba escuchar para poder enterarme de algo, pero fue imposible; Jaime, estaba más pesado que nunca, empezó a tirarme las tapas de los bolígrafos, y yo me agachaba a recogerlas sin chistar, al mismo tiempo que tiraba una cosa nueva; cuando me agaché a recoger la goma, que se había quedado detenida al lado de mi zapato, un frío... recorrió mi espalda.

— ¿Jaime, tú tienes alguna duda, con respecto a la clase de historia de esta semana? Fernanda se puso de pie, con las manos en los bolsillos; su rostro era trágico. Ya incorporada tras el rescate de mi goma, me di cuenta de que nos observaba toda la clase, oía algunas risas de fondo, miré a mi compañero, que a la vez me miró a mí, como pidiendo ayuda.

— No, no tengo ninguna duda. Contestó nervioso, mientras movía el bolígrafo mordisqueado, de un lado a otro.

— Ya veo, por eso, mientras tu compañeros y sobre todo tu compañera, intentan interesarse por la clase, tú te dedicas a fastidiarla continuamente, tirándole las cosas al suelo.

— Yo no he tirado nada, se le han caído a ella. Al decir eso, empezaron a oírse murmullos de desaprobación por la clase, mientras mi profesora, se iba poniendo, cada vez más seria.

— Mira Jaime, nos conocemos, llevas solo casi todo el curso, por tu mala conducta y por no adelantar nada con las asignaturas, no sé cómo te han podido poner con alguien al lado y menos con Vanesa. En mi clase no consiento la falta de respeto; nos conocemos del curso anterior y lo sabéis, no voy a aguantar que se trate mal a ningún alumno de mi clase, y desde que entro por la puerta y hasta que salgo de nuevo por ella, quiero interés absoluto por todo lo que se dice.

— ¿Vanesa, cuánto tiempo llevas sentada con Jaime?

— Una semana. Contesté. La profesora suspiró, imaginando que todos los días habían sido más o menos parecidos a ese; dio una media vuelta rápida y contestó:

— Recoge tus cosas y siéntate con Silvia. ¿Silvia, tu compañera ha faltado hoy solo?

— No, lleva dos días, está enferma.

— Vale, hazle sitio a Vanesa, a partir de hoy se sentará contigo, cuando venga tu compañera, ya veremos que hacemos, de momento, vosotras os quedaréis como estáis, ¿de acuerdo?

Las dos asentimos. "Esta bien ¡sigamos!". Mi profesora, se dio media vuelta, y yo llevé mis enseres escolares a la mesa de Silvia, que me recibió con una sonrisa, que a mí, me supo a gloria bendita.

Supongo, que para llevar a cabo su cometido, eligen a la persona adecuada cuando el asunto, ya no está en tus manos; y también creo, que eligen el momento adecuado, algo que uno tampoco sabe ya cuando puede ser, porque a veces, lo damos todo por perdido. Te das cuenta con el tiempo, las cosas no son siempre en el momento que nosotros queremos, si la situación lo precisa actúan rápido, si no, hay que esperar a que sea tu momento. La situación, para mí, en esos momentos, y con doce años, lo precisaba urgentemente. ¿Qué sería de nuestra vida, si todo se solucionara tan pronto como deseamos?

Si todo lo tuviéramos hecho y arreglado en un suspiro, en un aullido desesperado, no aprenderíamos, ni lucharíamos, esperaríamos sentados la respuesta de todo, seríamos inservibles ante una amenaza mayor; no nos sacrificaríamos por lo que queremos y deseamos, con lo cual no tendríamos ningún papel fundamental en nuestro planeta, tan necesitado de gente sabia y luchadora, que se enfrente, a los desastres mundiales continuados. ¿En qué lugar del espacio hubiera quedado perdido nuestro profeta Jesús, con el gran papel que tuvo para con nosotros en la humanidad?

Mi Ángel me había respondido, después de aguantar a Jaime con la poca paciencia que yo podía conocer por entonces, y la respuesta fue conseguir no solo una compañera de mesa, si no, una amiga fuera y dentro de clase. Silvia y yo fuimos afianzando nuestra amistad con el tiempo, hasta que ella fue dejando de lado el grupo de chicas con las que había ido durante la etapa de mi aislamiento; éramos muy parecidas, yo la conocía desde luego, y a su grupo también, nos conocíamos desde primer curso, cuando yo empecé, en fin, toda la etapa escolar; alguna de ellas, vivían muy próxima a mi barrio. He de decir, que después de ir conociendo poco a poco a mi amiga, y algún momento esporádico que tuve para conocer a las otras, no vi ninguna tipo de relación entre la forma de ser de Silvia y ellas; no había ningún tipo de afinidad, era, algo así, como una regla establecida entre ellas, sin llegar a saberlo, para poder soportarse. Pero supongo que al contrario que yo, ella prefería estar con alguien a no estar con nadie.

Los padres de Silvia, formaban un matrimonio convencional y bien asentado, con una conducta seria y disciplinada, que tanto ella como su hermana mayor, siguieron sin rechistar. Esperaron a que llegara el momento de la rebeldía, propia de la edad, que les trajo a sus padres más de un quebradero de cabeza como a todos, supongo (aunque sin mucha importancia). Teniendo que aguantar que la hermana mayor de Silvia, Laura, probara desde el comienzo y hasta el fin, (repitiéndose de vez en cuando), a pasar por todas las maneras de vestir que trajeron consigo, las" tribus urbanas", sin pertenecer a ningún grupo en particular; por suerte para ellos. Que veían como su hija, de la noche a la mañana, era fan empedernida de los Sex Pistols, para pasar a adorar a los Cure, disfrazada como un sepulturero; arreglarse para salir con la música a toda pastilla (aunque, cuando los padres salían, claro) de los Iron Maiden, y quedarse por fin quieta, en una moda y una melodía que causaría efecto en su hermana pequeña, su fan indiscutible, y que sería la unión definitiva entre Silvia y yo, como amigas, para el resto y durante mucho tiempo.

Por lo tanto, Silvia comenzaría su etapa de adolescencia, con la misma música con la que yo lo haría el tiempo de estancia en mi casa; el único recuerdo de mi padre en su paso por mi vida, desde que saliéramos del hogar. Loquillo, Los Rebeldes, Platero y tú y un largo etc. Serían los protagonistas de nuestras conversaciones, y de nuestros momentos de ocio por las tardes a la salida de la escuela, y casi siempre en su casa.... hasta que empezáramos a salir los fines de semana por el barrio. Su hermana, cuatro años mayor y siempre presente para nosotras, como un ídolo a seguir, nos grababa cintas de música, para poder escucharlas y copiar los pasos de baile que nos enseñaba y que veíamos en las revistas especiales, que conseguía en sitios desconocidos. Hubo entre esos papeles especiales, algunos de verdadera mención, como los tebeos de "Jhonny Roqueta", que nos hacían reír y mantener nuestros abdominales a punto. Sí señor, su hermana había elegido ser Roquera o Rocker como prefería que le dijeran, igual que la canción de Rebeldes, que nos había puesto como unas cuatro o cinco veces, y no supo que con su elección, nosotras nos descubrimos juntas, e individualmente; ella ya no tenía que andar con amigas que no compartían su gusto por las cosas sencillas y especiales, y como no, por su música, y yo debía empezar a expresarme, hacia todo lo que conocía y lo que empezaba a conocer; ahora tenía a alguien que apoyaba mi manera de razonar, y eso, me hacía más fuerte. Sobre todo, porque sabía que no había estado equivocada todo ese tiempo de espera, al contrario, había merecido la pena. ¡Ya lo creo, si había merecido la pena!

Su hermana una estudiante de dibujo (su pasión), pero responsable, divertida y atenta donde las hayan; fue mi primera influencia, mi primer comienzo, a la hora de despertar mi lado justo y expresivo que tan escondido estaba, desde siempre. Nos hizo sentir seguras frente a cualquier aspecto, y luchar por todo aquello que se nos antojara especial y maravilloso; ya que, como decía mi abuela "sólo alguien especial, puede llegar a hacer, algo especial". Lo que sucedería a continuación, sería algo especial, si, pero también, a veces, sería milagroso, otras veces triste, otras divertido, fascinante, melancólico..., todo cuanto se puede esperar, de las emociones que van precedidas por el anhelo de los protagonistas; por el llegar, por el estar, por el ser, por el parecer... personajes excepcionales y variopintos, que pertenecen a nuestra vida, y que por supuesto nos hacen conocerla mejor de lo que nos creemos.

Segunda Parte

Comenzábamos octavo curso, mi hermana ya había empezado el instituto, ahora me quedaba a mí la recta final. Aunque ese último curso se presentaba diferente; Silvia y yo seguíamos compartiendo mesa, la ex-compañera de mi compañera, que había ocupado un pupitre individual a su llegada, (en aquel día en que cambió todo) junto con otros alumnos en la primera fila, compartía ese año, pupitre grande, de dos plazas, con una chica que había comenzado nueva en clase; bueno, exactamente tres, así que la clase fue más grande, pero Jaime, continuó solo. Aunque todo hay que decirlo, desde aquel día, el niño cambió; sus padres debieron de hablar muy seriamente con él, o quizá, simplemente, todo sucedió, por sus propios medios, después de tanto escarmiento; fuera lo que fuese, estaba más serio y parecía, ¡algo increíble!, tranquilo. Llevó su destierro como tal Rey moro, con resignación y en una mesa individual, al final de la clase; hasta que alguien le suplantó... Supongo que hay gente para todo, y que consiguen superarse hasta para relevar al indeseable de la clase. Nosotras intentábamos siempre mantener buena conducta, por si alguna profesora, decidía nuestra separación; delante de nosotros estaba Jorge, y con él, era difícil a veces, mantener la compostura y no pasarse con las risas, así que, teníamos que andar con cuidado. Este chico, era un personaje digno de atención; tenía un carácter afable y dinámico, era bien parecido, y aunque fuese de flor en flor, siendo admirado por muchas, que le miraban con ojitos, y detestado por algunas otras que acababan tirándole los trastos a la cabeza, por pesado y cargante que era, siempre decía que cuando encontrara a la mujer de su vida, sería solo para ella y no habría nadie más. Era de estas personas arrogantes, pero decorosas, con facilidad para cogerles aprecio. Al igual que yo, Jorge había ido siempre por libre, de hecho, habíamos coincidido en algunas ocasiones, para charlar sobre muchos asuntos, pero él tenía esa faceta parlanchina, que le servía para acoplarse en cualquier grupo por insoportable que pareciera. A mi querido amigo Jorge, le pusieron de compañero de estudios, con Aurora, que era otra de las nuevas, el tercero, un chico de color, sabiondo como el que más, y aplicado como el que menos; delgado y con algo de bigotillo precoz, consiguió el estatus de empollón de la clase, junto con la amiga de mi ex compañera de pupitre.

Aurora era una chica graciosa con el rostro lleno de pecas, que podía haber hecho una muy feliz pareja con su compañero de mesa, ya que era esta, de risa fácil y pegadiza; aunque ya le había dejado bastante claro, que tenía un novio muy majo, esperándola en el pueblo, y que ella... también era mujer de un solo hombre. Todos aquellos cambios los hizo nuestra querida profesora de historia; al final, supo muy bien, donde sentarnos a todos.

Durante esa última temporada, colocados todos donde debíamos estar, descubrí a dos compañeros más, y algo que no me esperaba... Yo pensaba que solo las chicas pasábamos por la edad del pavo, porque mi madre siempre tenía esa palabra en la boca, cada vez que nos reñía a mi hermana y a mí, y nunca a mi hermano; pero descubrí que los chicos, también pasan por ese leve trastorno neuronal. Lo comprendí, cuando conocí a Jorge... a fondo.

A Silvia, a Aurora y a mí nos llevaba fritas a regalos sorpresa, que nos encontrábamos además, en sitios insospechados: si sacábamos el almuerzo de nuestra bolsa nos aparecía una notita donde se nos invitaba a salir, quedando en los recreativos; o dentro de la cartera, otra donde había escrita una poesía, además copiada de algún texto de Bécquer, al cual estábamos dando en clase de historia esa semana. Estaba poético e inaguantable, a veces abría el libro, a la llegada del recreo, por donde nos habíamos quedado, y había una flor marchita ya, esperando a que alguien le hiciera caso, nosotras la mirábamos y nos reíamos. Un buen día, nuestra nueva tutora le riñó, y lo mandó fuera de clase, con una nota confiscada por ella; lo había pillado en el intento, cuando intentaba mandársela por debajo de su pupitre a Esteban, por delante de él. La nota decía: "¿Le has dicho ya a Trini que está muy buena y que quiero salir con ella?".

Al terminar la clase, nuestro querido amigo, acabó en el despacho del director, dando explicaciones de la Trini, de la notita, y de sus escándalos amorosos, mientras los demás, nos peleábamos, por escucharlo todo desde la ventana, entre risotadas y empujones.

Aurora vivía en el edificio donde había descansado tanto tiempo el campo de chufas, que pronto se convertiría en un parque, es pues de adivinar, que nos veíamos las tardes posibles, escogiendo siempre como punto de encuentro, aquel sitio olvidado por la mano divina y humana. De momento, era ya todo un terreno salvaje, lleno de arbustos e insectos de todas las clases y colores, pero ideal para toda la chiquillería, que se juntaba por las tardes, cerca ya el fin de semana, para jugar algún partido de fútbol, imaginar ser algún personaje de ficción famoso.... O acabar peleándose, a tortazo limpio, rebozados por la tierra ante los gritos de histeria de las madres desde el balcón, y separados por algún viandante cercano y atrevido, que acababa llevándose toda clase de mamporros, por alguna madre, que decidida a bajar por fin, le arreaba creyéndolo enemigo, de su querido hijito.

En un hueco de ese descampado, de tierra virgen, mi hermano y sus amigos, acababan de estrenar su choza, una choza a base de todas las porquerías que iban tirando los vecinos y que encontraban a su paso. Muebles viejos, tablas de madera, cajas, alfombras.... y además... ¡un perro!; ¡Un perro, entre todos los escombros, por allí cerca....increíble! Un cachorro desconocido de raza alguna, y tan pequeño que cabía en una sola mano. Siempre estaba por allí, haciendo las delicias, de todo el que compartía aquel trozo de tierra. Apenas caminaba, y entre caricias y achuchones, el perillo se había entregado poco a poco, a su gran familia; pues era de los pocos perros abandonados, que en aquel barrio, podían presumir, de tener madres, padres, primos, sobrinos, hermanos.... Silvia y yo decidimos ponerle Maki, como el personaje de los tebeos que leíamos del Makinavaja, y una vez puesto el nombre, a mí, se me ocurrió una gran idea, idea que no le pareció tan grande a mi madre. Una tarde entera con su noche y medianoche, después de haber sonado las campanadas, estuve rogándole de rodillas, que nos quedáramos a aquel animalillo maravilloso, diciéndole que nuestra buena acción, borraría las penurias que pasara en la calle, siendo así, registradas en el libro de los cielos, esperando cuando vayamos a hacer entrada, con alfombra roja. Al final, cansada de mis majaderías, y bajo las súplicas de mi abuela, que padecía por los moratones, que empezaban a salir en mis piernas, la mujer accedió, porque el sueño le vencía y porque según ella, si no me acostaba iba a cometer una locura de la que se arrepentiría en los años venideros, quedando anulado, el tal libro de los cielos, para bajar a los infiernos. Y así fue, como el querido Maki, entró a formar parte del árbol genealógico de la familia, puesta su foto al lado de su antecesor, Dios lo tenga en el cielo de los perros.

Desde aquel día y allí mismo, en aquel solar, empezó a dar sus primeros pasos. Aunque ya era mío, el descubrimiento fue múltiple, y nos peleábamos por estar con él. Mi hermano y sus amigos nos lo quitaban de la cajita de cartón, en cuanto nos descuidábamos, y nosotras les perseguíamos, aunque sin resultado alguno, pues aquellos diablillos de la calle, se las sabían todas, y escapaban a tus manos, como liebres en peligro; el can, iba de mano en mano, padeciendo nuestra locura, y al final desistíamos, de la lastimilla que nos daba, llegando a un acuerdo, y estableciendo un horario de visitas, para disfrutarlo en paz y sin sobresaltos.

Así pues, en el momento de recogida, a la hora impuesta, aquellos se lo llevaban, determinando eso sí, una hora de llegada, y prometiendo velar por su seguridad, so pena del derribo de la cabaña, para volverla a empezar de nuevo desde el principio. Aquellos aceptaban sumisos, y nosotras, aprovechábamos ese rato, para ojear las revistas que Laura le prestaba a su hermana, para poder descubrir ese mundo poco a poco; Aurora no compartía nuestra música ni el vestuario, ni las motos... pero le daba igual, se reía con nosotras mientras imaginábamos poder vestir de la misma manera, y pintarnos y peinarnos como las chicas que salían en ellas. Veíamos las fotos de las motos, impresionantes "Harleys", "Triumph", motos "Guzzi", "Indian"..., fotografiadas solas o con sus dueños, a los que envidiábamos sobremanera; fotos en las que salían peñas de rockers, como recién salidos de una película; leíamos atentas también, las biografías de cantantes que aún, no habíamos alcanzado a escuchar y que no conocíamos de nada todavía. Cuando se metían con nosotras en clase, diciendo que éramos unas anticuadas y unas horteras, Aurora, hacía caso omiso, porque pensaba que cada cual, podía ser fan del cantante que quisiera, o vestir como le diera la gana, siempre y cuando se comportara respetuosamente con los demás.

Los fines de semana, Aurora, se iba con sus padres al pueblo, a la casa de su abuela; y Silvia y yo nos juntábamos por el barrio, a veces iba a recogerla yo, y bajaba con su hermana, que quedaba con su novio y algunos amigos, para pasar la tarde noche del sábado. Laura y Silvia, tenían el mismo aspecto físico, eran altas y su forma de caminar era la misma, lenta y chulesca, si bien los rasgos de la cara eran más bien distintos. Silvia tenía el rostro ovalado con una nariz fina, los ojos verdes y el pelo rubio, y el de su hermana, era más bien redondo, con la nariz más chata y sus ojos eran oscuros, lo mismo que su pelo. Silvia era más femenina a la hora de vestir, su hermana en cambio, un poco más simple, siempre iría vestida con vaqueros, camiseta en homenaje a algún cantante famoso, botín en punta pero plano, o botas de zapatilla, y una cazadora de cuero, que era nuestro sueño conseguir en cuanto pudiéramos.

Cuando despedimos a su hermana, Silvia me contó, que esta le había contado, que la tarde del viernes, habían estado en Barona, un barrio que quedaba más cerca de mi casa que de la suya, (había que cruzar la avenida para llegar a casa de Silvia) un barrio grande, en el que era preferiblemente andar con compañía, sobre todo cuando ya anochecía. Yo había ido un par de veces, con mi madre o mi abuela, a una verdulería donde les gustaba comprar, porque decían que allí, eran más frescas y más buenas que en el supermercado, pero no lo conocía mucho más; bueno si, de oídas por mi prima que comentaba cosas que le comentaban a ella, de algún clan de gitanos, y algunos chavales que vagaban por sus calles, integrantes de cualquier banda callejera. Pues bien, después de esa pequeña información detallada, ella me dio la gran información de su hermana. Me dijo que estando allí, fueron a un bar, y que cerca de ese bar, habían unos recreativos, pues allí, entre ese bar y esos recreativos, habían visto un grupo de rockers, chicos y chicas; entraron dentro del bar donde se encontraba ella, saludaron al dueño, que les vendió tres litronas, salieron fuera, y allí estuvieron casi toda la tarde, hasta que desaparecieron llegada la noche. Silvia me lo contaba entusiasmada, como si hubiese estado allí, en vez de su hermana; decidimos pues, acercarnos. Al fin y al cabo, pasábamos las tardes yendo al kiosco y viendo como jugaban los críos, y la búsqueda de algo que nos interesaba, nos abría el apetito de aventura. La información de su hermana nos había abierto los ojos, a la hora de poder descubrir a gente que se interesaba por lo mismo, conocerlos e integrarnos era todo uno, y así sin más, fuimos hacia allí, decididas a todo.

Ver que nos alejábamos del barrio, nos parecía toda una aventura; después de dejar atrás, a todos los psicodélicos, que se juntaban en procesión, todos los sábados, de camino a la discoteca Arena, nos adentramos pues, en el barrio, donde, por excepción, había más bares, que en cualquier zona de recreo para jóvenes, un viernes por la noche. Donde los niños, demasiado pequeños, callejeaban haciendo toda clase de maldades, desde que empezaba el día, hasta bien entrada la noche. Era pronto, serían cerca de las seis de la tarde, el supermercado aún estaba abierto, y las tiendas rebosaban gente, por las calles había un gentío impresionante, algo normal en ese barrio; a nosotras pues, nos vino bien, y aprovechamos ese horario donde nos pudimos mezclar con todos ellos, ante tanto alboroto, pasábamos desapercibidas. Las aceras quedaban cerradas al paso, en zonas donde los chavales se juntaban en grupo, apoyados en los coches y en los portales; y los bares, a pesar del frío, tenían a la mitad de la clientela fuera, entorpeciendo el camino. Pasar entre ellos, era toda una prueba, pues ya andaban todos totalmente embriagados, soltando toda clase de chistes y frases fuera de lugar, que te dedicaban entre risas, y que, para "las caminantes", no tenían ninguna gracia. Preguntamos en un videoclub, si sabían de un bar que se llamaba El Paso, la chica que atendía, atareada con la gente que había, y sin mirarnos siquiera, nos dijo que no tenía ni idea de donde estaba ese bar, así que probamos por nombrarle los recreativos, y entonces no solo nos contestó ella, si no que lo hicieron un matrimonio mayor muy simpático que acababa de ponerse a nuestro lado, y un niño de unos ocho o nueve años, con una bolsa increíble de toda clase de chocolatinas y demás chucherías, con las manos y la cara más sucias que habíamos visto en nuestra vida. Hablaban todos a la vez y cada uno empezó a mover las manos hacia una dirección distinta, pero todos coincidían en que teníamos que llegar a una clínica veterinaria y que justo en frente tendríamos los recreativos. Así que, cuando salimos, preguntamos por una clínica veterinaria. Por suerte, se lo preguntamos a una sola persona, una señora que iba con una bolsa del "súper" en la mano, que nos indicó muy bien, pero que nos advirtió de que la clínica estaba cerrada, le dijimos que solo habíamos quedado allí con unos amigos, y nos despedimos de ella, de mil amores.

¡Llegamos por fin! a la clínica veterinaria, que, sin ser en realidad nuestro destino, no se nos olvidaría nunca; y allí enfrente, como nos habían confirmado, ya, unas cinco personas, vislumbramos nuestro objetivo, y al lado como no, el bar donde la hermana de Silvia había estado la tarde anterior. Pasaba mucha gente, Silvia me dijo: "¿Cruzamos?". Nos miramos, yo no me atrevía mucho, y a juzgar por la cara que puso, ella tampoco, pero no habíamos ido hasta allí para nada, así que, esperamos a que pasaran los coches, que parecía que se habían puesto de acuerdo todos en ese mismo momento. Cuando le tocaba el turno al último coche, y a punto de salir hacia los recreativos, Silvia me puso la mano en el hombro y me agachó: "¡Corre, agáchate!", "Pero, ¿qué pasa?", le pregunté, mirándola un tanto alucinada. Entonces me señaló al frente, mirando hacia los recreativos, en ese momento salían dos chicos, eran dos rockers auténticos, por sus pintas auténticas, eran como los que salían en las fotos de las revistas que Laura nos dejaba. Estábamos agachadas entre dos coches, y decidimos pasar detrás de uno de ellos, el que mejor visión nos daba, para poder observarlos; en ese barrio no se extrañarían de nada, además preferíamos quedarnos allí, que acercarnos a ellos, sin pensar siquiera en una estrategia aplicable para esos casos....si es que había alguna.

De los dos chicos que salieron, uno era bastante alto, sonreía todo el rato, no era muy guapo pero parecía simpático, su pelo parecía bañado en aceite. Colgaba un pendiente de su oreja, bueno, eso fue lo que me dijo Silvia:

— Lleva un pendiente en la oreja, creo que es una calavera, es horroroso, y además, lleva espuelas en las botas, ¡como los vaqueros!

— ¿Espuelas?

— Sí, espuelas.

— ¿Y qué le pasa en el pelo?

— ¿Qué le pasa? No le pasa nada, eso que lleva es brillantina.

Los dos llevaban el pelo peinado en un tupé rizado, de pelo oscuro, y coincidían en una prenda de vestir, los dos llevaban un chaleco negro de cuero, que además les quedaba bastante ajustado y donde, se podía advertir, un parche pequeño y redondo en la parte de arriba, en una de las cremalleras del bolsillo de la derecha; era de color rojo y en el fondo, unas letras negras descifraban el nombre de lo que parecía ser.... "¡Una banda! ¡Vanesa, son de una banda, estoy segura!", yo le sonreía nerviosa mientras ella me apretujaba el brazo histérica por el descubrimiento; allí, detrás de aquel coche mugriento, que además tenía toda la pinta de estar abandonado, las dos parecíamos haber encontrado agua en el desierto.

— ¡Mira, mira, mira!

— ¡Ya miro, deja de tirarme de la chaqueta, me vas a romper el brazo!

Habían salido dos chicas del bar, salían con dos litronas, que, al parecer, los chicos esperaban con ansia, aunque ellas no se quedaron atrás a la hora de dar un buen trago. Una de las chicas llevaba vestido, un vestido como lo llevaban las actrices de las películas que a veía mi abuela, y que ponían las tardes de los sábados; también habíamos visto chicas así vestidas en las revistas, así que cuando la vimos a ella, nos quedamos boquiabiertas. No llevaba zapatos de tacón, eran unas manoletinas de toda la vida, como las habíamos llevado de pequeñas muchas veces; las llevaba oscuras, como la falda, la parte de arriba no se dejaba ver bien, llevaba una cazadora negra piel, totalmente ajustada, como la de sus compañeros, pero mini, le quedaba justo por la cintura, el "look", junto con su pelo rubio largo, y un flequillo recto a lo Cleopatra, y perfectamente pintada, era completo. En sus párpados se destacaba esa raya negra de vértigo que era como la seña de identidad de todas ellas; su compañera pintada de la misma manera, llevaba un aire más masculino, iba como los chicos, salvo que su chaleco, era vaquero azul como sus jeans, las botas eran también camperas, y su pelo (también rubio, salvo que este era natural) portaba una magnífica coleta de caballo, solo que, su flequillo, lo había recogido en un pequeño y enlacado tupé.

Una maravilla para nuestros ojos inesperada, desde luego, en las revistas veíamos gente, fotografiada tal y como estaban ellos allí, pero nunca pensamos que llegaríamos a tenerlos tan cerca, ahora, los teníamos delante de nuestras narices. Pero todo ese ímpetu, todo ese atrevimiento, despertado en nosotras hacía tan solo una hora, había desaparecido... tan solo nos separaba un coche, y un pequeño y ridículo trozo de carretera para cruzar y presentarnos; pero, mirábamos su ropa, y mirábamos la nuestra, observábamos su espacio y el nuestro, nosotras, estábamos escondidas en un trozo de calle, resguardadas por el miedo al ridículo, en un coche abandonado, nos podía la vergüenza y la tartamudez, imposible actuar en esos momentos; ellos demostraban atrevimiento y seguridad, sus rostros advertían de que aquel territorio les pertenecía, había sido conquistado por ellos, y ya muy pocos, se escondían por algo. Los chicos y chicas en grupo, que salían a la calle, como cualquier peña de chavales un fin de semana, y que se atrevían a pasar por allí, eran malmirados y abucheados. Por lo tanto, no íbamos a salir nosotras, de detrás de un coche, e íbamos a decirles: "¡Hola!" "¿Qué tal?" "¿Podemos quedarnos a aquí, con vosotros?". Decirles simplemente que nos gustaban, que queríamos conocerlos, que compartíamos su gusto por la música, la ropa, las bandas, las motos.... ¡no, no, no! No nos atrevimos, aunque su edad, no superaba mucho la nuestra, si acaso tres o cuatro años más, aun así, había mucha diferencia entre nosotras y ellos; no estábamos preparadas, todavía no, se había hecho tarde además, y ellos estaban muy enfrascados en ellos mismos. Pensé que debíamos esperar a un momento mejor que ese, que lo habría, no sabía cuál sería, pero lo habría estaba segura. Ni si quiera Silvia, más atrevida que yo en estos casos, se atrevió a moverse, más que para iniciar una buena retirada a tiempo.

Aurora y Jorge, habían alucinado, con lo que nos había ocurrido allí en el barrio; les contamos todo con pelos y señales, y seguían preguntándose como no nos habíamos atrevido a salir de detrás de aquel coche.

— Es que, no puedo entender, con la paliza que dais todo el día, sobre que lo que os gustaría conocerlos; que si quiero vestir como ellas, que si quiero ver las motos que tienen ellos.... y va y luego resulta que os quedáis....Jorge ya no pudo seguir, empezó a reírse, acordándose de nuestro escondite.

— Habría que haberos visto... Repetía de nuevo, mientras nosotras le mirábamos, con ganas de que se callase de una vez.

— Cualquiera que os viese...¡qué narices! a mí me hubiera gustado estar allí, vivo cerca, os he dicho mil veces que me llaméis, cuando vayáis a salir, y más para algo así, no me lo pierdo por nada del mundo.

— ¿Así que, no te lo pierdes por nada del mundo, eh? Le preguntó Silvia, maliciosamente.

— Pues no, no me lo pierdo, que... ¿lo quieres ver?

— Lo queremos ver, si. Quedamos el sábado por la tarde. Le retaba Silvia.

— Perfecto, quedamos el sábado por la tarde, yo no voy a irme a ningún sitio, me pondré guapo y ligaré con esas nenas. Jorge hacía el payaso mientras hablaba, como de costumbre y nosotras nos partíamos de la risa, como de costumbre.

— Si, seguro que te atreves a hablar con ellos, con esos chicos duros de cazadoras de cuero y tupes, seguro que te querrán partir la cara. Le contestaba Aurora divertida con la escena de Jorge ligando con ellas, y corriendo como un loco por todo el barrio, teniendo que huir de una pandilla de rockers enfurecidos.

— ¿Os reís, eh? Las tres asentimos a la vez, mientras disfrutábamos con la conversación.

— Muy bien, pues escuchad lo que os voy a decir, me apuesto con vosotras, un beso de cada una, todos los días durante una semana entera, a que este fin de semana, consigo que conozcáis esa panda, o por lo menos recibir información, de donde se reúnen y cuando.

— Muy bien, hecho. Contestó Silvia cerrando el trato con un apretón de manos. Esta nos miró, mientras pedía que hiciésemos lo mismo. Consumamos el trato, con el mismo apretón de manos, aunque nosotras dos, los mirábamos sin estar de acuerdo en una cosa.

— ¿En qué? Preguntó Jorge.

— El beso, será en la mejilla, espantoso mamarracho. Dije yo riéndome. Nos lo decíamos continuamente en clase, cada vez que no estábamos de acuerdo en algo, o simplemente por fastidiar.

— Entonces no hay trato.

— Pues no hay trato, sabandija. Otra vez será, nosotras nos las apañaremos muy bien solitas. Dijo Silvia, mientras se levantaba del banco donde habíamos estado sentados, casi todo el recreo.

— No, no, no... está bien, un beso en la mejilla, con tal de ver cómo me lo agradecéis así toda la semana, ¡ja, ja!, me lo voy a pasar bomba. Nosotras no nos lo creíamos.

— ¡Estás loca!, ¿tú sabes lo que te acabas de apostar? Yo no voy a darle el gusto, de besar su mejilla de lunes a viernes. Protestaba Aurora.

— Bueno, eso de lunes a viernes lo habréis dicho vosotras, yo he dicho toda la semana, eso incluye, Sábados y Domingos.

Aurora le tiraba el papel del bocadillo, acertándole en un ojo.

— Ni lo pienses guapo, si sale bien será de lunes a viernes. Jorge se alejaba borracho de contento.

— Todas a mí, chicas, todas a mí. ¡Oh, Dios mío, sí, soy irresistible, si, si, lo sabía!

Se había vuelto loco, mientras hablaba, le lanzaba besos a las chicas, que ya iban entrando a la última clase de la mañana, ellas no podían hacer otra cosa que reírse, otras le pedían que por favor se callara; la profesora Fernanda, le pasó el brazo por los hombros, como se cogen los colegas, preguntándole (mientras reía ella también) cuál era el motivo de su alboroto.

— ¡Hola chicas!, ¿cómo estoy, cómo me veis? Jorge se había preparado para el encuentro, se daba la vuelta como una mujer presumida, para ver si le dábamos nuestra aprobación.

— ¡Guau! Estás impresionante, pasarías por un rocker de los de verdad, ¡fijaos! Gritaba Aurora

Jorge no paraba de dar vueltas de manera afeminada; nosotras movíamos la cabeza de un lado a otro, no tenía remedio desde luego; llevaba una cazadora vaquera (a la que le había subido el cuello) a juego con sus pantalones, unos zapatos negros con abundante capa de kanfor negro, y una camisa de cuadros verdes grandes, que a mí me recordaba al juego de servilletas y mantel, que tenía mi abuela en casa; el pelo lo había engominado todo hacia atrás, y no hacía otra cosa que imitar a John travolta en la película Grease.

— Bueno chicas, ¿preparadas para verme en acción y para perder la apuesta?..Que sepáis, que he visto la película de Grease, una cosa de tres o cuatro veces, en el vídeo.

— No hace falta que lo jures. ¿Nos vamos ya?

— Cuando queráis nenas, soy todo vuestro.

Arrancamos pues hacia el barrio, no sabíamos desde luego lo que podía ocurrir esa tarde, pero lo que si sabíamos seguro, era que prometía ser muy, muy entretenida. Silvia y yo, nos habíamos arreglado de la mejor manera que pudimos. Mi amiga había cortado su melena y su flequillo; le había pedido la "chupa" de cuero a su hermana, el suéter de los Platero y Tú, y las zapatillas de bota, ya que las suyas me las había puesto yo, bueno, eso, y una camiseta blanca que me había dejado también, con un rocker dibujado por su hermana; la chaqueta que llevaba esa tarde, me la había prestado mi madre, una cazadora de piel, marrón oscura, que guardaba de hacía mucho tiempo; por lo menos de antes de tener a mi hermano, y que ahora volvía a utilizar sin ningún problema, pues según ella, el desbarajuste de vida consigue ponerte en tu sitio.... y en tu línea. Mi pelo negro ya largo, lo recogí en una trenza, y los jeans que eran lo único que me pertenecía, aparecían ya desgastados por el tiempo; no tenía más que otro de repuesto, pero esos eran mis pantalones preferidos, unos Lois, que conseguí comprar por 500 pesetas, en una tienda del barrio, porque estaba de liquidación; cerraban pues, y recuerdo aquella tarde como un auténtico caos, porque la gente se estiraba de los pelos, y se hacía jirones la ropa, para ver quien entraba primero.

No íbamos como ellos pero... ¡Qué carajo!, no teníamos de momento nada mejor, y no nos importaba. A Silvia le daban una pequeña paga por el fin de semana, pero yo, yo no recibía nada, iría siempre con la ropa prestada y para cualquier cosa que compraran, invitada.

Íbamos escuchando hablar a Jorge, y no faltaba mucho para llegar, cuando recibí un codazo de mi amiga; ya conocía sus maneras de manifestarse en casos especiales, y en seguida miré al frente, ya que andaba enfrascada en la conversación. Un chico muy alto, venía caminando en la misma dirección que llevábamos nosotras, llevaba el pelo casi al cero, pero se podía apreciar el color de una cabellera rubia; era bastante más mayor, su cazadora vaquera era estrecha y corta, y tenía una espalda... bueno, su espalda era tan ancha como los cuatro juntos; los pantalones iban también ceñidos y destacaban unas botas militares granates, de bola pronunciada; era imponente y por la cara que ponía Silvia, pude adivinar que se había quedado prendada de aquel chico casi perfecto que se acercaba cada vez más, pasaba por nuestro lado, nos miraba de arriba abajo y pasaba de largo de nuevo. Nos dedicó una sonrisa y siguió su camino, dejando a mi amiga, en un shock postraumático...leve.

— ¿Qué me miras así?, me gusta cómo va vestido, nada más. Me dijo toda colorada.

— ¡Si, claro! debe de ser eso, casi todas las chicas lo mirarán por lo mismo.

— ¿Qué?, ¿cómo?, ¿quién es el que no está mal? Jorge enfrascado en su conversación, no se había enterado de nada.

— Déjalo, Jorge, da igual. ¡Mira!, ya hemos llegado. Le dije yo, muy nerviosa. Aurora y Jorge nos miraron.

— ¿Donde? Yo no veo a nadie reunido.

— Espera hombre, aquí al girar la clínica veterinaria y...

Silvia no terminó la frase, ni yo la pude terminar por ella, cuando giramos por la clínica veterinaria, y nos vimos en frente de los recreativos, los cuatro nos quedamos boquiabiertos.

Serían unos diez, entre chicos y chicas; pudimos ver, entre todos ellos a la chica que la otra vez llevaba el vestido, solo que esta vez no vestía igual, iba con pantalón ceñido y chaleco de cuero negro como el que llevaban los chicos. Habían muchos que no conocíamos, nos miramos los cuatro y observando que estaba el mismo coche abandonado de la otra vez. Volvimos a escondernos. Esta vez ocupábamos todo lo largo que era, sonaba la canción de Little Richard "Rit it up" desde un coche, donde estaban apoyados algunos de ellos, Jorge y Aurora no daban crédito.

— Bueno... será mejor que nos vayamos, ¿no? Jorge se preparaba para dar media vuelta, cuando Silvia lo agarró por el brazo, sin apenas dejar que se levantara. Las tres le miramos.

— ¿ No querréis que me acerque ahí, verdad?

Le seguíamos mirando.

— ¡Vamos!, ¿estáis locas? ahí deben de haber por lo menos, veinte tíos.

— No seas exagerado. Contestó Silvia, mientras ojeaba, levantando la cabeza de vez en cuando, de detrás del coche.

— Bueno, lo mejor será que nos vayamos, yo no voy a pasar la tarde, otra vez detrás de un coche. Contesté yo, mientras me levantaba.

— Si será lo mejor, ¡vayámonos! Me siguió Jorge.

— Bueno, entonces sabes que has perdido la apuesta ¿verdad? Dijo Silvia.

— Si, si, ya lo sé, vale, pero que conste, que si hubiesen sido cuatro como la otra vez, sin que hubiera cruzado la calle, y me hubiese presentado. Silvia lo miraba con sonrisa de no creerse ni una palabra.

— La verdad es que son muchos, Silvia, déjalo, otro día lo intentaremos, mejor terminamos la tarde por el barrio. Aurora nos llamo cobardes, pero fue la primera en salir de allí.

Silvia y yo echamos una mirada más, hacia donde estaban ellos, nos miramos, y seguimos con resignación hacia el barrio. Jorge se encargó de que nos olvidáramos un poco del asunto, con sus chistes y sus cuentos de siempre. Habíamos decidido terminar en un parque, como todas las tardes cerca de mi casa; cuando atravesábamos la calle donde vivía Jorge, pudimos ver desde lejos, al chico que nos habíamos cruzado de camino a los recreativos, iba acompañado de una chica, tan alta como él, con el pelo muy enmarañado, y con unas botas iguales que las que llevaba su novio, ya que por lo que pudimos apreciar, iban cogidos de la mano. Nos pareció que este le comentaba algo y luego nos miraron los dos; como nos dimos cuenta todos, tratamos de disimular, haciendo como que teníamos una conversación entretenida. Cuando pasaron por nuestro lado no pudimos evitar mirarnos todos, y entonces él... se paró.

A nosotras, y digo las tres, nos pareció que se nos paraba también la respiración. Nos imponían, tanto él, como ella, como bien he dicho antes, eran mayores, y nos pareció que miraban como el grande que enseña algo al pequeño, y a nosotras nos dio bastante corte todo aquello. Pensábamos ir a por todas esa tarde con la pandilla de los recreativos y sin embargo nos quedamos sin habla cuando ellos dos se pararon frente a nosotros.

— ¿Hola, qué tal? Me llamo Ángel. Y las tres suspiramos.

— ¿Conocéis a los rockers de los recreativos? ¿Venís de allí verdad? Nosotras tartamudeábamos una contestación y gracias a dios, Jorge, salió en nuestra ayuda.

— Hola, yo me llamo Jorge. Le saludó, y este le correspondió dándole la mano. "No, nosotros vamos por libre, si, íbamos allí, pero, había muchos y nosotros pasamos ¿sabes?". ¡Anonadadas, nos quedamos! ... aunque aquel, no se creyó una palabra.

— ¡Ja, ja!, si, ya entiendo, yo los conozco de vista, y con algunos tengo trato, pero es sobre todo porque funciono mucho por este barrio, aunque vosotros estáis empezando ¿no?

— ¿Nosotros? Jorge no sabía que contestar, nos miraba, pero se daba cuenta de que, de nosotras, no iba a salir ninguna frase, así que se lo montó como pudo, y no lo hizo nada mal.

— Bueno si, la verdad es que estamos empezando. El tal Ángel se rió, yo no sabía dónde esconderme, y Silvia se coloreaba por momentos; Aurora...Aurora parecía, un poco más tranquila; supongo que cuando no va contigo la cosa, te sientes menos incomodo.

— Si, se nota, a vosotras os vi, el sábado pasado, detrás de un coche. Silvia y yo ni nos miramos, Jorge miraba al suelo, y Aurora... bueno, ya no se hacia donde miraba Aurora.

— Pero bueno aún así, tenéis un buen par de narices, para ir por ese barrio vosotros solos, si esa pandilla os hubiese visto...

— ¿Qué pasa?, ¿acaso no vamos bien?

— Jorge, déjalo anda, no, no vamos bien. Le dije yo.

— Por lo menos no del todo, enseguida se nota cuando alguien empieza, ¿sabéis? Se volvió a reír y su sonrisa nos pareció maravillosa. Soltándose de su chica se acercó a nosotros, y poniéndose muy serio, nos alentó.

— Aunque eso en realidad da lo mismo, todo está en que sientas lo que te gusta, sin tener que preocuparte por si tienes dinero para comprarte la ropa que te va, o si no sabes donde conseguirla. Pero ellos no lo van a ver así, si pasarais por su lado así de esa manera, seguro que se os iban las ganas de continuar. Miró a su novia y ella le sonrió comprendiendo lo que quería decir. "Pero vosotros tenéis que pasar de esas chorradas, ¿me explico?". Todos asentimos, sin chistar, pues aquel William Wallace en potencia, parecía entonadísimo, dando fuerzas a su ejército antes de la lucha.

— Oye, hay una gente que se reúne en el centro, en un sitio donde venden discos y casetes, ahí puedes encontrar de todo, lo que queráis de música lo tendréis, así que podías matar dos pájaros de un tiro; si queréis conocer a rockers empezar por allí y al mismo tiempo conseguir algo de música.

— ¿Tú los conoces? Preguntó Silvia.

— Conozco a su hermano. Y miró a su novia y volvieron a sonreír.

— Su hermano se llama Jose, se junta allí con un grupo de rockers, si os acercáis, se lo decís, le decís que vais de parte nuestra, ya le avisaremos.

— Oye y vosotros, ¿de qué vais? Pregunté yo un poco nerviosa. "¡¿Cómo?!" Preguntaron todos a la vez. — No, quiero decir que vosotros... no sois rockers ¿verdad? Mis amigos respiraron.

— Bueno, nos gusta la música, pero nos va más el rollo punk, aunque no llevemos cresta. Dijo la chica riéndose, empezaba a pensar que no sabía hablar, porque había estado todo el rato sonriendo y mirándonos.

— Bueno, entonces por el centro, ¿cómo se llama ese sitio? Supo preguntar Jorge.

El chico miró a su novia.

— Si, se llama Local.

— ¡Ah!, si, ya sé donde está. Dijo Aurora.

— Bueno pues que os vaya bien, ¡a por todas! Dijo Ángel, levantando la mano la mano con energía, como blandiendo la espada. Después, haciendo un saludo general con la mano se despidieron de nosotros.

— Si y gracias por todo. Le agradecimos.

— De nada hombre, todos empezamos, no solo vosotros.

Así que nos despedimos, y con eso Jorge nos recordó, que había ganado la apuesta. Y nosotras estábamos tan contentas que le abrazamos y le dijimos que sí.

La semana pasó muy lenta, los días se hacían más largos que de costumbre. El primer día, Jorge nos esperaba sentado ya en su mesa, a la entrada de clase, y nos señalaba con un dedo la mejilla, para darle el beso prometido, todas las mañanas repetía el mismo gesto, y nosotras ya cansadas de la cara de tonto que se le ponía le soltábamos a veces, un cachete inesperado. Silvia había hablado con su hermana de todo lo que ocurrió aquella tarde por el barrio, me dijo que había alucinado, y habíamos quedado en hablar con ella esa tarde. Estaban solas y la canción de las Crystals "then he kissed me", sonaba por toda la casa. Laura no tenía clase de dibujo, así que estaría toda la tarde con nosotras, ¡espectacular! Jorge y Aurora, no hacían más que preguntarnos sobre que pensábamos hacer, si nos íbamos a presentar en ese sitio el próximo sábado, o no; y pensábamos entre los cuatro, maneras de como presentarnos ante ellos, aunque la única que nos podía ayudar mejor en todo ese asunto, no podía ser otra, que Laura.

Laura estaba sentada en su cuarto, entre papeles, imaginé que eran sus tareas de dibujo; merendaba un vaso de leche con muchas galletas, creo que se zampó un paquete entero de ellas, mientras se deshacía poco a poco de su trabajo. Nosotras pues, le copiamos, ya que esta, nos ordenó que hiciéramos nuestras tareas, que eran bastantes; estábamos al final del curso, y teníamos un sinfín de fórmulas matemáticas, insectos insospechados que aprender y que pululan por la naturaleza, reyes excéntricos y reinas decapitadas..., ¡en fin!, y además ese día había sido especialmente cansado, porque habíamos tenido partido de béisbol, mi equipo había vuelto a ser ganador, y Silvia con el suyo volvía a saborear la derrota por segunda semana consecutiva.

Más tarde, y después de la locura estudiantil, Laura cambió la música, eligiendo a Los Rebeldes, mientras elaborábamos el plan de ataque hacia aquel sitio, que nos parecía la cura de todos los males.

— Bueno, haremos esto, yo os acercaré con el coche, me quedaré un rato con vosotras, para ver que panorama hay por allí, y luego os dejaré, porque he quedado en el centro con unas amigas de la Academia. Luego os recogeré a las ocho, ¿de acuerdo?

— De acuerdo. Dijimos las dos a la vez emocionadas, pues nos parecía una idea increíble. Si ella iba a estar allí con nosotras, ya no había nada que temer.

— ¿Y cómo nos vestiremos? Pregunté yo, que conocía mi pobre fondo de armario a la perfección.

— Eso no es problema, tu vienes aquí y ya nos apañaremos.

— Perfecto pues, mañana vendré aquí a las cinco de la tarde, y que tiemblen todos y todas, pues van a ver aparecer, a las majas de España, y no van a valer, ni chicas de revista, ni rockers de recreativos. Las dos se pusieron en pie imitándome, y soltaron un "¡así se habla!", que nos embargó de emoción, a punto de soltar las lágrimas.

Silvia me comunicaba por el auricular que les esperase bajo, para que así su hermana no tuviese que aparcar; mi madre aprovechó para verificar el compromiso de Laura a nuestro lado toda la tarde; me despedí escandalosamente y bajé a toda pastilla.

Íbamos en el sinca1000 de su hermana, con la música de Loquillo, "Esto no es Hawai", a toda pastilla, y mientras, nosotras, descubríamos todo lo que no conocíamos. La ciudad nos parecía grandiosa y llena de oportunidades, el barrio ya empezaba a quedarse pequeño, y allí las dos solas, nos aburríamos considerablemente; veíamos de forma lastimosa, todos los fines de semana, la excursión de los chicos y chicas, que iban en grupo y se dirigían a su punto de encuentro. Ahora, nos tocaba a nosotras. Silvia me miraba, estaba contenta, se le notaba, pronto nosotras nos dirigiríamos a nuestro punto de encuentro también, y... ¡ojalá! durase por mucho tiempo.

— Si veis que no os queréis quedar cuando me vaya, os venís conmigo, yo he quedado con Susana y su prima, que ha venido del pueblo. Decía esto dirigiéndose a su hermana. "¿Conoces a Susana no, Silvia?"

— Si, si, me acuerdo de ella. Pero, no hizo muy buena cara.

— Lo digo, porque no os creáis que os voy a dejar allí si estáis incómodas.

— Vale. Dijimos las dos a la vez. Nos miramos, estábamos dispuestas.

— Bueno, pues ya hemos llegado, pero hay que buscar aparcamiento, porque aquí es imposible, si veis un sitio me lo decís.

Empezamos a dar vueltas y más vueltas, pero era increíble, no había un hueco por ningún sitio; repetimos viaje, por lugares por los que ya habíamos pasado, las calles de esa zona, estaban de gente a rebosar y los lugares de ocio, podían colgar su cartel de completo.

— Nada, voy a probar en el descampado donde están las universidades. ¡Caramba! con lo pronto que es, y que lleno está esto.

— ¿Cómo se llama este barrio?, hay mucho ambiente. Le pregunté.

— Si, esto siempre está así. Bueno pues creo que simplemente dicen... ¡Vamos al Mestalla!, al menos así lo llaman muchos, que yo sepa, y es por el campo de fútbol que está ahí, ¿veis? Las dos nos giramos, lo teníamos a nuestras espaldas.

Encontramos sitio por fin, en una de las tantas calles con vida, que formaban aquel barrio; Silvia y yo estábamos atacadas por no llegar pronto a nuestro destino y también, porque no decirlo, por llegar a él; la cuestión era que nosotras teníamos el tiempo contado, y se nos había ido media hora en buscar el dichoso aparcamiento. Nos preparamos para salir, Silvia me preguntó que tal estaba, y yo le pregunté lo mismo.

— ¡Vaya tontería!, las dos tenéis el mismo pelo, y en el mismo sitio, y la ropa la lleváis puesta todavía. Contestaba su hermana mientras sacaba el radiocasete, lo metía en el bolso y se disponía a salir.

— Ya, pero... yo no estoy acostumbrada a llevar pintados los ojos, me veo rara. Silvia y yo ocupamos los espejitos de los lados, mientras su hermana nos echaba la bronca, diciendo que hacía unos instantes nos quejábamos por el retraso del aparcamiento.

Mientras avanzamos, alargábamos el cuello y las piernas, nos movíamos de un lado a otro, porque entre tanta gente, no podíamos apreciar a nadie de los nuestros. Al final, Laura, que nos había adelantado, con su paso decidido, señaló el objetivo.

— ¡Ahí los tenéis!, ¿los veis?, son rockers niñas. Silvia y yo nos miramos, no eran muchos, pero conforme nos íbamos acercando, nos miraban cada vez más, y a mí se me multiplicaba el pulso. Silvia y yo nos volvimos a mirar; nos miramos como cosa de un millón de veces, era como si nos accionásemos y reaccionáramos al instante, solo con ese movimiento instantáneo, que no es otra cosa, cosa que el impulso que te hace presa de los nervios.

— ¡Ja, ja!, no os preocupéis, no nos van a comer, son como nosotras, solo que llevan más tiempo; además, se ven pocos, deben de estar dentro, o igual aun no han llegado.

Ya estábamos allí, nos miraban raro y nosotras no sabíamos cómo colocarnos, (¡como si hubiera que colocarse de alguna manera cuando llegas a un sitio!) siempre se siente una extraña al principio, y busca una pose adecuada que te haga parecer natural. Laura como siempre, y más acostumbrada a todo eso de reunirse con más gente, dijo:

— ¡Vamos a mirar algo de música! Nosotras como locas le seguimos dentro, y cuando ya estábamos allí, nos dimos cuenta de que era normal que hubieran pocos afuera... ¡porque estaban todos dentro!, y entonces si que empezamos a alucinar...

Era un recinto grande, con escaleras en la entrada para acceder a cualquier otra planta con más música; se reunían una gran cantidad de gente joven y no tan joven, para adquirir la música que era de su agrado, luego pudimos observar que habían secciones donde podías encontrar algo de rock, punk, heavy..., no había mucho para elegir, pero a nosotras, que empezábamos, nos vino muy bien. Disfrutábamos de lo lindo viendo las portadas de los discos, que inspiraron aún más si cabe, nuestro espíritu, aliado en aquellos momentos, con el grupo de chavales que destacaban entre los demás, por su forma de vestir y actuar. Se reían y charlaban, sin reparar en lo diferentes que eran, parecían haber sido transportados de otra época, sin haberse dado cuenta. No podía, por el momento, dejar de preguntarme, qué hacían todos en ese sitio, al que yo no encontraba nada de especial, (salvo ellos, claro); se me hacía raro, verlos allí dentro, y oír cantar a Alejandro Sanz, el cantante que tanto le gustaba a mi hermana, y del cual me sabía ya todas sus canciones e intentaba que no me saliese ninguna de manera impuntual sin darme cuenta. Silvia y yo absortas, por cuanto veíamos, estábamos allí paradas esperando a que ocurriera algo, que nos hiciera olvidar el sentimiento de haber sido defraudadas; mientras, su hermana iba por libre y ya había seleccionado algunos casetes, guardando una fila interminable en la caja.

De repente, después de unos minutos de indecisión y ante nuestro asombro, cambiaron la música, pusieron el tema de Chuck Berry, "Maybelline", entonces, todos nos alegramos por el cambio, y digo todos, porque de repente todos empezaron a bailar. Los que estaban fuera entraron, parecían más que los que habíamos visto cuando llegamos, también hubo alguna pareja que se atrevió a enseñar sus pasos; era la primera vez que veíamos algo así, en directo y nos gustó, era como si hubiesen esperado pacientemente, a que llegara su momento. Bailaban en un pequeño espacio, que parecían tenerlo reservado para la ocasión, donde había un pinchadiscos que elegía la música durante toda la tarde; entonces, empezaron a vociferar un nombre que no pudimos descifrar muy bien, había mucho ruido, lo repetían continuamente al mismo tiempo que silbaban. Apareció un chico, moreno, de buen tipo, llevaba una camiseta blanca ajustada y unos pantalones negros con vuelta en los bajos, y un calzado un tanto extraño que yo no conocía, eran negros con una suela muy gorda, y llevaban una hebilla plateada que destacaba por su brillo, a los lados; le pregunté a Laura.

— Eso son unos "Boogies", ¡guau!, y están geniales, en cuanto pueda me compraré unos. Decía mientras observaba al chico en cuestión, ante los aplausos de sus colegas que habían conseguido, que saliera a escena.

Silvia me dijo: "Rober".

— ¿Cómo? Le pregunté, no conseguía oírle.

— Rober, están diciendo Rober.

Pues Rober empezó a bailar, era increíble... ¡Cómo se movía en la pista!, todos, o sea todos los que estábamos allí, o sea todos los que eran rockers y no lo eran, se habían unido a la multitud para ver bailar a aquel chaval, que parecía volar en la pista; era un fenómeno, la canción la cogió ya empezada, así que, cuando acabó le pidieron seguir, y continuó con el tema de Loquillo "Chanel cocaína y don Perignon", y aunque no lo dejaron terminar solo, porque casi al terminar la canción, se metieron todos por medio a cantar, el disc—jockey, pidió un fuerte aplauso para Rober al acabar. Todos lo aplaudieron como a un ídolo de masas, y él respondió con una reverencia muy elegante; después se dirigió al pinchadiscos, intercambiaron unas palabras y se fue con sus amigos. Siguieron pinchando un montón de música durante toda la tarde, así que, fue perfecto. Estábamos motivadas y se nos habían pasado un poco los nervios del principio, decidimos salir fuera, bueno, fue más bien idea de Laura; algunos de ellos habían salido al terminar el baile de Rober, y su hermana dijo que habíamos ido allí a por algo más que para aplaudir a un bailarín de swing.

— Ha estado muy bien, ahora pasemos a la acción si es que queréis volver otra vez. Nosotras asentimos con cara de tontas, y salimos fuera. El panorama de fuera era el mismo que habíamos visto la semana pasada allá en el barrio, en los recreativos; habían muchísimos, solo que estos vestían de una manera distinta. Bueno todos conservaban sus tupés y los pantalones estrechos, llevaban cazadoras beisboleras o levitas, camisas o camisetas estrechas, las primeras atadas hasta el último botón y el cuello de la camisa adornado con unos collarines negros, con las puntas plateadas y una insignia también plateada en el centro.... utilizaban más ese calzado, los boogies, antes que las botas camperas. Habían dos chicas, un tanto regordetas, que iban vestidas con falda de vuelo, una de un rojo chillón, y la otra de verde oscuro, por lo demás las dos iban exactamente igual, un suéter negro de cuello alto y ajustado, llevaban dos cazadoras de cuero ajustada y corta, (¡nos encantaron esas cazadoras!) y zapatos negros con calcetín blanco, una llevaba una larga coleta de caballo y un perfecto tupé, y la otra todo el pelo rizado en una corta melena con flequillo, acompañado por unas gafas de pasta negra. Ambas nos miraban hacía rato, desde que habíamos salido, buenos, todos nos miraban mucho. Habíamos estado como alerta, observándolos a todos, comentando su ropa, su estilo tan distinto a los chicos del barrio... aunque la ropa era parecida, de todas maneras, algo en sí, les hacía diferentes. Nos apoyamos en un coche, y se acercó una chica.

— ¡Hola!, ¿es la primera vez que venís, verdad?

— Si, se nota ¿no? Contestó Laura.

— Bueno se nota, porque yo vine por primera vez, la semana pasada, con unas amigas de mi barrio, y hoy es el primer día que vengo sola, y estaba como vosotras...si, se nota bastante... aunque por lo menos sois las tres, yo era la única que iba vestida así, a mis amigas no les va este rollo, pero me acompañaron hasta aquí. Bueno, me llamo Marta. Nos presentamos de inmediato, nos dimos los besos de rigor en las mejillas, y dijimos nuestros nombres:

— ¿Habéis visto el baile de Rober?,

— ¡Ha sido increíble! Le indicamos las tres.

— Si, baila fenomenal. La semana pasada bailó con una chica que es campeona de concursos de baile de Rock'n'Roll, en fiestas que suelen hacer. La teníais que haber visto.

— ¡Vaya si hacen fiestas! Silvia y yo nos mirábamos.

— Si, mira os voy a presentar a Jose. Nos miramos las tres, ¿Sería nuestro Jose? "Es un chico muy majo, estuvo hablando la semana pasada toda la tarde con nosotras, se interesó enseguida que aparecimos, y menos mal; de no haber sido por él, hoy, no sé si hubiera venido". Marta se alejó hacia un grupo de chicos que descansaban apoyados en un coche.

— Bueno, no os podréis quejar, no os ha costado mucho conocer gente, por lo que veo, ahora Marta os presentará a ese tal Jose y parece una chica muy agradable, me quedo a ver que dice el chaval este.

Marta se acercaba con un chico, que si, resultó ser nuestro Jose. Era este chico, un chico de difícil mención, pero no por ello, imposible de explicar; ya que a todos nos proporcionó nuestro "mentor", la suficiente facilidad y gran arresto, para poder explicar cualquier fenómeno presente de nuestra existencia. Era este chico, de semblante humano, con sonrisa facilona y agradable; tenía en su rostro la inesperada (pero fácil a esa edad) marca de un acné, bastante severo. Su manera de andar era un tanto... inquietante, (y digo esto, que fue lo que nos pareció en ese momento) para nosotras; que por aquel entonces, y con esa edad, que bien puede ser el suspiro de todos los que la han dejado atrás y recuerdan con añoranza ciertos momentos, no deja de ser un tanto bribona e ignorantilla, pecando de torpones, en instantes en los que hay que mantener la compostura antes de soltar alguna ordinariez, sin ningún tipo de conciencia, que creemos, por entonces, no existe, perdonándose todos nuestros pecados al instante. Bueno, decía que nos inquietó, por el hecho de que sus piernas, que debieron de necesitar, alguna corrección necesaria en la infancia, se mostraban tan dobladas como un nudo marinero; que de la cintura hasta las rodillas, permanecían juntas, como luchando por su mejoría, pero por alguna razón, terminaron hacia afuera, desafiando las leyes de la naturaleza. Y ustedes pensaran, que debo tener por corazón una morcilla y por cabeza un ladrillo, para decir estas cosas, pero fueron tales como las cuento, y así debe ser; que en aquellos instantes, una se reía de cualquier tontería y ahora, ya madura (o al menos eso creo) terminaré esto mejor, que también es como lo siento, y como lo sentimos nosotras, después, con el tiempo. Porque en realidad, éramos todo corazones, y para conocer a esta persona, no hacía falta mucho tiempo, para saber que fue el mejor descubrimiento hecho por nosotras. Porque su grandiosidad humana no era comparable con mucho de lo que conocimos después, ni en el futuro. Nos unió, nos enseñó, nos aconsejó y mejor aún...nos respetó. Que desde los tiempos más remotos, esta virtud, es algo desfavorable en los humanos.

Yo había descubierto esa tarde la canción de "Stand by me" que sonó, justo después de presentarnos todos y hablar como loros (pues ya se nos había olvidado, el colorado de las mejillas) Así pues, y sin ganas, al regreso de Laura que se nos antojó muy apresurado, nos despedimos.

Y nos prometimos fidelidad eterna, porque durante un tiempo fuimos inseparables; aunque luego.... vinieron más amigos, mientras a veces, también nos dispersamos en solitario y nos volvíamos a juntar. En fin, lo que suele suceder.

Acababa el curso, llegaban las vacaciones... ¡Fantástico!

Acababa el curso... Comenzaban las vacaciones.... ¡El jolgorio estaba garantizado! Nos abordaba la fiebre veraniega, por todas partes; había que comprar un biquini nuevo, cremas bronceadoras nuevas, sombrillas con otros colores, toallas con otros dibujos, chancletas más modernas... en fin, nada del año pasado servía, y yo pensaba que nosotros... la llevábamos clara, ante el consumismo. Estaba claro, que no era nuestro aliado. Silvia me repetía una y otra vez de irnos a la piscina, pero claro, antes las tenían que abrir.... Mi abuela continuaba cosiendo, no como cuando éramos pequeñas por que empezaba a fallarle la vista, pero todavía nos solucionaba alguna camisa o falda. Antes, nos vestía para todo el invierno y demás estaciones, porque mi madre no podía con todas las estaciones. Todo era confeccionado por ella. Así que, todavía pudimos estrenar ese verano, dos camisas; solo que a mí, me gustaba la de mi hermana y a mi hermana, la mía, y mi abuela se llevaba las manos a la cabeza porque decía que estaba harta de esa familia, porque nunca estábamos de acuerdo en nada. Decía que el único que no rechistaba era mi hermano, que le colocaba la camiseta de manga corta de los colores que le gustaban, e iba tan pancho y que esas camisas, "¡iguales, igualitas!" exclamaba mi abuela hacia el cielo... Nos las había hecho muy parecidas cuando éramos más pequeñas y no rechistábamos.... Mi hermana y yo nos mirábamos de manera desafiante y orgullosa; yo pensaba que ella tenía la culpa por hacerle disgustar a mi abuela y ella pensaba lo mismo de mi; aún así, nos acercamos a ella, para darle dos sonoros en la mejilla con sonrisa angelical, diciéndole que no se preocupara, porque eran las mejores camisas, que ojos algunos, podían haber visto en años. Y era verdad. Mi tía, fiel defensora de la edad, decía que la edad del pavo nos acechaba sin remedio, ni pócima alguna.

— Pues yo cuando tenía su edad, no era así.

— Mamá, no era lo mismo. Lo que pasa, es que tú no estás ya para tanto trote; esto será ya lo último que coses. No paras, te lías con la casa, los niños, y ahora te pones a coser; tu vista ya no está como antes... acuérdate de que tienes la revisión en septiembre. Mi abuela asintió de poca gana.

— ¿Qué quieres que haga, si no? Carmen trabaja durante todo el día, ahora en el verano... ya sabes cómo se pone aquello de gente, y apenas tendrá un día de descanso.

— Las niñas están en una edad crítica, si, pero también... se van haciendo mayores, que te ayuden más en casa, ¡Y no cosas!

— Si me ayudan en todo lo que pueden, son unos niños maravillosos, con todo lo que ha pasado... ya es suficiente. ¡Y esto es lo último que coso! No me lo repitas más.

Yo como siempre, escuchaba toda la conversación desde el dormitorio que había pegado al comedor, y al que habían quitado la mesa y las sillas, siendo sustituidas, por una cama plegable. Lo único que se quedó, la máquina de coser de mi abuela, que tenía preferencia por encima de todas las cosas.

Se levantaron las dos con dirección hacia el pasillo; mi tía se despidió de nosotras y se quedaron en la puerta hablando con la vecina de enfrente, la señora Asunción. Era muy amiga de mi abuela; vecinos desde el primer día que entraron en el piso, siendo mi madre y mi tía aún pequeñas, cuando llegaron huyendo de la gran riada. Mis abuelos se hicieron en seguida con la amistad del matrimonio, perdurando muchos años. Una vez, que los respectivos dejaron este mundo, ellas continuaban recordando los buenos tiempos, que son la mejor manera de restaurar el corazón y elevar el ánimo.

Mi tía se fue; mi hermana hablaba por teléfono hacía un rato ya, con una de sus amigas de instituto, y yo me acerqué a la cocina a servirme un vaso de leche natural, no quería tomar la leche fría, porque enseguida me invadirían las anginas, y mi vida ahora era demasiado interesante, como para hacer cama. La sinfonía de la radio daba las mejores coplas, habíamos escuchado casi toda la tarde "las grandes voces de España" que le decía yo a mi abuela, cuando empezaba a cantarlas por toda la casa. Se acercó a mi hermana, que llevaba horas de vocabulario y le preguntó si era ella la que había hecho la llamada; le hizo señas con el dedo de que no, y más tranquila, se fue hacía su dormitorio. Yo la seguía por toda la casa como hacía siempre, Concha Piquer, cantaba una de sus canciones preferidas, mientras ella le acompañaba a dúo, se la sabía de memoria, siempre la cantaba cuando tendía la ropa, cuando limpiaba, cuando preparaba la comida...

"El vino en un barco, de nombre extranjero...

— ¿Qué haces abuela? ¿Te vas? Le pregunté, mientras observaba como se ponía su colonia preferida; una botellita de Royal Ambree, que le habían regalado los reyes, bueno mi tía Marisa, junto con un batín y un pijama.

— Me bajo a la peluquería, ahora te asomas al balcón y cuando haya salido del portal, me avisas cuando pueda cruzar, y me lo dices.

— Vale abuela. Yo no sabía que pudiera tener tan sensible la vista, pero era la segunda vez que lo pedía, al bajar a la peluquería de nuestra amiga Cristina.

El perfume de esa colonia me encantaba, digo que me encantaba por que olía a mi abuela, porque se la ponía mi abuela; y no habrá recuerdo más dulce e inolvidable, que el de mi abuela, ni mejor olor, que el de aquella fragancia, que todavía me envuelve por algún rincón de la casa. Ni que decir tiene, que quedó guapísima con su moldeado y que aparte de mi aviso, Cristina la peluquera, le esperaba en la puerta vigilando de que llegara sin ningún tipo de problema; porque si había alguien querido en ese barrio, esa, era mi abuela, y yo, estaba y estoy muy orgullosa de ella.

Aprovecharé ahora mismo, para pedir mil perdones, a todas aquellas personas, sobre las palabrejas malsonantes, que vayan apareciendo en el texto, pues acercándonos como nos estábamos acercando, a los pioneros en pandillas y malos ademanes, he tenido que dejarlo así, pues así era como ocurrió; y a los personajes históricos no se les pude cambiar, como tampoco los momentos estelares de los que gozaron en persona mientras existieron. Así pues, continuemos.

Habíamos quedado con Marta y Jose en Local, la tienda de discos. Jose nos dijo que celebraban una pequeña fiesta, en el bar de un muy buen amigo suyo; pero no sin advertirnos antes, de que no estaría la gente que habíamos visto allí la semana anterior; "estos eran diferentes", "un poco más macarras" había dicho. Pero como ese chaval le había invitado, y para él, era un gran amigo, pues fuimos. ¡No se hable más! Dijo Silvia muy decidida. Además, Jose comentó que era un buen chaval, y que nos caería bien y nosotras a él.

— No pasa nada, vosotras estáis conmigo. A parte de Ray, conozco también a una chavala muy maja, se llama Tracy, las demás, son un poco irritantes, pero eso a vosotras, os tiene que dar igual, así que... ¡Ya está bien de bobadas y arreando!

— Yo.... a mí, me para mucho... pero bueno, si vosotras queréis ir.... pues iremos, no me voy a quedar aquí sola, ya ves. Nosotros le mirábamos y nos mirábamos. Y Marta prosiguió. "¿No nos arrepentiremos a mitad camino?.. Porque yo sola no vuelvo. Y nosotras le dijimos: "no, no". Jose nos miraba preocupado. "Y...bueno... si hubiesen venido, Carla y Amparo, por lo menos.... seríamos más...y eso es distinto".

— ¡Oh, vamos, por favor! deja ya..... ¿Eh? ¿Quién son Carla y Amparo? Pregunté.

— Es que estuvimos hablando mucho rato la otra tarde, y no os presenté, además para cuando acabamos que nos fuimos, ellas ya no estaban. ¿No os suenan dos chicas, que iban vestidas con falda, y llevaban dos chupas de cuero?

— ¡Pues ya ves, como no nos des más información, espabilada!... Contestó Jose.

— ¡Yo sí que se de quien hablas! Hablas de dos criaturillas, que estuvieron toda la tarde pegadas, como las figuras de un pastel de bodas, y mirándonos como dos bobas!. Les informé.

— Si, se quienes son, bueno quiero decir que las vi. Contestó Silvia. "Iban vestidas de rojo y verde... ¿Quién es quién?

— La de la falda verde, es Carla y la otra Amparo. Son buenas chicas, quizás lo mejor que podáis conocer, porque chicas agradables ya os digo... que hay muy pocas. Aseguro Jose.

— ¿Cuánto queda para llegar? Estaba ansiosa, y además, llevábamos un rato ya caminando, y hacía un calor espantoso.

— Ahora cuando pasemos por la plaza de la virgen, entraremos por el barrio del Carmen. ¿Habéis estado alguna vez?

— Nosotras no. Dijo Silvia; miramos a Marta.

— No, yo no he salido de mi barrio.

— Bueno, ahora cuando entremos, igual os sorprendéis un poco con todo, pero parecéis unas chicas valientes, no creo que haya problema. Yo me quedé pensativa ante eso de que éramos valientes, porque todavía no me había batido en ningún duelo. ¿Seriamos valientes de verdad, o saldríamos de estampida a la primera de cambio?

— ¿Qué quieres decir con eso?.. eso de que igual nos sorprendemos un poco. Preguntó Marta un poco preocupada.

— Bueno, si no lo conocéis, por supuesto no habréis oído hablar de él. Es un barrio de la noche, se junta toda clase de gente; está por su puesto dividido por zonas, hay mucho "pijo", mucho niño de papá... pero hay callejones, sitios, en los que solo pasamos nosotros y.... sitio para los punkis, que le tienen la guerra declarada a los rockers. Los rockers que se mueven por aquí, hay que decir que son muy peleones, como ya os he contado, y los otros, aunque sepan que son menos, no se achantan...

de todas maneras intentan no cruzarse, porque no hace mucho, tuvieron problemas, problemas gordos, pero ya no hay que preocuparse, cada uno se va a su sitio, y todos tan felices. Además, yo sé por donde os tengo que llevar, no creo que nos crucemos con ninguno.

— Pues qué alivio, ya me dejas más tranquila. Dije yo un tanto asustada, recordando mi pensamiento anterior. Estaba convencida, de que esa tarde, volvíamos corriendo a casa. Marta nos miró con intención de retroceder, pero en ese momento ya habíamos cruzado... adentro. Y más nos valía, seguir acompañadas, que retroceder solas.

— No pasará nada, ahora hay mucha gente... ¿veis? Comentó Silvia, como siempre, restándole importancia al asunto. Íbamos, imaginé, por la zona de copas, habían ya grupos de gente más dentro que fuera de los bares, abiertos no hacía mucho, con resaca de la noche anterior. Algunos de ellos, o mejor en su mayoría, conservaban el origen, el sello de identificación propios que pertenecían a ese barrio; lo mismo que en las calles y las casas, que hablaban por si solas, de la historia del casco antiguo de mi ciudad. Los pequeños y destartalados edificios pedían ser rehabilitados; sus fachadas, sus balcones... Perpetuas también las farolas negras y antiguas, que parecían decir, "yo guardo muchos secretos, acercaros, tocarme y realizaréis un viaje por el tiempo"; en algunos sitios las carreteras dejaban ver restos del carril que había pertenecido a los tranvías de antaño.

Pero conforme nos íbamos adentrando en sus callejas, fuimos descubriendo el barrio en su mejor versión original. Paredes sucias, con dibujos y mensajes de todo tipo, realizados por las bandas que descansaban más de día que de noche. Hacían alusión a todo tipo de problema social, insultos y dibujos obscenos; descampados en los que se depositaba toda clase de basura, escombros, colchones, jeringuillas y un sin fin de inmundicia; negocios que habrían florecido en su época y ahora cerrados, conservaban su antigüedad, allí perennes; enseñaban letreros viejos, designando su papel desempeñado, en alguna época pasada. Por sus aceras reducidas era imposible caminar, así que nosotros hicimos el trayecto por la carretera; apenas cabía solo un coche, el ruido de su motor se apreciaba enseguida, podríamos apartarnos sin problema. El ruido de las espuelas que Jose había elegido esa tarde para adornar sus botas era el único ruido que se oía desde que, hacía rato, nos habíamos alejado de la gente.

— Ya queda poco chicas, venga os habéis quedado muy calladas, ¡Parecéis, una señal de tráfico, espabilad! este es el barrio que mola hombre, lo que pasa es que esto es el principio para vosotras y a lo mejor estáis un poco asustadas, yo lo entiendo es nor...

— ¡Chusss! ¡Calla! Le dije poniéndole una mano en el hombro para que frenara.

— ¡Ay! ¿Qué pasa?.. ¿Qué has oído? Me preguntó Marta temblorosa, Silvia y Jose callaron.

— Seguir, vamos chicas, os he dicho que caminéis. No pasa nada, ¿qué pensáis... dar media vuelta y echar a correr?, vamos, lo más posible es que sean unos punkis....

— ¿Qué?.. Y lo dices tan tranquilo. Protestamos las tres.

— Vale, vale, dejarme terminar y no os pongáis nerviosas ¿vale? Si os ven así, no solo ellos, sino cualquiera, van a ir a fastidiaros en el primer momento, es por la tarde, hay demasiada gente ya por la calle....

— ¡Calla! ¡Que vienen!, vamos a hablar de otra cosa... ¿Vale? Expuso Silvia intentando poner un poco de tranquilidad.

— ¡Caramba!, mira que también es mala suerte. Sí que son punkis... ¡madre mía! esto no puede ser que esté pasando. Dijo Marta un poco nerviosa, mirando hacia todas partes.

— Bueno, intentar no mirarles, imaginar que habéis visto cientos como esos, y hacer como si todo fuese normal. Jose intentaba mantener la calma...inútilmente.

— ¡Claro que fácil! Dije yo, recordando mis oraciones.

— Jose sacó un tema, un tema rápido y sin venir a cuento, como suele ocurrir en estos casos en los que el miedo no te deja decir otra cosa más que eso, tonterías.

Caminaban hacia nosotros, la calle parecía haberse hecho más pequeña. Describiré lo que vi, a medida que se acercaban y nosotros actuábamos como si estuviéramos solos, y no hubiese nadie más allí.

Eran tres, nos habían visto, yo creo, desde que habían girado la calle.

El ruido que yo había oído cuando me paré, era las cadenas que colgaban de sus estrechas caderas. Llevaban más de un cinto colgando sobre ellas, eran altos y delgados, pero sus crestas les hacían conseguir más altura todavía, además de una imagen aterradora; las llevaban de dos colores, por lo que pude apreciar, amarilla y roja; el pelo a los lados era inexistente; sus camisetas estaban desgarradas y con ausencia de mangas, se podían apreciar los tatuajes en los brazos y en los hombros, respectivamente. Llevaban chaleco de piel oscura pero ya, descolorida, los pantalones ajustados también rotos, uno de ellos con botas negras, los otros dos, granates. Llevaban una litrona que se iban pasando enérgicamente. Lo que menos nos gustaba, que no hablaban, y sus rostros serios y sombríos, parecían fijarse en nosotros, sin saber cuál sería la importancia que podrían dar a nuestra presencia.

Los teníamos tan cerca...nosotros intentamos continuar con la conversación ya casi entrecortada, de la prima de Jose que había sacado él mismo.

El tiempo pareció detenerse al pasar por nuestro lado; nos miraron, no pudimos evitarlo. Les miramos. Uno de ellos nos enseñó, de muy mala manera, su dedo corazón, que por el gesto e intención, de corazón tenía bien poco, pues aquella escena, era más bien desagradable; mientras, los otros le imitaban y se reían, mientras escupían al suelo, cerca de nuestros pies... ¡Escalofriante! Nosotras tragamos saliva, el miedo era compartido por los cuatro, pero intentamos hacer caso omiso y continuar.

Pasaron de largo, con continuas risas exageradas; nosotros no nos atrevimos a mirar, no sabíamos si continuarían o decidirían aguarnos la tarde. Al final, Jose se decidió a mirar, disimuladamente; uno de ellos se giró, y profirió un insulto general, a todos los nuestros. Y digo ya, los nuestros, porque desde ese día, comenzamos a formar parte de la leyenda urbana, del barrio. Los evitamos por fin.... ¿Acabaría pronto todo? Hasta que no se hubiesen esfumado a nuestras espaldas, nuestros corazones, seguirían latiendo fuertemente.

Nos quedamos sin habla, la conversación de la prima de Jose, ya no interesaba para nada. Yo, al igual que mis compañeras, estaba petrificada y empezaba a echar de menos mi barrio, ¡el colegio!, a la tutora que me acopló a Jaime...¡e incluso a Jaime!.. pero se me pasó enseguida.

Por fin desaparecieron, Jose dijo que no volverían, yo también lo creí, mejor así ¿no? También pensé, que fuimos valientes, si, y por eso, y por que supieron también que solo éramos unas crías principiantes, pensaron que lo mejor era pasar de largo; prefirieron burlarse, solo, para diversión suya, nada más, ya se sabe, asustar un poco al indefenso. Sea como fuere, aquello no se nos borraría, el susto nos valió para afrontar ya cualquier cosa que pudiera ocurrir esa tarde, y quizás, otras que vinieran más adelante.

Pensamos, y estuvimos de acuerdo, más tarde, al terminar todo, (y sin dar caso, a que habíamos estado con tembleque de piernas, una parte considerable de la reunión en el bar) de que aquello, estaba siendo un buen comienzo.

— Bueno, Jose, ahora tendrás que presentarnos a tu prima. Le dije yo, con necesidad de espantar el miedo.

— Muy graciosa, muy graciosa. Nos reímos e intentamos olvidar lo sucedido. Según Jose, al final de la calle del encuentro punk, y a la derecha, estaba el bar. No quedaba nada pues,...o si.

— Toda la calle recta. Dijo Jose, mientras girábamos y entrábamos en otro callejón exactamente igual, que el que dejábamos atrás. "Y pasando este trocito que pertenece a los negros....

— ¿Cómo? Preguntó Marta.

— No pasa nada.

— ¡Eso dijiste antes!..¡Que según tú, los punkis esos, ahora cada uno se quedaba en un trozo de barrio! Dijo esto, mientras movía los brazos enérgicamente.

— Pero ellos no hacen nada... solo que, están cansados de las peleas entre bandas; pero nosotros solo estamos paseando, ¿lo veis?

— Si, si, ya vemos, si nosotras lo vemos, ¡pero falta que lo vean ellos! Le contestamos ya, con muy poca paciencia.

Caminábamos desconfiados, y ellos nos miraban como una amenaza. No se percataban sobre si éramos unos críos o no, solo veían nuestras pintas, imagino que habrían visto pasar a los punkis, y por eso sus caras mostraban recelo. Demasiado movimiento, pensarían, y desde allí se empezaba a oír ya, el bullicio del bar del amigo de Jose... y la música. Fue Marta quien nos avisó sobre el tema que se oía a lo lejos.

— ¡Eh!, esa canción me suena... si... ¡Es Wanderer!, de Dion and the Belmonts.

A Marta le encantaban los Dion and the Belmonts.

Jose, mientras hablábamos, miraba de reojo a uno de los chicos de color, que no paraba de mirarnos y que además, llevaba jugando todo el rato con una cadena que pasaba de una mano a otra, estaba acompañado por un grupo considerable de chavales como el, y de miradas extraviadas, por el infortunio de la vida. Una señora que también nos observaba, llamó a un niño, de unos 12 años; el niño se metió con ella en un patio sucio y maloliente, que pertenecía a un edificio de solo dos pisos, de las mismas condiciones. El chico que jugaba con la cadena, de unos veintitantos, se acercaba a nosotros, justo cuando terminábamos nuestro paso por allí; Jose se adelantó haciendo señas de que no pasaba nada.

— Oye, vamos a una fiesta que hay en ese bar.

— Yo no te he dicho nada, no me interesa donde vayáis, es solo que no queremos problemas. El chico, continuaba jugando con la cadena, mientras se giraba y le hacía señas a los chicos del grupo, que permanecían sentados en el bordillo de la mugrienta acera y que daba a una especie de planta baja; supongo, que el lugar de reunión de todos ellos.

— No, si nosotros tampoco queremos problemas, solo queremos continuar nuestro camino.

Nosotras nos mirábamos, pero esta vez ya desesperadas, aunque no queríamos que se notara, rezaba para que todo aquello acabara...¡Ya, cuanto antes! De repente una voz a lo lejos. La divina providencia una vez más, había escuchado de nuevo mis plegarias, o al menos eso creía yo, ya que al oír la voz, el grupo se detuvo; el chico que portaba la cadena se giró. Hacia nosotros se acercaba una chica, una chica muy alta, tenía cara de pocos amigos, iba perfectamente enfundada en unos pantalones vaqueros, las botas camperas por fuera, y un suéter súper ajustado que dejaba ver una cintura minúscula. Su manera de andar era agresiva, parecía tener un carácter fuerte, (luego Jose se encargaría de afirmárnoslo). Los conocía, el chico de muy poca gana, nos miraba, mientras se alejaba lentamente sin quitarnos la mirada de encima. Luego esperó a que llegara ella, como el que espera una reprimenda.

— ¡Qué pasa! ¿Acaso te han hecho algo los chicos?, lo dudo. Dijo, mientras saludaba a Jose, y nos miraba y saludaba a nosotras también.

— No pasa nada, solo quería saber que pretendían, no queremos más problemas ¿sabéis?

— Pero yo ya te he dicho que solo queríamos llegar al bar, nada más. Le volvió a contestar Jose, esta vez, mas cabreado.

— ¡Cállate, quieres! Le replicó el chico de color, molesto por su tono de voz.

— ¡No, cállate tu! La chica le salvó el pellejo.

— ¡Acaso tienen pinta de dar problemas! Si no queréis tener más problemas no los empecéis, tenéis suerte de que los haya visto yo, si los llega a ver uno de los chicos, entonces sí que hubieseis tenido un grave problema.

— ¿Ah sí? ¡Y qué me quieres decir con eso! ¿Queréis que vuelva a venir otra vez la policía, y nos jodan a todos? ¿Es eso, eh?

Ella se acercó a él. Los amigos del chico insistían en que lo dejara de una vez.

— Yo de ti cerraría la boca. No creo que a ti te convenga mucho que se acerque la policía. Recuerda que si no es por mí, estarías escupiendo los dientes de no haber parado una pelea que tú mismo te buscaste, la próxima vez me lo pensaré.

— Vámonos joder, nos vas a meter en un lío, dentro de ese bar hay muchos tío, déjalos que se vayan. Dijo un compañero suyo mientras se lo llevaba casi a empujones. La chica se dirigió a nosotras, que ya no articulábamos ni palabra ni gesto alguno, y sonriendo nos dijo.

— ¡Venga, os vais a perder la fiesta! Nos miraba a las tres de arriba abajo.

— Espero que no os hayáis meado encima, Ja, ja, ja... es una broma, no me hagáis caso, yo soy así de bruta, ¿a que sí Jose? Nosotras nos miramos con ganas de estrangularla. Cogió a Jose (que le llegaba por debajo de la axila) por el cuello, y estrujándole los mofletes se encaminaron hacia el bar, con nosotras tres detrás... agotadas.

— Si, si, ya lo sé, y por eso nos has salvado la vida. No había tenido nunca tantos obstáculos para venir como hoy.

— ¿Ah sí? Has cuidado bien de las chicas, ¿eh? Nosotras nos reíamos y asentimos, la verdad es que sin él, aquello habría sido prácticamente imposible. La chica se giro, de manera enérgica; era bastante enérgica.

— Bueno chicas, a mi me llaman Tracy, lo que necesitéis me lo decís, y lo que queráis saber me lo preguntáis, ¿de acuerdo? Así que, esa era Tracy.

Asentimos como tres niñas que escuchan las órdenes de su madre, y la seguimos los cuatro, sabiendo que ahora ya, nada podía pasar. A tres pasos del local, con los dos ventanales grandes de madera abiertos de par en par, pudimos ver que estaba hasta los topes.

Abrió la puerta, como el vaquero del salvaje oeste entra en un bar a saciar su sed y quien sabe cómo acabará. De momento, al entrar con ella, la gente nos observó, aunque no por mucho tiempo; estaban pendientes, de algo más...llamativo.

Una pareja bailaba una canción que yo no conocía, pero que estimuló mis sentidos, pronto lo averiguaría. El baile era salvaje, ella llevaba además un vestido salvaje, de vuelo y estampado en leopardo con un escote hasta la exageración, al igual que los pasos de baile que practicaban. El calor y el ambiente caldeado por el humo, que parecía huir de las ventanas abiertas, hacían la estancia un tanto agobiante; de no ser porque aquello nos fascinaba, no lo hubiéramos soportado. Las mesas apenas estaban ocupadas, tuvimos suerte, porque deseábamos desaparecer enseguida y observar la escena desde un segundo plano.

Nos cortaba, hasta el tener que caminar hacía lo que nos parecía un lugar seguro; algunos, nos observaban con asombro, se preguntarían de donde habríamos salido. El chaval de la barra saludó a Jose, se llamaba Ray y era el amigo del que nos había hablado y dueño del aquel sitio. El bar estaba adornado de cuadros con fotos en blanco y negro, donde salían personajes de la música rock desde sus principios, y que yo conociera: salía Elvis, Jerry lee, Franckie lemmon, Fats Domino, etc., y algunos que no conocía y que Jose nos explicaría, cual maestro, enseñando a sus discípulos.

El bar de Ray, no era ni grande ni pequeño, era de proporción normal y discreto, perfecto para empezar a iniciarse, pensé. El suelo era como un ajedrez gigante, y la barra en mármol negro, brillaba al resplandor de los focos, que daban más calor, si cabe, al valiente que se quedara allí cerca, más de un minuto. Un enorme espejo a espaldas de Ray, que no daba abasto esa tarde, adornaba la pared lisa de color marrón, y acompañaba a lo demás enseres, que deben dar funcionamiento al lugar, y a todo aquel conjunto de personas; las bebidas, una cadena de música, para cuando se cansara uno de pinchar discos, (tarea que era llevada a cabo, por los allí presentes) y un tablón, lleno de fotos, de otras tantas tardes como esa.

Las risas, los diálogos a pleno pulmón... Todo aquello era un jaleo irremediable, y yo me preguntaba, cómo es que podían aguantarse así, aunque también consideré inmediatamente, que estarían bastante acostumbrados a todo aquello, y a no ser, que salieras a la calle, era imposible el comunicarse de otra manera. Nosotras, habíamos conseguido el mejor sitio; y digo esto, porque estábamos cerca de uno de los ventanales abiertos, en una mesita redonda de pequeñas proporciones, a la que tuvimos que sumar más sillas de las que cabían ella, y en el pequeño trozo que nos iban dejando; aunque ideal para que no se nos viera mucho, y al mismo tiempo, pudiéramos respirar.

Dejaban de bailar pero continuaban otros, los que no bailaban solos, lo hacían acompañados, hasta tres o cuatro, ya borrachos al principio de la tarde; las chicas formaban grupos, lo mismo que los chicos, se mezclaban de vez en cuando, pero al instante volvía cada uno a su círculo inicial. En uno de los corrillos de chicas, que ya habían empezado a posar sus ojos venenosos entre nosotras, nos llamó la atención su forma de vestir, comentario unánime entre nosotras aquella tarde. Iban todas con su vestido de vuelo perfectamente adecuado y combinado con sus zapatos o tacones; la chica que bailaba cuando entramos con Tracy, estaba allí con ellas, y pude observar, además de su increíble pelo largo y cardado cual hombre de las cavernas, con una cinta de raso negro, que apenas se le veía, de no ser por el lazo que le caía pegado a la oreja, sus increíbles zapatos de charol negro, que creía no haber visto nunca, con semejante altura; si lo que quería era desbancar a las allí presentes, lo había conseguido.

— ¿Habéis visto qué tacones lleva esa chica? Esa es la que bailaba cuando hemos entrado. Preguntó Marta, mientras la observaba de arriba a abajo, sin perder detalle.

— Vaya, ¿sí?, ¿Cómo lo has adivinado? Silvia iba a la suya, y Marta no se había enterado de nada.

— Sí, es increíble, yo creo que no podría llevar nunca unos zapatos como esos. Comenté, mientras ojeaba mis zapatillas de bota prestadas; eran cómodas y a mí me gustaba lo cómodo, aunque tenía que reconocer que tenían estilo. Me imaginaba la cara de sorpresa de mi madre, viéndome con zapatos y vestido. Siempre deseando que me quitara los vaqueros y las camisetas pequeñas de encima; su pelea por verme un poco femenina superaría cualquier anécdota de algún personaje famoso de la historia, siendo el vestido de comunión lo más cercano a verme... femenina.

— ¿Cómo se llama?. Continué.

— Se llama María, pero todos la llaman Angie. Se lo puso por la canción de los Rolling Stones.....voy a por algo de bebida, yo invito.

Seguían entrando, y seguían mirándonos, algo de lo que yo, ya estaba empezando a cansarme, por sentirme como un mono del zoo, detrás de cristal, abandonado en su encierro. Gracias a dios, enseguida seguían su camino; no nos conocía nadie y tampoco les interesaba, y a mí, me pareció la mejor forma, de estar todos tranquilos. Aquellos chicos... ¡Caray!.. eran chicos de película; no pude apreciar, para que lo voy a negar, por muy macarras o maliciosos que fueran y que los pintaran, que eran los chicos más guapos y atractivos, que había visto jamás; también más que nada, porque no teníamos vistos muchos así. No tenían punto de comparación con los chicos de clase; ensimismadas los observábamos pensándonos en el cielo, aunque todos los amigos que conociéramos más tarde de nuestro querido Jose, coincidieran en que deberían bajar hasta el mismísimo fuego. Eran unos cuatro o cinco años más mayores que nosotras, o incluso hasta casi diez; eran altos, de buena figura, con caras celestiales o crueles, pero sin desperdicio ninguno por donde apreciaras a mirarles. Eran distintos, su forma de vestir era distinta, conservaban la moda del pantalón ceñido, como casi todos los semejantes, de tribus urbanas; utilizaban la mayoría camperas con grabados preciosos, y las camisas, apenas abotonadas, dejaban ver el pecho al descubierto, con algún tatuaje, tan agresivo como ellos...y ellas, pues también era la primera vez, que descubría a una mujer, con algún dibujo en el cuerpo. Saludaban con energía y un buen apretón de manos; las chicas los miraban y comentando algo entre ellas se reían, luego esperaban a que se acercaran para saludarles, aunque algunas se quedaban con las ganas, y enfadadas, eran ellas las que al final se tenían que acercar para recibir un saludo.

Me encantaba observarlos a todos; me pasaba con frecuencia. Es increíble lo que se puede llegar a saber de una persona, observando de manera discreta. Solo por sus gestos, su mirada, su risa, su tono de voz, su vocabulario, su forma de relacionarse... Porque en realidad, la vida de los demás siempre me ha importado bien poco; solo me servía para informarme sin llegar a saber nada de ellos... me adelantaba, tal y como había aprendido en el colegio, y eso surge, cuando estas solo mucho tiempo.

Jose llegó por fin con los refrescos, estábamos deshidratadas. Casi nos terminamos la bebida al primer trago; en ese momento sonaba Gene Vincent; no había parado de rodar un montón de música, muchas de ellas no las conocíamos.

— ¿Cómo se llamaba la canción que estaban bailando al principio? Si, ¿la tal Angie y su pareja? Le pregunté a Jose.

— Ese tema se llama Houn't dog.

— ¿Estás de broma? Esa canción es de Elvis, o por lo menos tiene una que se llama igual, y la que cantaba era una mujer.

— Esa canción, vosotras la conocéis por Elvis, pero es una versión de la incomparable Big Mama. Aun tenéis que aprender mucho, principiantes.

— ¿Pero eso es Rock' and' Roll? Volví a interesarme.

— No. Eso es blues.

— ¿Cómo?

— Blues, Se llama blues, y es la música de los negros, primero existió esa música, y luego el Rock'and'Roll. Me detalló Marta.

— ¿Y tú, como lo sabes, sapientilla? ¿Acaso estabas allí?

— Pues no, pero me lo dijo Jose, no olvides, que yo os llevo varios días de ventaja, niña de las coles.

— Está bien te creo, pues.... ¿Sabéis que os digo?, que me encanta el blues. Aseguré yo; si, decididamente esa canción me había calado profundamente, y sería otra de tantas cosas por las que me interesaría plenamente; conocer y buscar información sobre la existencia de esa música y sus comienzos. Hasta el día de hoy, sigue en mi repertorio musical. Terminaba Gene Vicent y empezaba un cantante negro, con una canción también, fascinante; la voz penetrante y desgarradora, les delataba. Pregunté a Jose.

— Esta canción es “Hoochie Coochie man” de Muddy Waters, todo un temazo.

— Ya lo creo. Se me ponían los pelos de punta.

En ese momento entró alguien reconocido por nosotras, (por Silvia y por mi). Eran solo dos de ellos, dos de los que habían estado en los recreativos, aquella tarde que nos escondimos detrás de un coche. ¡Qué lejos parecía todo aquello! estando donde estábamos ahora. ¿Qué hubiera pensado, todo aquella gente, si nos vieran detrás de un coche espiándoles, ahora mismo? Mejor no imaginarlo.

Silvia también los reconoció en cuanto los vio entrar, eran la chica rubia que llevaba el vestido, solo que el pelo lo había cambiado de color, ahora era negro azabache; el chico también había estado allí en los recreativos. Ella nos miró, bueno, nos clavó su mirada, como el que se pregunta ¿Qué hace esta persona aquí?.. Pero en plural. Él, ni si quiera se fijó, pero ella no perdió detalle de cómo íbamos vestidas; luego miró a Jose, a él sí que lo reconoció por lo visto porque lo saludó, con un simple gesto.

— ¿La conoces?.. bueno.... ¿Los conoces? Preguntó Silvia.

— No veas cómo nos ha mirado esa, ¿quién se habrá creído que es? Marta estaba empezando a desenvolverse.

— Bueno, sí, no es nadie especial, supongo, pero ella no lo piensa así, lo tiene bastante creído; la verdad es que ni siquiera sé porque me ha saludado, las pocas veces que la he visto, que serán dos, nunca lo ha hecho, mirarme si, por que siempre lo hace, mirar mal. Supongo que lo habrá hecho porque ha visto que sois nuevas, se querrá hacer la interesante, y porque también sabe que seguidamente, me ibais a preguntar por ella; porque es eso lo quiere, si, lo ha hecho por eso. Le gusta sentirse superior, a decir verdad, tiene muy pocas amistades.... Casi siempre va con los tíos, sabe que la mayoría, por lo menos en un tiempo no muy lejano, iban detrás de ella, y le gusta que estén pendientes, y sentirse el centro de las miradas.

— Pues yo creo, que nos ha mirado tanto y tan mal, porque ha visto que no nos hemos inmutado ante su presencia, y que no la hemos mirado, como si se hubiese presentado la Virgen María en carne y hueso. Y eso debe de ser algo que no le suele pasar muy a menudo, y le ha molestado, y por eso te ha saludado a ti.... Ha sido para disimular su derrota. Analicé yo en un momento, siempre había algo más, y ese algo, a veces es difícil de observar. La chica dura y mona nos había echado su mal de ojo y nosotras estábamos nerviosas porque éramos nuevas y nos daba miedo; eso es lo que quería pensar ella y sobre todo, lo que quería que pensaran los demás.

— Eh, esa es una buena teoría, me gusta... Si, puede ser que sea eso. Me felicitó Jose muy contento.

— Si, pues la señorita de los peines, va a tener niñas nuevas para rato, esa acabará bebiendo de nuestro vaso. Dijo Silvia en el tono que ella utilizaba cuando estaba en plan bruto.

— Y no lo dudo, cuando yo dije que eráis unas chicas valientes lo dije con razón, pero como sigáis bebiendo Coca - cola, tardará en beber de vuestro vaso. Dijo Jose y nos reímos.

— Bueno pues mejor, por lo menos no se saldrá con la suya. Brindó Silvia, con los botes de refrescos que teníamos los tres ya acabados.

— Oye... ¿y el chico que va con ella, lo conoces? Se interesó Marta. "Porque está como un tren. ¿Son pareja?".

— Bueno, han sido pareja y lo han dejado varias veces; es uno de los chicos de la banda...El funciona, como si fuera el cabecilla, aunque no tienen realmente un jefe, son todos por igual....

— ¿En qué quedamos? ¿Es el gran jefe o no? Siguió investigando nuestra amiga.

— No, solo que, se hace conocer bastante; si, le gusta dejar rastro allá donde va, le gusta provocar peleas y en eso se parecen los dos. Siempre están metidos en broncas, él y los suyos, y siempre se reúnen cuando hay algún tipo de fiesta en algún bar o discoteca, lo que pasa es que siempre salen a palos.

— ¿Hoy no montarán ninguna?, espero.

— Tranquila Marta, si es el garito de un colega donde se hace la fiesta, se suelen portar más o menos bien, pero si no conocen a los dueños, casi siempre buscan algún motivo, y ese motivo por muy pequeño que sea, se convierte en discordia. Además, si en lo que queda de tarde los demás de su banda no aparecen, cuando están solos no se atreven a discutir con nadie.

— Un poco cobardes... ¿No? Dijo Silvia mientras los observábamos.

— Bueno eso dice mucha gente también, pero no os creáis que son distintos de otros que puedan estar aquí.

— Ah... ¿Pero hay más? Pregunté yo.

— Ya lo creo, pero tendréis tiempo de conocerlos a todos, solo que... hay que mantenerse un poco al margen.

— ¿Cómo se llaman? La banda, como se llama la banda.

— Se llaman los Piratas; a él le llaman Ringo, y los demás tienen casi todos un mote, bueno a todo el que conozcáis, sea hombre o mujer tiene un mote.

— ¿Y ella?

— Bueno ella no, ella no utiliza ningún mote; se llama Rebeca.

En ese momento Tracy se acercó a nuestra mesa, interesándose por nosotras, la tal Rebeca nos miró.

— ¿Qué tal, cómo vais? espero que no os hayáis aburrido mucho, casi no os habéis movido en toda la tarde, ¿os queréis tomar algo?...Yo invito. Estábamos de suerte esa tarde, yo por lo menos, que nunca llevaba un duro encima. (bueno, en realidad, había conseguido unas 200 pesetas. Entre rogarle a mi hermana de rodillas en el suelo, quedarme lo de la compra del pan, cuando me mandaba mi abuela; y lo que mi madre me había depositado en la mano, por caridad cristiana) Me había costado mucho, así que, intentaría guardarlas y ahorrar para otra tarde que me hiciera falta.

— La verdad es que nos tenemos que ir ya, mejor si acaso otro día que nos veamos. Comentó Silvia, muy segura.

— Pero si solo son las ocho, ¿dónde vais tan temprano?

— Sí, bueno, es la primera vez que venimos por este barrio, y ahora no sabemos bien aún que bus es el que nos lleva a casa y preferimos buscarlo con tiempo.

— Claro, claro, entiendo. Yo es que vivo aquí en este barrio, mucha gente alucina porque esta parte es la peor, pero llevo desde pequeña aquí, así que, estoy acostumbrada. ¿A qué parte vais?, igual yo sé por dónde tenéis que ir para cogerlo.

— Bueno, nosotras dos vivimos por el mismo barrio, pero nos sirve el mismo autobús a las tres porque pasa cerca del barrio de Marta también. Vivimos por el barrio de Barona y ella....

— Perdona... ¿has dicho Barona?

— Si, has oído bien, son de Barona.

— Buen barrio, si, ya lo creo. Pues bueno, para ir hacia allí, creo que debéis caminar solo un ratito. Tenéis que salir a la avenida, por aquí mismo, en cuanto salgáis a la derecha. Una vez allí, veréis una gasolinera, pues pasando la gasolinera, está la parada. Todo esto nos lo explicó, mientras movía los brazos como un guardia urbano.

— Pero escuchad, antes, os digo una cosa. Dentro de dos semanas hacen una fiesta en una discoteca que han abierto por un barrio de copas bastante pijo.

— ¿Y qué hacemos en un sitio así, qué pintamos nosotros allí?

— Pues se ve que han puesto un local donde nos van a poner la música que nos gusta. Están todos hablando de lo mismo, va a ir mucha gente.

— Esta bien. Imagino que iré...si no salimos a tortazos.

— No pasará nada hombre ya verás. Le dio una palmada en la espalda que casi lo deja rezando en el suelo y se despidió de nosotras efusivamente. Rebeca seguía mirándonos; yo de momento me abstuve. Pero no me gustaba ser observada continuamente.

Salimos de allí, borrachas de emoción e ilusionadas; sobre todo pensando en que acudiríamos en breve a aquella fiesta de la que nos había hablado Tracy. Tenía que conseguir un poco más de dinero...y sobre todo... algo especial para vestir; en eso, me dijo Silvia que me ayudaría. Así que, estábamos nerviosas, y hablando las tres al mismo tiempo. Jose había demostrado tener bastante paciencia, y nosotras nos habíamos acostumbrado demasiado pronto.

— Yo quiero ir a esa fiesta... ¿Qué decís? Será algo espectacular, estoy ansiosa por ir. Decía Marta nerviosa.

— ¿Habéis visto como iban vestidas las chicas?.. ¡Qué alucine!.. ¿Cómo vamos a hacer nosotras para vestir así?

— Desde luego, va a estar difícil; a saber donde la consiguen, porque en las tiendas que conocemos, no está esa ropa.

— Es que eso es lo que pasa, las chicas no van a las tiendas de moda de ahora, por lo menos para comprarse los pantalones esos ceñidos; van a un par de tiendas que todavía quedan por ahí, de tribus urbanas, yo he ido también algunas veces. Pero claro, tienes que tener algo de pasta.

Porque ellos, aunque los veáis ahí dentro y escuchando esa música, no quiere decir que tengan problemas monetarios para conseguir ropa, discos, o lo que quieran, puede ser que alguno haya, si, pero... La mayoría, sobre todo ellos, trabajan; y de las chicas se podría decir perfectamente, que son también niñas de papá"; vamos, que no solo son pijos los que conocéis como tal. Ellos no viven mal, solo que... disfrutan más esta clase de vida, que otra, y esta música, que la que se lleva ahora. Nos explicaba Jose acertadamente, mientras yo pensaba, que tenía toda la razón del mundo

— Bueno... si conocéis a alguien que cosa y lo haga aún a máquina, os podéis acercar a los puestos del mercado, donde ponen un montón de ropa, y mirar algunos pantalones baratos, y que os los ciñan un poco.

No era mala idea, desde luego, pero el problema ahora era conseguir a alguien que cosiera, mi abuela ya no estaba para coser pantalones y menos a las tres, así que preferí callármelo.

— Mi madre cose y tiene máquina.... sería comentárselo, y luego pues podría cosernos los pantalones.... a las tres. Dijo Marta entre la alegría y la indecisión.

— En fin, no os preocupéis, tenemos dos semanas, ya veremos; la cuestión es que hemos salido de detrás de aquel coche, que nos hemos atrevido a entrar ahí, con un montón de tíos y de tías, que vestían de maravilla; que ponían una música increíble, y sobre todo que tenemos suerte de estar juntos los cuatro. Sin Jose ninguna de las tres estaríamos aquí. Además, nos han tomado en cuenta, para irnos a una super fiesta auténtica... ¿Nos vamos a preocupar ahora por unos pantalones? Silvia estaba increíblemente emocionada, no la había oído hablar así todavía, quiso animarnos y desde luego lo había conseguido; porque seguidamente, cambiamos de tema y ninguno volvió a acordarse de la dichosa ropa. Hubiese sido una buena estratega, un buen soldado; de esos que animan a todo un ejército a conseguir la gloria y morir por su patria.

Nos reímos, y mientras Marta tarareaba una canción de los Four Seasons, Silvia nos cogía a Jose y a mí por los hombros.

— ¡Ah!.. Por cierto Vanesa, te prestaré dos cintas de blues, de blues bueno, para que las escuches, seguro que te gustaran... y a ti una de los Four Seasons, lo que estás cantando son dos canciones mezcladas. Interrumpió Jose a Marta.

Nos reímos y continuamos nuestro camino; mientras esperábamos el autobús, comentábamos y planeábamos, sobre lo que seguro, sería un verano prometedor. Y...además, estaba dispuesta a dejar grabados todos los momentos que surgieran por aquella estación bendita y milagrosa; de aquellos momentos inesperados, imposibles de imaginar unos cuantos meses atrás. Solo esperaba ya, tiempos de ventura; nos acompañaba una puesta de sol que caía en nuestras cabezas como un chorro de energía vital; cuando salimos del barrio antiguo, pude observar el portal de la cal, como las llamaba mi abuela a las torres de Quart. De niña las recordaba como si fueran dos monstruos gigantes llenos de misterio e intriga. Ahora las disfrutaba de otra manera, ahora las miraba con orgullo y me alegraba de que estuvieran allí, compartiendo nuestra alegría, y mi emoción por ir descubriendo poco a poco, la magia de la ciudad, de sus calles, paseos, parques, avenidas, edificios... El olor a vida que salía a cada paso que dabas, haciendo resurgir su pasado y abriendo camino, a nuestro ilusiones.

Acababa el curso pues, ¡todo había sido tan difícil, y sin embargo había pasado tan deprisa! Recordaba el primer día que mamá me llevó al colegio; mi hermana había empezado en parvulario, como casi todos los niños, vaya, pero como yo siempre estaba enferma de una cosa u otra, empecé en primer curso, evitando cualquier contacto con otros niños. Mi madre pensó que era lo mejor, si estaba siempre mala sin apenas salir de casa, no quería ni pensar, que podría pasar si acudía al cole "con niños que andaban con los mocos colgando todo el rato" le decía a mi abuela mientras me introducía una cucharada de calcio, unas vitaminas que me abrieran el apetito, y un jarabe para la tos; al mismo tiempo que me quitaba el pañuelo de la garganta que me colocaba a todas horas, para calentarlo en el fogón y pasar a colocarlo otra vez después de untarme bien con Vicks-vaporub. ¡Qué ruina!

Pasaron muchas cosas sí; recuerdo a mi primera profesora, una señora alta y rechoncha, de gafas gruesas, que dejaban ver unos ojos pequeños como dos puntitos, como la persona más cruel y más vil de la historia, llegando a hacer sombra al Rey de los hunos; mi hermana decía que era muy exagerada, pero a ella no le tocó, así que le pedí por favor que se callara y respetase mi palabra, tan importante para mí, por aquellos años. Además de tener una manera de vestir anticuada, sus zapatos eran tan horrendos y desagradables, que los creíamos retirados ya del mercado y su cara tan agria como la cucharada de vinagre con azúcar, para el hipo. No duró mucho en el colegio, ¡por suerte para todos! Si se fijaba en ti para mal, ya podías prepararte a rezar un rosario todas las mañanas, antes de acudir a clase; si se fijaba en ti para bien se pasaba, y te ensalzaba sin ningún motivo aparente. Lo mejor era, que ni siquiera se fijara en ti, y así poder pasar por su clase, sin pena ni gloria. Un mañana, que nos tocaba deporte, eligió que jugáramos a la cuerda y todos encantados, porque nos encantaba la cuerda; bueno más a todas que a todos, pero nos lo pasábamos bien, porque nos divertíamos de lo lindo; los chicos al final, terminaban haciendo el bobo e imitando a las chicas, y la profesora, acababa histérica detrás de ellos, mientras estos la hacían correr, y al final exhausta, amenazaba con algún castigo ejemplar, sentenciándonos a correr diez vueltas por el patio, que nunca terminábamos, porque la clase, ya no daba para más horario. Un día, entrando todos como a pelotón con la canción de "margarita tiene un gato", y enfadada ya que estaba con algún mameluco, que le hacía la pifiada cada vez que entraba a saltar, aceleró, justo en el momento que yo entraba, siendo cuatro en fila. Evidentemente, tropecé y caí, caí de rodillas, contra las piedrecillas del suelo, ya que estábamos al aire libre; en vez de ayudarme, su cara se torció en una mueca; con los brazos en jarras y la cuerda inmóvil en una de ellas, me miró y sin más miramiento, ni ninguna clase de ayuda por su parte, mientras movía la cabeza, como el que no está de acuerdo en algo me dijo:

— Tú, nunca llegaras a ser nada en la vida. Levántate, hemos terminado.

Aquella mañana de fin de curso, en la que nos mojábamos con unos globos pequeños que llenábamos de agua persiguiéndonos por todo el parque del colegio, exhausta paré, chopada como iba, de arriba a abajo, mientras observaba como los demás, (ya que esta vez estábamos todos) intentaban ir a por Jorge y darle un escarmiento, ya que tenía un arte maravilloso para explotar como dos globos de agua encima de quien se propusiera; así que ahora le tocaba a él, me senté cerca de la fuente, en el bordillo donde descansaban los rosales, que adornaban el parque de los recreos, los partidos de fútbol y las charlas del último curso, en algún banco tatuado con nuestros autógrafos.... ¡Habíamos comentado tantas cosas los cuatro juntos!..Hay que ver, esos objetos inanimados, como se convierten en los mejores aliados, aguardando tu llegada y escuchando toda clase de secretos y lógicas sin fin, que salen de la mente, cuando se sabe que nadie escucha y puede censurarnos, el momento en el que salen las mejores ideas.

Allí pues estábamos todos los compañeros de clase, el conjunto que nunca había estado unido más que por las aulas, disfrutaba del final de sus días, en aquel, nuestro primer lugar de aprendizaje. Estaba yo, en este estado de meditación habitual en mi, cuando un montón de agua empezó a caer desde arriba, calándome entera; Silvia y Aurora vaciaban una botella grande de agua, sin ningún tipo de compasión.

— ¡Venga chica, que no hemos terminado! Gritaba Silvia con la botella en la mano.

— Hemos quedado para pasar la tarde en el barrio, y nos contáis todas vuestras aventuras, por esos sitios lejanos e inhóspitos. Me comentaba Aurora entre risas, como si no hubiera pasado nada; parecía recién salida de un baño en el mar, y sonriendo maliciosamente pensé: "aunque no lo suficiente". Mientras se escurría las ropas, y Silvia volvía a llenar la botella en la fuente, me acerqué, y cuando ya había terminado esta y se disponía a agredir a los demás, continué apretando el botón y con la otra mano, haciendo tapón en la salida del agua del grifo y haciendo presión, las mojé, como con el mismo chorro de agua que suelta una manguera a toda presión; no se lo esperaban por supuesto, los demás al verme se acercaron y cuando yo hube terminado continuaron ellos.....aquello, se convirtió en un momento en las cataratas del Niáraga, mientras los abuelos que jugaban a la petanca, nos chillaban como enajenados mandándonos a tomar viento fresco a otra parte; así que decidimos zanjar aquello, antes de que empezaran a bombardear con las bolas de acero, convirtiendo aquello en una batalla naval.

Antes de subir a casa nos extendimos como sardinas en un banco al sol del parque; Jorge se había llevado la radio con pilas, para que nos acompañaran las canciones de los 40 principales, y tuviéramos un poco de música, pero Silvia cambio de sintonía y ya escuchábamos a los Platero; ella se la sabía, así que, mientras la tarareaba, los demás cansados en extremo, casi nos dormíamos al sol.

— Yo ya estoy seca, me parece que me voy a casa. Dije, asfixiada ya de calor, casi prefería emprender el camino, que aguantar los rayos de sol.

— Yo me voy contigo, porque me estoy quedando dormido. Me dijo Jorge.

— ¡Mira los zánganos que nos han chopado en la fuente! Claro, ¡como vosotros ya estáis secos! Se quejaba Silvia con voz de dormida.

— ¡Ah! La próxima vez te lo piensas, a la hora de echar una botella de agua encima de alguien.

— Mira que graciosa.

— ¡Qué dices!.. Ha estado genial, no me lo había pasado mejor en mi vida, chopadas por la fuente del parque... ¡ah, ja! Se divertía Jorge, mientras Aurora le tiraba del banco

Ya en la esquina, dispuestos a cruzar, nos despedíamos de Silvia perezosamente; y los tres continuamos, cada uno a nuestras casas, para disfrutar, de un merecido descanso.

Apenas terminé de comer, me acosté; había sido un día agotador y no tardé en coger un sueño profundo y reparador... aunque por poco tiempo; algunas voces en alto, me despertaron en el dormitorio de al lado, donde dormían mi madre y mi abuela.

Pues bien las voces que me despertaron eran de mi madre y mi hermana; al parecer, según me contaba mi abuela que acababa de entrar imaginando que estaba ya despierta, mi madre estaba furiosa con mi hermana, porque aquella había decidido dejar de estudiar el segundo año de instituto; quería ponerse a trabajar, quería cuidar los niños de una chica enfermera, que vivía cerca de casa. Se había enterado por una de las amigas de mi hermana, eran vecinas, y como siempre ocurre, los amigos siempre se enteran antes que nuestros padres, de nuestras intenciones y cometidos.

— ¿Prefieres trabajar a seguir con tus estudios? No sabes lo que te vas a arrepentir el día de mañana... qué prefieres.... cuidar niños toda la vida.

— No, no es eso, es que no quiero estudiar, además no llevo nunca un duro encima, si quedo con mis amigas me lo tienen que pagar todo, y a mí, ya me da vergüenza.

— Pues no sales, y te quedas en casa estudiando.

— Esa no es la solución tampoco, que voy a estar siempre metida en casa sin salir.

— Si, en casa sin salir, y si necesitas para un café, yo te lo doy y ya está.

— Claro un café y una Coca-cola... y si algún día deciden hacer una acampada, o ir al cine.

— Pues yo te lo doy.

— Sabes que no es así, el otro día te pedí cien pesetas, y me dijiste que no podía ser, y encima estabas enfadada, y me tuve que ir sin dinero como siempre, y me lo tuvo que pagar Susana también como siempre.

— Además no tengo ropa, llevo siempre los mismos pantalones, los suéter te los tengo que pedir... y si me los dejas, porque igual también te enfadas, o lo llevas tú, y como no estás para poder pedírtelo... La noche que salí a la discoteca me tuvo que dejar la ropa Susana; no puede ser así siempre, y Vanesa ahora ya está pidiendo dinero, bueno a la abuela, porque tú no estás, o lleva lo que le sobra de las compras como yo. Si me pongo a trabajar no te tendré que pedir, me compraré yo la ropa, o me pagaré yo las cosas cuando salga con mis amigas, y luego puedo seguir con los estudios.

— No lo harás, pero bueno, tú verás, que es lo que quieres hacer con tu vida... Y una cosa te digo, si te pones a trabajar, no va a ser todo para tus cosas, ayudarás en casa.

— Vale, tú me dices que es lo que quieres que te de, y depende de lo que cobre ya veremos.

La conversación había sido escuchada por mi abuela y por mi pegadas a la pared como si hubiese un imán en ella, en cuanto oímos que salían nos tropezamos las dos con la mesita que había entre las dos camas; mi madre llamó a mi abuela.

— ¡Mamá, mamá! ¿Dónde estás? Se acercaba por el pasillo, mi abuela salió del cuarto y mi desfavorecida hermana, entró con una cara un tanto disgustada; mi hermana era una persona que no valía ni ha valido nunca, para las discusiones; eso no quiere decir que no tenga mal genio, porque el genio cuando nos enfadamos lo tenemos todos, y el que no lo tenga, es que no tiene una pizca de dignidad para defenderse; era simplemente, que mi hermana evitaba tener que alargar algo que a ella le parecía bien simple, le agobiaba tener que escuchar a alguien que le levantaba demasiado la voz, pudiendo acabar con el tema cuanto antes, cuando eso ocurría se quedaba seria por bastante tiempo por el disgusto causado.

— ¡Vanesa, haz el favor de apagar esa música! Yo la apagué inmediatamente, aunque muy de mala gana, pero no estaban los ánimos como para contraatacar.

— ¿Esa música de dónde la has sacado, mujer?

— Es Loquillo y la canción es un temazo, se llama "Rock and Roll Star".

— Loquillo, un temazo dice... ¡vaya cantinela! Y así sin más, se fue a arreglar, metiéndose con Loquillo.... En fin, supongo que cuando una persona está disgustada, le molesta todo. Me habían despertado, y encima las dos enfadadas me habían hecho quitar la música, pues vale, me fui a duchar y cuando entré en el baño, empezaron a abordarme con un montón de pedidos: "pásame el cepillo, acércame una goma, que me voy a recoger el pelo... Vanesa hija, es que tienes unas cosas, mira que meterte ahora a ducharte, pásame esas horquillas..... ¡Ah! Silvia y Aurora acaban de llamar y están abajo esperando".

— Es que no sabía que te ibas a duchar, y les he dicho que ya bajabas, ¡ale! un beso, no subas tarde.

"¡Ale! un beso, no subas tarde". Allí me dejaron, como dios me trajo al mundo, y con cara de lela, porque todavía no me había espabilado lo suficiente; así que, no sabía si empezar con la ducha, o areglarme para bajar pitando...opté por lo segundo, claro está, no sin antes, enchufar a Loquillo de nuevo a toda pastilla. Había conseguido con esto también, disimular el murmullo, que empezaba todos los viernes; siempre el mismo día y a la misma hora, y que se formaba en el patio interior de la finca, ¡que tenía una acústica...inmejorable!; imaginaba que la señora Isabel, como siempre, empezaría a quejarse de que alguien tiraba cosas desde arriba hasta su terraza interior y Manuela la vecina del cuarto le gritaría porque era una pesada, mientras Maruja la vecina de al lado de la señora Isabel y que por supuesto tenía una terraza como la suya, le daba la razón diciendo que ella también tenía que recoger un montón de basura todos los días, y que el día que pillara al podenco, con las manos en la masa, le iba a dar con la escoba hasta que le salieran almorranas en sus posaderas... ¡Qué exageradas!

— Si mujer, ¡los demás no tenemos otra cosa que hacer en todo el día, que subir a la terraza y tirar todo lo que no nos gusta a las suyas!

— ¡Por favor, cállense, que esto parece un gallinero! Decía Antonio, el vecino que vivía solo, en el segundo piso.

— ¡Que apaguen esa música! Decía Maruja, gritando como si estuviera en lo alto del pico de una montaña; yo me reía, mientras me terminaba de arreglar. De repente la voz de Isabel.

— ¡Chuuus! Es la nieta de María.

— Ah.

Y ya no se escuchó nada... nada que yo pudiera oír claro.

Voy a hacer un alto en el camino, y si me lo permiten justo aquí; para poder comentar algo, muy importante para mí y mi familia; y que, en aquellos momentos de confusión e indecisión, por los que atravesábamos, no puede pasarse por alto, ya que nos era concerniente, de manera similar a todo lo demás.

Por aquella temporada, pues, como decía, empezamos a descubrir cada vez más, sucesos un tanto extraños en casa de mi abuela; seres inesperados, que hacían ruidos y tiraban cosas, pululaban a sus anchas y a su antojo, dejándonos asombrados a cualquier hora del día. Mi madre y yo los comentábamos con mi abuela; ya que, desde pequeña, venía escuchando en la otra casa cualquier tipo de ruidos venidos del otro mundo; mi hermano que andaba por la cocina, (esta vez el lugar elegido para tal ocasión) nos aleccionó sobre aquello, diciendo que debía tratarse de algún tipo de maldición, y que los extraterrestres invadirían nuestra casa en breve para llevarnos con ellos a los espacios estelares. Mi abuela le increpó, y dirigiéndose a mi madre le dijo, que la educación de ese niño le preocupaba de veras, y yo no entendía que tenían que ver los extraterrestres en toda esa barahúnda, porque yo, que quería empezar a saber muchas cosas y tener la razón a toda costa, sabia una, y esa era, que los e.t. No habían pasado por casa en ningún momento. Mi madre pedía la calma, y nos advirtió de que dejásemos de decir majaderías, que lo que pasaba en casa era de verdad, y que no sabía darme una explicación adecuada, a eso de tener que arrastrar a los entes, a cada lugar de residencia; y también dijo, que estábamos más que apañados, porque ya no habría cambio de residencia alguna, los tendríamos que aguantar con resignación. Le dije a mi madre pues, que podíamos llamar a los cazafantasmas y dándome un capón, dio por zanjada la conversación. Les contaré también, que a mi padre, una de las pocas noches que pasó en casa, vinieron a darle el gran disgusto, haciendo mucho ruido por todas partes, y este, que había sido avisado por mi madre, sobre los extraños sucesos, de noches anteriores en los que él no había estado. No creyéndoselo y harto de escucharlos, se dirigió a todos los rincones, abriendo puertas de armario y vigilando en la terraza, creyendo que mi madre tenía a un amante escondido por algún lado. Cuando terminó su búsqueda, se quedó pensativo, sentado en el sofá, (mientras todos le mirábamos atentos, sin saber que le había dado) y amarillo como un limón, mientras aspiraba del cigarrillo de manera compulsiva.

Mi abuela, que nunca tenía miedo a nada, se reía, y nos contaba, que esos seres, estaban de paso, que, como estábamos entre dos mundos, tan cerca el de arriba y el de abajo, entraban y salían cuando querían; algunos para ayudarnos, y otros...simplemente, porque no sabían a donde se tenían que dirigir. También decía, que no podían a hacernos daño, y que había ciertas personas que eran sensibles, y podían captar cualquier cosa extraña, que nos visitara del más allá; aunque si se querían hacer de notar, los podía oír cualquier persona. Decía que habían personas, que venían con algún tipo de don maravilloso, para ayudar aquí en la tierra, y podían notar enseguida, todas esas presencias extrañas, y que estas, si eran personas francas, no sacaban los cuartos a nadie, porque trabajan de corazón, no como otros que se beneficiaban a costa de uno de los grandes males de este mundo, que es la ignorancia. Así que, descubrí, que no solo era sensible a la hamburguesa que mi madre me preparaba cada noche, que mi padre, no solo era sensible a venir a casa, y que mi madre no solo era sensible a mi padre; si no que, además, podíamos escuchar, las presencias fantasmagóricas, que invadían nuestro alrededor desde otro espacio en el tiempo.

Después de indagar un poco en las tertulias vespertinas de mi madre y mis tías, y queriendo exponer mi sabiduría a los allí presentes, encontré como resultado un legado familiar, que nada tenía que ver con herencias ni terrenos salvajes por explotar. Lo resumiré enseguida. Mi abuela y sus hermanos sabían de las prácticas espiritistas de mi bisabuelo, con gente también "sensible" como él; gente que compartían el mismo don que mi bisabuelo, médiums con una capacidad increíble de visión hacia el otro lado. Después solo algunos curiosos, que simplemente, se rodeaban (sabiendo que eran gente experimentada) por la curiosidad o el morbo, de experimentar el más allá tan de cerca.

Mi abuela primera interesada en el tema, y siendo una persona tranquila y desconocedora de todo miedo; no solo no se sentía molesta ni incómoda con aquello, si no que... participaba en todas las sesiones de "guija" que se realizaban en casa de sus padres sin ningún tipo de problema. Y dicho esto, con libreta en la mano y todo, y dirigiéndome a mi familia de manera decidida, les informé de que había llegado a la conclusión de que mi abuela tenía a su alrededor un montón de almas, esperando encontrar no se qué, y que eran el resultado de todas aquellas reuniones clandestinas del pasado; que bien podían haberse reunido para jugar al parchís, y ahora no tendríamos problema alguno. No sé, si contarles lo que sucedió más tarde, por vergüenza hacia mi persona, después de darme tanto alarde; y es que sucedió que mi abuela cogió un sofoco, y casi dándole un patatús, levantándose todas a por un vaso de agua, mientras la aireaban, mi madre me dio una sonora palmada en el culo, mandándome derecha al cuarto, sin mi postre de helado. Ni que decir tiene, que mis tías, me llamaron de zoqueta para arriba, diciendo que me negaban el saludo para toda la eternidad.

Siguiendo con mi familia, y esperando no aburrir con tanta narración, les contaré, que mi tía, después de haber encontrado el piso de sus sueños, y de haberme llamado zoqueta y no sé que más disparates, también tenía sus momentos, en los que sentía miedo. Su piso, era un piso grande, donde el viento, cuando se levantaba con furia, hacía que temblaran hasta las paredes y te hacía desequilibrar con su escalofriante silbido; nos miraba y se preguntaba a todas horas, por qué había elegido ese enorme castillo. Por las mañanas era grandioso y daba sol todo el día, en el inmenso salón comedor, haciéndolo acogedor y apto para la vida; y es que, no había nada que lo impidiera, ya que era el único bloque levantado por esa zona, a su alrededor no existía ni una sola vivienda, solo a lo lejos, cuando te asomabas a la terraza, podías observar vida inteligente a unas cuantas manzanas de allí. Ella se enamoró del piso nada más verlo; iluminado, elegante, olía a nuevo... era nuevo; pero cuando llegaba la noche, que con su oscuridad da hospedaje a un sin fin de pensamientos, los más de cien metros de apartamento se le hacían interminables, la casa ganaba más espacio conforme caminabas por el largo pasillo; o al menos, eso contaba ella, que decía tener la sensación de que alguien la vigilaba cada vez que comenzaba a caminar por él, para dirigirse, a cualquier rincón de la casa. Yo la escuchaba y opinaba que debía de haber visto muchas películas de terror que la tenían traumatizada; aunque supongo que, para una persona sola, acostumbrada a vivir en compañía toda la vida, y en un piso tan minúsculo como el de mi abuela, eso, era difícil de soportar. Además, para hacerlo más complicado todavía, solo contaba con dos vecinos en toda la comunidad y en el primer piso, y el suyo... era el último. Así que, de vez en cuando, le tocaba a mi abuela dejar su casa y encaminarse hacia el apartamento, para quedarse con ella.

La noche que mi abuela se fue, el viento soplaba con fuerza desde el día anterior; y, puesto que mi abuela, no había ido el día anterior por que no había podido, y observando la voz desesperada de mi tía al otro lado del auricular a la mañana siguiente, salió corriendo, dejándonos a todos en vilo, alrededor del teléfono, con la agenda de los números de socorro, por si había alguna llamada de urgencia. Cuando mi abuela llegó, se la encontró muy desmejorada; le había preparado una tila, que aquella tomaba con el pulso disparado, mientras le contaba que había pasado toda la noche, con un cuchillo debajo de la almohada, preparada para atacar a cualquier ladrón que osara acercarse a ella. Mi abuela se enfadó mucho, y después de recoger semejante arma, le dijo que se tranquilizara o se mudara de piso, que así no podía continuar porque les iba a dar a las dos, una conmoción cerebral.

Yo no quería que se fuera, estaba segura, de que cuando mi abuela se marchaba se quedaban allí todos aquellos seres, que no encontraban la paz desde hacía años; sabían que aquel era su lugar y creo que esperaban su regreso, aunque ella decía que entonces el que se quedaba era mi abuelo para protegernos y claro... yo con eso... me tenía que quedar más tranquila.

Si cerrábamos una puerta, se abría a continuación, si permanecíamos en el sofá leyendo o simplemente viendo cualquier programa de la tele, alguna de tantas fotos o figuritas de las que descansaban en el armario donde estaba el aparato, caían sin más; había algunas noches en las que no conseguía dormir, los incansables ruidos de alguien moviendo cualquier cosa que encontraba a su paso, me producía escalofríos. Yo esperaba desesperada a que mi abuela se levantara para dar su paseo de costumbre por el pasillo hacia el baño; entonces, descansaba y podía coger el sueño tranquilamente, porque además, de repente, los ruidos, desaparecían.... El aparato de música cambiaba de sintonía cuando le daba la gana, y mi madre, algunas veces, se quedaba a oscuras en el cuarto de baño, mientras intentando la huida, terminaba tropezándose con el armarito-espejo que estaba encima de la pila, y que recogía los enseres peluqueros necesarios para todos; y enfadada muchas veces decía: "si está el papa que esté, pero los demás que se vayan".

Bueno, pues esa noche que mi abuela se fue, continúo, habiéndome quedado bien dormida, después de un día ajetreado de piscina y de buscar a mi perro, que se había largado de nuevo, sin decir adiós, me desperté...bueno en realidad estuve como en un estado de vigilia, que me hacía despertarme una y otra vez, sin dejarme descansar plenamente. El viento era molesto, a veces me daba frío, suponía que era eso, pero el cansancio me tenía exhausta, convertía en imposible el poder moverme; entonces... de repente y segura de eso, la sábana que se arremolinaba en mis pies, empezó a subir despacio, muy lentamente, como la madre que arropa a su hijo y no quiere perturbar su sueño, por temor a despertarlo. Yo lo sentí, sin caer en la cuenta de que era algo extraordinario, mientras dormía despierta, lo notaba sin darle importancia, solo, cuando la sábana se dejó caer a la altura de mi cuello, caí en que algo acababa de suceder. Desorientada, empecé a espabilarme, me incorporé, la puerta se entornaba lentamente como cuando alguien sale de una habitación sin hacer ruido, cuidando de no golpear la puerta; más tarde, unos pasos por el pasillo, casi un arrastrar de pasos por el pasillo, se alejaban muy lentamente; yo me quedé tan inmóvil como estatua de sal bíblica, aunque, no sabría bien cómo explicar lo que sentía, porque en realidad, no era miedo. Miré hacia la mesita, una foto de mi abuelo descansaba en ella, algo en lo que no había reparado, debido a mi caída en picado sobre la cama, al entrar en mi cuarto, donde ni siquiera había encendido la luz. Supuse que era obra de mi abuela, que, como no pudo despedirse de mí, me había dejado la foto de mi abuelo en forma de despedida, sabiendo que me molestaba que se fuera y que pasaba miedo por las noches; entonces sonreí, me acordé de los dos, besé la foto, y me quedé dormida profundamente, hasta bien entrado el día.

El suceso fue comentado al día siguiente, sin que se extrañase ninguno...¡A buenas horas!; era nuestro secreto, no lo comentábamos con nadie más, a no ser que fuera de extrema confianza. Esa noche nadie oyó nada, nadie escuchó nada, pero todos se interesaron por mi experiencia, con la boca abierta.

La vida fue continuando, mi abuelo de vez en cuando venía a visitarnos, y los demás espíritus iban y venían, como Pedro por su casa.

Mi hermana se puso a trabajar en casa del matrimonio como canguro de dos niños, (por si no había tenido ya bastante) pensé yo; pero bueno, ya tenía a quien sacar unos duros de más, aunque a veces me resultara bastante imposible, debido a que era bastante agarrada. Mi madre, con la estación del verano ya encima, apenas se la veía parar en casa; una compañera la recogía a las once de la mañana. Trabajaba en un restaurante muy grande, cerca de la playa, nos contaba que aquello era una nube inmensa de gente que comenzaba sus vacaciones y que todos tenían prisa, por ser atendidos; yo pensaba, que la ciudad enseguida quedaría desierta y todavía no tenía seguro, si mis amigas, se irían o permanecerían conmigo. De momento lo que se sabía seguro, era que, la ciudad nos pertenecía, hasta septiembre.

Por lo tanto, intentaba aprovechar al máximo, el tiempo de diversión con ellas; además, todavía estábamos en el mes de junio, y Silvia y yo, habíamos quedado en arreglar cuanto antes la matrícula de nuestra nueva época de estudios. Estábamos seguras de conseguir la plaza de imagen y sonido, algo que nos fascinaba a las dos, y cuando llegamos al centro, no solo tuvimos que aguantar una cola increíble que parecía no tener fin, sino que encima nos tocaba elegir, entre Electrónica o Administrativo, a mi no me llamaban ninguna de las dos ¡Porca Miseria!.. Nos tocaba por fin; nos atendió la chica con cara de cansada, que había estado dando explicaciones toda la mañana, a una cantidad de estudiantes alocados, que habían tomado ese día de elección de matrícula como una pequeña fiesta. Después de arreglar toda la documentación necesaria, se sentaban en la escalinata del gran edificio, y allí, continuaban con su coloquio, mientras fumaban, bebían, comían..... Parecían ensayar su futuro en aquel lugar... Silvia y yo, después de decidirnos por Administrativo, fuimos en busca de un poco de paz, fuera de toda aquella multitud. Elegimos un barecito que estaba justo enfrente, a cinco pasos del lugar de estudios; cuando entramos, descubrimos en su pequeña terraza, unas cuatro mesas, repletas de futuros alumnos....parecían multiplicarse pues; una chica más o menos de nuestra edad los atendía, nosotras esperamos nuestro turno dentro del local, donde hacía un calor asfixiante, pero estaba vacío y era lo que buscábamos. Elegimos la mesa que estaba cerca de un ventilador de pie, al lado de la máquina de tabaco, que no paraba de expender cajetillas ni un solo instante, a punto de cambiarnos a cualquier otra mesa, la chica se acercó.

— ¿Qué vais a tomar? Parecía bastante seria, nos llamó la atención su atuendo y creo que a ella también el nuestro; describo: vestía unos pantalones vaqueros cortos, una camiseta del grupo La frontera y unas zapatillas de bota, además de que su cara era muy parecida a la del señor de la barra. Parecía molesto, y permanecía sentado y fumando un puro que despedía un olor insufrible, bajo la atmósfera caldeada de aquel bar, y que me recordaba el odio que tenía a los habanos, debido a los interminables banquetes de comuniones y bodas prósperas a los que había acudido de pequeña con mis hermanos.

— Si, yo quiero un café con hielo... ¿y tú?

— Yo tomaré una Coca-cola.

— Vale, enseguida os lo traigo. Silvia y yo nos miramos.

— Pues lleva una buena camiseta, la niñita esta de los peines.... ¡Ya la quisiera yo! Me reí, y mirando hacia la entrada descubría a Marta.

— Mira, esa es Marta.

— ¡Eh Troncas, que pasa!

— ¿Qué haces aquí? ¡Qué sorpresa! Le dijo Silvia dándole una palmada en la espalda, que la sentó directamente en la silla.

— Pues eso... sabía que me echaríais de menos. Me dijisteis que vendríais hoy, he mirado dentro y no había nadie y me he dado una vuelta por ahí... Por cierto que esto está tan lleno como el mío... así que, cuando me iba se me ocurrió mirar aquí.

— Pues muy bien... ¿Qué tal te ha ido a ti? Pregunté mientras me servía mi refresco.

— ¿Te pongo algo? Le preguntó la chica seria.

— Si lo mismo que ella, por favor. Marta, señaló mi botellín.

— Esta chica la conozco, bueno solo de vista, de entrar aquí con mis amigas alguna que otra vez, como vivo cerca; nos cruzamos mucho por la calle y siempre nos miramos. A mí me da la sensación de que a veces quiere preguntarme algo.... Pero bueno, cambiando de tema ¿Cómo vamos a quedar para el sábado? yo estoy impaciente. Silvia preguntó a Marta y Marta respondió.

— Hemos quedado con Jose en Local, ¿verdad? Las dos asentimos.

— Pues, si queréis que vayamos juntas, voy a por vosotras y nos acercamos hasta allí, luego ya, que nos guíe Jose.

— Ah, yo quería pedirte esa camisa a cuadros que llevabas el otro día en el bar de Ray... ¿por favor? Le suplique.

— Si, no hay problema. Si quieres te la doy ahora, ¿cómo estamos cerca?

— Si, venga vamos, porque si no estoy en casa a la hora exacta, mi madre me mata.

— ¡Uy! yo no quiero ni imaginármelo. Dije yo, como apartándome de Silvia, mientras Marta se reía.

— ¡Va graciosa!, a que no te pago el refresco.

Esperábamos a que nos cobrara alguien en barra, en la cocina de aquel pequeño bar, se oía discutir a dos personas, las dos eran voces femeninas; debería ser la chica que nos había atendido y la otra, suponíamos, una mujer que había entrado mientras estábamos en la conversación, y que ya habíamos perdido de vista estando a lo nuestro. La cuestión era, que no salían, ni tampoco venía nadie a cobrarnos; el señor que fumaba el puro no hacía más que mirar desde fuera, como esperando a que alguien hiciera su trabajo, al final cansado de ver que nadie salía, entró. Su paso era tranquilo y un poco desganado, su semblante seguía serio, así que pensé, que se debería a alguna tradición familiar, lo mismo que en mi casa la botella de colonia. Su cabello gris, iba peinado todo hacia atrás, sus cejas superpobladas aparecían casi dibujando una expresión de enfado continua, tenía una mezcla de parecidos, estaba, entre Jack Nicholson y Al Capone. A mí me hizo temblar, mientras me lo imaginaba y cuando lo tuvimos ya cerca; tenía una constitución fuerte, sin llegar a estar grueso, con una altura normal y su nariz era ancha, como la de un boxeador en prácticas; si hubiésemos sabido lo que nos iba a cobrar lo habríamos dejado en la barra y nos hubiésemos ido corriendo:

— ¿Qué tenéis?! Nos pareció como un voz estruendosa; era como si Neptuno, hubiera resurgido de las aguas.

— Eh... si, una Coca-co.... Tartamudeó Marta.

— Dos, dos coca—colas...Apunté yo, esperando no causar muchas molestias, con nuestra torpeza.

— ¡Ah sí!, dos Coca—colas, dos Coca—colas y un café con hielo. Continuó Marta, un poco colorada y acalorada.

— Yo le pago una Coca—cola aparte. Y ellas lo suyo. Explicaba Marta, mientras movía los brazos nerviosa y el hombre se desesperaba mirándonos a las tres.

— ¡Son en total doscientas sesenta pesetas!

— Está bien, tenga... Le alargó una moneda de quinientas.

— Vale que más, vosotras.

— Si, si, tome. Silvia también estrenó las quinientas pesetas de su paga, y nosotras salimos, sin esperar a nuestra amiga, mientras nos miraba apurada.

— Vosotras qué, que me dejáis allí sola, ¡despiadadas sin nombre!

— Yo hubiera preferido un tío bueno, morenito, guapo...

— Tampoco te hubieses atrevido, se te hubiera trabado la lengua igual que a Silvia.

— Ja, Ja, ten cerca a tus amigos, pero más cerca a tus enemigos. Bromeaba yo, mientras Silvia perdía la paciencia, y me arreaba una soberana palmada, que me hacia tropezar con la pared.

— Eres tonta perdida lo sabías, aunque claro, es que si no, no me reiría tanto como me río contigo.

— Eso seguro, Silvia, eso seguro.

"Chupa negra de cuero, pantalón azul vaquero... "Así, con Loquillo, una cinta prestada por Marta, que puse en mi habitación, empecé a prepararme, mientras bailaba y hacía el tonto todo el rato; entonces, me divertía imaginando a mis dos amigas haciendo lo mismo, bueno... Marta debería de estar en camino, porque tenía que recogernos. Fui arreglando el campamento, y al instante sonó el timbre, solo una vez; así les había dicho que debía ser, ya que me habían advertido, de que al segundo tono, no salía, porque siempre despertaba a todo el mundo a la hora de irme. Así que, me encaminé lo más rápido posible hacia las escaleras, llevándome por delante la bolsa de la basura, preparada para bajársela el primero que saliese de casa, en este caso, yo. Mis amigas, esperaban dentro del portal, afuera podías coger un buen bronceado además de una buena lipotimia, que te dejara alelada durante horas; ese verano, era un verano de ponientes seguidas una detrás de otra, pero Silvia iba siempre preparada con una botella de agua que dejaba en el congelador, para llevárnosla bien fresquita, y también unos flases de sabores que su madre le compraba y que yo mandé comprar a la mía. Todos los días miraba en el pequeño congelador de la minúscula nevera de mi abuela para ver si estaban, y siempre estaba vacío. Encima me llevé una buena palmada en el culo, porque decía que parecía tonta mirando siempre en el congelador y que no sabía porque lo hacía, entonces yo le dije que quería flases, y ella me preguntó porqué no se lo había dicho antes, en vez de rebuscar constantemente; entonces me dijo que me los compraría, pero que dejara en paz la nevera.

Bueno, os puedo decir que poco a poco, íbamos acercándonos al look que llevaban las demás chicas. Silvia me sorprendió con una faldita justo por encima de la rodilla con un poco de vuelo, y de color negro, la cintura iba sujeta por un fajin de los que se llevaban por entonces con las minifaldas ajustadas, y que era también de color negro; el suéter era un suéter de cuello de barca, y que por supuesto se lo puso de forma que resaltara los hombros; era rallado, en blanco y negro, y yo le dije que parecía la Abeja Maya, y esta me dio una palmada en el brazo, dejándomelo colorado. Marta, llevaba unas mallas negras que le hicieron sudar de lo lindo toda la tarde; sujeta la cintura por un cinturón negro, zapatitos negros y un top de color rojo (su favorito) y que también hacía resaltar, no solo los hombros, si no otra parte del cuerpo, muy bien dotada para lo joven que era y que a Silvia y a mí, no nos hubiera ido mal una pequeña parte para quedarse ella con el resto. Su increíble mata de pelo negro rizada, que ganaba a la mía en cantidad y de sobra, iba cardada hasta los hombros, habiéndose dejado un pequeño tupe, sin necesidad de mucha laca, cogido con un par de ganchos negros; y yo... en fin, hice lo que pude, y por lo visto a las chicas les gustó, no tenía nada que pudiera resaltar por entonces, (seguía siendo más niña que ellas aunque tuviéramos la misma edad) pero siempre tuve bastante gracia para vestir, bueno, eso decía mi madre; pues según ella, pensaba que aunque saliera a la calle con albornoz, al día siguiente, estaría en la portada de cualquier revista... En fin, supongo que exageraba bastante, como siempre.

Llevaba pues, el pantalón de Marta arreglado por su madre de color azul desgastado y la camisa a cuadros rojos que me quedaba bien ceñida; era desmangada y le había recogido un pequeño nudo a la cintura, los zapatos planos como los de mis amigas, solo que de color rojo; se los había quitado a mi madre que los solía llevar con un vestido, también rojo muy elegante que tenía del año pasado, y que se lo había regalado mi tía Lola, aunque no fue su cumpleaños ni nada. Me había recogido una coleta bastante larga ya, y mantenía el mismo flequillo que Silvia.

Allí en Local nos esperaban Jose y las dos chicas de la otra vez, con otros vestidos igual de llamativos que los anteriores. Ambas masticaban chicle continuamente, estaban con tres chavales muy bien vestidos, y que al parecer pertenecían a una pequeña banda; llevaban las camisetas desmangadas y ajustadas de color negro, al igual que sus pantalones de tela; tenían un nombre, los Teens. Iban pulcramente repeinados, y los tres llevaban booguies de color negro con suela de cuatro dedos de ancha y hebillas, bueno, solo uno de ellos, los llevaba atados por unos cordones. Una sorpresa, íbamos a ir en coche, uno de los Teens llevaba el coche de la empresa donde trabajaba, ¡Qué ruina!.. Se llamaba Raúl pero le decían Budy, por el parecido con el cantante, incluyendo las gafas negras, así que, todos presentados y preparados, nos dirigimos a toda pastilla a la fiesta, acompañados también, (musicalmente) por Carl Perckins y Huey piano. Las dos chicas y los dos Teens que quedaron, funcionarían en taxi por que tenían que esperar al hermano de una de ellas, así que... "nos veremos allí", dijeron, "de acuerdo, allí estaremos" contestó Jose.

— Veis, como son unas chicas majas. Nos decía Marta agarrándose del asa que quedaba arriba de su cabeza, cada vez que cogíamos una curva.

— ¡Son majas de España!

— ¡Quieres dejar de decir esa tontada, ya de una vez! Silvia estaba muy susceptible, seguiría pensando, en lo de su suéter a rayas.

— ¡Qué pasa!, ¿pues no dice Marta que son majas?...y que yo sepa, son españolas, pues son majas... de España. Marta se reía, y Silvia, continuaba enfadada, diciendo que esas memeces, ya no las podía decir, delante de gente tan importante, como la que íbamos a conocer.

— ¡Eh, qué pasa por ahí detrás!, hablar más alto que no se os oye. Jose se llevaba otro pitillo a la boca.

— ¿Jose, qué edad tienes? Preguntó Marta..

— ¡Oye!.. ¿Acaso no sabes que eso no se pregunta? Le contestó burlonamente.

— Vamos, tú eres muy joven, puedes decir perfectamente tu edad. Le dije, quitándole el cigarrillo de la boca y tirándolo a mis pies, mientras me reía, y Marta me lo quitaba.

— ¡Oye!... ¡Dadme el cigarro!

— ¡Venga hombre, estaros quietos! Suplicó Budy

— Venga Jose, dime cuántos años tienes.

— Estás pesada niña... ¿para qué quieres saber mi edad?

— Porque ya fumas, y fumas mucho.

— Dieciséis, tengo dieciséis... ¿ya?.. empecé, hará unos meses...no se...

— Yo no voy a fumar nunca. Respondió Marta tajantemente.

— Eso no te lo crees ni tú. Le contestó Jose.

— Bueno da lo mismo, yo no voy a fumar.

— Mira que eres cabezota, ya lo veremos, venga. Silvia perdía la paciencia con nosotras dos.

— ¡Bueno, pero cuanto falta! Yo no soportaba los viajes largos en ningún tipo de vehículo.

— Queda poco, pero no te apures... ¿Si quieres te doy un cigarrillo? Budy se rió, y Silvia le propinó un capón.

— ¡Eh!

— ¿Oye, puedes poner un rato a los Beach boys? Preguntó Marta.

— ¿Los Beach Boys? ¿Estás loca? ¿Quieres quitar a Carl Perckins, por los Beach Boys?

— Oye tío, este es mi coche y se pone lo que yo diga. Contestó Budy, y girándose hacia nosotras, aprovechando un semáforo, volvió a preguntar. "¿En serio, quieres quitar a Carl Perckins y poner a los Beach Boys?".

— Si, ¿Acaso no os gusta? Dijo, mirándonos a todos.

— A mí me gustan. Dije yo.

— A mi me da igual. Contestó Silvia casi al mismo tiempo.

— ¡Vaya rollo! Contestó Jose resoplando.

— Entonces, no se hable más, vamos a poner a los Beach boys, dame esa cinta, baby.

Mientras buscábamos un sitio donde aparcar, la tarea más difícil y aburrida de un conductor, aparte de los atascos, los demás nos fijábamos en lo mismo de siempre. Aquel sitio era enorme, lleno de pubs, y con un montón de gente, que no se nos asemejaba en nada. No sabía bien, que pintábamos nosotros allí.

— ¡Eh!..¡Qué pintamos nosotros aquí! Jose parecía decepcionado.

— Mira...

Budy había ojeado a uno de los nuestros, bueno... a dos, a tres y así hasta que nos dimos cuenta de que habíamos dado con el pub, allí estaba nuestra gente. Iba lentamente con el coche desde que habíamos entrado en la zona de copas; cuando pasamos por allí, los colegas que conocían a Budy, se pusieron de un salto y haciendo el burro, delante del coche, dándonos un susto de muerte a todos, y haciendo que Marta se agarrara más fuerte aun si cabe del asa, subiendo de rodillas en el asiento. Aquel siguió la broma y dio un fuerte frenazo, que provocó la histeria de mi amiga, mientras Silvia intentaba calmarla, a su manera. La gente que no tenía que ver nada con nosotros y que estaba reunida a lo largo de la calle, nos miró con mala cara; les extrañaba nuestra presencia. Algunos miraban con descaro, otros con disimulo, y otros, se escondían dentro de los locales, para evitar cualquier tipo de problema; porque así es como nos veían, como un grave problema, que les podía aguar la tarde de fiesta. Y no sabían lo cerca que estaban de la verdad.

Caminábamos y todo el mundo nos miraba; conforme nos íbamos acercando pude ver que las dos chicas que masticaban chicle sin parar, junto con sus vestidos llamativos. Sonrieron cuando nos vieron, nos volvimos a saludar; el otro chico que estaba con ellos era el hermano de Carla, por el que se habían quedado esperando. Se llamaba Eddie, bueno, le llamaban, su nombre era Eduardo, y por abreviarlo, y porque era fan de Eddie Cochran, decidieron llamarlo así; era increíble la cantidad de motes que tenían todos, ya llevábamos unos cuantos, pero todavía quedaban más, por supuesto; no sé porqué los padres se preocupaban por pensar en el nombre de su niño antes de nacer, si luego ellos se lo cambiaban cuando les daba la gana.

La gente iba llegando; todos los que pertenecían al círculo de amigos de Jose, eran chicos bastante serios, no es que fuesen aburridos, no, pero tampoco eran la clase de gente que vimos en el bar de Ray, tampoco tenían ese aspecto delincuente, ni eran mal hablados; la mayoría vestían como los Teens, por supuesto la vestimenta variaba. No habíamos visto tanto rocker reunido en la vida, claro está, nosotras estábamos en el centro de todos, pasmadas, sin dar abasto a tanto comentario, en medio de tanta gente, de tanto saludo, de los abrazos que hacía tiempo no se daban, de las risas, de las voces... El pub llevaba un rato abierto, pero la gente aún seguía fuera, conversaban entre ellos, suponía que luego, con la música tan alta y el alboroto, ya no podrían hacerlo.

Había gente de muchos sitios, colegas que habían avisado a otros colegas; habían coches y motos, de cualquier marca, color, edad...La fiesta, se suponía en el interior del garito, pero aquello, era ya una fiesta que anticipaba lo que nos esperaría dentro. Allí eran más de lo que podíamos haber imaginado nunca, en nuestras conversaciones de tarde de barrio, acompañadas por suspiros; allí estábamos nosotras, allí... había color.

Empezaban a entrar, ¡menos mal!, estábamos ya sin saliva; hacía falta un bloc de notas, para anotar todos los apodos, de la gente que nos había sido presentada.

— ¡Venga chicas, vamos a entrar! Al grito de guerra de Carla, y acompañada por su inseparable amiga Amparo, nos dispusimos a entrar en el "Diablo sobre ruedas", pero justo en ese momento...algo, que si iba sobre ruedas, algo tan increíble de escuchar como el blues, algo que hizo retumbar las calles y los pelos de aquellos que no habían dejado de mirarnos... No era solo una, no, eran varias motos en comitiva; serían unas seis, y eran conducidas por los chicos que habían estado en el bar de Ray....y algunos que no conocíamos.

— Ya están ahí esos cerdos, son unos aguafiestas. Decía Carla con aire de repulsión.

— Yo me voy. Saltó Eddie.

— ¡Estás loco tío!, que les den, en el garito no dejarán que pase nada. Contestó Budy.

— No estés tan seguro, siempre nos dejan sin fiesta y sin plan.

— Venga, Eddie, quédate, no seas así, estamos todos. Le imploró su hermana.

— Mira lo que pasó la última vez, que quieres que me partan la otra pierna. Nosotras nos miramos y Silvia hizo ademán de que entráramos; ya nos importaba poco entrar solas, en la conversación y allí paradas, no pintábamos nada; no estábamos hechas para esperar a que nadie diera el primer paso por nosotras, solo en ocasiones necesarias, así pues, nos metimos esperando a que se decidieran, y así también enterarnos de la relación entre Eddie y Los Piratas. Sonaban Los Rivieras, con California Sun, y como una gran locura, que se iba propagando, de unos a otros, empezaron todos casi al unísono, a mover el esqueleto. El sitio era espacioso, con una buena pista para bailar o para los inquietos a los que no les gustaba pasar la tarde sentados a una silla. Nosotras de momento fuimos como siempre en busca de asiento, y lo encontramos, pero a duras penas; y digo esto, que quede todo claro, porque aquel lugar estaba tan oscuro como una noche sin luna y sin estrellas, y tenías que caminar alargando los brazos, para no comerte al que tuvieras delante, y tantear bien el terreno, para saber, si realmente te sentabas, o te dabas de bruces contra el suelo. Y decía que habíamos encontrado asiento, si, en unos elegantes sofás de sky negro, nada más y nada menos, que formaban una larga hilera, donde también, podíamos mirar nuestro aspecto, en unos enormes espejos que de arriba a abajo, adornaban la pared. Cuatro camareros atendían las demandas de los clientes, entre ellos, dos hombres musculosos que entraban y salían de la barra, ojeando de vez en cuando, a los de dentro y a los que se habían quedado fuera; supusimos pues, que serían los dueños o encargados de aquello.

Jose y compañía se decidieron a entrar; reflejaban seriedad y atención; se acercaron hacia donde estábamos, para sentarse con nosotras. Amparo seguía sonriendo, nos preguntó si queríamos tomar algo, le dijimos que si y ella se ocupó de ir a la barra para servirnos, ya que dijo que nos invitaba, "pues mejor", pensé yo. Carla se había dirigido al baño, aunque se había parado a hablar por el camino con una pareja que la saludó efusivamente, los chicos comentaban algo que no llegaba a nuestros oídos, imposible por los decibelios de la música. Se acercaron unos chavales, colegas de ellos, que se quedaron sentados allí mismo, y en seguida el trozo de sofá que nos tocaba se llenó, continuaron con sus cosas y Amparo se acomodó con las bebidas al lado nuestro, dándole un buen trago a su cerveza.

— Gracias. Le respondió Silvia por las tres.

— Oye,... ¿sería mucho preguntar, que es lo que le ocurrió a Eddie con esa gente? Silvia señaló hacia la puerta, Los Piratas, hacían su aparición, los machacas de la puerta los observaron con mala cara, y una servidora, sintió sin saber bien porqué, (en aquellos momentos claro está) pero reconociendo mi sabio aprendizaje, aunque en mi casa siempre acabara castigada por este motivo, que algo... iba a pasar esa tarde. La gente que estaba dentro y que los conocía, intentaba no reparar en ellos. Estos, caminaban despacio, haciendo un estudio exhaustivo de todo aquello y de todos los que estábamos allí. Amparo empezó a narrar, mientras los miraba de reojo, y el pincha discos daba paso a Bo Didley. Nosotras, dejábamos volar la imaginación sobre la historia, que fue más o menos así:

— En realidad ellos, ahora se han calmado un poco, lo único que pasa es que hace tiempo, se dedicaban a montar gresca, y acababan en buenas peleas, para gran disgusto del personal, que casi siempre se veía involucrado; y por supuesto, con todo esto, cabreaban a los dueños, los cuales, a la semana siguiente ya no nos dejaban pasar. Nos quedábamos sin lugar y a la espera de que saliera algo, que nos sacara de la rutina a la que estábamos acostumbrados. El hermano de Carla, estaba con nosotros y...bueno... algunos de los que están aquí, en una fiesta que dieron en un pub que estaba en un pueblo; ellos aparecieron cuando mejor lo estábamos pasando, la fiesta fue increíble, apareció mucha más gente de la que veis ahora; nos habían cerrado un bar la semana anterior, donde habían terminado por pegar al chico de la barra por que no iba vestido como un rocker, ¡Os imagináis!... Lo insultaron, el chaval se defendió, tenía un buen par, pero el pobre acabó muy mal, si señor... Como os decía, vinieron en el momento en que la fiesta estaba en lo mejor; ellos se fijaron en unos chicos, que llevaban también nombre en sus camisetas, se llamaban los Blue cups, como la banda de Gene vincent, eran unos tíos increíbles....¡Si los hubieseis visto!...Bueno, llevaban sus gorritas azules, y unas chaquetas finas de color claro con el nombre detrás; esos chicos habían invitado al hermano de Carla, habían montado ellos todo aquello... así que fuimos, yo estaba colgada de uno.

— ¿Solo de uno? Le cortó Carla, que llevaba ya, un buen rato escuchando la historia, con una Coronita en la mano.

— ¡Oye guapa!, no sé quien se pasó la tarde diciendo: ¡Hay!, estoy enamorada de Ritchie, es muy guapo, Amparillo anda, consígueme su teléfono! Nosotras nos reíamos y Carla también, por la voz que usaba esta al imitarla.

— Vale, vale, continúa.

— Bueno, la cuestión, es que toda esta pandilla de idiotas, se mofaban de los chavales, desde que habían llegado.... Yo creo que les tenían envidia, porque iban bien vestidos y eran harto guapos. Entre ellos hablaban y se reían, los gorras, se dieron cuenta y Eddie también... Dos de ellos dejaron de bailar y se agruparon todos en una esquina de la barra, Eddie les informó de quienes eran, e intentaron olvidarlo, pero los que no olvidaron fueron los otros; contra más era su indiferencia más se picaban, los imitaron bailando en la pista haciendo el payaso, los otros continuaron como si nada, y al final uno de Los Piratas se acercó a ellos, por suerte hoy no está ni espero que esté, porque es el más indeseable de todos, creo que es el que siempre lo desordena todo y a todos; es un asqueroso, su cara es como la de un pervertido, o algo así. Nosotras pusimos mala cara, y Carla le animó a que continuara y terminase pronto.

"Bueno, pues ese degenerado de los infiernos, se acercó, y le preguntó a uno de ellos: "¿Bailas nena?", y el otro le contestó "perdona, ¿cómo me has llamado?", "he dicho si bailas... nena", el otro conteniéndose la rabia le contestó, "tú a mí, no me conoces, capullo", "¡oh! la nenita se está enfadando, y creo que me ha llamado capullo"... Los demás se reían, ya que uno de ellos se acercaba y les iba informando a los demás de todo lo que le escuchaba al otro y que encima... es ese que estaba hace un momento mirando a Eddie". Nos señaló a uno de los chicos que habíamos visto en los recreativos y en la fiesta de Ray, era el ya, casi famoso, Ringo. "Al final se acercaron todos, a los blue-cups y Eddie.... saltó, y les dijo":

— "¿Qué queréis, fastidiarnos también esta fiesta?.. ¡Aquí nadie os ha invitado! ¡Y no me da la gana, de que montéis aquí ningún follón". "El otro chaval le tranquilizaba para que parase, pero Eddie estaba ya encendido, y tuvo lo que hay que tener, pocos se enfrentan a ellos".

"Ja, ja, ja, mira sale defendiendo a su amiguita.. ¿Habéis visto?".

"Uno de ellos dijo que pararan, que no hacía falta llegar a eso; pero con ese tipo no debe poder ni su señora madre, el chico de los Blue cups, no se aguantó y le volvió a contestar".

"¡Eres un gilipollas, y quiero que salgáis de aquí tú y tu banda!".

"Perdona... ¿Cómo dices?.. Es que no te he oído bien". "Y el otro idiota, el que nunca se separa de él, y que está hoy aquí (dijo esto señalando a Ringo) se acercó al oír eso".

"¡Oye, ni tú ni ningún pringado como tú, nos hace salir de ningún sitio, nosotros nos iremos cuando nos de la gana!". "Y Eddie contestó":

"Pero como no nos gusta vuestro comportamiento, os obligamos a que os vayáis... ¡Así que largo de aquí!"

"El chico le empujó, no le gustó que le mandaran y menos que le gritaran; el chaval de los Blue cups, le arreó un puñetazo... y ahí empezó todo".

— Ella se puso a llorar como una magdalena. Dijo, señalando a Carla. "Y yo la tuve que sacar de allí, mientras llamaba a la policía... ¡Una historia, chicas!, hasta recuerdo haber visto magullado a el chico que repartía las entradas" Continuó Amparo mientras terminaba su cerveza amarilla.

— Eddie, acabó con una pierna rota y estuvo un tiempo sin salir, y para cuando se decide a venir aquí, con lo loco que estaba por acudir a una fiesta así, va y aparecen estos. Se quejaba su hermana.

En todo ese momento que había durado la historia, Eddie y los demás, se habían relajado, y disfrutaban de la tarde; el local estaba bastante lleno ya y Los Piratas, continuaban en la barra; hablaban, echaban un vistazo hacia donde estábamos nosotros, y volvían a charlar. La música seguía su curso y habían dado paso a los grupos nacionales... "Mi dulce tentación", de La Frontera, era vitoreada, bailada, cantada... La gente parecía estar poseída, y unos cuantos acabaron en el suelo, casi partiéndose la crisma. En ese momento, hicieron entrada, unos chicos desconocidos que saludaron a Los Piratas; iban cuatro, uno de ellos se acercó a donde estábamos nosotros y saludó a Budy y a Eddie; los vimos mientras Marta y yo salíamos del baño, que esta, creyendo que estábamos siendo atacados, se asustó y apretándome el brazo como si padeciera fuertes contracciones, casi se me cae al suelo por la falta de aire. Silvia hacía rato que se había animado a bailar con Jose, nos tropezamos con ellos, y también nos tropezamos con Carla, que estaba riéndose con unos amigos.... ¡Bonito sitio había elegido esta caradura también, para ponerse a charrar!.. ¡Con lo difícil que ya era caminar por allí!

Cuando por fin conseguimos sentarnos, los chicos ya se iban; nos miraron, nos sonrieron...y se largaron, no sin antes, volver a girarse uno de ellos, hacia donde estábamos... Bueno, en realidad, vi la silueta de uno de ellos girarse. Y es que, aquí una servidora, como pasara toda la tarde, como los ojos de un chino, porque no veía ni torta, no pude darme cuenta de nada más; y por eso mismo pregunté, que era algo que se me daba muy bien y para lo que no me hacía falta la luz.

— ¿Quién es...quiero decir, quiénes son? Le pregunté a Eddie.

— ¿Ellos?.. Ellos son Javi y Billy. Son buena gente, se llaman Los Vikings y... a veces, se llevan bien con Los Piratas y otras veces se matan, pero yo me llevo bien con ellos.

— Y ellos (señalé al grupo de Los Piratas) ¿Saben que te llevas bien con Los Vikings?

— Si, lo saben. Y creo que han pasado de mí, porque Billy discutió con Ringo, cuando se enteró de todo lo que pasó en aquella fiesta. Se conocen hace mucho tiempo, saben que Los Piratas se pasan bastante, conocen todas sus peleas, y como te he dicho antes estuvieron un tiempo enfrentados... pero ahora se vuelven a entender....¡Son bichos raros, qué caray! Dicho esto, se apreció la sombra de otro chico, acercarse a nosotros; nos miró y nos saludó, nosotras le correspondimos. Era un personaje bastante cómico; y digo esto, porque su figura, al caminar y quedar plantado, era encorvada, pero no por defecto, si no por simpleza... Entonces, era muy gracioso si lo observabas, además de que no paraba de mover los brazos cada vez que hablaba, y sus frases siempre terminaban con un... "¿Sabes?", lo repetía una y otra vez, y lo que también repetía mucho era: "Claro, tío"... o... "Joder, tío"... y todo eso, que funcionaba mucho por allí. Le preguntó a Eddie, por el estado de su pierna, y en cuanto se despidió de nosotras, ya estaba hablando con otros chavales. Las dos bandas salieron; Silvia se incorporó a nosotras de nuevo exhausta por el baile.

Estaba acalorada y con las mejillas encendidas; la verdad es que el ambiente estaba ya bastante viciado, la fiesta ya llevaba un buen rato, y la gente que había pasado la tarde bailando y bebiendo se habían sentado y algunos otros, buscaban también salir afuera para renovar oxigeno. Silvia nos pidió lo mismo, yo estaba de acuerdo, no quería seguir más tiempo sentada.

— ¡Si, vamos! a mi me apetece, hace demasiado calor aquí dentro. Dijo Jose. Salimos pues, y nos acompañaron Amparo y Carla; al rato se incorporaron los demás.

Cuando salíamos entraba Tracy, nos había extrañado no verla, ya que fue ella la que nos avisó, sobre aquella fiesta. Por lo visto las demás, estaban fuera con los chicos, y llevaban ya un buen rato.

— ¡Eh, chicas!, ¿cómo vais?... perdonadme pero es que no me aguanto más, tengo que ir al baño. Pido algo de beber, y os veo fuera, ¿vale? Y salió disparada, atropellándose con la gente.

— ¿No me digáis que conocéis a esa? Nos preguntó Amparo.

— Si, nos la presentó Jose en el bar de su amigo Ray. Contesté yo.

— Bueno, en realidad se presentó ella, porque no veas que movida... ¿Jose te contó? Corroboró Marta.

— ¿Jose?, Jose no me ha contado nada ¿Qué movida es esa, qué pasó? Preguntó Carla intrigada, y siempre con el audífono puesto.

Una vez fuera, ¡qué alivio!, se había levantado viento, el tiempo nos sorprendió con un cielo grisáceo y encapotado, que se había formado en el rato que habíamos permanecido dentro y que tomaba cada vez más consistencia. No nos extrañó pues, que aquello acabara en una buena tormenta. Silvia no paraba de hablar con Amparo y Carla, sobre los acontecimientos del barrio del Carmen y de cómo conocimos a Tracy. Empezaba a chispear. Marta hablaba con Budy sobre música, si había alguien que sabía sobre música desde sus comienzos hasta el día de hoy, sobre rock por supuesto, ese era Budy; todos hablaban y yo observaba a las dos bandas juntas, ellos también conversaban, se reían y seguían bebiendo. Al otro lado de la calle, separados de nosotros, por tan solo una mínima distancia, entre la cordura y la insensatez, que obran por elección ajena, estaban los niños pijos, como eran llamados los que no eran de nuestra condición, y seguían la música del momento. Me fijé en aquellos niños de mal talante y de buen bolsillo, (algunos) que no hacían más que mirar la delgada línea que nos separaba, que nos correspondía; hablaban entre ellos y se mofaban, miraban de mal gusto hacia el sitio donde descansaba la tropa enemiga, las dos bandas temidas, unidas. Y yo pensaba que se estaban equivocando, también pensaba que quizás, aquellos no se dieran cuenta, emborrachados por la unión y la diversión, pero estos, no eran amigos del disimulo. Rebeca y su inseparable amiga (la chica que le acompañaba en los recreativos) no los pasaron por alto tampoco, aquella olía las broncas a distancia, parecía alimentarse de ellas... y susurrando algo al oído de Tracy, las tres miraron. Ellos las miraron a ellas, y las saludaron utilizando mal sus modales; uno de ellos les sacó la lengua con desprecio, y Tracy no se lo pensó dos veces, la persona que habían elegido para aquel juego, era la menos indicada. Tal vez tenía que ser así, tal vez debían llevarse un escarmiento casi elegido; si le hubiese pasado a algunos de los chicos, que conocían a Jose, podía haber pasado inadvertido, ya que, creo, que hay que saber elegir, hasta en estos casos. Los nuestros... no dejaban pasar nada, igual que para ellos éramos un objeto de mofa, para los nuestros lo eran ellos y eso, se ve, que no lo pensaron antes de actuar.

Le di un codazo a Silvia, ella aún sin mirarme, me cogió del brazo, haciéndome ver que se había enterado, pero Amparo seguía hablando, las hice callar, me miraron.

— ¿Qué pasa? Preguntó Silvia, cuando intenté advertirla.

— Contemplar la escena de los tíos de ahí enfrente... con estos. E hice un gesto, señalando a los rebeldes.

— ¿Qué escena?.. ¿Qué pasa? Prosiguió Amparo.

— Esos niños pijos llevan un rato riéndose de nosotros...bueno de ellos... y las chicas lo saben, se han dado cuenta...se han metido con ellas. Se han metido con Rebeca y con Tracy.

— ¡Madre, pues ya está el lío montado! Ya podemos ir haciendo marcha. Contestó Amparo. Y sí, así fue; hacía un rato que chispeaba, y el tiempo amenazaba con algo más que eso. Después de susurrar Rebeca al oído de Tracy, esta, a su vez, lo hizo al oído de Ringo, que hizo señas a Billie; este, que parecía ser el cabecilla de todos en esos momentos de hermandad, llevaba el nombre de su banda grabado en su hombro, sus brazos eran poderosos, y su rostro....bueno, en esos momentos su rostro, aunque muy atractivo, era el de ese Vikingo tatuado, era el de esa persona a la que no te atreverías a llevar la contraria, por mucha razón que uno tenga, por miedo a perder la vida en tan arriesgado placer. Bien, sigamos. Este se giró lentamente, parecía tranquilo, como el guerrero que se sabe seguro en su batalla y conoce la victoria. Tiró el cigarro muy lentamente, como lo hacen los tipos duros, claro....y los contrarios ¡Hay, dios mío!, se hicieron los chulos cuando este les miró, queriéndose enfrentarse a él y a todos los demás. Amparo y Carla, avisaron dentro, sobre la tragedia que estaba a punto de acontecer, y yo,....bueno, recuerdo que sonaba Leño, con sus "Maneras de vivir".

— ¿De qué os reís palurdos? Les gritó este.

— ¡Perdona, no te hemos oído bien!.. ¿Tienes algún problema... Elvis? Entonces, se rieron de manera compulsiva y exagerada; eran cuatro, que además, iban como cubas, mientras reían, alguien que los conocía se acercó a ellos, fue más listo y acercándose al grupo, cogió al provocador por el brazo, le empujó hacia él y mantuvieron una pequeña discusión. Intentaba parar aquello que había comenzado como una broma... una broma de mal gusto.

— ¡Déjame, joder... si no estamos haciendo nada malo!... ¡Esos tíos son unos gilipollas!, ¿no los ves? Dijo este, zafándose de las garras de su amigo. Aquel, furioso, entró en el pub, y al instante salió, dispuesto a abandonar el lugar.

— ¿Qué pasa? ¿Te ha molestado que te llame, Elvis?... ¡Eh! a mí, no me mires así. Gritó, mientras le señalaba con furia.

— Tranquilo, hombre... ¿Qué te pasa?... ¿No te ha pagado papá las copas esta tarde? Hubieron risas. "Mira, yo me lo pensaría mejor y lo dejaría estar, ¿eh?". Y el Viking, se giró otra vez hacia sus amigos, esperando la reacción de los indeseables; si seguían, pasarían a la acción, sino, se tragarían el orgullo, y lo dejarían estar.

Ringo, no conocía ese mensaje; cuando su colega terminó de hablar, escupió en el suelo, estaba furioso, pensaba, que de haber estado allí, su gran amigo, al que todos odiaban, ese niñato ya estaría sin dientes para poder masticar; de él no se reía nadie...Aunque, en realidad, si que había alguien apoyando su rabia, estaba Rebeca. Ella seguía provocándoles con su mirada, no se contentaba con dejarlo estar, quería más, y ponía cada vez más empeño en seguir con aquello.

— Va venga, dejarlo estar ya, por favor. Ahora era una chica la que les suplicaba, pero aquél se la quitó de encima, nuevamente.

— ¡Quita, hostias!, lo dejaremos cuando queramos. La empujó y empezó a llover.

— ¡Eh, furcia!.. ¿Y tú que miras?, es que te quieres venir con nosotros a...

No le dio tiempo a terminar la frase; Ringo saltó, pateando la parte delantera del coche donde habían estado casi toda la tarde. Los demás salieron tras él.

— ¿Qué me vas a hacer? ¿Te crees que me das miedo?.. rocker de mierda. Eso sí que no gustó nada al Viking, que, cogiéndolo por el cuello de su camiseta, le arreó un cabezazo que lo dejó sangrando sin más en el suelo; el otro ya se había quitado el cinto, y mientras el primero caía por obra de Billie, este arremetía contra uno de ellos, dándole con la hebilla en la nariz, fue el primer rastro de sangre, que detectaba la calavera de su cinturón, en aquella tarde. Los demás ya no pudieron hacer mucho más, las dos bandas, que en total solo sumaban unos ocho, se abalanzaron contra todos los que estaban allí, tuvieran o no, algo que ver con todo aquello. No necesitaban ser más, esa gente estaba preparada, lo llevaban ya en la sangre, era su señal de identidad y aunque fueran pocos, su furor, los multiplicaba.

Caía una buena tormenta y aquello se había convertido en una mezcla de animales salvajes, imponiendo su dominio; los enemigos habían sido totalmente invadidos, podíamos decir que la batalla estaba ganada, aunque allí, solo había triunfado el orgullo; el de unos más que el de otros. La lluvia hacía que se resbalaran y cayeran al suelo todos a tropel, fue un panorama digno de ver; los dueños del local intentaban parar aquella locura, aunque demasiado tarde, se llevaron toda clase de mamporros y nosotros sabíamos que aquella...era la última tarde que pasaríamos allí. Mientras, la policía, giraba la esquina, derrapando, apenas habían parado, y ya habían bajado de los coches a toda carrera.

Cuatro policías, porra en mano, para detener semejante escándalo, nosotros lo veíamos terminar todo, desde el coche de Budy; después, los cinco en silencio, nos alejamos de allí. Todo había comenzado como un juego, un juego que pagaron caro, cuatro niños borrachos y muchos más, que no tuvieron culpa alguna. Aún hoy, me sigo preguntando, porque hay tanta gente que busca el peligro, sin valorar apenas su existencia.

Esa semana, nos enteramos por Jose, que habían pasado la noche en las Urgencias del hospital, donde ya habían acudido unas setenta y doscientas veces; sus partes médicos eran como un boletín de noticias, cada vez más sorprendentes, y podían sentirse orgullosos, de tener en casa, las fotos de todos los huesos del cuerpo, que en caso de aburrimiento en una de tantas convalecencias, pensé yo, que las podían utilizar a modo de rompecabezas.

Nosotras empezamos a soportar aquel verano caluroso, en las piscinas. Nos turnábamos, entre la que estaba cerca de casa de Marta y la nuestra; y así de paso, conocimos el ambiente que se respiraba por aquellos lares, tan distintos, a los baños en la playa, que es a lo que más estábamos acostumbradas, por lo menos yo. La piscina pues, se había convertido en el sitio ideal para ligar, ya que las distancias eran cortas; es decir, que si ojeabas a un chico/a, guapo/a no hacía falta que atravesaras las arenas del desierto, contando veinticuatro sombrillas, para que luego, al acercarte, te llevaras la sorpresa de que al mismo tiempo que tú, llega el novio/a con un helado en la mano. Además, mientras se sucedía algún episodio de idílico romance, podías cotillear y comentar, pasando el tiempo, la mar de entretenido. Era bastante divertido, ver como alguna Julieta, se iba enfadada con paso militar, a hablar con el socorrista, para que este, le ayudara a quitarse a cualquier Romeo aparatoso de encima; entonces las chicas que habían intentado ligar con el socorrista durante dos horas, y rojas como un bermellón, se metían por medio, diciéndole a la desamparada que se fuera por donde había llegado, y borrara ella a su moscón de encima,.... que aquello no era una discoteca, ni el socorrista un seguridad. El despechado Romeo se metía con el socorrista y el socorrista, se metía con la Julieta que lo había empezado todo; al final, y para disfrute nuestro de carcajadas con lágrimas, acababan todos en el agua ahogándose entre ellos y dejándose la cara hecha un Cristo, ante la mirada de sorpresa de madres y niños.

Lo único que no cambió ese verano, fueron los trapos empapados en vinagre, que mi abuela nos pegaba en la espalda y piernas, para calmar los rayos de sol. Mi madre nos reñía, diciendo que para qué compraba el protector solar, si nadie se acordaba de usarlo y que si nos parecía bonito no poder llevar la ropa a gusto, por lo escaldadas que estábamos, pareciéndonos en el caminar a las muñecas de famosa, del anuncio de Navidad. Yo no quería que mi madre se enfadase mucho, porque esa noche era la noche de San Juan, y queríamos bajar a la verbena, que hacían en casi todos los Casales de la zona. Yo le supliqué a mi madre, aunque esta vez no pude hacerle mucho el teatro de las lágrimas en el suelo, porque me dolía todo el cuerpo, y hasta los ojos me escocían y se negaban a parpadear y actuar como yo quería. De todas formas, no hizo falta mucha función, porque mi madre me dejó, al saber que Laura, estaría abajo con nosotras. ¡Bien!

Silvia me llamó para confirmarme de que Marta vendría y de que preparara un bocadillo para cenar abajo; su padre le recogería a la una y media de la mañana aproximadamente; era la primera vez que bajábamos solas a la calle por la noche, y nos parecía toda una aventura, además de que el horario que nos habían puesto era más que atrayente, y nos parecía tener toda la noche por delante.

Mi hermana se arreglaba en el dormitorio de mi madre; se miraba y se remiraba, y se quitaba y se ponía; de momento, en ese ir y venir de ropa, me apropié de un suéter que se había quitado, y que me gustó mucho, además de doscientas pesetas que habían caído del bolsillo de algún pantalón a la cama entre tanto revoltijo y que me iban a venir de perlas, junto con lo que tenía guardado de otras ocasiones. Como por ejemplo: las veces que baja a comprar el pan, pillar a mi abuela contando el dinero que le había sobrado de la verdulería alargando el brazo por detrás de ella sin que me viera, poner boca abajo los pantalones de mi madre para poner la colada cuando nos tocaba a nosotras... y de las veces que nos habían invitado a los refrescos y que no se, por qué situación divina, siempre se nos adelantaban para pagar. El suéter que se había comprado mi hermana con su primer sueldo, después de aclarar cuentas con mi madre, era anudado al cuello, con media espalda al aire, blanco con lunares rojos bien pequeños y que, había pensado, me pondría con los mismos pantalones cortos, que había llevado para ir a la piscina; unos blancos, que me había comprado mi madre, eso, y unas botas de zapatilla, para que no se las pidiera más a mis amigas. Estas eran de verdad, es decir, de las que se compran en las zapaterías y no en los puestos de los mercaditos, que siempre se rompían por la parte de atrás en el talón, un poco arriba de la goma de la suela; y además de eso, unos zapatos como los llevaban las chicas que veíamos los fines de semana, y que ya tenían mis amigas: "con tal de que vayas con zapatos como una señorita, me conformo... ¡Ojalá te duren!".

Se habían ido de rebajas mi madre y mi hermana y se habían vuelto locas las dos, al menos eso decía mi abuela; que se había quedado sentada toda la tarde, esperando para que se la llevaran a comprar y estaba ya aburrida de ver como se gastaban el dinero en tonterías en vez de gastarlo en alimentos.

— ¡Ay, Dios mío!.. Si no tenemos de nada, habrá que aprovechar ahora las rebajas que está todo más barato para poder vestirnos decentemente; o es que no tenemos derecho.... ¡por dios, y por la virgen!.. ¡y tampoco he comprado tanto!

— Y al chico... ¿Qué le has comprado al chico?

— Al niño, tenía pensado llevármelo otro día, para que se elija el pantalón o la camiseta que quiera... no ves que el granuja, se pasa el día ahí metido, en la choza esa que se han montado.

— ¿Bueno, nos vamos a comprar comida o qué?

— ¡Vámonos, si, vámonos!

Mi madre se puso un vestido muy bonito y elegante, para ir a comprar; y mi abuela estrenó un zapato "cómodo para yayas, y muy bueno", decía mi madre, que le había dicho el señor de la zapatería; después, se fueron a tomar una horchata bien fría.

La hermana de Silvia, se quedó el rato de la cena con nosotras, iba con su novio que era muy simpático y que nos invitó a un refresco para comernos el bocadillo. Nosotras estábamos un poco cortadas delante de ellos, porque eran mayores, y porque la hermana de Silvia nos parecía más asequible cuando estaba a solas con nosotras; Marta nos dijo que le había llamado Jose para ver si nos dejaban ir a la playa, pero le había dicho que no, y quedó con él para la semana siguiente. La música sonaba a todo trapo, habían puesto un pequeño escenario, donde cantaría un grupo más tarde; la música era la que se oía por la radio, y a nosotras, mira por donde, nos empezaban a molestar los decibelios, y también, lo aburrido de los temas, pero todo no podía ser, y lo importante era, que estábamos en nuestra primera salida nocturna, y estábamos juntas. La gente del Casal, empezó con su cena en grupo, en la que no querían saber nada de nadie y nosotras nos fuimos a disfrutar de nuestro bocadillo, porque no queríamos saber nada de ellos. Nos sentamos en el bordillo de la acera que daba al solar, donde se apreciaba la choza de mi hermano y sus amigos, como un figura aterradora, en las tinieblas. Al parecer, estos se habían vuelto a enfrentar con unos críos del barrio, que eran el terror de las calles; un par de gemelos y unos cuantos más que les seguían, y se dedicaban a fastidiarles el plan todas las tardes.

— Oye, juanito... ¿Qué pasa? Preguntó Silvia a mi hermano. Mi hermano se acercó, sucio, con chorretones de sudor restregados por la cara y los brazos.

— Yo también quiero un bocadillo, yo quiero cenar aquí, como vosotras.

— Pero, dinos qué pasa... ¿Por qué reñís? Le volvimos a preguntar Silvia y yo.

— Porque han venido otra vez los gemelos.

— ¿Quién son esos? Me miró Silvia.

— Dos críos, que van con unos cuantos, y que son más malos que un dolor de muelas.

— Nosotros nos habíamos ido con las bicis, y cuando volvimos, habían volcado la cabaña, con un montón de piedras... grandes además.

— Fueron a buscarlos Paco y Roberto; y tu hermano y yo nos hemos enfadado, porque todo el mundo sabe como son, y no queríamos que vinieran otra vez, ni que les pasara nada... entonces la madre de Paco, y la de los gemelos, se han puesto a discutir, y no veas la que se ha montado, porque a este, le habían pegado y ahora tiene la boca hinchada, ¿veis? El que hablaba era Andrés, el amigo de mi hermano, que nos enseñaba la boca de este, parecida al labio de un camello; pusimos las tres mala cara, y creo que dijimos algo así como: "uf", pero al verlos allí, tan lastimadicos unos, y tan vagabundos los otros, que no pudimos más que..... Volcarnos de risa.

— Sube a ducharte anda, que no se, que olor es el que sueltas.

— Pero yo quiero cenar aquí... ¡eh, tíos cenamos aquí! Yo le dije a mi hermano: "no tío, no cenas aquí"....y él como siempre, no me hizo ni caso; y los demás tampoco.

— ¡Vale guay, vamos a por los bocadillos! Dijeron los demás; se dispersaron inmediatamente, Paco y Roberto por un lado, y mi hermano y su amigo Andrés, por el otro; vivíamos portal con portal, y allí mismo, ya estaba mi hermana parada con sus amigas.

— Mira, mi hermana; ahora la conocerás, verás que me hará un montón de preguntas. Le dije a Marta, mientras devoraba el bocadillo de habas con cebolla, que me había preparado mi abuela.

Le hice ademán de que se acercara, ella me respondió con un gesto de manos, y sus amigas nos miraron; alguien con un poco de sentido común había puesto a Los Rodríguez.

— Que aproveche, chicas.

— ¡Gracias! Respondimos las tres a la vez.

— Bueno... a Silvia, ya la conoces, y esta es Marta. Les presenté y ella presentó sus amigas a las mías; yo las conocía sobradamente.

— Bueno, Marta... ¿Te han dejado venir esta noche aquí, eh? Ya empezaba el cuestionario, y yo pensaba: "pues no ves que está aquí". Silvia y yo nos miramos sonriendo, mientras seguíamos con el bocadillo, dejando a Marta sola ante el peligro.

— Si, es la primera vez que salgo de noche... aunque, es por lo de la noche de San Juan y todo eso...

— ¿Pero vives muy lejos?

— Por el instituto donde van a estudiar ellas.

— ¿Pasando la avenida?, está un poco lejos, ¿no?

— Si ya te lo dije. Le dije con expresión de cansada, por sus preguntas.

— Ah, pues no me acordaba.

— ¿Pero, vendrán a recogerte no?.. o... ¿Cómo te vas?

— Si, viene mi padre. Sus amigas, aprovechaban el interrogatorio, para mirarnos de arriba a abajo.

— Ah, pues mejor, así te podrás quedar más tiempo. Intenté parar aquel acribillamiento de preguntas.

— ¿Qué hacías en el portal?

— Le he preguntado a la abuela si había llegado el crío. Lo sabía, pensé yo.

— Ha estado aquí con nosotras hace un ratito, parece que se a pe.... Le di un codazo a Silvia con intención de que se callara, si no, ya no nos quitaríamos de encima al plomazo de mi hermana. Si se enteraba de que los gemelos habían tenido bronca con ellos y de que su amigo había acabado señalado, la llevábamos clara.

— ¿Dónde vais a ir? ¿Os quedáis por aquí? Intentaba informarme, para saber si íbamos a estar tranquilas esa noche; nuestra primera noche.

— No, nos vamos al Casal de abajo de mi casa, allí también hay fiesta. Contestó una de ellas, con cara de moscardón.

— Nos vamos ya, por cierto, ¿no? Su amiga ya no aguantaba más preguntas, y supongo que tampoco quería seguir con crías, y eso que solo nos llevaban un año y algunos meses, de diferencia.

— Bueno nos vamos, yo ceno en casa de Susana, no os mováis de aquí, ¿eh?

— No, no te preocupes estaremos aquí toda la noche... ¿Dónde íbamos a ir si no?

— Vale, adiós chicas. Nos despedimos todas de todas.

— ¡Menos mal! Dije resoplando.

— ¡Madre mía!, creo que mi madre no me ha hecho tantas preguntas, todavía. Silvia, se divertía mucho con mi hermana, decía que era todo un caso especial, y yo lo corroboré. Se levantó y se acercó a la papelera a tirar los botes.

— ¿Nos acercamos allí con la peña esa?.. o nos damos un paseo.

— Vale, como queráis. Le dije yo haciendo una bola con mi papel de plata.

— Yo voto por dar una vuelta, habrán más verbenas por ahí, así nos distraemos. Nos propuso Marta. "Oye, por cierto, ¿tu hermano no iba a bajar?". Yo me quedé pensativa.

— No creo, ya ha pasado un rato, seguro que se ha quedado dormido, o no le habrá dejado bajar mi madre.

— Bueno... ¿Hacia dónde vamos? Por allí, por aquí... Señalaba Silvia, en todas direcciones.

— Da lo mismo, en todas partes está el mismo rollo, ¿no? Yo he quedado con mi padre aquí, mientras volvamos a la hora.

— Yo, ya lo sé. Dije, las dos me miraron.

— Tenemos tiempo de sobra, y hay un sitio todavía por explorar, que nos queda muy cerca.

— ¡Barona! Dijeron las dos.

— ¡Exacto listillas! ¡Vamos a ver que hay por ahí!

Nos dirigimos pues, al lugar deseado. Estábamos cerca y era la noche ideal, al estar todo el mundo de fiesta, habría más gente de lo habitual, y no corríamos peligro. Pasamos unas dos verbenas más, con el doble de jolgorio y fiesta, que la de abajo de mi casa. Cerca ya de nuestro objetivo, alguien nos llamó a Silvia y a mí, nos giramos, pero no lográbamos ver a nadie conocido, entonces Marta nos indicó con el brazo.

— Allí, allí hay un chico que os saluda. Alguien se abría paso entre la multitud desesperadamente como intentando huir de allí, encontrando la salvación en nosotras.

— ¡Es Jorge!.. ¿Pero qué pasa tunante? Chillaba Silvia.

— ¡Eh, Jorge! ¿Qué tal? Le dije mientras nos saludábamos debidamente con dos besos en cada mejilla.

— No sé que tengo que las mujeres siempre me están besando. ¡Qué pasa vagabundas! Bueno, bueno, ¿pero qué ven mis ojos?, una chica nueva. Si, sus ojos se iban a la delantera de Marta. Se la presentamos, el se quedó encantado, y nos preguntó adonde nos dirigíamos.

— ¿Haber si lo adivinas? Le preguntó Silvia.

— ¡Oh!.. Increíble.....no puede ser. Nosotras asentimos divertidas.

— Bueno...pues... pues en vista de que me he quedado solo, y no encuentro a mi gente por ningún sitio, pues han huido como bellacos... ¿Podría irme con vosotras? Nosotras lo estábamos deseando, así que, lo agarramos por el brazo y desparecimos de aquel jaleo. Este acompañó el paseo, como siempre, con su divertido coloquio; nos contaba como había perdido a sus amigos, al escaparse un momento a saludar a su hermana que iba con unas amigas, y cuando volvió, se dio cuenta, de que no seguían en el sitio donde les había dejado y pedido, que le esperaran.

— ¡Ten amigos para esto!.. ¡Es increíble!... bueno da lo mismo, porque me caían un poco mal. Silvia le tapó la boca.

— Si no paras de hablar, te quedas aquí.

— Vale, vale, de acuerdo.

— Ahora sé por qué tus amigos, se han largado. Marta estuvo acertada.

— ¡Muy graciosas, sí señor, muy graciosas!

Cuando llegamos, pudimos apreciar ya desde fuera, que los recreativos y el bar de al lado, tenían ya, semejante aglomeración humana. Marta, a la que ya habíamos puesto al corriente de nuestra hazaña, el primer día que estuvimos allí, enseñándole el coche abandonado y todo, pensando que pasaríamos a la historia y sentirse así afortunada, por estar con las personas más famosas del mundo, se quedó prendada, viendo allí mismo, en ese barrio, mondo y lirondo, a todos los que habíamos visto anteriormente, en fiestas y bares.

Allí estaban, Rebeca, su amiga inseparable del tupé, Tracy, Ringo, el chico alto, con el pelo mojado de vaselina, que lo acompañaba la primera vez, y del que no sabíamos nombre alguno, y un largo etc., porque allí, había algunos más que no conocíamos. Serían el resto de la banda, expuso Silvia, y Jorge expuso también, que era raro que cada vez hubiese más, que haber si nos estábamos equivocando, y pasaba lo mismo que en la película de Jóvenes Ocultos, que estos eran Vampiros, y podían estar convirtiendo a su antojo, a todo aquel que cayera, en las mieles de su éxito. Muy ocurrente, vaya con el señorito; y luego mi madre se quejaba de mis teorías trascendentales.... Bien, sigamos. Silvia, propuso que nos acercáramos, en el bar había gente de todo tipo, esa noche era la perfecta, nos mezclaríamos con ellos... ¿Por qué no?

— Haremos el ridículo, como está mandado. Contestó Marta.

— Bueno...pues...escondámonos detrás del coche. Le siguió Jorge, señalando el destartalado vehículo.

— Este es nuestro barrio también, ¿no? Pues.... ¿Por qué nos tenemos que esconder? Pregunté.

— Oye, ¿por qué me miras a mí, al decir esto?, si soy la que está diciendo que nos acerquemos. Me replicaba Silvia.

— Vale.... pues eso... nos acercamos. Jorge meneaba la cabeza de un lado a otro.

— Pues vale, ¡va!

— Oye... sin prisas, ¿sin prisas, eh?

— ¡Uf!.. Bueno, os espero allí con unos refrescos, adiós. Jorge se marchó, cruzó la calle, y se metió en el bar de al lado de los recreativos. Lo miramos, nos miramos, comprendimos el lenguaje... y salimos pitando detrás de él.

Salimos como una manada de gatos escondidos. Llegamos, y muy cortadas entramos en el bar, y participamos en la fiesta.

Gente de todas las edades, entraba y salía, de ese minúsculo y viejo bar de barrio, que estaba hasta los topes; en la barra, tres chicos, con sus chalecos negros y el emblema de color rojo, se tomaban unas cervezas y charlaban. Nosotras, un tanto ruborizadas, los descubríamos de cerca, esta vez era difícil sentarse, y el objetivo, nos hacía palpitar exageradamente. El primero, al que se le iban a una los ojos, destacaba por su pelo rubio y rizado, y era tan precioso como un querubín; alto y gallardo, con unos espléndidos ojos grandes y azules, que bien podían animar una mañana gris de invierno. A su lado, un chico, el más bajo de los dos, delgado y de sonrisa agradable; de nariz ancha, pero sin estorbar y con pelo largo a media melena, que le caía sobre la cara; llevaba el tatuaje de la cara de un dragón en el pecho descubierto, que lucía sin pudor, llevando desabrochada su cazadora. Del tercero, pienso que no sería necesario explicar en grandes dimensiones o con detenimiento, si es que se pueden hacer ustedes una idea, de la huella divina de la perfección, en atractivo y maneras; destacarle aun así, un bigotito negro, parecido al de un mosquetero, bajo unos labios de fresa, y una piel, que era cosa fina como la porcelana.

Estos tres portentos, nos miraron, y nosotras sentimos un terremoto a nuestros pies, que desapareció, gracias a dios, cuando Jorge nos trajo las bebidas y nos rogó, qué digo nos suplicó, que saliéramos de allí, "por favor" nosotras aceptamos en seguida y al pelotón, desaparecimos.

Aún no nos había dado tiempo a poner nuestras posaderas en el escalón del portal que estaba entre los dos lugares de ocio, más importantes del mundo entero, para nosotras, cuando vimos que Tracy se acercaba rápidamente.

— ¡Que pedazo de tía! Exclamó Jorge, mirando al suelo y dejando su Seven-up.

— ¡Cállate, bobo! Le replicó Silvia, utilizando ya, su mano en forma de vara.

— ¡Pero, qué sorpresa! ¿Qué hacéis vosotras aquí?.. ¿Os han dejado salir esta noche, criaturillas? Tracy, gritaba demasiado, y disimulaba poco; o tal vez nosotras aún sentíamos un poco de turbación.

— Nosotras vivimos por aquí cerca, ¿recuerdas, en la fiesta de Ray?... Nos dijiste como coger el autobús. Enseguida contestó Silvia.

— ¡Ah! si, ya recuerdo, que estabais con Jose esa tarde...y qué, ¿qué os pareció lo de la fiesta pasada?, supongo que alucinaríais, fue mucho más movidita que la de Ray, ¿eh?

Jorge no paraba de mirarnos y luego la miraba a ella, y sorprendido, escuchaba la conversación.

— ¿Qué ocurrió después?.. bueno, quiero decir... ¿Qué ha pasado con los que se pelearon?..¿Acabaron en la cárcel, o son libres? Me atreví a preguntar.

— ¿Llegasteis a ver aparecer a la policía? Nosotras asentimos.

— Bueno, pues luego se los llevaron, primero hablaron con ellos... bueno, lo que pudieron, allí mismo, cuando se relajó todo, y los dueños del pub también tuvieron que sumarse al interrogatorio, pero tuvieron que acudir al hospital, porque acabaron fastidiados de verdad. Ringo... sufrió un golpe fuerte en la pierna y se quejaba de que no podía caminar, tenía la rodilla hinchada, como una pelota de tenis... y Billy lleva puntos en la cabeza, al igual que Roni, que además, lleva el brazo escayolado, bueno....ya veis...y ellos son los que quedaron mejor. Jorge estaba embobado con la narración, y nosotras le dijimos que le explicaríamos más tarde

Entonces pasó Rebeca, dejando un halo de incomodidad, que nadie era capaz de repetir, ni superar, mejor que ella. Esta mujer, tenía buenas dotes físicas, llegando a ser incluso grandioso su atractivo, de no ser, por ese enfado y desprecio continuo que le ataba al mundo y a los humanos. Y dicho esto, pensaba yo, por entonces, que eran una lástima, esos aires de grandeza, que llevan a uno a ser desatento, acaparando el menosprecio de los demás, que no ven en ellos ninguna virtud, por mucho que hayan nacido con ella; dicho esto...sigamos. Como bien decía sobre su físico, bastante aceptado, era esta de las chicas mejor vestidas, (teniendo un fondo de armario envidiable) ya que cualquier prenda que colgara en su percha, era bien recibida, por muy simple que fuera; su maquillaje no era excesivo, ni falta que hacía, porque su cutis perfecto, le daba ese aire natural, que, con un toquecito de carmin por aquí, y una perfecta raya de ojos pintada por allá... quedaba estupenda, oye.

— Voy a por una cerveza... ¿Quieres algo? Le dijo después de echarnos una ojeada. Esa noche, había optado por llevar el mismo chaleco, que llevaban los chicos, pero sin el emblema de la banda. Y lo lucía con una soberbia, también difícil de superar; entonces caí en la cuenta, de que esas.... deberían de ser sus virtudes.

— Si, yo también quiero cerveza. Mira, te voy a presentar a estas chavalas, bueno el chaval es que no lo conozco. Viven por aquí cerca, y estuvieron en la fiesta de Ray y también en el pub de la otra tarde, donde la pelea.

— Si, me suenan sus caras de algo.... ¿Tú también estabas? Le preguntó a Jorge, sin expresar ni siquiera, tono alguno de cordialidad.

— No, no... Yo, no. Decía, casi tartamudeando.

— Mira son....bueno, en realidad, no me acuerdo de sus nombres. Y empezó a reírse, entonces, Rebeca, pareció dar paso a una media sonrisa, mientras movía la cabeza.

— Yo soy Silvia, ella es Marta, nuestro amigo Jorge del colegio, que también vive por aquí... y ella es Vanesa. Nos saludamos fríamente, y ella nos preguntó si queríamos tomar algo.

— No gracias, acabamos de comprar los refrescos...hace poco. Volvió a contestar Silvia, señalando los botes, y la otra no pudo, o no quiso, disimular una sonrisa desagradable, al ver nuestras bebidas. Desapareció en el bar, con paso lento.

— ¿Fumáis?.. Bueno, imagino que no; yo empecé a vuestra edad. ¿Qué tenéis quince?

— Catorce, tenemos catorce. Contestó Jorge, ya sin temor alguno.

-----Pues con catorce primaveras, se empiezan las prácticas en la vida... Si, creo que Jose será un buen profesor, y lo que el no sepa, me lo peguntáis a mí, yo seré vuestra Jefa de estudios,... no olvidéis levantar la mano, en caso de duda.

Nosotras asentimos, y nos quedamos sin repertorio, para continuar; hicimos silencio, y antes de que llegara la incomodidad, alguien se acercó a romperlo de una. Era un chico bajito, sencillo y con unas patillas, que me hicieron recordar al famoso bandolero de la serie de televisión. Ya no diré nada más sobre este sujeto, excepto, que me relajó saber, que su naturaleza, me era más asequible que la de los demás, y eso, era ya de agradecer.

— ¡Eh, Tracy! ¿Tienes algo de pelas por ahí? Me hacen falta para tabaco tía, es que... Eli se ha dejado el bolso en casa, y yo hoy he salido con poca cosa... ¡hay que joderse!... ¡Hola chicas! Dijo, como si nos conociera de toda la vida. Correspondimos al saludo, obedientemente.

— ¿Cuánto quieres?, no sé si me llegará, y no quiero cambiar otra vez que tengo que pasar la semana. Mira, con estas trescientas pelas termino la noche, pídeselo a Rebeca, que ella va menos apurada, está dentro con estos.

— No me hagas pedirle a Rebeca por favor, que antes nos hemos tomado una cerveza los dos por que nos ha invitado...

Entonces, yo pensé.... Bueno, antes de pensar, eché mano al bolsillo, y con parte de mis ahorros allí, casi quinientas pelas, y teniendo en cuenta de que me habían vuelto a invitar al refresco, y que el chico me había caído realmente bien, no lo dudé un segundo (bueno, uno) y entonces pensé... y después le dije:

— Yo te los puedo prestar, ¿qué te falta ahí? Imagínense, solo por un segundo...o dos, o los que necesiten, la cara de mis compañeros de reparto.

— Haber que cuente, cincuenta... setenta y cinco, ochenta.... ¿Cien pesetas?

— Eso está hecho pedigüeño, toma, cien pesetas. Le di, regalándole la misma sonrisa.

— Muchas gracias, niña, muy amable, ya os invitaré otro día, a ti a tus amigos; a ver si aprendes colega, que tú me conoces más tiempo. Le dijo a Tracy, dándole un pellizco en la mejilla y se marchó en dirección al bar.

— ¡Oye!.. ¿Queréis que os presente a los demás? Nosotras balbuceamos.

— No, nos da un poco de corte. Contestó Marta.

— ¿Corte?...ja, ¿cómo es eso, desventurada?, no os van a hacer nada.

— Pues entonces, vamos adentro. Jorge nos miró, y respondió, ante nuestra sorpresa. "Yo no voy a pasar la noche en un portal".

Así pues, nos levantamos con él, y nos metimos de nuevo, en el bullicio de aquel bar. Habían convencido al dueño, para que les pusiera una cinta de música; era una música extraña para nosotras, pero que sonaba muy bien, preguntamos.

— Son los Crazy cavan, su música es como un himno para ellos; nosotras ya estamos acostumbradas, pero suenan muy bien, venir nos sentaremos aquí. Nos tuvimos que ir al final, o sea, pasar por delante de ellos, otra vez, que nos volvieran a mirar, y....todo eso, todo eso que había pasado al principio: Mejillas coloradas, caminar torpe, mirar de un lado para otro, como sin saber, como has llegado hasta allí... En fin, esta vez, con más motivo, porque íbamos con una de ellos, y nos miraban todos. Nos sentamos pues, y Rebeca se acercó, y antes de sentarse, Tracy la frenó. Aquí en este punto aclararé los nombres de los tres Dioses del Olimpo, que amenizaban la barra del antro. El que tenía rizos de oro, respondía al nombre de Carlos, pues no cargaba como mote alguno, el del tatuaje en el pecho, que, aunque no era para admirarlo como estatua griega, gozaba de indudable atractivo, era conocido por el apodo de Lucky, ya que tenía el caminar de un cuatrero, y decidieron utilizar a aquel famoso, que era perseguido por los Dalton, y por último, Tommy, simplemente, porque de Antonio que era, lo llamaron Toni, por cansancio y comodidad, y Tommy pasó a llamarse, por el parentesco en consonantes y vocales. Y después de este repaso, entre nombres y seudónimos, continuaremos con aquella noche, que dio mucho de si, quedando gravada en el archivo de la memoria.

— Tráeme una cerveza antes de sentarte. Rebeca medio sonrió, y volvió a marcharse.

— Hoy no os puedo invitar chicas.

— No pasa nada, Vanesa lo hará por ti. Contestó Silvia, muy avispada, mientras todos reían.

— Sí, claro; yo un Sprite por favor. Se apunto Jorge.

— Pues vale, ¿por qué no?...¿Y vosotras? Les dije yo siguiéndoles el juego.

— Vale, vale, no te pases gestora, que luego no tendrás; mejor guárdalo, lo de antes ha estado bien, pero ahora, cada uno nos pagaremos lo nuestro.

¡Uf!.. ¡Menos mal! Silvia se levantó, para pedir los refrescos, y yo me reponía del susto, de ver perdidos todos mis ahorros.

— ¡Oye mira, ese no es tu hermano! Me decía Marta, mientras me daba palmadas en el brazo.

No podía creer lo que estaban viendo mis ojos; mi hermano entraba corriendo al verme, asustado por la cantidad de gente que había a su alrededor.

— ¿Pero qué...? Alguien golpeaba en la ventana del bar que quedaba atrás nuestro, me giré, eran los amigos de mi hermano. Silvia, de camino a por los refrescos, se tropezó con el, sin caer al principio en la cuenta de que era mi hermano... luego, se quedó mirando sorprendida. Llegó agitado a la mesa.

— Pero... ¡¿Qué haces aquí, desconsiderado?! No quería ni pensar la que nos esperaba, si se enteraban de que estábamos allí, en aquel barrio, los dos.

— ¿Te acuerdas de los niños que se pelearon con Paco y Roberto, los gemelos? Estaba muy excitado y ya andaba todo sucio.

— ¡Pero bueno!, espera, lo primero.... ¿Cómo has llegado hasta aquí?

— ¡Pues corriendo! Contestaron mis amigos, mientras se reían. Mi hermano los miraba (sobre todo a Tracy) Tracy imponía, y luego me miraba a mí.

— Quiero decir que... del barrio no te puedes mover. Le decía enfadada.

— Y tu tampoco. Los demás se volvieron a reír, con la osadía del niño.

— ¡Bueno vale, ya está bien! Venga, dime que ha pasado con esos mocosos.

— Si, venga cuéntanos, a quien hay que machacar. Le di un codazo a Jorge.

— ¿Pelea?, he oído pelea... ¿Otra? Se interesaba Silvia, que se agregaba de nuevo a nosotros con los refrescos y la cerveza, que Rebeca al final, no estaba interesada en acercar, prefiriendo quedarse con los chicos, pero sin perder detalle de lo que ocurría en nuestra mesa.

— Han vuelto a la cabaña del descampado y nos han tirado piedras nos la han destrozado casi toda y a Paco le han vuelto a pegar, lleva sangre en el labio. ¡Madre mía!, ya no quería imaginarme más ese labio, doblemente partido.

Casi nos quedamos sin respiración cuando terminó de hablar. No iba a dejar que unos mocosos le hicieran la vida imposible a mi hermano...¡Hombre, por favor! Por lo tanto, nos miramos y nos levantamos... bueno, se levantó Tracy primero, y con ella nosotros.

— ¿Qué le han partido el labio a tu amigo? Se interesaba esta. ¿Y a ti, te han intentado pegar?

— Bueno....partir, partir...el niño igual exagera un poco.... Intentaba Jorge tranquilizar las cosas, pero aquella no escuchaba, y de todas formas, yo ya estaba más que harta, de esos críos del demonio.

— Tu calla y no líes las cosas, cobarde de barrio... ¡Vamos a por ellos! Exigió Tracy.

— Eso, ¡vamos a dar un repaso por esas calles!... Además, es que tenemos que ir de todas maneras, ya casi es la hora. Contestó Silvia.

— Oye...igual os estáis precipitando un poco, vamos a ver, empecemos, por el principio de la historia... Nadie hicimos caso de Jorge, y saltamos de nuestras sillas.

Este calló, y nos siguió en procesión por el reducido pasillo del bar, dejando anonadados a los compinches de esta, que nos vieron pasar con ella, en un desfile que lo acababa un niño diez años ¡Qué ruina! Los Crazy cavan, se escuchaban a lo lejos. Rebeca se apuntó casi a mitad camino.

— ¡Joder!.. ¿Os habéis apuntado a algún desfile?.. ¿Y esos niños?... ¿De dónde han salido?

— Son mi hermano y sus amigos. Le contesté por primera vez, enérgicamente.

— ¡Ah, bueno! Y dirigiéndose de nuevo a Tracy le espetó. "¿Pero, te has vuelto loca tía?.. ¿A dónde vas?".

— No, simplemente, me aburría en ese bar.

— ¡Allí están, mirar! Dijo Paco, el amigo de mi hermano.

— Nos están buscando, ¡ja!, se piensan que vamos solos. Decía mi hermano cada vez más nervioso.

— ¿Si? Pues acercaros vosotros primero; no os perderemos de vista, tranquilos. Les ordenó Tracy.

Los cuatro se miraron, sin entender el porqué; sin perdernos de vista ellos tampoco, acataron su orden; yo me preocupaba, esos críos, eran cosa grave en el barrio, y a mí me parecía que aquello, ya se pasaba de castaño oscuro, y que quizá, los chiquillos, entre ellos mi hermano, corrían peligro verdadero, con aquellas bestias del averno. Con tanta gente como había por esas calles, nos confundíamos y no notarían en absoluto, que íbamos juntos.

— Sigo diciendo que esto es una gilipollez; los niños resuelven sus asuntos solos, como todos hemos hecho. Insistía Rebeca, con su caminar pasota, desde que habíamos disminuido la marcha.

— Venga si te pones pesada, te vas ¿Por qué has venido entonces? Le preguntó Tracy.

— Porque también me aburría, supongo. La miramos e intentamos no hacerle caso; los críos, ignorando lo que les esperaba, se acercaron a la pandilla de mi hermano, con intenciones de seguir soltando sopapos; yo no me tranquilizaba, y Jorge se adelantó con Tracy, hacia los gallitos de pelea. Tracy le cogió la mano a uno de ellos, el niño la miró, sin comprender nada, pero aun así, removía su maldad intentando escapar; Jorge lo sujetó y yo me acerqué poniéndome delante de los niños.

— ¡Qué pasa aquí! ¿Tú eres el general de esta banda, y el que ha pegado a este chaval, amigo de mis amigos? Dijo Tracy, señalando a Paquito; el niño intentaba escapar, pero le fue imposible; su hermano gemelo le rogaba que lo soltara.

— ¿Quién ha pegado a este chico? ¿Has sido tú? El niño, la insultaba, mientras Jorge y Silvia sujetaban al otro; los demás ya habían desaparecido, se habían quedado solos.

— ¡Escúchame, enano de las narices, ladronzuelo de poca monta, granujas de barrio!.. Me importa un carajo, quien seáis vosotros dos, pero si aquella es vuestra zona esta es la mía, y este chico es el hermano de mi amiga. Dijo mientras me señalaba.

— Si vuelves a meterte con él, tu o tu hermano o alguno de los canallas que van con vosotros, os las veréis conmigo... ¿Lo has entendido?.. no volváis a acercaros a ellos ¡Está bastante claro! Lo sujetaba, porque aquel, no paraba de revolverse en busca de libertad, la gente nos miraba.

— Yo no le he pegado, ha sido un chico de los que se han ido.

— ¡Mentiroso, has sido tú!, lo que pasa es que ahora no te atreves a decirlo. Contestó mi hermano sin miedo y con rabia.

— Vais de chulitos por todo el barrio, molestando a todo el mundo, y nos habéis roto nuestra cabaña... ¡Estamos hartos de vosotros, porque nos habéis declarado la guerra! Habló, el de la herida en el labio.

— ¿Eso es cierto? Le ordenó Tracy, a que contestar, sin soltarlo.

— ¡Suelta a mi hermano! ¡Han sido los otros chicos!

— Está bien, esto se ha terminado aquí, olvidaos de estos chicos para siempre, no quiero volver a oír nada malo sobre vosotros, si no iré a buscaros... ¿Queda claro?

Lo soltó y los chicos salieron corriendo. Tracy se sacudía las manos como el que había terminado con un trabajo sucio, y yo me sentaba en el sucio bordillo de la acera porque me había dado un soponcio, mi hermano repetía la misma operación y se sentaban a mi lado él y los amigos; Rebeca aplaudía la faena.

— Fantástico, ha sido fantástico; hemos acabado la noche riñendo con unos críos de diez años, ha sido increíble Tracy, ¡has estado genial!

— Yo hubiese hecho lo mismo por mi hermana pequeña ¿Tu no? La miró y contestó por ella. "No, tu no".

— Bueno chaval, ahora no te preocupes, que ya no volverá a pasar nada. Le decía Marta a mi hermano sacudiéndole la cabeza.

— ¡Eh! ¿Qué pasa por aquí? Levantamos la cabeza los que estábamos en el suelo, y se giraron los que estaban apoyados en el carro.

Aquel chico alto con pinta de cansado y pelo engrasado, del que no sabíamos el nombre, se acercaba a paso lento y cojeando, mirándonos extrañados.

— ¿Quiénes son todos estos? Preguntó, y Tracy le contestó acercándose a él.

— Es una larga historia, pásame esa cerveza.

— No deberías beber delante de los chicos.

— Esos chicos ya han visto suficiente esta noche.

— ¿Se puede saber que ha pasado?

— A Tracy le ha salido la vena auxiliadora con los chicos, y los ha defendido de dos críos que al parecer querían pegarles.

— Vaya, ¿con que os querían cascar, eh?, y... ¿quién sois, si se puede saber?

— El es mi hermano, y ellos sus amigos, y nos vamos ya a casa. Contesté yo, levantándome y animando a mi hermano a que hiciera lo mismo.

— ¿Qué sois, de por aquí o qué?

— No solo son de por aquí, como tú dices, si no que, además estaban en la fiesta de la otra tarde. Informó Rebeca quitándole la litrona de las manos a Tracy, el chico contestó riéndose.

— ¡Vaya!..pues menudo comienzo. Yo recuerdo que no iba a acudir, y al final cuando me decido, a acercarme por allí, los veo a todos, en plena batalla campal, ya estaba la policía soltando mamporros, y a mí, aun me cascó un subnormal, que nada más verme, se me tiró encima. Todos nos reímos, imaginando el panorama y yo pensaba, que tendría que guardar el secreto con mi hermano, para que no se fuese de la boca.

— En fin, por lo menos me presentaré, antes de que os vayáis; yo soy el Vago, si, así me llaman los capullos de mis amigos, porque dicen que soy muy lento y que tengo pinta de vago; cuando alguna vez, necesitéis ayuda, yo siempre estoy por aquí, no me muevo mucho de este barrio. Y ahora, si queréis, ya os podéis largar, ya me enteraré de vuestros nombres, si continuamos viéndonos. Fenómeno, ya teníamos otro protector... ¿Nos podemos ir? Al final, el paso por esas calles, se hacía cada vez más liviano. Dicho esto, Marta nos recordó, que teníamos que irnos a las prisas.

Dimos media vuelta y enfilamos hacia casa; que por cierto, en dicho camino, nos volvimos a encontrar, con aquel gran chico, que nos envió a Local, y que nos saludó efusivamente: "¿Lo conseguisteis?" Nosotras le sonreímos, y Jorge levantaba la mano, haciéndole seña con el pulgar, afirmándole y respondiéndole al mismo tiempo, de que todo había salido bien.

Estando yo ensimismada, en la conversación de el tal Vago, aquel bohemio individuo, al mismo tiempo que descansando, sobre tales sucesos, que nos acompañaron toda la noche; no pude por menos, que estar atenta al mismo tiempo, de la reacción de los chicos; y no ha de quedarse atrás, ni dejar de tener mención, ya que los niños, ofrecían un espectáculo de idolatría, hacia aquellos personajes, digno de mencionar. Y la inocencia de su rostros, mostraba la admiración que se tiene desde niño, hacia ciertas cosas y que el vasto mundo, que conocemos después, nos arrebata, cuando debe ser, dando paso al velo de la realidad. Estaban estos como digo, emocionadísimos con su primera aventura por la noche, recordando lo ocurrido entre risas y puñetazos al aire; mientras, nosotros, dejábamos volar su emoción, y por qué no, la nuestra, ya que tampoco, habíamos dejado atrás del todo, nuestra simpleza, muy presente, en actos e intenciones. Sin más, algo nos despertaría a todos, de nuestro embobamiento.

— ¡Oye, señorita de los peines! ¿Se puede saber de dónde vienes? ...¡Ah! y espera, que encima va con el crío... ¡Cómo te traes al niño hasta aquí!

Vamos a tomarnos un respiro y ahora seguimos...

Mi hermana como traída por una ráfaga de viento, iba acompañada por sus amigas. No pudimos ver que se acercaba el sargento (con su pelotón) de la compañía E.A.S.D.L.N, o sea "Espías Anónimos Salidos De La Nada", y que nos tenía hartos con los sobresaltos que nos daba cada vez que cruzábamos la frontera que unía nuestro barrio, con los de alrededor. Ya fuese, cruzando la avenida, la calle o pasando de acera.

— ¡Caray! ¡Qué susto que me has dado!.. no hace falta que chilles. Sus amigas, serias y de brazos cruzados, nos miraban, como si también fuera con ellas el asunto; mi hermana con los brazos en jarras, y nosotros que no dábamos crédito a lo que estábamos viendo. Sumando todo lo demás, mi hermano junto con sus amigos se reían, pero solo disimuladamente, no fuese a escaparse algún cachetazo al aire.

— No pasa nada porque esté aquí con Vanesa, esta noche, porque hay un montón de gente, ¿no la ves?... Hoy es fiesta. Se atrevió mi hermano a comentar, creo que por ver herido su ego delante de sus amigos.

— Ya sé que fiesta es hoy, no hace falta que me la recuerdes, mocosillo. Pero vosotros no podéis ir solos por este barrio; si se enterara la mamá le da un patatús.

— Tú lo has dicho, si se enterara, porque no se lo vas a decir. Le contesté yo muy enfadada, sus amigas la serenaban un poco, y le pedían por favor que se callara.

— ¡Eso ya lo veremos! Amenazó.

— Pues entonces si lo cuentas le diremos que estábamos contigo, porque ahora mismo estamos en el barrio todos incluyéndote a ti. Nos reímos con la osadía del niño, incluidas sus amigas.

— Tiene razón el niño. Además joder, que no ha pasado nada. Contestaba Silvia, y yo creyendo que iba a estallar una segunda guerra mundial, después de escuchar esa palabra malsonante, por la que mi hermana se puso de peor humor. ¡Como si sus amigos no las dijeran! Pero tratándose de nosotros, no podía suceder nada que hiciese ella.

— Bueno, pero hasta que pasa, y no hace falta que digas palabrotas.

— Joder, vale. Nos reímos y mi hermana no respiró.

— Bueno... quiero decir, que no te pongas así. Intentó arreglar Silvia.

— Ya, vale...Pues venga, nos volvemos con vosotros; nosotras iremos delante, que ya es tarde, nada más y nada menos que... la una y veintiséis minutos, de la madrugada.

— ¡Ay madre de los cielos! Gritó Marta; salimos disparadas, y ya no pudimos contestar a mi hermana, que se quedó alarmada al vernos a todos correr, ya que los niños nos siguieron. Jorge ya se había despedido de nosotras y de momento, ya no nos volveríamos a ver... Porque la vida, como siempre ocurre, nos dispersaría, por caminos diferentes.

Llegábamos por fin, exhaustas y a mí, me parecía que esa noche, no llegaba a su fin, en cuanto a sorpresas se refería. Su padre esperaba, fuera ya del coche, en la esquina donde se situaba el taller de las motos, donde tantas veces había llevado mi bicicleta a arreglar, hasta que la dimos por siniestro total. Llevábamos simplemente unos cinco minutos de retraso; no era mucho tiempo, pero no sabíamos cómo se lo tomaría su padre, aunque a juzgar por su cara, no sé, si por la rapidez con la que nos veía acercarnos, no sé, si porque se dio cuenta de nuestra inquietud, y porque el rostro de mi amiga, era como el de María Magdalena, para romper a llorar.... Pero no nos pareció verlo enfadado y pareció no dar importancia, al pequeño retraso de su hija. Mi hermana se quedó en el portal asegurándose de que mi hermano subiera bien las escaleras, peldaño a peldaño, y al mismo tiempo supervisando nuestra acción, mientras se despedía de sus amigas; su padre, un señor de mediana edad, moreno de piel y con algún pelo blanquecino asomando a los lados, nos sonrió:

— ¿Qué pasa niña? No te he visto por aquí y he pensao... ¿Esta chiquilla donde está, me tenías asustao?

— Es que, estábamos sentadas allí, y como hay tanta gente, no lo hemos visto. Salté inmediatamente.

— Si, se nos ha pasado un poco la hora sin darnos cuenta. Me ayudaba Silvia.

— Pos eso es que se lo han pasao bien, enga vámonos, despídete de tus amigas.

— Bueno, ya nos vemos...ya os llamo. Contestó de una manera seca, sin querer alargar más el encuentro con su padre.

— Vale, ya nos llamas, adiós. Nos despedimos, tranquilas ya, sabiendo que podríamos seguir disfrutando de nuestra amiga, en el próximo encuentro.

Allí nos quedamos Silvia y yo, en el silencio que iba quedando poco a poco, de aquella noche, de sobresaltos y encuentros inesperados.

— Ha sido una buena noche, ¿eh?

— Si, una gran noche... te llamo mañana.

Le dije, y nos despedimos hasta el día siguiente; esperé a que entrara en su portal, y me dirigí hacia el mío donde me esperaba mi hermana, impaciente ya, por subir.

Hay que ver, como los sucesos y acontecimientos nos acompañan en la vida, estemos donde estemos y vayamos donde vayamos; pertenecen a nuestro destino y van juntos en espacio y tiempo; día a día, lo que nos suceda ese nuevo mañana al despertar, no lo podremos cambiar aunque queramos, de él, obtendremos un mensaje, una pista, una nueva lección o alguien esperando, y aun así, solo nosotros, decidiremos si es beneficioso o no, si nos ha de servir, o simplemente olvidarnos, o tal vez, si formará parte de nosotros, para el resto de nuestras vidas.

Los hermanos mayores, nos adelantan situaciones inesperadas que nosotros aún desconocemos, nos avisan, nos ayudan, nos protegen ..... o en otras ocasiones, nos dejan vagar a nuestras anchas, dejando que sean los padres los que se ocupen por entero de ese papel...o incluso nosotros mismos, tengamos que entendérnoslas con nuestro futuro.

La hermana de Silvia fue como nuestro amuleto, a parte de nuestro guía y consejero; había algo en ella, que entendía perfectamente lo que bullía en nuestra mente y no tuvo ningún problema en estar ahí, siempre ahí; pensando, quizás, que antes de que algún majadero/a apareciera y nos trastocara la entendedera, prefería ser ella, la que nos mostrase el camino.

Mi hermana en cambio era la que nos vigilaba y reñía; acostumbrada desde muy pequeña a cuidar de nosotros como una madre, tal vez, un trabajo demasiado duro para una niña. Era como nuestra voz de la conciencia en carne y hueso. Su carácter era, un carácter para con nosotros, serio y estricto, pero fuera de nosotros, o sea, con su gente, con la gente que equivocadamente iba conociendo, era distinta. Parecía que, al estar con sus amigas, se iba liberando de una opresión, de la que iba saliendo conforme iba creciendo, y que la relajaría poco a poco, para dar marcha atrás a esa dureza, y dar paso a una sumisión, para con ellas, que la llevaría a su gran equivocación... dejarlo pasar todo.

Nuestra amiga Marta tenía dos hermanos y unos padres amorosos, pero ella no quería saber nada de cuidados excesivos. Ella era, uno de esos seres que nacen ya sobrevalorados y super capacitados, o sea, para ella no existían inconvenientes, su manera de ver las cosas era radical; todo era o blanco o negro, sin término medio, y cuando algo no podía ser, cesaba en el empeño casi inmediatamente, ocupándose de otra cosa y olvidándose en seguida, no ocupaba el tiempo en lamentaciones, y la ternura y sensibilidad eran poco comunes en ella.

Su alma se sentía preparada desde el momento en que cortaron su cordón umbilical para pertenecer a los humanos por entero; le cansaban las palabras cariñosas y los gestos acompañados de amor; su imagen se alejaba de cualquier forma refinada, llevándolo casi hasta la exageración.

La familia de Marta, sabía de su ser, sincero e independiente hasta el insulto, y la apreciaban (por separado) tanto o más, que a cualquier otro componente de la familia, yo creo que la necesitaban; pero ella, les respondía con lo mínimo, que para ella era lo suficiente, y se tenían que conformar con verla desfilar por el pasillo, para coger la puerta y largarse, sin decir ni siquiera un hasta luego.

Podía ser la persona mejor escogida en este mundo en la que poder confiar, aunque no podías agotar su mente con demasiados absurdos, porque te negaba en rotundo.

Al subir a su casa por primera vez, nos dimos cuenta, al conocerla en el corazón del hogar, (donde residen todos nuestros secretos, nuestros miedos y el aprendizaje de nuestro comportamiento) de que podía a llegar a ser muy fría; de su indiferencia para con los demás y de tener una conducta austera e intachable, sin dar paso a mucha contemplación, si acaso, en momentos extraordinarios.

Así pues, la hermana de Silvia, era como nuestro manager, mi hermana, el profesor que impartía disciplina y seriedad, aunque no lo consiguiera en el mayor de los casos; y la hermana de Marta, la chica de la sonrisa tierna, que nos adoraba apenas conocernos y cuidaba, ofreciéndonos refrescos y sándwiches de Nocilla, las pocas veces que subíamos a su casa, y que no conseguíamos terminar, sacudidas por el torbellino que envolvía el aura de nuestra amiga, que nos sacaba a volandas de allí. Pero, no pasaba nada, su hermana, con la tranquilidad conmovedora que la caracterizaba y sin dejar su lado maternal, nos envolvía nuestro alimento vespertino, en servilletas de papel, para poder terminarlo en nuestro paseo, con más tranquilidad.

Siempre pensé, que el poder y la confianza que nos ofrecen nuestros progenitores es esencial para poder desplegar las alas, con la máxima confianza y seguridad, por la vida. Pero Marta, estaba fuera de toda clase de teoría existente.

Después de este momento de reflexión profunda y sincera, necesaria para el alma, continuaré diciendo, de nosotras tres, que nuestro propósito, ya estaba casi consolidado; nos conocían en un amplio círculo de gente, donde habíamos impactado y encajado bien, y caminábamos poco a poco con una seguridad necesaria, que nos iban proporcionando todos a nuestro alrededor. Y con esto confieso, desde el más responsable hasta el más vil, del que también se aprenden ciertas recomendaciones, ya que su vida maleante, encierra muchos tropiezos, debidos a un aprendizaje rápido.

Mi madre no desaprobaba mis idas y venidas, ni la música, ni el hecho de que fuera vestida de una manera distinta; supongo que, por su falta de tiempo y porque, cuando llegaba a casa, la mayoría de las veces no estábamos ya ninguno. Conforme nos fuimos acostumbrando a que no estuviera pendiente de nuestras vidas, (por mucho que ella hubiese querido estar ahí), nosotros fuimos perdiendo el interés de esperar su regreso, o tener en cuenta la hora de terminar la tarde, estuviésemos donde estuviésemos, para llegar antes, y así aprovechar de nuestra figura maternal robada por la necesidad. Gracias al cielo, ese hueco se vio sustituido, de la mejor manera, (y por quien mejor) por mi abuela, algo de lo que estoy tremendamente orgullosa y agradecida. Supongo que hay cierto trabajo que debe hacer una madre y cierto trabajo que debe hacer una abuela, y aunque mi abuela hizo su trabajo a la perfección, de manera exquisita, ella tenía que cuidar de tres niños y su trabajo consistía, más bien, en hechos y en pocos diálogos de revistas, ropa, bares, pandillas y peleas; es decir, que su consejo sobre lo humano y lo espiritual, alcanzaba cotas muy altas y consiguió de nosotros lo que quería, estoy segura, pero en lo referente al consejo de la vida actual, con nuestros amigos, con nuestras idas y venidas, lo que nos molestaba y lo que no, o las cosas que empezábamos a sentir, como adultos que empezábamos a ser, se quedaba pobre. Hacía falta algo más, algo que se nos acoplara verbalmente, el consejo de esa persona, que te ha llevado dentro y sabe perfectamente, que te sucede en cualquier momento. Nos tuvimos que conformar pues, con los consejos que nos impartía la demás familia, cuando se dejaban caer por casa; consejos, que no nos llenaban, y que por lo tanto, no teníamos muy en cuenta. Notábamos que muestro corazón no quedaba satisfecho, y por lo tanto, por mucho que pertenezcan a tu árbol genealógico y los quieras como seres afines a ti que son, por nacimiento, no haces caso de ninguno de sus recomendaciones; muchas de ellas, limitadas para nosotros.

Mi carácter hizo que cada vez, aunque muy poco a poco, me fuera alejando más de esa figura como algo que me imparte disciplina o ayuda, y cuando mi madre me respondiera con mi primer "no" a la hora de acudir a una cita, me sentaría como el mayor de los desprecios o el mayor de los insultos. Pero eso, vendrá después.

De momento, mi madre, a quien no tragaba ni soportaba, era a las amigas de mi hermana (yo le daba toda la razón); eran maleducadas y no se les notaba el mínimo síntoma de compasión o agradecimiento con los demás terrestres. Las vigilaba y observaba, como a bichos raros, cada vez que las veía en el dormitorio reunidas. Nunca supe que vio mi hermana en ellas, o incluso que vieron ellas en mi hermana que se igualara ante sus intenciones; no tenían nada que compartir ni que enseñarse, pero si, tenían que conocerse, y estaba en manos de mi hermana y ahora de mi madre, el tener que solucionarlo lo antes posible. De momento, mi hermana no estaba por la labor de renunciar a sus amigas así "ipso facto", además, era la que más se ocupaba de las cosas de casa, aparte de tener un trabajo con el que contribuía a regañadientes. Así que ella, utilizaría esas armas, para minorizar cualquier otro problema exterior.

Así pues, mis amigas, por aquel entonces y con aquel panorama, eran adoradas y mejor recibidas, por lo tanto, en esos momentos, la escena, era mía. Pero les contaré, aun así, que aunque aquello pintara bien, yo tenía por aquella época, un pequeño problemilla, propio de la edad, como bien decía mi tía, y que debía superar, pues me traía de cabeza. No podía, (o más bien no quería) subir a mis amigas a casa; la casa de mi abuela en sus orígenes más lejanos, había sido una casa adecentada y arreglada siguiendo el criterio de la moda de entonces, teniendo en cuenta, claro, que el edificio era de 1954. En resumidas cuentas, la casa, en el año 1990, estaba bastante deteriorada; solo se había dado una mano de pintura en la antigüedad, cuando solo estaba mi hermana en este mundo y todavía se podía contar con mi padre, ya que era el pintor oficial de la familia. Se conservaba también, en lamentable estado, el papel en las habitaciones, pero desde aquel entonces, el color de este papel, era...bastante difícil de definir. El único cambio que se había hecho en la casa, fue una lámpara para la mesilla de noche del dormitorio de mi madre, porque la antigua, rompió en un "pluf" cansada ya de funcionar, dejando el enchufe tan negro como los ángeles que cantaban machín y mi abuela. Por ese simple hecho, (simple para los demás, para mí no) mis amigas no subían a casa, siempre tenía alguna excusa que otra para no hacerlas subir. Cuando venían a por mí, si llegaban con sed, les bajaba un vaso de agua en los vasos de plástico que quedaban de los cumpleaños; si venían con ganas de ir al baño, les decía que todos dormían y no podían subir, si no querían que mi madre se enfadara con todas nosotras, así que, tenían que ir al baño del bar más cercano, pensando seguramente, que mi madre era una madre sin corazón. Pero un día que estábamos en el barrio y volvíamos hacía mi portal para despedirnos, mi madre y mi abuela salían del portal....y nos cruzamos.

— ¡Mira quien está aquí, mi chica! Decía mi madre mientras ella y mi abuela se deshacían en achuchones.

— ¿Estas son tus amiguitas?

— Si, mis amigas abuela, mis amigas.

— Bueno si, amigas, que ya no sois tan pequeñas.... ¡Hay!, ¡cómo pasa el tiempo!

— Se llaman Silvia y Marta. Les presenté yo.

— Bueno pues por lo menos ya las conozco, como nunca estoy en casa y tampoco subís. Ya está, la frase que me temía. Hay cosas que no se pueden evitar, y por mucho que las apartes, vuelven a ti, para seguir molestándote; aunque en realidad, lo que hacen, es avisarte de que tienes que enfrentarte a ellas, es, el efecto Boomerang.

— Sí, claro, subiremos un día con más tiempo. Contestó Silvia, muy acertada. En fin, no puede salirse uno con la suya siempre que quiere.

Supongo que a veces, la vida, nos hace ver, que algo tan banal, no puede convertirse en una preocupación y que hay que simplificar las cosas que se merecen menos atención. Yo pensaba, que si mis amigas eran amigas de verdad, lo demostrarían según mi necesidad o preocupación; y así fue, porque mis amigas subieron, y aunque me costó un poco aceptarlo, y el primer día estuve con una gran sensación de tembleque, estas, continuaron siendo mis amigas, y continuamos con nuestras vidas de siempre. ¡Pues que follón más tonto! ¿Verdad? Bueno, y dicho esto, contaré también, que el calor de Agosto se acercaba, y con él...la despedida de Silvia. Mi amiga, se iba de vacaciones.

El 8 de agosto, Silvia partió para su tierra, Cádiz; Jose, no se iba y los demás...pues bueno, los demás, iban y venían, desparecían un fin de semana y aparecían otro, por lo tanto, ¡fue genial!, porque siempre había gente, y porque Marta, estaría conmigo. Sus padres, se irían, la última semana de Agosto y la primera de Septiembre, y aún así, Marta dijo que se quedaba, porque estaría su hermana, que no tenía vacaciones, ese año. Perfecto todo pues, sigamos.

Mi amiga, ya estaba adquiriendo una gran discografía, en cintas y vinilos, de la que yo estaba sorprendida; Budy, le había hecho, unos cuantos apuntes, en una servilleta del pub, que tan poco tiempo duró. Las Shangri.las, las Shirelles, las Chantels, Las Ronettes.... En fin, todo el grupo de las "Las", que decía yo, que aunque me gustara horrores escucharlas, me seguía quedando con las cintas de blues, grabadas por

Jose. Mientras comentábamos todas estas cosas, de poca importancia, como loros, nos íbamos arreglando; Marta me había invitado a comer, y ahora disfrutábamos de lo lindo en su cuarto, sacando toda la ropa, y adornándonos para la tarde. Aquel dormitorio, se parecía cada vez más, a las banquetas con montones de ropa, que ponían en las rebajas, le comenté antes de irnos, que le ayudaría a arreglar ese desorden, pero me dijo que ya se encargaría ella cuando llegase, ahora... ¡Teníamos que irnos de allí, a toda prisa!, como siempre hacía con Silvia y conmigo, las pocas veces que subíamos. Me sacó como la ráfaga de un tornado, y yo pensé, que mi amiga tenía un problema serio de narices, y que le costaría unos tres mil años de vida adecentar todo aquello.

La ciudad estaba abandonada y en silencio; buscábamos la sombra a toda costa, y cosa cierta es, que había sitios en los que era difícil de encontrar. Pareciendo eso, como buscar agua en un desierto. Echábamos de menos las botellas de agua y las barras de hielo de sabores, que nuestra amiga bajaba, para soportar la travesía. Cuando ya nos acercábamos, le dije a Marta, que no se fiara, que quizás era un espejismo, y no lo debíamos creer, hasta que no palpásemos a uno de nuestros amigos. Mi amiga dijo que estaba delirando, y que dejara de decir bobadas, que en seguida tomaríamos algo fresquito, que nos devolviera la entendedera, sobre todo a mí.

Estaban todos dentro, menos Jose, que estaba de pie en la puerta, fumándose un cigarrillo. El bar que estaba cerca de Local, lo llevaba un señor de mediana edad, muy dicharachero, que nos ponía la música que nos gustaba, y como su clientela se basaba en jugadores de cartas y dominó, que solo pensaban en coger el tapete verde y tirarse allí, la tarde entera jugando, pues no tuvo ningún problema en adoptarnos, porque le hacíamos mucha compañía y se lo pasaba de lo lindo.

— ¡Hola, señor Santiago! Y nos dejamos caer en las sillas sin aliento, en la primera mesa que había nada más entrar.

— ¡Hola niñas!...Ahora mismito, os sirvo algo frío, para que refresquéis esos paladares juveniles. Y dicho y hecho, el querido señor Santiago, que debió ser descendiente de apóstoles, de lo rebueno que era, que ya tenía hasta el nombre oficial, nos sirvió unos refrescos, que nos devolvieron la memoria y las ganas de hablar en un instante.

En ese momento, entró Jose con Jhonny, uno de los Teens, acomodándose con sus bebidas en nuestra mesa.

— ¿Habéis venido andando?

— Si, andando, hasta el autobús permanece de vacaciones, por estos meses, que esperándolo, se le derriten a una las ideas y el vocabulario. Contestó Marta por las dos, mientras yo terminaba ya mi refresco.

— En eso estoy de acuerdo, pero...bueno.... ¿Os venís al cine, o qué? Nos preguntó Jose.

— ¿Al cine? Respondimos las dos a la vez.

— ¿Eso es lo que vais a hacer? ¿Ir al cine esta tarde?, colega yo me quedo aquí. Contestó Marta.

— ¿Qué pasa? ¿Tú no vas al cine, o qué?

— Me parece aburrido.

— Eso depende de dos cosas. Prosiguió Jhonny, cuando volvió a sentarse, después de dejarle a Santiago el encargo de la música. Sonaba Bessie smith.

— ¿Ah, sí?, y... ¿cuáles son, esas dos cosas?

— Pues muy simple, de con quién vayas y que película tengas pensado ver.

— ¿Y qué película tenéis pensado ver? Le pregunté yo.

— Pues, tenemos pensado ir a ver la peli de The wanderers; y eso si que es un buen motivo para ir al cine y más con los amigos, si queréis escuchar buena música, y reíros un rato, es la mejor opción para esta arde, que nos consumirá a todos con el calor, dándonos los delirios... ¿Qué decís? Jose relataba esto, mientras se preparaba ya, para salir.

— ¿Cuánto es la entrada? Pregunté yo, echándome mano al bolsillo, para contar el dinero que quedaba de mis ahorros

— Son 300 pesetas. Contestó Jhonny. “Pero no os preocupéis, si os falta algo, yo os lo presto”.

— ¡Perfecto pues, vamos! De un bote, me puse en pie, lo mismo que Marta, y nos fuimos con nuestros cuentos a otra parte; dejando a nuestro querido amigo, con las sotas, los caballos, las coronas y fichas de dominó.

— ¿Entonces, os venís? Nos preguntó Carla, que ya había llegado con los demás, esperándonos con los coches en marcha. Nos subimos, y desaparecimos ipso-facto.

A las seis y media de la tarde, entrábamos en el pequeño cine Star, había poca gente en la sala y nosotros.... armábamos mucho jaleo. Un señor muy serio y delgado, con bigote y gorra de bisera que llevaba una pequeña linterna, nos iluminó a todos de una, dejándonos en la ceguera absoluta, haciéndonos callar, y prometiéndonos, que si no cerrábamos la boca de una vez, nos echaría a todos de una patada en las posaderas, y nos pondría la caja de las palomitas, de boina en la cabeza. Nosotros le prometimos, que no diríamos ni mu, y nos dispusimos a ver la película, acompañados de los buenos modales, aunque riéndonos en varias ocasiones y escenas obligadas de la película.

¡Todo era jaleo! ¡Todo era júbilo! ¡Todo eran risas, carreras, que te atrapo, y aquí te pillo y aquí te mato!...Nuestro ruido y nuestro alboroto, se extendía por la calle del cine y kilómetros más allá, interesándose la poca gente, que el caluroso Agosto y las pocas perras, habían dejado por las calles. Budy empezó a cantar, en su licenciado inglés, y nosotras queríamos estrenar la cámara de fotos, que había traído Carla, haciendo carantoñas e imitando posturas de revista, tales como las modelos, que habían bajado de los Olimpos hasta nuestros tiempos.

"All my love, all of my Kissin', you don't know what you've been a-missin', oh boy, y le seguían todosa coro.... ¡Oh boy!"... Había comenzado, con una canción de su artista favorito, pero Amparo se apropió del casete del coche de Jhonny, y puso Jimmy Soul, con su tema: 'If you wanna be happy' y con aquella mezcla de sonidos, empezamos a las payasadas, del yo me pongo así y asá, y del... ¡A mí no me gusta que me saques con esta cara!, y del....¡Ahora no tenemos tiempo de encontrar otra!...¡Quítate de en medio so memo, que no se me ve!.. ¿Pero vosotros no estabais con la cantinela? ¡Anda para el otro lado, canalla!..¡Yo también quiero salir, cógeme a caballito!...¡Cuidado Marta, que te estampan!..Y fueron a parar todos hacia la izquierda, abordando de mala manera a Amparo y a la pequeña Marta, esclafándose todos en el suelo, y quedándose la cámara sola, sin Dioses galácticos a los que fotografiar; pues los demás fuimos a socorrer, a las bajas que habían quedado esparcidas, en el frente de batalla. Cuando llegué a casa recuerdo que estaba afónica y mi abuela me preparó un puré de verduras de los que ella cocía y bien templadito.

Tengo que admitirles a ustedes, que la vida que iba llevando, llegaba al agotamiento absoluto, cayendo extasiada en la cama, sin recordar ni como, ni cuando, llegaba a meterme en sus lindas sábanas. Mi madre me avisó, de que Marta esperaba abajo; yo no contaba con que esta llegara por el día, y aturdida, me vestí con los pantalones por mangas, y el suéter por vestido. Mi amiga, me contó emocionadísima que habían abierto un pub para nosotros, se habían acabado las complicaciones de ir de un sitio a otro, como viajeros por el mundo.

— Este se queda abierto, menos los lunes y martes; ya no tendremos que estar en el centro de música, o en el bar de Santiago todos los días... ahora tenemos un sitio, solo para nosotros... ¿Qué te parece listilla?

— ¡Pues que entonces es perfecto! y.... ¿Cuándo lo abren?

— Lo inauguran esta tarde, así que habrá un montón de jaleo. ¿Qué?.. ¡Espabila ya, y quítate la ceguera de los ojos, que aún los tienes cerrados! ¡Nos vemos esta tarde, paso a recogerte yo!

— Vale, claro...porque yo no iba a ir a por ti, no me apetece. Aquella se despidió de mi, y yo volví a observar las escaleras con pereza.

¡Genial! Ya teníamos plan para esa tarde; habría mucha gente... en una inauguración siempre había gente porque todo era gratis, a mí, desde luego me venía a las mil maravillas, porque ya no me quedaba ni un real, y no sabía qué plan abordar, porque todas mis lisonjas se las conocían ya en casa, y aunque me pusiera con los pucheros, con las histerias, o de rodillas con la piedad por delante, ningún alma terrestre de mi casa, me hacía un préstamo ni por caridad. Mi madre me dijo, que hasta el próximo fin de semana, no podía avalarme, y que dejara los pies quietos en casa, porque a este paso íbamos a tener que ir a pedir a la iglesia y a todos los Santos, que allí estaban expuestos.

Después de que me diera toda esa información, le pedí, si me podía arreglar el flequillo con el secador, porque yo empezaba con los sudores, por el esfuerzo que conllevaba aquel asunto, y ella lo hacía en un plis-plas; cuando terminó, me dejó que me pusiera colorete y también le dio la locura de darme un poco de rimel; y terminada pues, la sesión de pintura, mi madre aseguró, que era la niña más rebonica, de los cielos superiores, donde se cobijan los Ángeles con sus Arpas.

— Por lo tanto, aléjate de todo lo que no lleve falda y tacón.

— ¿Y si es un travesti? Dije, mientras me terminaba de repasar el pelo, y observaba la cara de mi madre, que era semejante a la de un funeral.

— ¿Un travestido?... ¿Pero... y tú, qué sabes de esas majaderías y tontadas niña? Me quedé mirando el espejo como esperando de él una respuesta para salir del apuro y es que, a veces, se me olvidaba que mi madre, era de las madres más licenciadas del mundo, con sobresalientes en sus notas y matrícula con todos los honores, en su época adolescente; y ella tenía las respuestas de todas las cosas actuales, que sucedían en este descerebrado mundo. Y yo, si quería ser como ella, tendría que empezar, por saber qué responder sin que se enfadara, y también como volver a colocar la sonrisa en sus labios. Por lo tanto, me atreví, haciendo uso de mi verborrea, que parecía ser, que todo el tiempo que había permanecido en silencio, durante los primeros cursos en la escuela, se había espabilado a conciencia, haciendo salir de mi boca, lirios y rosas a todas horas. Le conté a mi señora madre, que no se asustara, que el primer día que salimos con la hermana de Silvia y mientras buscábamos el aparcamiento dichoso, vimos pasar a dos mujeres, que parecían disfrazadas, porque los colores de la cara eran los mismos que los de una cacatúa, y los pelos parecían haber pasado por un centrifugado de los de la lavadora; que las ropas eran las mismas que las de la verbena del barrio en el día de los disfraces de Febrero y sus tacones, como los de los bailarines estrambóticos del carnaval de Brasil, que veíamos por la tele. Y que si tenías dos leguas de frente y un poco de cavilación en el cerebro, se sabía que eran hombres, por todo eso y porque sus músculos, no los había puesto ahí Dios, en caso de haberse equivocado un día de mucho sueño. Después de toda esta retahíla de cosas, mi madre se había quedado atontada; y más tarde cuando reaccionó, las dos llegamos a coincidir en la idea, de que cada uno podía ir como quisiese; porque igual que a mí no me gustaba que se metiesen con mi forma de vestir, yo no lo iba a hacer con ninguno de los de la calle. Y que de mayor iba a ser defensora de la humanidad, de los travestis, de los fulanitos y de los menganitos. Esta me dio dos besos sonoros en ambas mejillas y yo me fui más contenta que unas castañuelas.

Después de buscar y rebuscar, de dar vueltas a la manzana y volvernos a encontrar en el mismo sitio por el que habíamos comenzado, tuvimos que volver a preguntar por un sitio cualquiera, del que no sabíamos el nombre, ni el número, solo, que estaba por una plaza que era de Cánovas, porque mi amiga, solo se sabía el nombre del bar de memoria,....lo único que faltaba, era, que alguien lo conociera. Así pues, como decía, volvimos a preguntar, pero esta vez, escogimos a un matrimonio mayor muy simpático, ya que, nos dimos cuenta, de que los chalados a los que habíamos preguntado, nos tomaban el pelo por bobas que éramos las dos; pues, entre la cara de náufragas y las vestimentas, aquellos disfrutaban de lo lindo, haciéndonos dar mil vueltas, como los caballos del tiovivo. Por fin conseguimos llegar, y yo le dije a mi amiga que la próxima vez, hiciese uso del lápiz y del papel, que de tan baratos que eran, seguro que los tenía gratis en su casa, y apuntara la dirección como es debido en estos casos, en los que no se tiene brújula, ni mapa, ni faro que nos alumbre.

Esa tarde, se regalaron camisetas, posavasos, gorras y no sé que más estandarte, con el nombre del pub-bar, que se llamaba el Swing;

esa tarde, estuvimos los conocidos, y un grupo de chicos, aparecidos de la nada, que se esfumaron después de esa tarde para no volverlos a ver nunca más...por lo menos, que yo recuerde. Eran cuatro esculturas, de vestimenta oscura, pantalón, bota, camiseta y pelo. El más hablador de todos, llamado Ron, estuvo bailando toda la tarde con Marta. Esta, que le llegaba por la cintura, no tuvo ningún reparo en compartir piruetas y volantines, con su acompañante de baile, que la lanzaba por los aires, de la misma manera que yo lanzaba la jabalina en clase de gimnasia; donde nuestro profesor, emocionado se quitaba la gorra y nos abrazaba casi levantándonos en el aire; bueno, eso, si el tiro era correcto o si habíamos aguanto cincuenta minutos corriendo o si lanzábamos bien el bate de béisbol sin darle al compañero de atrás.... Creo que pensaba llevarnos a las Olimpiadas o algo así. Rober hacía aparición con otros dos rockers que llevaban boina azul, y a mí me recordaron a cierta historia que nos contaron, aunque enseguida me corroboraban, que no eran ellos: Más tarde y para deleite y sorpresa de los allí presentes, el tal Rober, subía a la barra como si fuera el rey del lugar, para comenzar a bailar, que, para alivio de los jefes alucinados con todo lo que sucedía a su alrededor en el primer día de apertura, terminaría en el suelo de un gran salto; en individual o con alguna chica que le pillaba de camino, el Roll over Bethoveen, estalló con furia en aplausos. Rober volvía a ser vitoreado en la plaza, como siempre; le daban palmaditas a la espalda, y aprovechaban para saludarlo, recoger autógrafos, hacerse fotos y demás furor que conlleva una estrella del baile como lo era él. Lo conocimos más tarde, en cuanto todos dejaron de asediarle; Marta y yo nos mirábamos y mirábamos a Carla, que nos lo presentaba mirándole con ojos de corderito.

— Mirad chicas, os voy a presentar a un buen amigo mío, se llama Rober.... Rober, estas son Marta y Vanesa van siempre con otra amiga, pero ahora está de vacaciones, ya la conocerás.

Rober poseía cierto atractivo pasajero, donde destacaba eso sí, un buen cuerpo de bailarín y unos modales exquisitos, que destacan en la persona como un incentivo personal, que realza cualquier imprevisto exterior; como lo podía ser, la tartamudez de este, que nos dejó, con la boca abierta para entrar moscas, aunque, como yo estaba en prácticas, con mi ascenso sobre Doctora de la humanidad, le amplié una sonrisa, mientras nos saludábamos con el protocolo de los dos besos, necesarios, en estas ocasiones.

Una chica lo llamó y nos dejó allí, abandonadas, mientras nosotras nos quedamos mirando a Carla, que suspiraba al verlo marchar.

— ¿Qué pasa, porque me miráis así? ...¿Qué pasa con esa sonrisa picarona, eh?

— ¿Qué hubo entre Rober y tú? Le pregunté.

— ¿Qué te hace pensar eso?, pues entre Rober y yo no ha habido nada, listilla entrometida.

— Ya, por eso lo miras así. Le contestó Marta, de brazos cruzados, esperando una respuesta.

— Lo miro así porque es un amigo. Y como no nos creímos, ninguna de sus palabras, empezó a largar. "¡Ooh!.. Está bien.....Pero, es verdad que no ha habido nada entre nosotros, porque él está prendado por otra chica. Quedamos una tarde y otra, y al final se confesó. Me dijo, que quería ser solo mi amigo, y....ya está eso es todo,....bueno, a mí, todavía me gusta, pero...ya está, eso es todo...¡Contentas, fieras insaciables!

— Pues sí. ¡Vámonos por ahí, a dar una vuelta! Mientras caminábamos por aquel lugar, espacioso, sin haberse recreado mucho en la decoración y en la pintura, pues este era, blanco por arriba, por abajo y por los lados, exceptuando las puertas de los baños, de un verde intenso molestón; Jose se acercó y nos presentó a dos chicas, que sin ser nuevas, pues una de ellas, tenía un hermano integrante en alguna banda, y su amiga, ya le había acompañado en alguna correría, para nosotras, eran caras nuevas, que se habían instalado allí, y que estaban aburridas, de andar solas por el mundo. Se llamaban Sandra y Raquel, y eran de esas chicas, que sin ser hermanas, comparten bastante parecido; las dos eran delgadas, una rubia y la otra morena, llevaban el mismo corte de pelo, que les caía lacio, más allá de los hombros, y su forma de vestir, parecía estar sacada del mismo armario, y comprada por la misma madre; pantalones estrechos y zapatos o botas, como según quedaran las dos, a la hora de salir. Y sin más que decir, solo me queda apuntar, que Sandra, era rubia con ojos, como lucecillas verdes, y Raquel, la morena de pequeños y oscuros, como dos aceitunillas.

Aquella tarde, por lo demás, acabó sin sobresaltos; no fueron ni Los Piratas, ni Los Vikings, ni la madre superiora, y las chicas tampoco aparecieron. Así que, fue una tarde de lo más pacífica, campando a nuestras anchas, aunque no sin dejar de atisbar el horizonte, por si aparecían las fieras, y había que preparar un plan de ataque de última hora. Jose nos comunicó, de todas maneras, que el bar, continuaría abierto por la noche, y aún podían aparecer; y nosotras deliberamos, que como no íbamos a estar, podían lanzarse los palos y las sillas que quisieran a la cabeza, pero rápidamente, pensamos que eso significaría el cierre, y entonces pedimos perdón, por semejante pensamiento salido de cabezas inexpertas, y le pedimos a nuestro maestro, que nos lo mantuviese abierto, aunque fuese hasta el día siguiente, para poder hacer una fiesta de despedida todos juntos. Y dicho esto, nuestras nuevas amigas, nos acompañaron a la parada de autobús y entablamos conversación y secretos; Sandra nos contó, que su hermano pertenecía a Los Vikings, y poniéndosenos los ojos como platos, le pedimos que nos contara sobre ellos, y sobre cómo habían sido sus comienzos; y así, tan absortas como estábamos, perdimos el autobús, y nos tocó regresar andando. Y nosotras pensamos, con todo el malhumor que nos entrara con la caminata, que ya no podíamos con el cansancio que teníamos encima, que estábamos hasta las mismísimas, de tanta fiesta, inauguración, peleas, presentaciones y actos culturales; y Marta me decía que éramos como la alcaldesa y demás corte faraónica que llevaba detrás, en los actos oficiales, y que nosotras éramos adolescentes en época de crecimiento y se nos iba a secar el cerebro, de tanto pim pam pum, y para acá y para allá. Yo le di la razón instantáneamente, nos despedimos y al día siguiente se nos pasaron todos los males, y nos fuimos a la playa las cuatro y continuamos con nuestra vida viajera y apasionante, en correrías y aventuras.

Y así, de nuevo, íbamos finalizando el verano. Entre baños de sol y de agua, idas y venidas, carreras para coger el autobús, y caminatas interminables; jaleo, risas, riñas, malentendidos, fotos, refrescos, castigos en el dormitorio, mil perdones, ahora no me dejan salir, ahora sí, esta no me cae bien y a mí el otro tampoco.... Y todos al pelotón, que entre el uno. Mi abuela, ya no me veía el pelo, más que en los retratos que descansaban en el armarito del comedor, y cuando llegaba me hinchaba a besucones, que yo devolvía con abrazos, y mi madre decía que parecíamos dos enamorados, sentados en el césped de la Alameda. Aunque no lo pareciese, y.... aunque a ustedes tampoco se lo parezca, pues seguro que están pensando, que ya no quería saber de nadie de este mundo, yo echaba mucho de menos a mi abuela del alma; pues me acordaba siempre de ella, en los momentos, en los que, el grupo de amigos nos quedábamos mudos, estuviésemos donde estuviésemos, y fuese por la causa que fuese; que siempre están esos instantes de no decir nada, porque ya no existe coloquio fundamental entre los colegas, que están casi todos los días juntos. Una tarde, en las que nuestras neuronas, habían pedido descanso breve para recuperar; una de esas tardes, en que todo es aburrimiento y silencio mutuo, yo me vi sola, en la salida del Swing, apoyada en el coche de Budy, ya que mis amigas se habían dispersado cada cual, con su libre albedrío. De repente, una melodía que me era familiar, llamó mi atención, y dirigí la mirada, hacia el bar que tenía enfrente. Nunca me había fijado en él, porque no nos interesaban los demás bares, sencillamente, lo mismo que nosotros no les interesábamos a ellos; pero aún así, pude darme cuenta de una cosa, y esa cosa, interesante, donde las haya, era que, los dueños no eran los mismos y el bar....tampoco; y...¿Por qué lo sabía, tan claramente? Aunque crean que esto, no les importe ni lo más mínimo; pues bien, porque la única cosa que no se me había escapado era, que, el alcornoque del dueño que había poseído ese bar, hasta ese mismo día y digo esto, pues así lo era, lo teníamos que llevar, como obligación necesaria, delante nuestro, todas las tardes que hacíamos entrada ya en la plaza, para dirigirnos al bar; y mientras tanto, semejante individuo, nos deleitaba, con tan sucios modales, como lo eran, el ir escupiendo continuamente al suelo, como si se mereciera tal castigo, dejando charquitos, lo mismo que cualquier perro, en sus horas de paseo, marca su territorio por necesidad. Aunque la diferencia es grande, ya que estos últimos, lo cumplen por destino, pues no tienen otro. Una vez llegábamos al Swing, (pues este abría una hora antes, o sea, allá a las cinco de la tarde) el señorito, cambiaba de acera, y levantaba persiana, para poner en funcionamiento su sustento. Sustento que parecía ser, ya no lo era, pues, como bien decía, después de llamarme la atención, aquella melodía que no era otra, que los tangos, tan escuchados y queridos por mi, por afición de mi abuela, decidí acercarme, en vista de no tener nada mejor que hacer en ese momento, más que mirar las musarañas, porque al parecer, nadie tenía intención, de acudir en mi auxilio. La gente, ya se había dispersado de la entrada, y no parecía haber nadie que me impidiera poder entrar, y despacito, como si tuviese miedo a ser descubierta, pude observar principalmente, que había mucha gente, de edades comprendidas, entre los treinta y más allá; prosiguiendo con la investigación, pude advertir una luz bastante molesta, que no paraba de centellearme en la cara, y en tonos amarillos – verdosos, de una lampara redonda, en el cielo, que no paraba de rodar; habían parejas que ya se habían lanzado a bailar, allí no parecía darme nadie, la más mínima importancia y relajándome, me dispuse a observar un baile perfectamente adiestrado, que comenzaba una pareja joven, a la que hicieron corrillo inmediatamente, quedando solos en la pista y dejándonos a todos maravillados. La canción Adiós muchachos, de Gardel, salía a la pista, siguiendo los pasos de aquellos bailarines hermosos y bien compenetrados, envueltos en magia y perfección; y yo pensaba que no había visto cosa igual parecida a aquella, ni la vería, pues era imposible igualar a aquellos semejantes, en gracia y estilo, sin comparativos, ni nadie que les hiciera sombra. Ni que decir tiene, que sus magníficas prendas, hacían de todo, un conjunto extraordinario, digno de admiración. El vestido de la musa, de rojo intenso, resaltaba su figura educada en la danza, con dos cortes en ambos lados, y sandalias de raso, de la misma intensidad que el vestido y bien ceñidas a su tobillo; su pelo castaño, envuelto en un recogido, mostraba un rostro juvenil, pero duro, de ojos oscuros resaltados por el maquillaje, en tonos negros y violetas; el galán, de cabello engominado, y de facciones impenetrables, igualaba a su compañera, en virtudes. Pues este, que simplemente le sobresalía en altura, mostraba igualmente, una indumentaria provocadora, que consistía en chaleco y pantalones oscuros bien entallados, y camisa en color berenjena, que resaltaba unos brazos hercúleos, manejando a su igual, como la delicada hoja, se deja llevar por el viento. La pareja fue vitoreada, alcanzando cotas máximas de entusiasmo; yo aplaudía fervientemente, y me parecía que por entonces, no existía más nada en esos momentos: ni Martas, ni amigas nuevas, ni la próxima carta de Silvia....pues ya estaba por venir y no hacía falta alguna, ni chicos guapos, ni películas atrayentes; nada más que aquel salón soberano de la elegancia y la coquetería, de mármoles negros y suelos de púrpura, espejos imperiales y refinada decoración, creado por mano valiosa y de buen gusto. Pues en este punto de observación me encontraba, cuando una voz chillona y molesta, apagó esa imagen de ensueño y me sacó del embobamiento tan particular en mi. Me giré para ver el rostro, del aquel villano, que osaba despertarme, sin haberlo yo avisado.

— Perdona.... ¿Vas a tomar algo, o estás esperando a alguien?

— ¿Cómo?

— ¿¡Que si estás esperando a alguien o te pongo algo de beber!? Me repitió con poca paciencia.

— Pero hombre, no seas grosero con la señorita... ¿Cómo te llamas querida? ¿Querida?... entonces volví a girarme, para poder descubrir a mi salvador, pues ya creía verme fuera, de una buena patada en el culo, por aquel cabestro, que se alejaba, ante la importancia de aquella voz, no sin antes mirarme de arriba a abajo, y de abajo a arriba, cual ser humano, mira la mosquita que tiene en el brazo, importunándole con su picadura. Y ahora, si me lo permiten, y si no me lo permiten también, debo continuar con algo importante, aunque sin perder tiempo, eso si.

Así pues, haré un breve y obligado inciso, ¡cómo no!, señoras y señores, para poder comentar, sobre tan entrañable caballero, sobre aquel hidalgo, de ilustres palabras y exquisito porte, como lo era el señor Facundo. Rey de Reyes, maestro entre maestros y sapientísimo doctor de la vida. Verán ustedes, aquel era un señor, de cabellos plateados y debidamente peinados hacia atrás; de mirada azul intensa y apacible, con un tono de voz, semejante al sonido de un arroyo en primavera. Vestía de manera limpia y ordenada, con traje distinguido, pañuelo al cuello y su requerido pochette, de diversos colores y estampados; su edad rondaba los cincuenta y acabando, y le acompañaba siempre un fiel amigo, compañero de correrías e infatigable sirviente. Este acompañante, de madera de ébano y empuñadura de plata, mantenía su paso y ofrecía elegancia y seriedad, creando un personaje en su totalidad, carismático donde los haya, si es que los hay, pues este don, no es otorgado a cualquiera. Y después de revelar, semejante información grabada, en las tablas de las leyes fundamentales del universo, continuaremos con la conversación.

— Hola, me llamo Facundo, encantado de conocerla. Dijo, mientras me alargaba la mano en señal de saludo. ¿Facundo?.... ¿Querida?... Me espolvoreé la indisposición de mi rostro, y como defensora del pueblo y el buen hacer, le respondí al saludo, dictándole mi nombre, de manera solemne.

— Y....¿Le ocurre algo, querida? ¿Busca a alguien, en particular?

— ¿Cómo?... ¡Ah!, no....yo...pasaba por aquí, escuché la música y... me acerqué, y me quedé para ver el baile....¡Ha sido increíble!

— Si, ha sido espectacular, una demostración exquisita, y tengo que reconocer que, para ser el primer día, no está funcionando del todo mal...¡No señor!

— ¿El primer día?..¡Ah, claro!...Usted se ha quedado esto....y es, algo así como... una inauguración,...¿no?

— Exactamente querida, hoy es el día de la inauguración, del inigualable e insuperable, pub—bar Habana. Bueno, en realidad, siempre ha sido mío, yo...simplemente, lo tenía alquilado, pero al parecer, el chico ya no quería saber nada de seguir adelante con ningún negocio, por lo tanto, decidí aventurarme... para ver como se me daba esto...y.... ya ve.

— Bueno, pues yo creo que va a tener mucha suerte, con todos estos bailes, y esta música, porque por aquí no hay ningún otro bar que se le parezca...y creo...que antes, cuando lo tenía ese chico...no entraba nadie. Aquel se rió, abiertamente.

— Vaya, pues muchas gracias, por sus palabras llenas de ánimo, se lo agradezco. Pero...dígame...si no es mucha indiscreción....¿Realmente ha venido, porque le gustaba la música?..¿Le gusta la música de Gardel?... Me resulta increíble, pero... que no le sepa mal, lo que le estoy diciendo,....y tiene que perdonar el mal carácter del camarero.

— ¡Ah!, bueno, no importa....en mi bar....bueno, el bar donde me reúno con mi gente, cuando hay algún indeseable que los hay, Ricardo, que es el dueño....bueno son dos, él y otro chico muy delgado que se llama, Tino....Bueno, como decía, pues cuando llega algún enajenado, él lo tira a cajas destempladas; aunque yo....espero no haber molestado, bueno...quizá no voy vestida para la ocasión, eso si. Este, recibía mi torpeza a la hora de hablar, de manera prudente, intentando evitar la carcajada, ya que, reconocería por el tono de voz, ese auténtico gesto del nerviosismo.

— ¡Oh, no querida! ¡No haga caso!...Usted es muy bien recibida en este lugar, que será el suyo, siempre y cuando quiera volver el día que lo necesite y cuando quiera, acompañada por sus amigos.

— ¡Oh, pues muchas gracias!...la verdad es, que me aburría bastante hoy allí....y por eso, me acerqué. Mi abuela escucha mucho esta música....y nos hemos acostumbrado todos en casa a escucharla....si no suenan en la radio, las coplillas y los tangos, pues los canta ella. Aquel hombre se desternillaba de la risa, y me pareció realmente, que aquella famosa pareja de baile, nos miraba de hito en hito, preguntándose, de qué rayos se reía aquel hombre, dueño de todo aquello, y qué demonios hacía yo allí, que no me asemejaba para nada, con aquel lugar, lo mismo que una lechuga a una patata.

— Bueno, creo que yo, debo irme ya....mi amiga se debe estar preguntando, qué es lo que ha sido de mi..... Gracias por todo, ya volveré otro día.

— ¡Oh, sí! ¡Claro, cómo no!...pero espere, espere, solo será un segundo. Allí me dejó muy sorprendida, mientras yo ojeaba desficiosa, hacia la salida, sin encontrar a nadie ya, ni dentro, ni fuera del Swing. Este, regresó en seguida, y me obsequió con una cinta de música original, que contenía todo un repertorio extenso y exclusivo de tangos, hasta hartarse y ponerse a llorar de emoción; yo pensé que aquello, era un regalo más que caído del cielo, para darle a mi abuela, la sorpresa que se merecía, y se lo agradecí eternamente, con mil reverencias. Así, que decidí salir de allí como un rayo, para darle una segunda sorpresa, llegaría antes de lo habitual; y viendo únicamente, a los dos socios del local, atareados en conversaciones privadas con tres muchachos más, que no conocía absolutamente de nada, opté por largarme de allí, sin haber dejado mensaje ni nota, y pensando, que ya llamaría más tarde a mi amiga, para contarle, con pelos y señales, aquella gran idea de irme sin decir nada.

Me alejé de allí, siendo la primera vez, que caminaba a solas con la ciudad; y he de decir, que cuando uno siente el corazón, henchido de satisfacción plena, aunque sea por unos instantes, todo a su alrededor, se convierte en el mejor aliado de uno mismo. Los edificios, las Universidades ilustres, las carreras de los niños en los parques, los caminos anchos e infinitos, los jardines reales con multitud de alicientes, para desarrollar imaginación y paseos eternos, en cualquiera de sus lugares encantados, el vuelo de los pájaros, el atardecer.......En fin, todo aquello, que ya me era familiar, por nuestros entrañables paseos de todos los días, ahora olía y sabía, de manera distinta. ¿Había cambiado todo? ¿O nunca había logrado apreciarlo de esa manera?, al mismo tiempo e inexplicablemente, aquel estado de euforia plena, había traído añoranzas, momentos vividos, de hacía tan solo un corto espacio de tiempo, pero que ahora, aparecían haciéndome ver lo importante que son, los minutos, los segundos, las horas....en todo lo que nos rodea. Era un sentimiento agradable y reconfortante, ya que dentro de un instante, al día siguiente, y todos los demás días que estaban por llegar, seguiría disfrutando de la gente que hace eso posible, porque todo estaba ocurriendo en ese momento. Y, al transcurrir el tiempo, cuando ha llegado la hora, de ponernos a pensar en el pasado, que se encarga de ordenarlo todo, debidamente, nuestros sueños, nuestras ilusiones, nuestros descalabros, nuestros puntapiés, y nuestro volver a empezar; entonces, echaremos la vista atrás, saboreando el gusto por lo vivido, quedándonos siempre, en primer lugar, el mejor recuerdo. El que nos pertenece, el que es nuestro, y de nadie más.

He de decir, que cuando llegué a casa, todo era sorpresa y aplausos; pues allí estaba, el grupo de mujeres preferido por mí, de aquí a doscientos millones infinitos de kilómetros a la redonda. Mi abuela me saludó con los arrumacos acostumbrados, y mis tías empezaron a meterse con mi vestimenta....O sea, que acababa de llegar y ya estaba pensando si aquello de llegar antes, había sido una buena idea... Si, si, lo era, ¡vaya si lo era!, aguantaría el escarmiento, sacrificaría mis impulsos, y me quedaría con la boquita callada, para no acabar en discordia y en el cuarto de los lamentos. Terminado el juicio sobre los derechos de los niños a la hora de vestir, aquellas continuaron arreglando el mundo a su manera, y yo aproveché para regalar a mi abuela, la cinta de casete. Ante el alboroto de esta, volvieran a estallar vítores y aplausos, quedando el problema de mi vestimenta resuelto del todo, pues ahora, salía ganando por mayoría, en honradez y buenas intenciones. Mi abuela conectó la cinta, en el aparato de la cocina, y continuaron la tertulia, que se ponía de lo más interesante, hablando de un señor que yo no conocía de nada en absoluto, pero que, según mi tía, y con la aprobación de mi madre, que se interesaba por el tema profundamente, era la sabiduría en persona, como recién bajado de los cielos, y adelantado a su época, como se suele decir, de los divinos humanos que nos sorprenden en avances y palabras. Y yo, extasiada como estaba, por todo lo que iba escuchando, decidí ponerme en busca de la historia de ese hombre, protagonista de brillantes ideas, ya que, como defensora de las leyes de la humanidad y buscadora incansable de todas las respuestas terrestres y no terrestres, tendría que ponerme a la onda, si no quería que se adelantara, cualquier enteradillo de Universidad, pues que como yo no me la podía pagar, en seguida saldría al paso con sus títulos y honores, y yo quedaría en segunda división.

Mi hermana entró, pero escabulléndose, como muy bien sabía hacer en estos casos, donde sabía que le atacarían con una avalancha de preguntas sin cuartel. Estas, que ya se marchaban con la revolución a otra parte, la dieron por imposible, sin preguntarle ni pedirle nada más que el beso de despedida, y que esta accedió a dárselo, sabiendo que con eso, se daba por zanjado todo lo demás. Yo me burlé de ella, diciendo que era una desconsiderada, maleducada y canalla y ella me respondió con las mismas simplezas, llamándome, alcahueta, marujona e impertinente. Mi madre se enfadó con las dos, mi abuela con las tres, y en seguida se armó la Marimorena y el séptimo de caballería.

Ni que decir tiene, que Marta, llamó a casa echando pestes y sapos y culebras en mi nombre, sin dejar que me defendiera; aunque cuando hubo terminado, me dijo que todo lo admitiera de buen rollo, porque en realidad no estaba enfadada. Yo se lo agradecí, con mil festines hacia su persona, pues ya, nada más podía hacer, y cuando colgué el auricular, pensé que tenía un largo trabajo por delante, para hacerle entender a las gentes, como se hacían y se decían las cosas realmente..... Empezando por mí.

Por lo tanto, decidida a informarme, sobre aquel honorífico personaje que poseía el difícil nombre de Gurdjieff, me acerqué a mi madre en su rato de descanso, ya que el letargo le dejaba, para decir que si a casi todo, y le aclaré, que quería instruirme en la Academia de la verdad, y necesitaba leer algo sobre aquel hombre misterioso, que había llamado mi atención en la tertulia, pues se asemejaba mucho con mis ideas e intenciones, y que si quería una hija con buenos haceres, ya podía darme el dinerito del libro, para que luego no se quejara de mi zoquetería e ignorancia, sobre la vida. La pobre mujer, que ya empezaba a rozar el séptimo cielo, cerca de los serafines y harta de escucharme, viendo que el dinero era para una buena causa, aceptó, y me fui disparada a la librería a preguntar por el susodicho libro.

Tengo que admitir, aunque espero el perdón de ustedes, pues era una adolescente en vías de preparación mundana, y el orgullo y la bobería, a veces, no me dejaban pensar con exactitud y claridad; que la aquí presente, había pensado desde algún tiempo, que sabía mucho de todo, aunque mi hermana me dijera que en realidad, no entendía gran cosa, lo mismo que ella, para luego darme cuenta, de que no tenía ni idea de nada. Lejos de crearme frustraciones innecesarias, ya que mi tía me dijo, que tanto una cosa como la otra, son propias de la edad, me puse en campaña, para alcanzar a mi abuela, a mi madre, a mis tías, y a este gran señor, en tan enormes logros del entendimiento de la vida. Según Gurdjieff, aunque todos tengamos un nombre y para conversar siempre digamos 'yo', en el caso de hablar algo que nos incumbe, no significa que sea realmente nuestro 'yo' ese 'yo' que ya conocemos; es decir, y miren que por entonces le tuve que dar mil vueltas a la entendedera, pues el mejunje este de hombre, consiguió liarme de veras, y casi acabo en el hospital, ingresada de una ansiedad crónica, todos debemos alcanzar nuestro verdadero y único 'yo', para llegar a ser realmente nosotros. Y ser personas, con sus propias decisiones, sabiendo siempre qué hacer y cuando tenemos que actuar, siendo Reyes de nuestras ideas, alcanzando así, el punto culminante de sabiduría, plenitud, y buen estar, durante toda la vida. Y que si no lo conseguimos, es porque no queremos, y entonces, varios 'yo', a los que se les puede dar nombre como Laurita, Jaimito y Pedrillo, vienen a marearnos las neuronas, sin llegar a saber lo que tenemos que hacer, formándonos un lío de mil pares de narices, haciéndonos dudar, cuando ya creíamos tener una solución a nuestro problema. Comprendiendo esto, y mucho más, que no explicaré, para no aburrir o marear a mis queridos estudiosos de ideas, yo empecé a expandir mis teorías, allá por donde iba.

Así pues, empecé por mi hermana; tan rara ella, que lo mismo soltaba una carcajada que un berrido, o lo mismo tenía pinta de funeral con nosotros, sus hermanos, y luego se liaba a tocar las castañuelas con sus amigas.... Y acercándome a ella, mientras se arreglaba para salir, y sentándome en la cama, con los papeles en mano, le dije, que se tenía que vigilar eso, porque era una actitud equivocada con todas las de la ley.... Que si nosotros éramos sus hermanos, tenía que tocar las flautas con nosotros, y darle a la matraca con las amigas,..... Que los hermanos son para toda la vida y tenemos un amor incondicional, y que esas brujas que tenía de amigas, no le iban a hacer ningún bien; y luego rematé la lección, diciéndole, que por su cabecita, rondaba una Manolita, que le mareaba el cerebro, y por eso no hacía lo adecuado. Terminado esto, mi hermana, que había escuchado todo aterrada, mientras se miraba en el espejo, que habiendo empezado con brío a peinarse, ahora parecía faltarle la batería; se giró hacia mí, con la cara pálida como la leche en polvo, y sin pronunciar palabra, aunque esperando una respuesta de agradecimiento por su parte, empezó a desencajar la boca y salió disparada del cuarto, como alma que lleva el diablo, mientras llamaba a mi madre....Y yo, que todavía no me había quitado el traje de la inocencia, me giré creyendo que el pavor de mi hermana se debía, a que podía haber visualizado, detrás de mí, algún fantasmita, de los que rondaban por allí. Así pues, y solo de pensarlo, se me puso la carne de gallina y los pelos de punta, saliendo también de estampida, con la mala suerte de ir a tropezar con mi hermano, que felizmente pasaba por allí, con una tostada de mantequilla en la mano, y salimos todos por los aires, quedándose el pobrecito sin merienda; pues es bien sabido, que el pan siempre cae, del lado que más nos interesa. El final de todo aquello, ya se lo pueden imaginar, pues hasta a mí, me aburre el tener que contárselo, ya que acabé castigada en el dormitorio, de nuevo, pero con la sorpresa de tener un compañero de fatigas. Pues creyendo mi madre, que mi hermano, también estaba metido en el ajo, lo invitó a pasar, hasta que a ella le diera la real gana de dejarnos salir. Pero, no se piensen, que después de la derrota, me di por vencida, pues continué con mis logros, acercándome a mis amigas, aunque, con el desplante de Marta, diciéndome que a ella, los 'yos' y Gurdjieff, le importaban lo mismo que un pepino a un carnívoro de las selvas, y mandándome a revisar el cerebro de urgencia a algún traumatólogo especialista, tuve que concluir mis conversaciones dimensionales, no por ello, claro está, sin dejar mis expediciones, sobre los descubrimientos de este sin par señor de los universos con sus discípulos. Y dejé a los demás, con su rollo de vida, hasta que, en un futuro, vinieran a darme mil perdones.

Relajando pues, la etapa del descubrimiento, llevándolo en secreto, y teniendo como aliados solamente, el bolígrafo y el papel, les puedo asegurar, que en casa, continuamos con nuestras frenéticas vidas, y ocupándonos de algo, que nos ponía de muy mal talante. Y es que, había resultado, que el Don Juan de perro, el cabestro de animal (y aquí, se declara una, fanática de todos los animalillos, sobre todo si son caninos) que habíamos adoptado, no nos prestaba ni la menor atención, pasando por delante nuestro, como si fuéramos los matorrales del parque, y a punto estuvo más de una vez, de acercar el pis a nuestros morros, de no ser por la zapatilla de mi madre que siempre estaba dispuesta allí, para estos casos. Lo llamábamos, y no reaccionaba ni a la primera, ni a la segunda, ni a la de dos millones, y cuando lo bajábamos a dar su paseo, se escapaba cuando le venía en gana, volviéndonos a todos locos, creando la alarma en el vecindario.... Que ya lo conocían hasta en el extranjero, pues es el señorito de los peines, cuando le daba por regresar después de una noche de fiesta y parranda callejera, se paraba en la puerta del patio, a ladrar como un descosido, hasta que bajábamos alguno a abrirle la puerta, y este entraba sin más, sin mirarte, ni darte las gracias, ni las buenas noches, ni Dios que nos asista. Así que, cuando mi madre una mañana me mandó a buscarlo, creía que se me llevaban los demonios, alentándome Marta, a que realizara ejercicios de respiración para que no me faltara la cordura, tan necesaria en estos casos.

— ¿Pero qué haces? ¿Dejas al perro aquí? Marta se quedó parada, observando cómo abandonaba el sitio y me retiraba; corrió hacia mí.

— Desde luego, que tu perro se las trae, el nombre le va a las mil maravillas.

— Si, ni que lo digas, con que, cuando le de la gana de aparecer, pues bien recibido será...Ya no lo busco más, que las calores, me están nublando la vista y la razón...Y este perro va a acabar con mi vida, y con mis propósitos de alcanzar los mayores éxitos.

Cuando íbamos ya, en dirección a mi portal, pudimos ver que el cartero bajaba de su vespa amarilla, y llamaba a la primera puerta que era la única que le abría, además de que siempre estaba sentada en el balcón observando cómo funcionaba la vida de los demás.

— ¡Me puede abrir, señora Isabelita! Yo me acerqué a él, antes de que entrara en el patio.

— ¡Perdone!.. ¿Lleva alguna carta para la puerta trece? El hombre se asustó cuando le abordamos en la puerta.

— Eee...espera, sí, sí, aquí hay tres cartas para la puerta trece, toma. Me extendió tres cartas, una de ellas era de Silvia, nos pusimos muy contentas, las otras dos eran para casa, por lo tanto, se las daría a mi madre, para que hiciera con ellas lo que le viniera en gana, ya que parecían facturas, y ella, de esos papeles, ya sabía lo suyo.

Nos apoyamos en el coche del señor Enrique, un Ford Fiesta azul marino, que todos los sábados lo limpiaba y daba brillo, hasta que iluminaba la calle entera, no haciendo falta ni la luz del sol. Pude ver cómo nos observaba desde el balcón, y le dije a mi amiga en voz alta, de apoyarnos con cuidado, pues el señor Enrique, que era un lucero de hombre y el mejor vecino de todos los alrededores, cuidaba ese coche, como los grandes tesoros escondidos de la humanidad; con que este, se metió de nuevo a sus cosas y comenzamos a leer la carta con gana, sin molestia, ni ningún perro que nos ladrara. Nos contaba que regresaba dentro de una semana, y que tenía unas ganas locas de vernos... Que ya estaba muy aburrida del lugar, y de todas las monsergas que allí se hacían, que el sol le había quemado las mejillas y los mosquitos le habían producido cardenales de tanto comezón, que parecía que tuviera la sarna, y allá que iban con mosquiteras, y sprays a todas horas, como para defenderse de la plaga de Egipto....Que la gente ya no encontraba nada de nuevo, ni en las piscinas, ni en los montes, ni en las mariposas, e iban ya de mal humor, no llevándose bien con nadie y haciendo vida sedentaria, paseando por las callejuelas como zánganos, pero sin querer volver aun así, a su oficio y beneficio. Para remate final, nos enviaba una foto con dos amigas suyas del pueblo y nos la dedicaba con abrazos y besos. Con que, Marta y yo, decidimos contestarle lo antes posible, para que aguantara hasta la semana que viene, sin venirse abajo.

Nos habíamos quedado solas en mi casa, y, acompañadas por Aretha franklin, empezamos a producir una carta de ánimo y fiesta, para nuestra querida amiga, tan perdida allá, por las profundidades españolas. Le contábamos, todo lo que quedara por contar, desde la última carta, informándole así, del Swing, y lo de que ahora seríamos cinco en plantilla, a su regreso.... Que la echábamos mucho de menos y que no podíamos vivir sin ella, así pues, se tenía que dar prisa en llegar, y convencer a sus padres, de que adelantaran un día, el regreso para las calles de la ciudad; pues las iglesias y las campanas, y las cuestas arriba y las cuestas abajo, ya no debían tener, ningún efecto en su persona. Llegamos al final y a la Posdata, con firmas, floripondios y corazones, de todos los colores y acompañados, por la única foto, que Carla pudo sacar, aquella tarde de sesión de cine, y que todos queríamos quitar de las manos, hasta que aquella nos la usurpó, antes de romperla, haciendo copias para todos.

Estábamos en el bar de Santiago, un jueves con tormenta de verano, que nos prohibió ir a ningún otro sitio esa tarde, recogiéndonos a todos, en conversación acalorada; habíamos decidido, formar un grupo, con las cinco que éramos y por supuesto, debíamos buscar un nombre que nos identificara. La cosa estaba reñida, porque las ideas que salían de boca de todos, no nos llegaban a interesar, comenzando una pelea entre gritos y metralla, que Santiago tuvo que calmar, poniéndonos la música más alta, para ver si esta extinguía la enajenación; al mismo tiempo, conversábamos, sobre justicia y leyes, formando tal mejunje de ideas, que no nos llevaban a ningún sitio, más que a retrasar la cuestión real, que era, nombrarnos de alguna manera, para pasar a salir en las noticias sensacionalistas.

— Yo, lo único que digo es, que aquí, en esta tierra, no tenemos ni leyes ni Dios que nos pille confesados. Porque si a un chorizero, lo mandan a la trena, por unos cuantos asuntillos, de aquí te pillo aquí te mato, durante tropecientos años, y luego llega un animal, y crea un desaguisado de mil pares de narices, arrebatándole la existencia a algún pobrecillo o pobrecilla, todos tan contentos, y aquí no ha pasado nada.... Porque luego el mindundi, va por ahí, caminando por las calles, vete tú a saber, sin hacer nada bueno, y la familia destrozadita, teniendo que ver, como pasea su palmito, por las calles de Dios. Jhonny, andaba entretenido, enzarzado en la polémica del mal ajusticiamiento con ex-convictos, malhechores, y demás jauría humana, que pertenecía a este mundo, juntándose villanos con honrados, para camuflar el bien con el mal, y en unas cosas y otras, no poder darnos cuenta, de donde tienes el peligro, tan pronto lejos como cerca.

— Estoy de acuerdo contigo, y además, añadiré, que los jueces son piltrafas de la justicia, elegidos a dedo, y sin ningún tipo de miramiento, convirtiéndolos en cómplices de asesinos. Todos vitorearon a Jose, llenos de júbilo, y Santiago procedió a bajar de nuevo la música, ya que no se le hacía ningún caso, y nosotros ya habíamos pasado de lanzarnos pullas a fraternizar como hermanos. —Oye, ya lo tengo, Las Leonas....o....Las tigresas blancas,....así, quiere decir, que sois fieras pero al mismo tiempo, buenas y dulces, como los huesos de santo...¿Qué os parece?

— ¿Que qué nos parece, so boba?...¿Tú qué crees?, ¿tengo yo cara de llamarme tigresa de Bengala o gatopardo de Sierra Morena? Le contestaba Marta a Amparo, desesperada y rompiendo todos los papeles con los nombres, mientras los demás estallábamos en risa; pues aquella tarea estaba siendo difícil de resolver, y estaba pudiendo, con las buenas maneras de mi amiga, que ya tenía imagen y semejanza con Jack el destripador.

— Bueno,.... veamos, fierecilla, tranquilidad y buenas letras.... Si no puede ser tan difícil, os hace falta concentración. Santiago ponía cordura a aquello, mientras recogía vasos y papeles, despejando aquello, como para volver a empezar.

— Vale....¿Y qué os parece, The Guns?.. En inglés, que queda mejor....¿Eh? Budy nos miró esperando aprobación, y entre los bufidos de Marta, los resoplidos míos, y los.... ¡Hay que me duele la cabeza y hasta el pelo! de Sandra y Raquel, aquel se dio por vencido y continuaron con sus conversaciones de diplomáticos y jefes de la autoridad y el orden.

— ¿Pues sabes qué te digo, Jose?... Que a aquellos que llevan sotana, se les debía de dar un buen susto de muerte, con todos estos casos de violencia, y verías si no eran ellos los primeros en colgar la soga al cuello, directamente, sin juicio, ni rollos que nos cuenten, ni chorradas....Al darles donde más les duela, serían los propios verdugos, sin martillo que golpear en la sala, ni preguntas, ni más chismes... Si, si todos estábamos de acuerdo, y después de las ovaciones, volvimos a lo nuestro, mientras Carla, retomaba la conversación:

— Pues cuidadito con lo decís, porque el padre de mi vecina, es un lumbrera de las leyes, y hace muy bien su trabajo, pues es conocido hasta pasando el charco; y yo lo sé, desde hace muchos años, que son los que viven al lado nuestro.....Y son personas honradas, que no dejarían que ocurriera cosa parecida a esas de las que tanto os quejáis.

— Oye....¿Y qué tal, Las Princesas?.... Bueno, en el inglés, The Princess, o... ¿Qué tal, Las Perlas?... también en el idioma extranjero. Iniciaba Sandra, de nuevo, la retahíla de nombres.

— Oye...¿Y qué tal, tu tía la del pueblo, esa que estaba sorda, y andaba a grito pelado por la casa, despertando a las gallinas del corral? Raquel contestó molesta, y los demás, nos caíamos al suelo de la risa.

— ¡Oye, mendruga, si no te gustan mis ideas, te levantas y te vas con la ventolera a otra parte!; di tu alguno, que no se te ha oído todavía decir nada, por esa boquita. Y cuando aquello ya empezaba a tener muy mala pinta, empezando todos a los gritos y embutidos cada uno, con su problema nacional, Santiago subía de nuevo la música, para ver su efecto, y a mí, se me ocurría un nombre, que pensé, nos venía de perlas y así lo expuse, levantándome y pegando un grito; pues cada uno, movía los brazos en una dirección, y se lanzaban todos los improperios que llevaban conocidos hasta entonces, y otros que irían apareciendo en un futuro.

— ¡Ya lo tengo!...¡Callaros desventurados, ignorantes de poca fe, escandalosos y bulleros! Y cuando al final, todos se percataron de mi presencia, allí de pie, como tal discurso de la antigüedad, en el monte de los Olivos, les revelé mi inspiración. "Nos llamaremos... Las Principiantes". Entonces, todos se callaron y se miraron, se miraron y callaron; y Santiago, no podía creer, semejante milagro del cielo, pues se había hecho la luz, y aquellos viva la Pepa, se habían callado, como embelesados, por una fuerza mayor. Aunque, acordándome de repente, de las influencias negativas, que habían tenido mis teorías expuestas en casa, que cada vez que abría la boca, ocurrían desastres a nivel mundial; y creyendo, que allí, entre tanto revolucionario, corría peligro mi vida o que me lanzarían silbidos y abucheos, negándome el saludo para toda la eternidad; resultó, que aquellas fieras desbocadas, después de mirarse los unos a los otros, y poner cara de interés y satisfacción plena, votaron y por unanimidad, y así, mi nombre fue elegido, entre todos, como nombre del año, diciendo incluso, que llegaríamos a pasar a la posteridad, saliendo en libros y revistas de moda, posando con el vestuario elegido y con el nombre en cuestión..

— Bueno,....perfecto, ahora solo queda que elijáis algo que os identifique junto con el venerado nombre...Una prenda de ropa igual, para las cinco. Nos propuso Budy, bien sonriente, mientras los demás, le mirábamos con la cara descompuesta; pues por aquella tarde, ya habíamos tenido bastante, entre nombres galácticos, y personajes eminentes de las verdades y las mentiras.

— ¡Yo tengo una idea!, podíamos elegir una camisa, bien sexy,... de un color rosa o lila,.... y poner el nombre en negro, con unas letras.... como las del álbum de American Graffiti o algo parecido. Cuando Sandra terminó de explicarse, todas asentimos muy seguras, pues pensamos que ya no haría más falta otra discusión, además de que la idea, parecía brillar por los cuatro costados.

— Sí, sí, bueno, pero eso.... ya lo podíamos dejar para otro día, ¿eh? Yo ya no tengo ganas de más pamplinas, pues creo que estoy agotada y no me he movido de la silla.

— Si, además, nosotras nos tenemos que ir....Aunque, parece que todavía no ha parado de llover... ¿Qué hacemos Marta?, por aquí cerca no hay ninguna cabina telefónica, para poder avisar, si nos retrasamos. Marta y yo nos levantamos y al mismo tiempo, nos volvimos a sentar, pues aquel diluvio universal, no tenía pinta de concedernos una tregua.

— ¿Qué decís, cómo vais a iros con este tiempo, si están cayendo rayos, centellas y repámpanos?

— ¡No se dice repámpanos, se dice relámpagos, maestro de la ignorancia!

— ¡Oye, enteradilla de la vida, jueza suprema de los insultos!... Mi abuela cuando yo era pequeño, decía repámpanos y si ella lo dice, bien dicho está. Raquel y Johnny, se enfrascaron de nuevo, en la pelea de los entendimientos, y Budy salía del baño, resolviendo nuestro problema. Nos llevaría él a casa, y después, volvería a por los chicos, ya que esa tarde, solo había un coche, para todos. Cuando llegué a casa, no había nadie, yo esperaba a que me abordaran en la puerta preocupadas, para ver, si había llegado en buen estado, y la respuesta fue una oscuridad y un silencio, que no me agradaron en absoluto. Le di play a la cinta de los Animals, porque el dios del trueno, no tenía intención de dejarnos descansar por esa noche; con que, me cambié y volviéndome a dirigir a la cocina, pues tenía hambre y pensando que no tardarían, me preparé un sustento, a base de leche y galletas; entonces, me sorprendió el teléfono, provocándome un sobresalto, pues, desde que había llegado, no paraba de rezarle a mi sombra, para que vigilara mis pasos y mis espaldas. Mi madre me contestaba al otro lado del auricular, diciéndome que estaban en casa de mi tía Marisa, y que se retrasarían, pues aún no había parado de llover y no había manera alguna de salir de allí, a no ser que alquilaran un barquero de las Venecias y las trajera de vuelta a casa, sin ningún inconveniente. Al mismo tiempo me informó de que mis hermanos estaban en casa de sus respectivos amigos, también me dijo que me fuera arreglando algo de cena, y no me esperara a dejar mi tripa sin alimento, luego continuó diciendo que si el perro no había aparecido y que si esto y que si lo otro....Y yo, ya no llegué a escuchar lo que me decía, porque la luz de la cocina se había apagado repentinamente y me había quedado en la oscuridad plena, y me estaba entrando el tembleque de piernas y de todo el cuerpo, muy común en mi, cuando algo era nuevo o aterrador; y aquello... era lo segundo, y mi madre empezó a tartamudear por el teléfono, pues no se qué pasaba con el audífono. La música continuaba sonando, por lo tanto, aquello no tenía nada que ver con un apagón, a no ser que.... algo, le estuviera haciendo funcionar con otro tipo de energía. Y aquello, me puso todavía más nerviosa, y empecé a buscar el enchufe de la mesilla donde descansaba el teléfono, rezando para que funcionara, porque mi siguiente opción, solo era el tirarme ventana abajo y eso todavía no lo había contemplado como posibilidad a la hora de salir de algún problema.... ¡No estaba preparada! El auricular se me calló y la lámpara se volcó, produciendo un ruido que me asustó más aún si cabe, pero gracias a dios el dichoso enchufe, ya estaba en mi posesión, proporcionando algo de claridad, en aquellas tinieblas. Escondida detrás de la mesa, no me atrevía a mirar en dirección a la puerta, por miedo a que apareciera algún espectro del purgatorio; pero un sentimiento de furia, que había comenzado a resurgir, con motivo del pánico que había soportado, hacía tan solo, unos minutos, me hizo envalentonarme, y corriendo hacia la puerta la cerré de portazo, incluyendo una silla debajo de la manivela, a la que incluiría la mesa, y todo el mobiliario necesario, en caso de que aquella, empezara a moverse, empujada por una fuerza exterior de ultratumba.

Cuando mi madre y mi abuela regresaron con mi hermano, se encontraron con el comedor precintado, y con la aquí presente, dormida como un lirón, con la tele encendida; y al despertarme mi hermano, se llevó un mamporro con uno de los cojines que descansaban en el sofá, creyendo que estaba siendo ataca por los mil demonios del infierno, y este, enfadado, me agredió de la misma manera, llamándome borrica, mendruga y todo lo demás; mientras, mi madre, me pedía una explicación por aquel desbarajuste de película que tenía montado..... Y, como después de contárselo, se echaron todos unas buenas risas a mi salud, teniendo que ir mi abuela al baño dos veces, los dejé allí con la juerga y me fui a la cama, para ver si olvidaba tan espantosa noche, pidiéndole a Dios, tuviera un poco de piedad, de esta desgraciadita, que le rogaba, se llevara a todos aquellos seres infames, a tierras lejanas, donde no encontraran ninguna salida, por los tiempos de los tiempos...Amén.

Esa mañana, por orden expresa de nuestra madre, habíamos bajado mi hermano y yo, en busca de nuestro perro, ya que llevaba tres días sin aparecer; habiendo rastreado todo de Norte a Sur y de Este a Oeste, quedándonos solo, por acudir, al lugar de objetos perdidos, para ver si aquel descansaba en alguna estantería, llena de paraguas, billeteros, bolsos, pañuelos y demás enseres de la vida moderna.

Llevábamos un buen rato buscando a nuestra mascota, sin resultado alguno, y solo, de regreso a casa, mi hermano se empeñó en algo a lo lejos, que parecía coincidir con la fisionomía espectacular, de nuestro querido Maki. Un precioso animalillo de color marrón, con un plumero por cola, que movía de un lado a otro, importunando a las moscas en su camino, y con un gracioso caminar, de animal desinteresado por los humanos y cómodo en la vida que Dios le había dado, mientras tuviera cobijo y buenos alimentos. Este querido personaje, perteneciente a la estirpe de caninos con mucho morro y mirada tierna, iba acompañado de una nueva víctima a la que angustiar el resto de su vida, con sus idas y venidas nocturnas, a no ser, que aquello que amarraba su cuello, permaneciera intacto, por los siglos de los siglos. Sin permitirle más libertad, que la que le dieran los pasillos y dormitorios de su nuevo hogar, ya que, dimos por sentado, que aquel, nos había abandonado sin explicación alguna, y sin pedir carta de recomendación. Nosotros, nos miramos con asombro y perplejidad absoluta, pues el desaire era menudo, después de haber estado llorando su ausencia, a moco tendido, sin consuelos, ni pañuelos que nos calmaran el bochorno.

— ¿Qué hacemos? Me preguntó mi hermano, desanimado y vencido. ¿Lo cogemos? ¿Le decimos al niño que es nuestro, y..... Nos lo llevamos?

Y dicho esto, observé al niño y al perro; al perro, y al niño. Aquel pimpollito, de gafas redondas, pelo de monaguillo, e indumentaria impecable, parecía estar en los mil cielos, con su recién estrenado compañero de paseos y cabriolas; pues el señorito, iba pegando saltitos y corriendo al mismo tiempo, para volver a frenar, y comenzar de nuevo sin descanso, el entretenido juego, que llevaba con la lengua fuera al incansable vividor; mientras este, lo miraba de reojo, de cuando en cuando, esperando pillarle desprevenido en su pavería absoluta, para salir pitando sin freno. Intenté imaginar su cara pecosa y pálida, pero radiante de felicidad, en el momento en el que hiciéramos aparición, y le contásemos semejante verdad, que él, aceptaría como una gran mentira, de dos personas, que el consideraría como dos intrusos, con intención de raptarles, y dejarles sin la luz del día. Imaginaba también sus lágrimas y berridos de dolor, que suponía se oirían de allí a Roma, ingresando en el mismísimo Vaticano, y pasar así, a ser perseguidos por el Papa, la policía, los vecinos del barrio, y sus padres con escopeta en mano. Con que, pensándolo mejor, intenté lidiar con otro niño, al que conocía mejor, y que sabía, comprendería muy bien toda aquella situación, estando él, un poco más acostumbrado a las sorpresas que te pillan desprevenido, ya que nosotros de eso, sabíamos un rato; y que además, pensé, no estallaría en amenazas y contiendas, sabiendo escuchar atentamente, cualquier cosa que se le quisiera explicar, aunque se le escapara algún bufido y algún movimiento de desagrado, normal en edad y situación; pues bien es sabido, que el que se va acostumbrando, a lo que tiene que ser, por ley y naturaleza, también va comprendiendo, quiera o no quiera. Terminé mi resolución, asegurándole, que aquel descalabro de animalillo, estaría mucho mejor con aquel chiquillo pacienzudo, que era como una pata de su animal, y se comprendían a la perfección.... Y no le faltaría, ni la comida, ni el agua, ni las ganas de festear, ni sol que le caliente, ni manta que le tape; pues aquél, se lo daría todo en uno, porque cuando alguien consigue algo que siempre ha querido, y tiene tanta ilusión, voluntad y jolgorio encima, todo sale a pedir de boca. Y el bendito niño, pasó de la pena, a mirarme con algo de claridad, y de la claridad, a la seguridad y de la seguridad a la conclusión, tan necesaria para salir del paso.

— Hubiera sido peor si lo hubiésemos encontrado moribundo o trastabillado, o cojo, o si no hubiéramos sabido nada de él nunca más..... Quizás es mejor así.

— Pues claro que si Juanillo, ya verás que va a ser más feliz que una mona de Pascua,..... y Dios así lo ha querido para que sigamos con nuestras vidas, y sepamos, que él está en una nueva casa, con sus cuatro patas, sus dos orejas, y sus dos ojillos de cristal en perfecto estado. Y así, continuemos, y dejemos de implorarle a toda hora con la misma martingala; pues el que se para no sigue, y el que no sigue, no destapa su destino, que le está esperando de brazos cruzados, pues para eso venimos....Y no para quedarnos parados en una calle, durante una hora, pues el tiempo corre y no espera. Y después de todo este parloteo, que el divino crío se escuchó sin rechistar, y que cambió su semblante y su humor, (pues se fue corriendo, ya sin existir, pimpollitos, ni perros, ni historias que me cuentes) se largó corriendo, como un diablillo, a reunirse con sus amigos; dejándome sola, y con el recado para mi madre de que se quedaba en la calle, con sus batallas y victorias; pues el corazón y el alma, se renuevan en esos momentos, para dar paso a la libertad de espíritu, que tanto enriquecen cualquier edad y necesidad del estado mundano.

Por lo tanto, estaba claro, que nos volvíamos a quedar sin nuestro perro; aún así, yo pensaba, mientras terminaba el camino, para ir derechita a casa, a contarlo todo con pelos y señales....Y también pensaba, que hubiera deseado, con toda la fuerza de mi corazón, que mi querido perro Charlie, al que no he quitado nunca de mis pensamientos, hubiera corrido la misma suerte, que aquel, que descansaba en brazos de la Diosa comodidad; y recé desde entonces y todos los días de mi vida, para que el alma de mi especial amigo, paseara por el cielo de los perros, si es, que existía, convirtiéndolo en el Rey consorte de los animalillos, que corretearan por allí, dirigiéndolos a todos en paz y armonía, como buen soberano de los cielos. Y aquí, dejaré el tema, pues los ojos se vuelven a nublar, ante tanta incomprensión de la vida, tan caprichosa ella, que te trae y te lleva lo bueno a su antojo, para después, dejarte desprotegido, ante las amenazas que uno no espera, y que debe lidiar, a capa y espada, y luchando contra viento y marea, hasta los confines de la existencia. Una vez en casa, el silencio me avisaba de que todos habían salido; una nota descansaba en la nevera: "Te ha llamado Silvia, ya está en casa".

Pues esa tarde, ya volvíamos a ser tres. Silvia nos abrazó con una alegría desbordante, nos había echado mucho de menos y nosotras a ella; por el camino le contamos todo lo que habíamos hecho, ella también nos resumió sus vacaciones, pero nos llevaba desventaja. Nos volvimos a repetir hasta aburrirla, mientras hablábamos las dos a la vez, y movíamos brazos y boca a cien por hora, sin dejarle un respiro para opinar o preguntar; cuando llegamos a nuestro punto de encuentro, las dos compañeras nuevas, que Silvia no conocía, y que nos encargamos de presentar al momento, nos esperaban camisas en mano, para ver si dábamos nuestra aprobación. Sandra se había encargado de comprarlas, en un puesto de mercadillo, y un amigo de Budy, se había encargado de estampar el nombre, en la espalda. Por lo tanto, estaban ya, elegidas y terminadas.

Las camisas contaban con nuestra aprobación, unas prendas finas, de color rosa pálido, sin mangas y con las letras en negro, que nos harían pasar un frío de mil demonios, pero que según las demás, nos harían famosas, de aquí a la conchinchina. Sandra se puso una, para que viéramos el toque que las haría especiales, y haciéndose un nudo en el centro, que quedaba encima de su ombligo, nos dejó perplejas y mudas; pues aquel cambio, había convertido aquel trapito, en una espléndida arma de destrucción masiva, en abrir bocas y soltar alabanzas y cumplidos, sin exageración ninguna.

— Lo único que hay que hacer, es abrigarse bien al salir.... Porque lo que es, al llegar aquí o cualquier otro sitio, con los calores que se forman, de estar todos apretujados, ni lo notaremos. Además, pues ya se sabe, que para presumir.....

— Bueno, pues no hace falta que termines, porque si que vamos a sufrir y de lo lindo....Pero bueno, ¡que caray!, también vamos a presumir de lo lindo,..... y una cosa por la otra. Marta cogió una del montón, e imitó la forma y semejanza de la camisa que nos iba a hacer famosas.

Se notaba en el ambiente de aquel lugar y del exterior en si, que la gente, ya había vuelto de sus vacaciones, y el movimiento y la alegría en las calles, volvía a ser lo mismo. Los rincones de la ciudad, ya no nos pertenecían, pero no importaba, porque aquello hacía resurgir la vida y levantaba los ánimos.

Aquella tarde, tuvimos una visita inesperada, pues de nuevo, hicieron aparición, Los Piratas; desde aquella pelea acompañada por la tempestad del tiempo, no los habíamos visto, parecía ser que se habían recuperado, en la tranquilidad de su guarida, y volvían con ganas y llenos de vitalidad.....Una vitalidad que preocupaba. Nadie, y con esto incluyo a los dueños del local, (que con su carácter reservado y mutismo imparable, nos tenían a todos aleccionados) estábamos de acuerdo con aquella aparición sin hora ni reserva, que frenó las charlas y las risas, y paró el tiempo en seco, formando miradas de desaprobación.

Yo pensé, que quizás, aquello, les levantara más la pavería y el liderazgo, antes, que haber seguido con nuestros coloquios, sin haberles prestado atención alguna; Jose contestó a eso, diciendo, que entonces, se pondrían más gallitos que de costumbre, porque sería como rebajar su hombruna por los suelos. Así que, mirándonos los dos, decidimos dejar el asunto, sin solución por el momento, y esperamos a ver, como iban sucediendo las cosas. Ringo saludó con un gesto de cabeza a Sandra y esta le respondió interesada con una sonrisa de anuncio. El perfil de este caballerete, Don Juan para los conocidos, Ringo para los amigos y rompe corazones para las dueñas que suspiraban a su paso, era el de un hombre delicado por fuera, pero lleno de fuerza y energía, incapaz de controlar a veces; siendo mal comparado, con su inseparable amigo de broncas, el más temido personaje del que hablaremos en unos instantes. Le hacía pues, mala fama, este carácter mal llevado, pues a veces, siendo persona honesta, pero creándote en el ambiente inadecuado y rodeado por personas de baja estofa, la fama, nos acompaña de cuando en cuando, de manera desfavorable, si es que uno al final, no dice basta. Su rostro esculpido con paciencia y amor, por las mejores manos, era como el mármol y sus labios gruesos y rosáceos, como la rosa que empieza a salir del capullo; la narizilla perfecta y los ojos pequeños de poco interés, pero acompañados de mirada fascinante y desafiante, que arreglaba el conjunto en una unidad casi perfecta; pues su complexión delgada in extremis, no podía ser comparada con la de sus amigos, que resaltaban en poderío físico, no siendo, aún así, un problema para su brillantez conquistadora. Después de esto, os puedo decir, no, mejor os aseguraré, que puedo considerarme una afortunada, y así lo confieso, que estuvimos rodeadas por los hombres, más guapos de los Olimpos.

— Esperemos, que todo vaya a pedir de boca, porque uno ya empieza a estar un poco harto de salir corriendo, y encontrarse el cartel de cerrado, vayamos donde vayamos. Budy fue el primero en entablar conversación, después del silencio incómodo que acabábamos de soportar. El murmullo de voces, empezó a oírse de nuevo, restableciéndose así la corriente eléctrica de los allí presentes, para volver a estar todo como al principio.

— Pues esperaros chicos, que si viene el peor de todos, ya podemos ir haciendo las maletas, pues me huele que con el tiempo que hace que no se le ve por ahí con los amigos, hoy debe de ser, una de esas veces en las que te pilla desprevenido, creyéndolo ya en las islas caimán sin billete de vuelta. Sandra nos avisaba a todos y Marta se enfadaba con ella, llamándola agorera y no se cuántas cosas más, pues a veces uno abre la boca sin saber, que lo que dice va acompañado por lo que va a pasar.

— Creerme si os digo, que ese tío es peligroso y bullero donde los haya.

— Bueno, bueno, pues no será para tanto, y si es así, haz el favor de tapar ya la boca, que de momento la cosa está tranquila. Dicho y hecho, después de las palabras de Silvia, alguien, con muy mala pinta, hizo acto de presencia, por la puerta del Swing, poniéndoseme los pelos de punta y el pulso para respiraciones profundas. Volveré a repetir, aquí mismo, queridos amigos, que las palabras malsonantes, están obligadamente en el coloquio de los participantes, siendo verdad todo lo aquí escrito y pidiendo los mil perdones; pues creo que las cosas se deben contar como son, pues hay personajes a los que no se les puede cambiar ni en las hojas de papel. Sigamos.

— ¡Eh, disculpa!... ¿Tienes algo de los Stray Cats? Y te lo he pedido bien, ¿eh?, te he dicho, disculpa.

— Si, algo tengo por ahí. Dijo Chimo, sin siquiera mirarle a la cara.

Este puso al grupo que querían escuchar, y aquel como poseído, se puso a bailar, dejando a un lado el ridículo, mientras sus compañeros lo miraban divertido, y disfrutaban de la bebida. Uno de ellos se dirigió al baño, era el querubín de rubios cabellos, que nos miró sin ninguna mala intención. El Tinto, pues así se llamaba el personaje en cuestión, pidió una ronda de chupitos, esperaron a que saliera el otro del baño y armando mucho jaleo se los tomaron. La personas que se acercaban a la barra, eran interpelados por este, sin miramiento ni cordura, sus compañeros se acercaban a él para que se pusiera junto a ellos y dejara de desviarse y llamar la atención. Pidieron más bebida, el bola, pues así se llamaba uno de los dueños, debido a su gran tamaño y estatura, no les quitaba ojo de encima, aunque disimuladamente; pues así lo habían decidido, la tarde que los chicos les habían puesto al corriente de lo que podía pasar, en caso de que aparecieran todos al completo. El permanecería atento, no haciendo falta que ayudase a su socio a servir bebidas, pues este, se las apañaba muy bien solito.

— ¡Eh, tú! Cambia la música, pon algo de los Blues Brothers. Volvió a replicar el Tinto, volviendo a sus maneras de descortesía absoluta.

— Estos no saben lo que son los Blues brothers. Susurraba Ringo, al oído de este, añadiendo más matraca, a su carácter viperino.

— ¿Heidi, tienes algo de Heidi? Pasaron a reírse los dos de manera descontrolada, mientras el rubio intentaba poner orden.

— ¡Callaros ya joder!, parecéis idiotas.

— Eh, tranquilo tío, vale ya paramos. Levantaba las manos el Tinto hacia su amigo para que no se preocupara.

— Si venga, Tinto tío, para ya, venga tómate eso que nos vamos. Decía Ringo, mientras hacía ademán de pagar lo que llevaran.

— ¿Ya?, ¿nos vamos ya?... ¡Joder que rápidos tíos!

— Si, así que, deja de dar la paliza con la musiquita, ¿vale? Le instigó el de la coleta, que había estado todo el rato muy serio y observándolo, aun cuando pareció que tenían una pequeña conversación.

— ¡Si es que, es por culpa del gilipollas este, que no sabe poner música!

— Bueno voy al baño yo, y a ver si te sacas a este para afuera.... ¿Ya has pagado? Le preguntó a Ringo, este asintió, y aquel, volvió a dirigirse al elemento, pues parecía haberla tomado con el pincha discos, que no levantaba la cara de su lugar de trabajo; no sabía si por miedo, o por refrenar su lado salvaje, y que no se le notara indispuesto.

— ¡Eh! ¡Que te calles ya!, olvídate del chaval de la música y tira hacia la salida. Después, se acercó hacia donde estábamos, para ir al baño bufando y agobiado.

Los otros se marchaban ya, intentando sacar a su colega de allí, pero aquel no parecía estar de acuerdo, con la decisión de replegar la tropa, sin haber luchado antes.

— ¡Este bar es una mierda!.. ¿Me has oído, bola de sebo? ¡Es una mierda! Los colegas al oír eso, lo dejaron por imposible y se salieron fuera.

El bola salió de la barra, harto de escucharlo, y poniéndose de frente a él, le obligó a que saliera de allí; los demás, los que habían salido, por no poder soportarlo, observaban desde fuera.

— ¡Te he dicho que salgas de aquí, que me tienes hasta los narices!

— ¡Hasta las narices estoy yo de vosotros, que sois una pandilla de desgraciados y gilipollas!...Y este bar lo voy a quemar, para que os quedéis en la calle y hagáis allí el subnormal. El de la coleta se paró donde estaban ellos.

— Ya lo saco yo de aquí, no te preocupes.

— Si llévatelo, antes de que le parta la cara.

— Vale, vale, tío tranquilo. El de la coleta empujaba al Tinto que había empezado a volverse loco de remate.

— ¡Tú me vas a partir la cara, seboso de las narices!

— ¡Eh! ¡Ya está bien! ¡Fuera! El rubio entró a echarle una mano a su colega y sacarlo de allí. "¡Que no me toques, que no me toquéis... cabrones! ¡Vais a dejar que el tío este nos chulee!"

— ¡Tú te lo has buscado, nosotros no queremos más problemas! ¡Está claro!... ¿No puedes llevar una broma sin que suceda algo después, o qué? Le gritaba Ringo, que acabó arreándole una sonora bofetada; entre todos no podían con él, el socio del grandullón, había salido con un bate de béisbol, se acercó a ellos, y como si lo tuvieran planeado de antemano, el bola lo cogió (bueno casi lo levantó) de la pechera, lo tiró a la calle, y ya en el suelo, el otro, se puso encima de este, poniéndole el bate de béisbol en la garganta; a esas alturas ya estábamos todos cerca de la puerta viéndolo todo, bueno, nosotros, y todos los bares que formaban aquel barrio del ocio y la diversión. Sus amigos no hicieron nada por impedirlo, ya que, estando todos fuera, ellos, eran minoría, y porque el bola, tenía su rostro descompuesto por la ira. Difícil, pues, pensar en un plan de ataque. Nos miraron, y los demás hicimos lo mismo, cara a cara, los unos y los otros, mientras aquel que descansaba en el suelo, intentaba deshacerse del garrote, que le habían impuesto por pena. El bola se dirigió a él:

— Escucha bien esto que te voy a decir amigo, ni tú, ni nadie de los que van contigo van a estropearnos este sitio con vuestras chulerías.... ¡Está claro! No queremos problemas aquí, y de momento la entrada la tenéis prohibida en este local, hasta que no vengáis con otras intenciones, ¡me has oído!.. No te oigo ¡Me has oído! Gritaba mientras le estiraba del pelo.

— ¡Vale tío, déjalo ya! Gritaba Ringo,

— ¡Si, joder, te he oído, te he oído! El verdugo se levantó, y el Tinto, se quedó en el suelo, con el rostro hinchado y colorado, intentando recobrar la respiración...y el talante, mientras nos observaba a todos, con rabia, por ver su ego, derrotado y por los suelos, sin venir más apunto esa comparación.

Sandra se enfadó y se retiró, Raquel la siguió; mientras, los demás, observábamos como aquellos eran desterrados de aquel lugar y se metían en el coche de alguno, haciendo chirriar las ruedas, sin freno, ni señales de tráfico, ni nadie que se atreviera a rechistarles.

Nosotras regresamos a casa en silencio, pues esa semana comenzaba el instituto. ¡Adiós, verano querido!... Adiós a los amigos, que quedarían relegados a un segundo plano, para pasar a verlos solamente tres días; adiós, a los días interminables, pues el sol parecía tenerle ganado el puesto a la noche, dándonos más tiempo para vivir....adiós, adiós, a las ocasiones especiales, que surgen en cualquier momento de esta época y que no hay que dejar escapar....Adiós, hasta pronto.....Hola, principio de existencia en segundas partes, para comenzar con algo nuevo; espero ansiosa el devenir, no seas muy dura con los sucesos y acontecimientos, acuérdate de aparecer con refuerzos en caso de ayuda, que, aunque todos vengamos preparados, el ánimo decae y desvaría, y aparece el odio, sin necesidad alguna. Prepara risas y lamentos, acorde con lo que podamos aguantar, y aleja la derrota, para dar paso, siempre, a la victoria.

Tercera Parte

Comenzábamos el instituto; después del colegio y el tiempo que habíamos tenido para olvidarlo, aquello se me antojaba como permanecer en una pesadilla, y no regresar, por más que uno quiera. En esos momentos de incertidumbre pasajera, en los que me encontraba, yo me acordaba de antiguos profesores, que permanecieron en mi alma, ya que lo bueno, siempre gana con superioridad, a lo banal y estricto, que no ofrece otra cosa que rebeldía y absentismo, dando poca importancia a las cosas, que realmente, merecen atención. Pensaba en Don Rafael, que con la gran virtud de la paciencia, nos había convertido en los mejores músicos y en los mejores deportistas de élite, aunque los libros Guiness, y las enciclopedias voluminosas, no recogieran de nosotros palabra alguna o fotos que pasaran a la historia. Tan pulcro en su docencia y tan increíblemente constante, conseguía sacar de nosotros, ese lado perfecto por explorar y que él, había conseguido pulir, a base de esfuerzo y tolerancia, tan escasa por estas tierras....Y qué decir tiene, de mi querida profesora de historia, tan fenómena y diplomada en letras, pasajes bíblicos y reconocimiento de la verdad, por encima de todas las cosas..... La señorita Marlen, entendida en la gramática y el lenguaje universal; una mujer pequeña y fina, de voz reposada y tono bajo, que nos explicaba que ella había llegado a ser profesora por vocación, que era el sueño de su vida, y la niña de sus ojos; y no sé que contaba también de que pertenecía a una larga estirpe de títulos nobiliarios, que había abandonado, para ocuparse de nosotros, y pasar ratos deliciosos de charla, entre Neruda, Lorca, Ortega y Gasset; y los demás pensábamos que era una delicia disfrutar de una Duquesa y Ministra de Gandía que era de donde provenía. ¡Hay que ver, cómo escasea todo aquello, ahora por nuestros tiempos! ¡Qué gran necesidad, y qué falta nos hacen, almas con esas características! Sentía el impulso necesario, de acudir a ellos, en calidad de socorro, y pedirles de rodillas, que me acogieran en sus aulas de nuevo, hasta que tuviera edad suficiente para labrarme un futuro profesional.

Pues bien, ya que eso, como pude apreciar, era algo bastante imposible, continuaré diciendo, queridos amigos, que Silvia y yo, comenzamos el instituto, una mañana de mucho calor y vaguería absoluta, (todo hay que decirlo) aun así, se nos disipó, en seguida que vimos nuestros nombres en listas separadas. Si, así era, no compartiríamos pupitre, cada una teníamos asignada una clase distinta, con un montón de gente nueva, que en esos instantes, andaban.... Bueno, ¡qué digo, andar!, corrían, apartaban a codazos, cogían carrerilla y se lanzaban a la espalda de algún compañero, chillaban, levantaban manos en forma de saludo y pies para propinar patadas, y en medio de aquella Anarquía absoluta, mi amiga y yo, enmudecíamos y nos mirábamos, comprendiéndonos y pensando, si aquello era la jungla en medio de libros, profesores, palmeras y monos. Cuando por fin acerté, como pude, a entrar en mi clase, habiéndome despedido de mi amiga entre pesares y pañuelos blancos, me di cuenta de que había mucha gente que se conocía, y que precisamente, eran los que armaban más jaleo. Se pegaban con los libros de la asignatura de contabilidad en la cabeza, se daban manotazos a diestro y siniestro, y se ponían a hablar de todo lo ocurrido desde que se habían separado, sentados en las mesas y en el suelo. Eran repetidores. Más conocidos, como los tiranos de la clase, los caudillos que subyugan a voz en grito imponiéndose, por conocimiento repetidor insustancial, la voz del patrón que hay que obedecer a fuerza de vara y sudor......Pero aún había un poder absoluto por encima de ellos, alguien que se acercaba por los pasillos, haciendo temblar al más pintado, al más chulo y a la fuerza destructora de los huracanes; pues se hizo un silencio de pánico, avisado por alguien asomado a la puerta, y que había conseguido convertir, en pocos segundos, a aquellos Cíclopes, Trolls, Minotauros y demás seres de las profundidades de la tierra, en una maravillosa pintura, de paisaje campestre, con animalillos y ninfas del bosque. ¿Qué podía tener tan buen resultado?.... Me daría cuenta en seguida. Por la puerta hizo aparición, un caballero de corta estatura, compuesto por traje oscuro y corbata; la seriedad de su porte, se acomodaba con el rostro por igual, aún así, les diré, que si quieren hacerse idea de su fisionomía, bastará recordar a aquel general de los ejércitos, de las guerras en España, que tanto empeño puso en llevarnos al desastre. Así pues, y dicho esto, tan importante como necesario, puedo continuar diciendo, que este, acogió con entusiasmo (aunque no reflejado) el que todos estuvieran callados y rígidos como momias; cerró la puerta tras él, mientras todos le observábamos con devoción postiza, puso sus libros en la mesa y comenzó a nombrarnos.

— ¡Oye estúpido, no empujes! ¡Estás mal de la azotea o qué! Esto es lo que continuó, una vez terminada la clase del general, pues así se le llamaba; el motín comenzaba, en los pasillos y clases, y los gritos de los profesores para imponer cordura, no eran escuchados.

En medio de aquella revuelta, un chico se acercó a mi, y por su rostro de canalla, vi que no tenía muy buenas intenciones, ya que observaba mi manera de vestir, de manera insolente; se apoyó en mi mesa poniendo sus manos encima del libro de tecnología y masticando chicle incansablemente, y sin dejar de mirarme me ajustició:

— ¿Eh, y tú de qué vas?... ¿Qué pone en esa camiseta?... ¿Rock'n'gilipollas? Dijo, mientras sonreía de forma maliciosa.

— No, no lo has visto bien, pone que tú.... eres un gilipollas. El alelado se puso tan rojo de ira que pensaba que iba a estallar y desparramar sus sesos encima de mi mesa, y, aunque esté mal admitirlo, casi lo hubiera preferido, ya que aquel pedazo de animal, se acercó a mí y cogiéndome del cuello de la camiseta, como tal saco de harina que te puedas echar a las espaldas, profirió en un segundo, cuantas palabras podáis imaginar, mientras yo le propinaba patadas y estirones de pelo. Gracias a Dios, alguien vino en mi ayuda y le aferró por detrás; unos brazos fuertes, morenos y peludos, que forcejearon durante un rato, con aquella fiera que pareció tranquilizarse, cuando vio, que en aquella plaza, y con aquel gladiador, ya no tenía necesidad de continuar.

— ¿¡Tú sabes lo que me ha llamado esa estúpida!?... ¿¡De qué vas!?.. ¿Por qué la defiendes?

— Esta te ha llamao lo que te tenía que llamar, así que, tira pa tu asiento, si no quieres que acabamos mal.... ¡Te has enterao lagartija! El otro, asustado y humillado delante de todos, se fue de mala gana, mientras me miraba de reojo. La profesora, hacía acto de presencia, y todos corrían a su asiento, pegándose empujones y pisotones, pues cada cual estaba en el sitio, que no le correspondía.

— ¡Sergio!...¿Qué pasa aquí? ¡No te vas a cansar nunca de hacer el tonto y llamar la atención en clase delante de los demás!... ¡Siéntate y no me jorobes el día!, ¡entendido!.. Los demás, dejar las risitas y sentaros en vuestras sillas.... ¡No en las mesas!

Había alguien que por lo visto, había estado observando todo el momento de la pelea y que por lo visto, seguía mirándome; la reconocí en seguida, era la chica del bar, la chica rostro pálido, que nos había atendido la mañana que Silvia y yo, habíamos ido, para formalizar nuestra matrícula. Ni siquiera me había fijado con tanto alboroto, pues ese día estaba destinado a arrancarlo del calendario, sin falta. Nos miramos, pero no nos saludamos, Sergio el derrotado, también me observaba, volvimos los tres la mirada al frente, dirigiendo la vista hacia la profesora, e intentamos prestar atención a lo que quedaba del día.

Silvia me esperaba a la salida impaciente, yo la abordé por detrás y del susto se le fueron a caer los libros al suelo. Esta me dio un manotazo en el brazo y yo aullé, pidiéndole un poco de comprensión, contándole lo ocurrido en clase.

— Pero.... no puede ser, y...¿Quién es ese villano del tres al cuarto?... ¿Y ese que te ha salvado la vida, cómo se llama?

— Pues no lo se, ni quiero saber nada por el momento, pues no tengo más ganas que de largarme de aquí cuanto antes.... Que aquél se me quedó mirando, como esperando un saludo o un agradecimiento, y me fui corriendo, en menos que canta un gallo....Pero, escucha....¿Sabes quién está compartiendo calamidades conmigo, en esa clase de fieras?

— Pues no, ¿cómo lo he de saber?.. ¿Quién es esa persona?

— Pues nada más y nada menos, que la chica de rostro enfadado, que nos atendió en su bar, el día de nuestro ingreso en esta prisión.

— Pero.....¡Es increíble!, y...¿Cómo lo sabes, estás segura?

— Pues claro que estoy segura, mendruga....¿Por quién me has tomado?, yo se lo que veo y lo que no veo.

— ¡Caray!, pues digo, que igual, después del calentón, uno ve rayos y cosas que no son, equivocándose perfectamente.

— Yo no sé de qué rayos, ni de que truenos me estás hablando, solo se, que he visto a esa chica con estos ojos, que tanto saben y tanto reconocen a mil leguas de viaje....Y que ella me miró, con su seriedad acostumbrada, aunque ninguna de las dos nos saludamos.

— ¿Y eso porqué?...¿Ni siquiera un gesto?

— Ni siquiera un gesto, ni un guiño; pues digo yo que a veces, es mejor, mirar primero, que decir cualquier tontería por la boca, pues el saludo se comprende.

— ¡Mirar! ¡Están allí, son nuevas también!.... ¡A por ellaaaaas! Nosotras nos giramos ante semejante griterío; no teníamos ni idea de que se referían a nosotras por supuesto, pero cuando me fijé en el alelado de mi clase con cuatro chicos más correr hacia nosotras, mis ojos se salieron de las órbitas y mis piernas me pedían salir corriendo a toda costa. Avisé a Silvia de que aquél, era el personaje que me había fastidiado en clase, y después de mirarme y comprender, (todo, en cuestión de segundos, claro) estuvo de acuerdo conmigo en salir de allí disparadas sin control, ni señal de stop, que se nos pusiera en el camino. Alguien nos comunicó: "¿Sois novatas chicas?.. ¡Pues van a por vosotras! ¡Os tiraran huevos!... ¡Vaya, que tenéis que salir cagando leches de aquí!".Y eso hicimos, empujando a la gente que se cruzaba a nuestro paso, conseguimos salir a un solar enorme que había detrás del instituto insigne, y que estaba lleno de gente y motocicletas; aquellos parecían divertirse a nuestra costa y Silvia iba profiriendo su palabra preferida y unas cuantas más, a toda aquella plebe enfurecida. "¡No os vais a salvar.... mirar cómo corren!", gritaban nuestros perseguidores; íbamos manchadas de polvo y sudor, y con las caras coloradas, pues aquella carrera que no estaba siendo cronometrada, hubiera sido aplaudida por nuestro profesor de gimnasia, condecoradas con el mayor honor y la más reluciente medalla de oro, no recogida por las crónicas Olímpicas. Uno de ellos calculó el tiro y nos lanzó un huevo, que alcanzó el pantalón de Silvia.... "¡Le he dado, ¡yuju!, ¡aaah, ja, ja!".... Aquella se frenó, como dispuesta a hacer frente a toda la pandilla de hueveros que teníamos detrás, pero la reduje, y la empujé para ver si así, conseguía volver a llevarla a mi ritmo. Los estudiantes más adultos, nos animaban a continuar, aquellos lanzaron otro huevo, pero fallaron, volvieron a lanzar otro más, pero alguien de los cielos, enviado por nuestro amo y señor, que debió pasárselo de lo lindo con nosotras ese primer día, vino en nuestra ayuda, dirigiendo aquel huevo destructor, con su mano divina y mandándolo estrellar, a una moto grande, reluciente y recién estrenada. Su dueño, acompañado por otros amigos de mayor edad que estos, no se debió de tomar el asunto muy en broma, pues les cortó el paso, dándonos así, un respiro para poder parar y continuar con fuerzas renovadas. De un salto y apoyándonos en unas tablas de madera viejas, que descansaban en el suelo, conseguimos alcanzar la valla, que daba al patio de deportes para poder treparla y conseguir entrar de nuevo, dentro del recinto; desde allí, observamos, cómo la pandilla, estaba siendo atacada verbalmente, por el dueño de la moto y sus acompañantes. Nos miramos, cogimos aire, nos dejamos caer al suelo, y después de recuperar fuerzas, y cuando dejamos de oír las voces de aquellos, pues nos pareció ver, que les obligaban a la limpieza de la misma, nos pusimos en campaña para salir de allí, lo más sigilosamente posible, y poder regresar a casa, pues era el único sitio, donde podríamos estar a salvo de los forajidos, en aquella ciudad sin ley.

Cuando llegué, mi abuela me preguntó cómo había ido el primer día; le dije que mejor no quisiera saberlo. Lo único bueno, si es que había algo bueno que recordar, en esa mañana, era que, el instituto había comenzado a mitad de semana, estábamos a miércoles, por lo tanto, eso significaba, que me quedaban dos días para sentirme otra vez en el paraíso y en plena libertad.

Esperamos para saciar nuestros hambrientos estómagos, a que llegara mi madre de trabajar; esta vez, había conseguido el trabajo, por mediación de una de las amigas que conocía en las compras interminables de los sábados, y sería en casa de una señora mayor que vivía con su hija, pero que esta, ya no podía atender, por sus horarios en el trabajo, aparte de que ya necesitaba más atención de lo habitual. No tendría que gastar dinero en medios de transporte, porque estaba muy cerca de casa... ¡Pues mejor! Pensamos todos.

Caí en un sueño profundo, dos horas de desconexión con mi alrededor, y que acercaron una imagen, una pesadilla, un aviso.... Algo demasiado real. Les relataré: Estaba yo, en un callejón, todo a mi alrededor era frió y tenebroso, sentía miedo, pero algo me decía que aquello, no iba conmigo, no iba a ser la protagonista, simplemente, tendría la oportunidad de observarlo todo, si, sería el espectador; y seguramente por eso, me sentía confiada. Lo poco que podía adivinar en una especie de penumbra, eran calles vacías, caminaba y caminaba, entre paredes, y no alcanzaba, no conseguía salir al exterior, o a alguna zona donde clareara, o se percibiera algo de animación. Una pared de color azul resaltaba entre aquel velo oscuro, estaba pintada, llena de frases y nombres en distintos colores, mi respiración iba acelerando, entonces, empecé a sentir miedo,.... ya no estaba sola. Unas pisadas, oía como alguien se acercaba no sabía bien, delante tenía una imagen borrosa, imposible de describir, y sentía con seguridad, que lo que se acercaba, no llevaba buenas intenciones, lo presentía. Los pasos cada vez estaban más cerca y quería huir pero, me dirigiese a donde me dirigiese, no conseguía salir de aquel camino interminable, que siempre me llevaba a parar al mismo sitio, la entrada de un lugar, donde se podía apreciar algo de luz, y al otro lado, la pared azul, llena de garabatos. Intentaba pedir ayuda, quería gritar y gritaba, pero mi voz no salía, no escapaba, permanecía muda dentro de mi; los pasos ya estaban allí conmigo, podía sentirlo tan cerca que me ahogaba, estaba cerca de mí y se reía maliciosamente. La figura borrosa que estaba delante de mí, tenía intención de huir, pero no podía tampoco, entonces una sombra oscura, le alcanzó tan rápidamente que apenas me di cuenta, le atacaban y yo, no podía hacer nada....Desperté. Sudada y temblorosa, abrí los ojos y miré el reloj de la mesilla, eran casi las cinco y media; llamaron abajo, salí del cuarto y vi que todavía descansaban todos, era Silvia. "¿Bajas?".

— ¡Eh! ¿Qué pasa, estabas durmiendo?.... A mi me ha tocado limpieza de cuarto hoy, ¿sabes?.... Hoy precisamente..... ¡Eh! ¿Qué te pasa, estás rara?

— Pues vaya si he de estar rara, que acabo de tener una pesadilla horrible, no he descansado bien.

— Eso será por el día que hemos llevado hoy, venga, te invito a un café. ¿Vamos a Barona? Vacilé un poco antes de contestar, me sentía desganada, pero me sentaría bien ir volviendo a la normalidad.

— ¡Si, vamos!

Íbamos hablando de mi sueño, entre las caras de espanto y horror de mi amiga, mientras el viento casi otoñal, iba espabilando mis ideas. A paso lento fuimos adentrándonos en el barrio, esperando avistar alguna cara conocida, pero por el momento, nadie había hecho aparición. La vista de los recreativos y del bar, estaba desierta de pandilleros juveniles, nos sirvieron un café humeante y de agradable sabor, y continuamos con nuestra cháchara, hasta bien entrada la tarde. Un chaval que no conocíamos de nada, de indumentaria normal, se acercó a nosotras, dirigiendo su mirada a nuestras ropas y preguntándonos por el grupo de Rockers que se reunían allí; quería saber si los habíamos visto o si sabíamos algo de ellos, nosotras, le contestamos, que no habían aparecido en el rato que estábamos y que de todas maneras, todavía no los conocíamos muy bien, asegurándole que no le podríamos dar más información de la que buscaba. Se despidió, pues, acercándose a la barra y haciendo el interrogatorio a el dueño del bar, y nosotras, que ya habíamos visto oscurecer, decidimos levantarnos y emprender el camino, de vuelta a casa.

Decidí acompañar una buena ducha, con el programa de radio preferido por nosotros, Flor de pasión. Lo hacían todos los miércoles y no me lo quería perder, pues además, imaginaba a todos, en esos momentos, Silvia, Marta, Sandra, Budy.....a todos, estuvieran lo que estuvieran haciendo, escuchando la misma sintonía, estaba segura; después lo comentábamos los fines de semana, era el cordón umbilical, que nos mantenía unidos: "¿Habéis oído tal canción?" "ese, es un buen tema, yo ya lo tengo, compré el disco de ese grupo hace poco".....” "¿Ah, sí?...me podías prestar la cinta” o "¿Habéis escuchado la dedicatoria que le hace fulanito a menganito?”.

Mientras sonaban las Shangri.las con Leather of the pack, y yo pasaba a quitarme el jabón de la cabeza, más o menos a esa hora, Ringo caminaba por las callejas del barrio del Carmen. Pisaba el asfalto haciendo eco con sus botas de cuatrero, ya gastadas de tanto utilizarlas; decían que eran sus favoritas, y que muchos, habían probado sus espuelas en multitud de peleas. Las minúsculas aceras, estaban libres de viandantes, por allí siempre pasaba muy poca gente, estaba solo, pues, aunque aquello, le daba igual, le gustaba caminar por el centro de las calles, apenas circulaban coches y él, se sentía el amo de aquel lugar, le gustaba oír el ruido del impacto del tacón contra el suelo, así, si había alguien escondido en algún callejón de esos que no tenían salida, ese alguien sabría que él se acercaba, porque aquel, era su territorio. Había quedado con los chicos para ver el partido en el bar de Barona y ya iba retrasado, quizás sus botas de tacón hacían mucho ruido tal vez, entonces no se escucha lo que trae el silencio; empezaba a hacer frió, y sus amigos estaban dentro del bar esperando.... ¿Qué podía pasar en la tarde de un miércoles? El llevaba las manos en los bolsillos, en la derecha reservaba un puño americano, por si acaso, pero esta vez no le atacarían de frente, de nada valía esa tarde simplemente caminar y bajar la guardia, nunca lo hacía, pero ya llegaba, que podía pasar una simple tarde de miércoles, cuando quedaba una hora para el gran partido. Alguien, sigiloso como un gato, aparecía detrás de un contenedor de basura de uno de los callejones que acababa de dejar atrás, sus movimientos eran los de una sombra proyectada en el suelo, un indio escondido entre la maleza esperando atrapar su presa, de repente una respiración en su cuello, la sintió quiso girarse y ¡zas!No pudo hacer nada, un golpe seco en la nariz, con un hebilla de acero. cayó desplomado al suelo, no podía mover la mandíbula, ni proyectar sonido alguno; una vez en el suelo, seguía notando el acero resistente en todo su cuerpo, en las costillas, las piernas... llegando a él, como proyectiles caídos desde el cielo, recibió el mismo golpe seco en el ojo, inconsciente y con la vista nublada por la sangre, solo acertó a ver una enorme hebilla de acero con el rostro de una calavera con cabellera afilada; cuando el atacante vio que su víctima permanecía casi inmóvil en el suelo, se alejó corriendo, antes de quedar sin conocimiento, tan solo pudo oír los gritos de alguien a lo lejos. Había comenzado una guerra.

De todo eso, nos enteramos un viernes por la tarde. De momento, esa mañana, daba lo mismo lo que ocurriera dentro de las clases, porque empezaba la libertad en cuestión de horas. La clase de mecanografía era la que daba paso ese día, al descanso para almorzar, fumar, ir al baño, tomar un café, etc....Yo me emocionaba con las teclas de mi máquina de escribir, teníamos que hacer un ejercicio escribiendo líneas con frase cortas, me encantaba aquello y la profesora dijo si había escrito antes, si había practicado en casa o en algún sitio, le dije que no, "pues siga así, señorita", me dijo, muy simpática y sonriendo tras unas gafas circulares como las de Jhon Lennon; yo le devolví el saludo, y seguí con lo mío, aquello me hipnotizaba y mi compañero, un chaval flaco y con los pelos en la cara, me miraba y miraba el texto que ya tenía terminado. La profesora había dicho que el que acabara se podía ir, así que cogí mis cosas y salí de allí como siempre.... ¡Corriendo como alma que lleva el diablo!

Disfruté de diez minutos más de libertad antes de que empezara el descanso, y decidí acercarme al bar; la chica extraña, no había acudido a clase, y estaba dispuesta a ir en su busca, dirigiéndome al bar y presentándome como dios manda, pues si íbamos a ser compañeras de aula, mejor juntas que hacerlo separadas. Entré, había poca gente, pero sabía, que en cuestión de horas, aquello se llenaría; pregunté a su padre por ella, me dijo que estaba en la cocina, me inspeccionó desconfiado y con un gesto de poca gana me señaló una cortinilla que quedaba al final de la barra. Una señora con el pelo corto y muy rizado color caoba, me miraba sorprendida lo mismo que su hija.

— Hola,..... como no has ido a clase, pasé para ver si estabas enferma, o...algo. Se miraron las dos, y la chica le dijo a su madre que salía un momento, su madre le hablaba casi a los gritos aunque no estaba enfadada, sería su forma de hablar, pensé yo.

— ¡Ahora no te puedes ir, mira como está todo!

— Que no voy a salir de aquí, ahora entro. Le contestaba la chica en un tono un tanto informal.

Salimos de la estrecha cocina, y aun dentro del bar, nos sentamos en la mesa que había cerca de la entrada.

— ¿Qué haces aquí?

— Bueno, yo me llamo Vanesa ¿y tú?

— Yo, Alicia.

— Por lo menos ya nos conocemos; no has ido a clase.

— No, no he pasado buena noche, estoy con dolor de garganta.... pero dime, ya que estás aquí, ¿vosotras tenéis algún sitio de reunión, verdad?

—¡Vaya que sí lo tenemos! ¡El mejor que te puedas imaginar!...¿Vendrás con nosotras?...¿Conocemos mucha gente?

— No creo que mi madre me deje, de momento, y más si no os conoce. Pero tu me puedes ayudar.

— ¡Pues claro!, yo te ayudaré en lo que haga falta, que yo se hablar muy bien y de muy buenas maneras, con las madres de mis amigas.... bueno, menos con la madre de Silvia, que tiene muy mal genio, y nunca me deja empezar ni acabar.

— ¡Fenómeno! Nos vemos el lunes en clase y vendremos aquí a almorzar, si no os importa...para presentaros, y que os conozcan mis padres.

— Perfecto, me parece perfecto, el lunes pues, ¡adiós amiga!

— Adiós valiente, pues lo del otro día, tuvo mención especial, en el tablón de anuncios. Le di las gracias, y volví a salir pitando, en busca de mi otra amiga. Se había hecho la hora y la salida estaba ya repleta, me acerqué allí como pude, por si me estaba esperando; pensé que quizás aun no había salido, así que me quedé por allí por si la veía. Alguien puso una mano sobre mi hombro, me giré y era el gladiador de brazos poderosos, que me había salvado hacía dos días.

— Tu amiga está en el banco con una compañera, estaba a la salida de clase pero como te has ido tan deprisa. ¿Qué tal?...me llamo Genaro, pero me llaman Ramón, porque me gusta mucho escuchar a los Ramones...¿A ti te gustan? Este tal Ramón, me alargó la mano en forma de saludo, y después de observarlo unos instantes, pues este tenía una cara peculiar, donde las cejas jamás se habían separado y aparecían superpobladas de pelo lo mismo que sus brazos, con una tez morena y pinta de bruto, le proporcioné mi nombre, y le aseguré que yo, todavía no había oído nada de esos tales Ramones, y que el nombre me parecía muy poco artístico, para una banda de música.

— Cuando los escuches, no volverás a pensar lo mismo.

— Puede ser....bueno, me tengo que ir, pero primero, y ya que has aparecido como caído del cielo, quería darte las gracias, por salvarme de ese miserable.

— No hay de qué, es un mosquita muerta, y con dos gritos lo pones en su sitio, lo único.....que se aprovechó de ti, porque eres nueva, pero... ya me encargaré yo de él.

— Bueno, pues muchas gracias, me voy a por mi amiga, ya nos vemos el lunes.

— Si, adiós señora correcaminos.

Silvia compartía almuerzo, con una compañera de clase; me senté con ellas y les conté la aventura del bar, y la impresión de volver a ver a su padre y conocer por primeras a la madre. A Silvia le encantó la idea, de unir a Alicia con nosotras, pero no tanto la de ir al bar a almorzar, para que sus padres se fuesen acomodando a nuestras caras. Yo le dije, que teníamos que salvar a esa pobre indefensa de las garras que la retenían en su encierro particular y Silvia me dijo, que ya empezaba a desvariar, y que dejara a los demás que se arreglaran a su manera con sus parientes, pues algún día saldría con uno ojo morado; mientras discutíamos, su amiga Lisa, que estaba situada en el medio de las dos, nos observaba, girando la cara de un lado a otro, sin comprender palabra alguna, y de nuevo Genaro, hizo acto de presencia, poniendo fin a los gritos y las sentencias. Nos quedamos calladas, sin mirarnos, mientras este contaba que se nos oía desde el otro lado de la calle, y que la cosa por la que discutíamos era bien tonta. Después empezó a contar batallitas de repetidor y novatadas que llevaba acumuladas de principiante, hasta que nos saltaron las lágrimas de los ojos y se nos atragantara el bocadillo unas cuantas veces.

Y el día terminó, y ya de vuelta a casa, mi amiga del alma, me soltó:

— ¿Subirás a hablar con mi madre a ver si me deja salir esta tarde?

— ¡Pero no decías que había que dejar estar a los demás con sus familias de sangre!... ¡Pues apáñatelas tu solita, que ya me estás mareando, con tanta madre, y con tanto cura suelto!...Pues se me está amontonando la faena de defensora de los necesitados y luego una se tiene que escuchar, lo que se escucha....Pues el mundo está lleno de desagradecidos.

Ni que decir tiene, que aquella tarde, subí a hablar con su madre, poniendo cara de enferma y abriendo la boca lo menos posible pues esta no me dejaba; además, mi abuela me había dicho que en caso de ocurrir estas cosas, hay que dejar que esa gente tire toda su energía, pues les digas lo que les digas, nunca cae bien.... Y aunque vengas de familia con altos honores y pompas, solo aceptarán si la persona que tiene delante, asiente ha todo lo que aquella dice sin pestañear y dándole la razón. Por lo tanto eso hice, y después de dejarnos la cabeza cuadrada, salimos de allí echando pestes de los adultos enérgicos, que te explican de una lo que se debe o no hacer, para total decirte que si, a salir cuatro horas por la tarde.

Llegamos al Swing más o menos sobre las cinco y media y el panorama era funesto, pues nos sorprendió una Tracy llorosa y con mala cara, con una Rebeca más asqueada si cabe, con el mundo habitual. Nos enteramos del suceso, ocurrido a Ringo, por Jose, al entrar en el garito; allí estaba nuestra querida Marta, que nos abrazó acaloradamente, pues no teníamos afición de estar una semana sin vernos. Nos sentamos las tres juntas a cuchichear, pues lo de Ringo era cosa seria, y Silvia y yo, pusimos a mi amiga en antecedentes sobre mi sueño, pues al enterarnos las dos comprendimos enseguida, el resultado de aquella pesadilla. Aquellas, que continuaban apoyadas en un coche, esperaban a uno de los Piratas, pues irían a ver a su querido amigo al hospital, como ya era costumbre.

Budy hizo acto de presencia, impecablemente vestido, como ya era usual en él; sonriente nos saludó, cogió una banqueta poniéndose a nuestro lado, y preguntó por el estado de los acontecimientos, por si se había perdido algo de especial mención. Nosotras empezamos a informarle, pero Jose, nos frenó con un 'chus', pues Tracy entraba en ese momento por la puerta.

— Hola chicas, ¿cómo estáis?....¿Habéis escuchado lo que ha pasado con Ringo?...¡pandilla de miserables!...¡Morderán el polvo! ¡No saben, donde se han metido! Nosotras asentíamos, dándole la razón, pues menuda era ella, para llevarle la contraria.

— Pues fíjate, que yo creo, que deberíais dejarlo correr, si no queréis que lo que corra al final, sea otra cosa. Porque está claro, que van a lo que van. Jose se atrevió a intervenir.

— ¡Ah no, de eso nada! ¡Pasarán por lo mismo que ha pasado Ringo,.... y uno a uno! En ese momento, entraba el Pirata de pelo lacio, y acercándose a ella le contestó:

— ¡Bueno, bueno!...Juanita Calamidad, a revolucionarse a la plaza, que ya tenemos bastantes disgustos....Aquí, nadie va a hacer pagar a nadie, nada...¡Estamos!...y ¡ale! Que nos vamos, que tengo el coche aparcado en segunda fila. Y aquella, se dio vuelta de mala gana, no sin antes, recordarnos, que al día siguiente, habría una especie de reunión multitudinaria en el bolos, por si nos daba por aparecer, después soltó un adiós para toda la panda y desapareció detrás de su amigo. Nosotras miramos a Jose desesperadas, esperando su aprobación, y aquel, nos respondió moviendo la cabeza negativamente.

— No y no,....no me miréis con esa cara de lechuguinas, que ese sitio no está ahora como para aparecer así por las buenas. Marta no estuvo de acuerdo y le pidió inmediatamente que le garabateara un mapa en una servilleta, pues ella iría sola, si así lo requería la ocasión.

— Bueno, bueno, para el carro, que ya sabes lo que es entrar en ese barrio. Le contestaba Silvia, que intentó de nuevo convencer a Jose, diciéndole que siendo que iba a existir tal cantidad de gente, no tenía porqué pasar nada.

— Yo sí que iré, y se lo diré a Eddie y a los demás....¿Si queréis venir con nosotros?... Este amuermado que se quede aquí si quiere, tocando la mandurria.

— Yo solo digo que los punkis pueden aparecer, y que nos podemos comer un pastel que no es nuestro.

— Si, si eso está claro como el agua, y tienes toda la razón del mundo, pues los pasteles que no son míos, no me gusta probarlos; pero después de lo que ha ocurrido, y tan reciente, y que cuando se reúnen estos, son cuarenta y la madre, no creo que hagan acto de presencia....Y si lo hacen, nosotros estaremos listos y preparados para salir corriendo, como liebres. Hubo un silencio, que Jose se tomó, para meditar la respuesta aun siguiendo disconforme, y que nosotras aceptamos como un sí, que llegaría en cualquier momento de la tarde. Nerviosas ya, por la recepción que nos esperaba, en aquel gran sitio, que ya era la cúspide de todos los sitios a los que habíamos acudido, empezamos a parlotear como loros, sobre qué nos pondríamos, a qué hora quedaríamos, y cuántos carretes de fotos revelaríamos, para dejar constancia en el paso de los tiempos. Mientras llegaba el final del día, reunidos los que siempre éramos, en la calle, dando repaso, a nuestros coloquios trascendentales, dos chavales hicieron aparición, en una espectacular Norton, como llegada de otra época, frenando nuestras ideas y observando, como si fuera la primera vez en nuestras vidas, cómo bajaban de la moto y se descubrían las caras, al levantarse el casco. Aquellos dos personajes, parecían resultarme familiares, sin llegar a saber del todo, donde había sido el sitio ni la ubicación; sobre todo uno de ellos, el que había conducido la maravillosa reliquia, que me había dejado confundida, más aún si cabe, que la inesperada visita. Pues mientras saludaba a los allí presentes, y de manera familiar a nuestra Sandra, me observó de una manera peculiar, como si ya hubiese ocurrido antes y en esos instantes, de cruzar nuestras miradas, y desaparecer todo lo demás a nuestro alrededor, recordé la tarde, en la que, dentro del pub, donde presenciamos nuestra primera pelea, y después de que estos dos, se hubieran acercado a saludar a los nuestros, al alejarse, uno de ellos, se giró para mirar hacia donde estábamos sentadas, Marta y yo. Más tarde, los veríamos inmersos en la batalla, y ahí quedaría todo. Eran Los Vikings, el propietario de la moto, Billy, el que al final se vio inmerso en una pelea injustificada, y el que se dedicó a repartir leches a diestro y siniestro, después de que el niño insensato, le atosigara con insultos varios. Era este, un muchacho, o sería mejor decir, casi un hombre, o mejor aún, para todas aquellas fascinadas a su paso, un aguerrido héroe de poemas épicos..... Pues era de gran altura y de complexión acertada, de brazos epopéyicos, piel bronceada, y facciones duras; de mirada penetrante, que hablaba sin llegar a decir nada; tenía un caminar reposado y aspecto seguro, como el de la persona que sabe a dónde va y cuando debe parar, pero que el suspiro leve de una decepción, le puede llevar a vacilar en cuestión de segundos, su estatus divino. De vocabulario lento y voz grave, asustando al principio y deseando después, volver a escuchar aunque sea, el latir de una carcajada suya. Así era este personaje excepcional, que dejaba sin habla, a su paso, tanto a hombres como a mujeres, refiriéndonos, claro está, a envidias y pasiones descontroladas. Y uno puede pensar, que su compañero, podía quedar en segundo o tercer lugar, pudiendo ser así, seguramente, a ojos vista. Pero Javi, pues así se llamaba, como bien ustedes recordaran, cuando Jose nos informó; aquel chico especial, delgado y de aspecto cálido, al que costaba imaginar, en aquellos lugares, y con aquella gente, destacaba con su presencia, por ofrecer, a cada momento, y a cualquier hora, pues no existía reloj alguno, que le determinara, el momento de parar, un parloteo incansable, acompañado de chistes y chanzas, sin reparar en el momento de sueño, o la pausa para comer. Todo esto sucedió, por suerte o por desgracia, pues había momentos en los que Billy, llegaba a incomodar, con el desafío imperante de sus ojos, en el momento, en el que, unas servidoras, estaban a punto de levantar el vuelo, y no con muchas ganas, como ya era costumbre, pues la hora, cada vez, se nos hacía más corta. En esos momentos de desconcierto para mi, pues no estaba preparada para esas cosas, que yo veía, pero no imaginaba como protagonista, desvié la mirada, hacia lo que me parecía un saludo, desde el otro lado de la calle; sin hacer mucho caso, me dirigí hacia mi grupo otra vez, pero de nuevo, sin poder evitarlo, volví a mirar hacía aquella persona, que parecía interesarse por mi presencia. Efectivamente, seguía saludándome alguien, al acercarse la figura un poco más a la carretera, pude apreciar con mayor claridad, y sobre todo por el bastón que le acompañaba..... ¡Ah! Claro, como no, ¡era el señor Facundo! Me alegré de verlo, le devolví el saludo, y este continuó con su gente. Parecía estar muy ocupado esa tarde, porque la entrada de aquel lugar, estaba a rebosar de gente; hablaba y saludaba educadamente, a todas las personas de cierta edad, que acertaban a pasar por allí y que este con su labia imparable, los convencía para entrar a disfrutar entre tangos, pasodobles, silbidos, aplausos y bambalinas. En ese momento, en el que un grupo, se decidía a entrar, encantado por las maravillas de su interlocutor, yo miré a mis compañeros de partida, y pensando, que ya no podía suceder más nada, que me complaciera, decidí ausentarme, lo que quedaba de tarde.

Al ver que me acercaba, el semblante de este, se iluminó cual lucero del alba, y yo recordé, semejante parecido en mi abuela, aquella tarde que llegué antes a casa; entonces pensé, lo increíble que puede llegar a ser, y el regocijo que causa en el alma, hacer desplegar una sonrisa, a esos seres que te esperan siempre, dándoles a entender, con ese simple y grandioso gesto, que los necesitas y te importan. Que sus palabras siempre han conducido tus pasos, y que tus sueños, son sabias recomendaciones, impuestas por estos, con el poder de lo divino.

— ¡Vaya, vaya, que sorpresa, querida! ¿Cómo va todo en su vida? Dijo, después del abrazo, los dos besos, y el pellizco en la mejilla.

— ¡Bien! Le dije mientras miraba hacia dentro.

— ¡Oh!, que respuesta más interesante, si señor.

— ¿Por qué hay tanta gente aquí? ¿Has preparado alguna fiesta?

— ¡Efectivamente, querida!; hoy es mi cumpleaños y lo celebro por todo lo alto con la mejor música.... ¿Le gusta el mambo?. Mientras lo preguntaba, imitaba unos pasos de baile; aquella chica que bailaba con gran estilo, la primera vez que fui allí, y una servidora, nos reímos divertidas ante tal exaltación del ánimo. Una voz que reclamaba la presencia de esta, la hizo desparecer, y Facundo y yo, nos quedamos, aprovechando el momento adjudicado a los dos, aquel día, que iba terminando.

— Esa chica..... ¿Es su hija?

— No, pero como si lo fuera, yo tengo un hijo, y es ese chico que baila siempre con ella,..... son novios. Su hijo, supuse rápidamente, era el chico que la acompañaba, la tarde que estuve allí.

— ¿Y no está hoy?

— Si, está dentro, en la barra, está ayudando al camarero....Pero bueno, le invitaré a tomar algo, a usted y a sus amigos..... Si quieren venir. Yo pensé en eso, y me imaginé un montón de risas colectivas, por lo tanto, y sin querer explicar el verdadero motivo, a mi entrañable amigo, me defendí con otro, que también era cierto.

— No gracias, ya me tengo que ir, tenemos hora para llegar a casa y ya se nos ha hecho tarde.

— ¡Oh! Por supuesto que sí, en que estaría yo pensando, pero de todas maneras me alegro mucho de que haya venido a saludarme; puede venir cuando quiera a tomarse algo, además, si les gusta el baile, les invito a que vengan a vernos a nuestra Escuela de Danza, pues así se llama, y si conoce a alguien que quiera aprender, no dude en mandármelo. Yo asentí, emocionada, me alargó una tarjeta con el fondo en blanco, y con unas letritas pequeñas al reverso donde ponía la dirección, una pareja de bailarines en diminuto en la esquina y en el centro y de color rojo, destacaba el nombre de la empresa.

— ¡Guau! ¡Una escuela de danza!

— ¡Pues no la entretengo mas!Y mirando al frente, me advirtió: Creo... creo que su amiga está esperándole, y parece algo enfadada. Yo me giré de inmediato, y observé a Marta, desmejorada y de brazos cruzados, en señal de enfado, mientras Silvia, seguía con las risas y carcajadas, de unos y de otros. Facundo y yo nos miramos, y este se despidió de mi: "Ya nos veremos querida, gracias por venir". Le deseé un muy feliz cumpleaños, crucé y llegué hasta Marta. Esta, me señalaba el reloj y hacía un movimiento de hombros de no comprender nada; me reuní con ella, Silvia nos alcanzó, y aceleramos el paso.

— Por cierto... ¿Quién es ese señor con el que estabas hablando? ¿Es algún familiar? Preguntó Marta, muy interesada

— ¡Ah, no! Es un señor que conocí el día que me fui de aquí, ya sabes...la otra tarde.

— Si, si, la tarde que desapareciste, y yo llamé a los Bomberos, a la policía y al F.B.I.... ¿Estuviste allí, todo el tiempo? Me preguntó, poniendo una cara difícil de explicar, y yo le dije, que aquello.... era difícil de explicar. "Nos ha fastidiado, que es difícil de explicar....¿Estás mal de la chaveta? ¿Ahora te vas a pasar al bando, de las chirigotas, las jotas y al saltito para arriba y al saltito para abajo?

— ¿De qué habláis, si se puede saber? Preguntó Silvia, que estando ausente, todavía por esas fechas, no se había enterado de nada, y tuvo que continuar en babia, porque ninguna de las dos, le hicimos caso alguno.

— ¡No seas calamidad, mujer! ¡Que tampoco es para tanto!..Cada uno sabe lo que tiene que hacer, ¿no?...Pues yo escuché, una música que me era familiar, porque suena mucho en mi casa, ya que la pone mi abuela, y....aunque tu no entiendas de nada de sentimientos, porque eres una calavera, yo si...Y me acerqué y ese señor tan amable, que es el dueño de ese emblemático lugar, y que posee excelsos modales, que tiene a sus casi dos hijos allí bailando como los ángeles, me habló muy educadamente, con sus sesenta y cuantas primaveras, diciéndome que si señorita y querida, como si yo fuera de los Reales Borbones o algo así, ...y yo, que tengo desconfianza hasta de la persona que me pregunta la hora por la calle, sé muy bien, gracias a estos ojos que tengo, que me avisan del peligro, quien es un bribón o no...

— Bueno, entonces... es un finolis y un refinado, y un portento de educación...¿no? Yo le respondí afirmativamente. "Bueno, pues a lo mejor es un buen partido para ti". Aquella se rió a carcajada de limpia de su propia majadería y yo, clamando al cielo, pedía misericordia, y perdón por aquella alma, que no sabía lo que se decía, de los tantos pájaros que anidaban en su cabeza; y Silvia se enfadó con nosotras, por no tener ni idea de lo que se estaba cociendo en esa conversación, con Borbones, bailarines, finolis, y Cristo que los fundó a todos.

Así pues, y creo que vamos bien, después de una larga espera, con nervios por la noche, porque nunca llegaba el día, y sofocos por la mañana, porque nunca llegaba la tarde, el gran momento se hizo visible, y mis amigas y yo, que habíamos quedado en mi casa, para el aseo personal, montamos el follón padre en mi dormitorio, llevándonos mil toques de atención por mi madre, que andaba por la casa, para arriba y para abajo, sin saber bien por qué, pues era demasiado pronto, para su paseo habitual. Después, y sin darme cuenta, ya que siempre he tenido el alma vagando por el cielo, me quedé sola en casa; era uno de esos momentos, en los que observas el movimiento a tu alrededor, pero apenas eres consciente de lo que pasa realmente; a lo lejos, el trajinar de bolsas, para sacar o guardar algo; el sonido de las llaves, la puerta del baño abrirse y cerrarse continuamente, el olor a perfume mezclado bailando por la casa......Te empiezas a extrañar, pero de nuevo, vuelve a desaparecer la necesidad de averiguar, porque piensas y llegas a la conclusión, de una manera vaga pero resolutiva, de que van donde siempre, solo que más pronto. Pero después, cuando ya ha pasado la euforia del gran momento, que no te ha dejado pensar con claridad y mientras te vas acercando, piensas: "¿Dónde irían tan pronto, sería por algo en especial?".

Hasta entonces, hasta que llegara ese momento clave, para mis cavilaciones, mis amigas y yo, andábamos atareadas con nuestro vestuario. Cervezas, chicas y rockabilly, sonaba todo lo fuerte que me dejaban a esas horas intempestivas de las cuatro de la tarde, o sea, nada; se oían más, nuestras voces histéricas y ansiosas, que los berridos habituales de

Carlos Segarra, imitados por Marta, que hacía el tonto como siempre que escuchaba música, mientras que con una de sus zancadas, aplastó mi insignificante pie, vestido con zapato plano negro, con sus aguerridas botas de vaquero que se había comprado. Yo me quedé sin conocimiento por unos segundos y la aparté, cayéndose de bruces en la cama. Silvia, sin hacernos ya, ningún caso, continuaba, su vestimenta; la nombrada camisa, pantalones estrechos y zapatos, solo que ella, mucho más calurosa que nosotras, (pues aun soportaba la temperatura de fuera, ya otoñal, y con cierta tiritona en cuanto caía la tarde) aguantó a cuerpo de camisa hasta que volvimos a casa.

Avanzábamos hacia nuestro destino; la nube de gente que éramos esa tarde, las cinco principiantes, con Jose, Teens y compañía variada que se había sumado al grupo esa tarde, (con la excepción, de Carla y Amparo, que habían decidido no acudir, aclarando, que no querían saber nada de aquel sitio fustigado por la ira de los Dioses) no cabía en esas aceras reducidas que parecían haberlas hecho, para que una fila de patos paseara sobre ellas sin sobresalto alguno. Así que, decidimos caminar con nuestra bravura y nuestro morro aventurero, por el centro de las calles, desafiando las leyes propias de la conducta; a las que nosotras, nos íbamos adaptando poco a poco, pero sin pasarse de la bobería innecesaria. Por lo tanto, cualquier coche que quisiera pasar, tenía que esperar a que todos, enfrascados en todos nosotros en esos momentos sublimes de excepción adolescente, nos diera la gana de apartarnos al mismo tiempo, mientras el conductor se deshacía en insultos, no recogidos en diccionario alguno y destrozando la bocina del auto. Tracy, nos alcanzó, a punto de atravesar la plaza, que se llamaba de Caballeros, pero un coche que no sabía nada de bocinas, ni de frenos, ni de señales de tráfico, apareció violentamente, dejándonos estupefactos. Eran los chicos del ghetto negro, que se largaban por ahí, a lo suyo, con la música rap sonando a más no poder; uno de ellos, mirando a Tracy, que ya les había hecho, el gran saludo común y habitual entre ellos, señalizándose con el dedo, tal y como lo hicieran los punkis con nosotras, el primer día que ingresáramos en aquel barrio, la miró por encima de sus gafas de sol, y le espetó: ¡Cuidado con la policía!..y así, sin nada más, de especial mención, desaparecieron, derrapando y dejándose los neumáticos robados, en el asfalto humeante.

Como decía, cuando llegamos a la calle del Bolos, pude observar, con gran expectación y tembleque, que aquello, era una reunión, sin comparación alguna, ni vista por estos ojos, que se engrandecían, ante semejante espectáculo de la vida. Aquellos amantes del rock, diversificados, en una concentración imparable e inesperada, y acompañada en un incesante juego de palabras y risas, con olor a reencuentro, nos dejó perplejas, sin saber reaccionar ante toda aquella muchedumbre. Queríamos desaparecer, pero al mismo tiempo, queríamos apreciar, todo aquel colorido, toda aquella flor y nata, de la sociedad callejera, que corría por aquellos tiempos. Las mujeres, chillonas y atrevidas, en su parloteo incesante, destacaban por su atuendo debidamente elegido a conciencia; pasando por los vestidos aderezados con can—can y un sin fin de estampados, hasta los pantalones ajustados y el calzado más agresivo, pudiéndose comparar con los hombres, a imagen y semejanza; estos, no podían escapar al detalle con que nuestros ojos, copiaban y grababan, aquella escena tan particular; pues, entre ellos, aunque bien los modales se podían cortar por el mismo patrón, dando lugar como no, a algunas sinceras excepciones, también existía una escala de valores apropiada para cada uno, y determinando su posición, según el ritual de sus prendas. Empezando por los melenudos tatuados, con garras de león, continuando con los Rockers rebeldes sin causa alguna, para alcanzar el final del recorrido, con los Teddy boys, de refinado gusto con sus capas y corbatines o lazitos. Y podíamos terminar aquel festín, como no, con tres pasmarotes, que acababan de estrenar sus camisas, de color rosa pálido, y que, padeciendo mil calvarios, por el miedo al ridículo y pensando que seríamos el centro de las miradas, imaginando toda clase de improperios, por aquellos monstruos de tres cabezas; parecíamos estar allí, cuidando del recreo, en esa hora tan especial del almuerzo, vagueando sobre qué tema escoger, para que se hiciera más ameno, tan incómodo momento. Silvia y yo empezamos a aceptar apuestas, sobre todas las edades que podrían tener aquellos y aquellas, hombres y mujeres, chicos y chicas....Y Marta, desesperada por nuestra locución absurda, se volvió desficiosa, dándonos un ultimátum.

— ¡Bueno qué! ¡Qué hacemos! Entramos, nos seguimos quedando aquí, como si fuéramos las tontas del bote... ¡Nos vamos por donde hemos venido!..que mira, que después de lo que nos ha costado decidirnos por las camisas, ahora va, y parece que nos hallamos quedado sin oxígeno en el cerebro....y encima, Sandra y Raquel, van por libre. Marta, movía los brazos y hablaba al mismo tiempo, mientras Silvia y yo nos mirábamos, aguantando la risa explosiva, que estaba a punto de hacer reacción; era como esas muñecas, que presentaban en las Navidades, que te pedían hacer pis, al mismo tiempo que movían la cabeza, esta se dio cuenta de nuestros gestos irónicos, y se enfadó, pero Silvia, puso fin a todo aquello, con su gran facilidad para organizarlo todo, y de no llevar las discusiones, más allá, de donde debían ir.

— No, venga, ¡vamos a entrar! Silvia decidió, y nosotras le seguimos, dejando a Tracy con la charreta, en manos de un grandullón, de barba y pelo largo, que la escuchaba atentamente sin pestañear.

Decidimos pues entrar, adultas ya en nuestras decisiones y valorando los pros y los contras, de tan absurda intención, como lo era, dar cinco pasos y traspasar el umbral. Nos peleamos las tres, porque ninguna quería ser la primera, Silvia empujó a Marta y esta me agarró a mi del brazo, arrastrándome hacia dentro, por lo tanto, fui yo la elegida, para entrar en la guarida de aquellos guerreros de leyenda, buscando un refugio, como tantas otras veces; aunque esta vez, tuvimos que conformarnos, con una mesa diminuta, de principios de siglo, y cuatro sillas, igualmente parecidas y preparadas, que quedaban a la vista de todos, por lo tanto, estábamos más que localizadas. Dispuestas a pasar un buen rato, pues el sitio, era dispuesto y adecuado, para tal ocasión, nos relajamos (o eso intentamos) mientras observábamos a los demás, gamberreando, haciendo piruetas, y pasando detrás de la barra, siempre que les venía en gana, para servirse ellos mismos la bebida. Estaban, los que no utilizaban ni la jarra, porque saciaban su sed, bebiendo a morro directamente, del grifo de la cerveza; y nosotras, que habíamos pertenecido, a la alta sociedad de los modales, observábamos tan primitiva irreverencia hacia la fuente, de donde emanaba el liquido dorado, que pensábamos, si no nos habríamos trasladado en el tiempo, traspasando los confines del mundo y volviendo a las civilizaciones primeras, que pusieron pie en el planeta tierra, descubriendo fuego, estrellas, meteoritos y pajaritos en el aire.

Aquel lugar, aunque era extremadamente famoso, como el centro neurálgico de la banda, como el punto de encuentro de aquella tropa de élite, que se unía siempre allí, para negociar y parlamentar, algún suceso trascendental; era un sitio interiormente, de poca mención, aunque, si que les puedo asegurar, y aquí haré, una breve pausa, esperando no se vayan a hacer cosas más importantes, dejando de lado esta información tan importante y necesaria, para algún gran erudito de nuestra época. Pues el adorno exterior, de aquel lugar histórico, patrimonio de la humanidad que ocupaba aquellos corazones en prácticas con la vida, era una extraordinaria recreación, de cualquier club, allá por los años de la ley seca, lo mismo que los accesorios que ocupaban su interior, sillas, mesas, espejos, puertas de baños y baños, escalera y telarañas, que, desde la dueña, pieza clave imprescindible, para estos ladronzuelos, como una Ma Baker, pero sin pasar del rifle, hasta la madera de la barra, presentaban ya, algunas grietas, propias de la edad, y el discurrir del tiempo. Dicho esto, podemos continuar. Tracy se acercó a nosotras y los demás que compartían nuestro grupo, hacían aparición detrás de ella, quedándose nuevamente separados de nosotras, ya que fueron secuestrados, por no se qué gente, que les daba apretones y achuchones, continuamente, empezando una charla interminable, que duró casi toda la tarde, quedándose sin saliva.

— ¡Ay, chicas!, ¡Cómo se ponen de pesadas las mujercitas estas, en cuanto empiezan a entrar, todos los chavales juntos! ¡Como normalmente, no nos juntamos todos más que de uvas a peras!..Estas están desatadas y discutiendo entre si. Silvia y yo nos miramos, como sin saber entender bien, donde estaba el problema en cuestión, y así se lo hicimos saber, dada nuestra ignorancia en esos casos.

— Mirar, Rebeca está por Ringo y Ringo....bueno, de momento, Ringo, no está por ninguna en particular; ella intenta ponerle celoso con Billy, aunque yo creo que también le gusta bastante.... pero resulta que Billy es más duro a la hora de decidirse por una chica.... ¡Pero es maravilloso!, aunque, no se pueden hacer con él; y las demás... bueno, las demás, se podría decir, que hacen un tanto de lo mismo, con los demás pillastres, que andan por ahí sueltos. Bien, después de aquella narración anecdótica, no recogida por los libros de historia, ni ciencias, ni universidades galácticas, si no, más bien, por alguna hoja, en el apartado de crónicas de sociedad, intentamos coger aire, y en el momento en el que lo hacíamos, yo volvía a quedarme sin respiración. Y digo esto, pacientes míos, no porque me hubieran entrado las anginas, las fiebres, las gripes y esto y lo otro, no, si no porque Billy.... aprovechó ese momento para sentarse, con nosotras; entonces, deseé que alguien de nuestro grupo, ¡que no se porqué diantre, se habían anexionado de nosotras!, me llamara para contarme algo necesario de extremada urgencia. Pero no sucedió, supongo que formaba parte del plan que tenía la vida, conmigo, aquella tarde. Ni que decir tiene, que Sandra, milagrosamente, se disipó del grupo de los parlanchines, con Jose a la cabeza, para venir corriendo a nuestro encuentro...Bueno, al encuentro de Billy; aquel Héctor, príncipe Troyano, por el que suspiraban, sin pausa, tantos corazones femeninos.

— ¡Qué tal chicas! Quería acercarme, para poder leer el nombre de vuestro grupo; se incorporó un poco hacia donde estaba Silvia. "¡Las

Principiantes!, no está mal me gusta, es original.... ¿De quién fue la idea del nombre?". Antes de que Silvia, respondiese, yo me adelanté.

— ¡Todas!..Todas. Estos me miraron, pensando que, quizás, mi cerebro estaba ocupado por el de una mosquita muerta, y Silvia me arreó una patada, por debajo de la mesa, mirándome con cara de no entender nada; yo, aún así continué:

— Si...si, la verdad es que nos costó mucho... ¡uf!... Pero al final... Lo decidimos todas. Este me observaba, con una especie de sonrisa encantadora, y Tracy se reía, mirándonos a todos, aunque sin saber bien porqué. Silvia empezó a reírse también, yo empecé a sentir dolor de tripa, y Sandra optó, aprovechando semejante jarana, por introducirse en la conversación lo más rápido posible; aquella muy emocionada, ante la presencia de Billy, se expresó como una enamorada, diciendo que las camisas las había conseguido ella, por muy buen precio y que eso era lo que más éxito había tenido de todo. Le aplaudimos, tan arrogante idea, y ella se emocionó, mirándonos a todos, y suplicando que no la agasajáramos más, o se iba a poner colorada. Yo, aproveché aquel coloquio, que no habría llevado a cabo ni un ornitorrinco con otro, y me bebí la Coca—cola de un trago, para saciar mi sed nerviosa; para colmo de todos los males, Silvia, que siempre se daba cuenta de todo lo que faltaba, fuese lo que fuese, se fue corriendo a pedir otros refrescos. Aseguró que le asustaba mi comportamiento, y que me hacía falta algo frío y con cafeína. Yo pensé que habían vuelto de nuevo los calores de Agosto, o que llegaba ya para mi, el explosivo momento de la menopausia; le dirigí una mirada de súplica, pero esta vez, no nos comprendimos, ¡porque aquella iba a la suya! ¡Como siempre! A todo esto, Tracy continuó, como si no hubiese pasado nada

— Yo les he dicho que el nombre me encanta y que si alguien se mete con ellas lo mato. Billy se reía y yo hice lo mismo de una manera un tanto obligada; mientras, ese silencio tan conocido por mí, barría nuestro sitio sin darnos tregua. Tracy pareció darse cuenta de no se el qué, después de mirar a Billy, y se levantó con un: "¡voy al baño!", que consideré, muy inoportuno; y me imaginaba siendo niña de nuevo, para colgarme de su pierna, y así, llevarme a rastras hasta los confines del mundo.

— Vaya, por lo visto todo el mundo tiene algo que hacer de repente. Dije yo, que no sabía por dónde salir, ante situación tan difícil de la vida." Oye...yo, yo, no te conozco de nada y...bueno...quiero decir que... ¡Podías dejar de mirarme aunque fuese un poco, me estas poniendo nerviosa! Me enfadé...bueno, primero se enfadó Sandra que también se fue, lo hizo de una manera tan brusca y rápida, que tropezó de narices con Jhonny, y aquel, encantado de la vida, le pidió mil perdones, e intentando oscultar sus fosas nasales, aquella le propinó una sonora bofetada, que hizo estallar el bar en risas colectivas; en fin, como decía, después de enfadarnos las dos, aquél se asustó y yo le supliqué que me perdonara, antes de que me tuviera por persona indisciplinada.

— No, no pasa nada, tranquila, supongo que me he puesto un poco pesado....pero....¿Puedo decir algo?

— Sí, claro...¿Por qué no?

— Tu y yo, ya nos habíamos visto antes... ¿A que no lo recuerdas? Yo me quedé pensativa, creyendo que me tomaba el pelo y toda decidida, valorando mi sabiduría aplastante le respondí:

— ¡Pues claro!, en el Swing, aquella tarde ¿Acaso crees que soy boba? El se rió, y negó con la cabeza.

— No señoritinga, entonces es verdad que eres boba. ¡Pero bueno, habráse visto, semejante hombre de las cavernas! Y... mientras pensaba esto, doblé los brazos en señal de desaprobación y el continuó con la diversión a mi costa.

— El día de la pelea, con aquellos zarrapastrosos, en el pub...estaba demasiado oscuro aquello, yo me acerqué a saludar a Jose y a los demás con un amigo, y tu estabas allí; pero...creo que no te diste cuenta, luego me giré y...tampoco vi mucho; después...Bueno, ya sabes que pasó después; vi que salías, pero ya no tuve tiempo de nada, no me dejaron. Yo sabía perfectamente, de que hablaba, pero haciéndome la interesante, ponía cara de sorpresa, mientras iba relatando pacientemente, aquel momento en que la oscuridad, nos hizo ver más de lo que necesitábamos.

— Entonces eras tu...claro, aquella tarde....bueno....nos presentaron a mucha gente.

— Si, lo que veo, es que llegué demasiado tarde. ¿Cómo te llamas? Yo le contesté, y él me confesó, después de decir que mi nombre le sonaba a las mil maravillas del mundo, que se llamaba Iván, pero habían decidido bautizarle con Billy, simplemente, porque sus amigos quisieron. Y concluido el diálogo, que nos mantenía entretenidos, sin sentirnos incómodos, llegó de nuevo ese silencio, que no deseas, pero que...esta vez...no sé bien porqué razón, no me pareció tan molesto. Entonces, él continuó.

— Oye...¿Qué te parece, si quedamos tu y yo.... ¡Gracias a Dios, no continuó! Silvia, aparecía un rato interminable después, toda sofocada y hablando a grito pelado.

— ¡Ya estoy aquí! Me miró con cara de pena y se disculpó, y yo pensé que aquella era, sin duda alguna, la tarde de las disculpas; "lo siento, pero es que un tío barbudo y peludo estaba empeñado en que bailara con él.... ¡Os imagináis!". Nosotros nos reíamos imaginando la situación. "¡Pero ese tío no sabe lo que dice! no me lo quitaba de encima y creo que ese tal Ringo me ha salvado la vida, le debo una... ¡Hacemos un brindis! Nos miró a los dos, aun no se había enterado de nada por supuesto, nosotros cogimos nuestras bebidas y brindamos por nuestro momento. Sandra, volvió a aprovechar la situación, para poder atacar de nuevo; se acercó con una cerveza, como dispuesta a conseguir, como hiciera falta, algún reconocimiento de aquel príncipe de Troya, y viniéndome a mi de perlas, me levanté y dije que en seguida volvía.

— Pero... ¿Dónde vas? Silvia me miró sorprendida, los dos se quedaron pasmados y ella me siguió.

- Espera, coge el refresco por lo menos, ¿no? Billy sorprendido, intentó salir detrás de nosotras, pero Sandra se le cruzó para ir a sentarse a su lado; ¡Por fin! ¡Estaba libre de nuevo! Decidimos salir un rato, aunque en cuanto vimos a las chicas, casi nos arrepentimos de haberlo hecho; a nuestras espaldas, un saludo.

— Hola, yo soy Roni, creo que ya nos hemos visto, pero no hemos hablado. Nos alargaba la mano, en señal de saludo.

— Yo Silvia y ella es Vanesa.

— ¡Oh! Encantado. Hizo entonces su aparición, Rebeca, de la misma manera que los entes de mi casa; pasó, nos ojeó, y se disipó. Los tres nos miramos, y estallamos a carcajadas, las demás, como era de esperar, no nos habían quitado la vista de encima, una de ellas se acercó.

— Hola, ¿Cómo os llamáis vosotras? E incorporándose un poco hacia mi camisa leyó, burlonamente: "¿Las principiantes?".

— Pues si, creo que se ve bien, claro, a no ser... que te falte la vista. Mi contestación no gustó, y hubieron miradas varias, con desafío y sed de venganza.

— Hola Roni ¿Cómo estas? ¿Qué pasó con Layna el otro día? ¿No te atreviste y saliste corriendo?

— Preferiría, que no te metieses donde no te llaman, Diana.

— Ja, ja ¿No sabes que contestar?, pues para que lo sepas, me meto donde quiero, porque ella es mi amiga.

— Vosotras no sabéis lo que es una amiga. Esta se molestó más aún, se encendió un cigarrillo, luego se dirigió a mí; no era muy afortunada en rasgos, era pequeña, y el vestido, aunque bonito y bien conjuntado, no le quedaba nada bien.

— Y vosotras... ¿De dónde habéis salido? ¿Qué venís con la panda de tontos del Swing? Las demás que iban con ella se reían torpemente. "No, espera, tontos no... ¿Cómo se llaman? Teens, si, es que me confundo".

— Mira, yo a ti, no te conozco de nada, ni espero que pasemos de esta estúpida conversación, así que, si no te importa, nos dejas en paz. Contestó Silvia que empezaba a ponerse de muy mal humor.

— ¡Pero si que nos importa! Angie, la chica que bailaba el blues en el bar de Ray, con su vestido de leopardo saco las garras. "¿Tú quien te crees que eres niñata?" Roni se tuvo que poner en medio gritando un: "¡Basta ya!" y Silvia se adelantó cerrando su puño.

— ¿Y tú?..¿Acaso, te crees mejor que nosotras? Angie fue a por ella.

— ¡Ni la toques! Apartándola fieramente, Jose se interpuso.

— ¿Qué pasa aquí? Raúl y Marta aparecían.

— ¿Y a vosotros que os importa, niñatos de las narices?

— Yo de ti me largaría, no tienes nada que hacer Angie, las chicas no han hecho nada y tienes las de perder. Angie miró a Roni, de arriba a abajo con desprecio.

— Venga vámonos, ya se cansaran, estas no duran nada. Cogieron a su amiga, que, de mala gana, retiraba la vista de nosotras, y la metieron dentro del local, a reunirse con las demás víboras. Mientras intentábamos calmarnos, de aquel soponcio inesperado, que nos habían proporcionado las niñas del cuerno, un chaval joven, mal vestido y un tanto desesperado, entraba en el Bolos; segundos después, dos de Los Piratas, el Tinto y el Rubio, salían corriendo, nosotros nos quedamos estupefactos ante tan repentina huida, bueno Roni no, el sabía perfectamente qué pasaba; se adelantó para ver hasta donde llegaban, Billy salió de inmediato, bueno él... y todos.

— Chicas, creo que deberíais entrar dentro o... mejor aún, creo que deberíamos largarnos de aquí. Jose nos transmitió su temor.

— ¿Por qué? ¿Qué pasa? Le preguntamos.

— No se exactamente, pero creo que tiene que ver con punkis.

Los dos Piratas se alejaron calle abajo y todo recto, en dirección contraria a la calle, donde se respiraba vida. No sabíamos bien, que hacían allí parados y agachados, al instante, dos punkis hacían aparición, por lo que era un solar pequeño, escondiéndose entre la maleza, aquellos querían pasar desapercibidos; parecían mirar nerviosos, en todas direcciones. ¡Qué tontos! ¿Necesitaban pasar por allí, tal vez? ¿Decidieron arriesgarse? No, no podían ser tan estúpidos. Tal vez, el mismo chico desesperado que había entrado a chivarles a los nuestros por donde aparecerían, les había mentido antes a ellos y les había asegurado que la calle estaba limpia de gente, que podían pasar sin problemas, si fuese así. ¿Qué ganaría con todo aquello?

Los punkis aparecieron de los matorrales como dos lagartijas camufladas, sus pasos eran lentos, como para descartar todo movimiento; no había nada que hacer, habían sido chivados por alguien que vivía en esas calles y se las conocía mejor que todos ellos; y todo, a cambio de un poco de dinero para poder calmar su vicio. Cuando miraron hacia el Bolos para cerciorarse de que no eran descubiertos, se encontraron con una estampa, que nada se parecía, a lo que ellos se habían imaginado. Vieron como todos les mirábamos, y peor aún, se dieron cuenta, por el desastre reflejado en nuestras caras de que algo iba a ocurrir, y además... en cuestión de segundos; sin tiempo ninguno para reaccionar, los golpearon por detrás, como hicieron con su amigo; el Tinto, fiel a sus maneras de salvaje indio americano, cogió a uno por el cuello y poniéndole el antebrazo en la nuez intentó reducirlo, poniéndole una navaja en el cuello, el otro intentó salir corriendo, pero el rubio lo tumbó contra una sucia persiana; no tenía alternativa, si se iba, sabían que marcarían a su compañero, aunque en un principio, no pareció importarle mucho.

— ¡Quién fue el maricón que agredió a mi amigo! ¡Quién fue!

— No... no lo se, yo.... no... no, no se nada tío, yo no quiero pro... problemas ¡No lo se! El rubio miró a su compañero y este cumplió; pinchó al punky con su navaja en el cuello, dejándose ver un ribete de sangre, el agredido empezó a chillar, a esas alturas, Lucky y el vago, ya estaban allí para hacer posible, que no se largaran sin dejar información. Aquello solo lo teníamos visto en las películas y jamás pensé que ocurriera así fuera de la pantalla; si aquellos eran los actores, nosotros, sus compañeros de reparto, y, en algún momento, deseaba con apremio, ver al Director, gritando esa famosa frase: "¡Corten!". Pero no, no fue así, mi adolescencia, entre sesión y sesión, iba espabilando aceleradamente, apreciando la vida ya, con otros ojos. Una vida muy distinta, a la que llevarían otros de nuestra edad, simplemente, al otro lado de la calle. Cuando aquel punky fue víctima de la navaja, los nuestros agacharon la cabeza y girándose dieron por terminada la sesión de tarde en el Bolos. Billy se acercó y nos dijo que nos fuéramos, que nos veríamos en el Swing, yo lo miré y miré hacia la agresión; el chaval que sangraba, le pedía a su amigo que contara lo que tuviese que contar. "¡A ellos les importa una mierda que nos pase algo, díselo, no seas gilipollas!" El otro se resistía y se llevó una buena tanda de mamporros, difícil de soportar, para él y para nosotras; nos dimos media vuelta y desaparecimos de allí.

— ¡Venga, vámonos de aquí! Silvia se hizo cargo de la situación, y le dijo a Billy que nos veíamos luego.

Como nos era habitual ya en estos casos, nuestro silencio era exterminador y sustituto de las palabras; solo parloteaban sin descanso, Jhonny y Budy, mientras la noche, se iba aliando a nuestro paso. Jose preguntó, si seguíamos con ganas de ir al Swing, nosotras nos miramos, comprendimos y y decidimos. Lo mejor sería ir hacia casa, y dejar que nuestro ánimo, iniciara el cambio de los buenos momentos, para borrar... los más delicados.

Silvia avisó de nuestra retirada, y estos, se pusieron un tanto pesados con que nos quedáramos: que la tarde había estado increíble... que quedaba el remate final, bla, bla...

— ¿Qué remate final? ¿Acaso no te parece lo que hemos dejado en esa calle un buen remate final? Silvia contestaba por todos.

— Oye... ¿Sandra y Raquel, se habrán quedado allí al final?, y mira que sabían que nos veníamos, se lo dije yo dos veces. Preguntó Jose, mientras se paraba y hacia la vista atrás.

— Esas van a su bola, tío, ya lo sabes, no teníais que haberlas dejado entrar en el grupo. Nos decía Jhonny, que también andaba un tanto bebido, y no hacía otra cosa que buscar no se qué, en los bolsillos y no salía nada. "Es más, apuesto lo que quieras, a que se han quedado por que Sandra quiere volver con el tío ese de los Vikings en la moto".

Notamos cierto aire de celos hacia la persona de Billy, lo dejamos por imposible, no estaba en condiciones de llevarle la contraria, ni de decirle nada.

— Bueno, yo me voy con las chicas. Dijo Jose despidiéndose de ellos mientras les daba la mano.

— ¡Pero qué dices so memo! ¿Tú también te vas?

— Si, me voy, no me apetece quedarme, creo que ya he tenido suficiente por hoy, ¿vale?, ya nos veremos mañana, si dios quiere y el sol brilla. Jose fue radical, creo que era lo mejor en esos casos; aún cuando nos alejábamos insistieron y Jose hizo caso omiso, a sus peticiones. El barullo de una moto entre la multitud, les dejaba callados del todo, nosotros nos giramos, eran Billy y Sandra, los dos querían que se les viera, y se tendrían que conformar, con lo que tuvieron de mi, en aquel bar, aquella tarde. No estaba dispuesta ni preparada, en aquellos momentos emocionales de mi existencia, para pelearme por nadie. Jhonny, que no se lo tomó con la misma filosofía, se deshizo en insultos con los dos. Nos reímos todos y allí se quedaron los demás, intentando hacerle reaccionar para que caminara.

La tarde del sábado, que fuimos por primera vez al Bolos, yo me quedé sola, pensé por unos momentos que era demasiado pronto para salir mi madre y mi abuela; si, lo pensé mucho más tarde, mucho mas tarde caí en la cuenta, de que nunca salían tan pronto. Después del influjo adolescente, que absorbe por completo la sesera, aquella tarde me di cuenta, mucho después, de que mi madre y mi abuela, habían salido demasiado pronto. Esa noche me enteré de que habían estado en el hospital; al parecer, mi abuela llevaba varios días encontrándose mal, recuerdo de que se quejaba de algún que otro mareo, y ciertos malestares, cuando entre semana, me quedaba por las tardes y estábamos solas, lo achacábamos a que era ya mayor y había llevado mucha carga. En el hospital por lo visto, dijeron algo que no tenía que ver con eso, por desgracia, no iba a ser, algo tan leve, si no, algo más complicado, que no conocíamos y que por supuesto, no pensamos que pudiera suceder... en casa. Al parecer, le habían detectado algo con un nombre extraño y de lo que no habíamos oído hablar, hasta el momento. Mi abuela tenía Alzheimer, nosotros no entendíamos nada de aquella palabra, ni lo dramática que podía llegar a ser esa enfermedad; mi madre tampoco tenía ni idea de ella, y, entre injurias y lamentos, nos lo fue narrando. Estaba muy avanzado e iría de mal en peor, en cuestión de semanas o meses; estábamos, en el año 1991, y aquello.... nos dejaba helados. Yo observaba a mi abuela, ignorante a todo lo que se discurría sobre ella; estaba en la cocina preparando café, le encantaba tomar café. Mientras, mi madre nos contaba los síntomas y cambios que iríamos notando en nuestro amado ser, que era toda nuestra existencia, poco a poco. No pude aguantar todo aquello que escuchaba, y con rabia, me encerré en mi dormitorio, a cal y canto y me deshice en lagrimas. No era justo, si existía un Dios, y estábamos acompañados por guías espirituales que nos protegían en el camino... ¿Acaso se habían olvidado de aquella buena mujer? ¿Que amaba todas esas cosas y les era fiel, lo mismo que amaba y era fiel a su familia?; me negaba a creer que esa persona, fuera castigada de esa manera, y maldije en cuestión de segundos a todo aquello que, que según mi abuela, nos rodea y traspasa nuestras fronteras terrenales. Cada uno, llevó su pesar, esparciéndonos por la casa, buscando un trozo de hogar, que nos recogiera y consolara aquella pesadumbre. Mi hermana, en su particular mutismo, cuando surgían estos casos, se quedó en silencio, sentada en una pequeña silla de madera, que elegía mi abuela para sentarse en el balcón, mientras observaba su barrio querido, conmigo en sus piernas y cantando sus canciones. Mi hermano, siguió sentado en el sofá, haciendo como que veía la televisión, pero no miraba nada en absoluto.

Esa noche fue la noche más dura y dolorosa de toda mi vida; recuerdo que, después del gran disgusto, que me hizo soltar un mar de lágrimas, me quedé por fin exhausta, dando paso a un sueño reparador, que contribuyó a relajar mi estado, ante tales desgracias. Aún así, y no recordando bien, lo que había pasado, empecé a espabilarme en medio de la noche, poco a poco, y aquello trajo, para desgracia mía, el recuerdo de la mala noticia, que empezaba a hacer eco de nuevo, martilleando mi cabeza, sin piedad. De repente, un movimiento en el dormitorio me sacó de mis pensamientos, alguien había estado sentado en mi cama, note el levantarse de alguien descansando a los pies de esta. Pero, la somnolencia, y un poco de aturdimiento, no me dejaban discurrir hábilmente; me di media vuelta, pensando en un error del subconsciente, pero, un golpe en la silla que estaba justo al lado de la puerta y donde dejábamos todas las pertenencias, que solían descansar encima de la cama, me despertó, cual inyección de adrenalina, dejándome los ojos abiertos, de par en par, y mi corazón apresurándose a salir, de donde no debía. Como decía, aquel ruido fue, como si algo, que no hubiese calculado bien la distancia, hubiese tropezado allí, antes de salir, o, quizás, querían que me enterara de todos modos. Y pensando esto, reaccioné súbitamente, como nunca hubiera esperado, y me incorporé en la cama; así pues, enfrentándome a lo que fuera, que estuviese allí, sin importarme el parentesco ni la jerarquía, cogí mi almohadón con fuerza, y sin poder dominar la rabia contenida, lo lancé en dirección a la puerta, sin preocuparme, por despertar a mi hermana, ni en cuales serían, las represalias divinas. Hubo silencio, y creyendo que todo había terminado, bajé la guardia; sin embargo, ocurrió algo inesperado, un aire profundo y denso, que no podía llegar de la ventana cerrada, paseó a su antojo por la habitación en cuestión de segundos, moviendo mi cabello y cerrando la puerta, en el acto. Yo me quedaba impresionada al ver, que mi hermana no se había inmutado y seguía en sus dulces sueños; mientras tanto yo, petrificada, intentando mover los músculos de mi cuerpo, sin obtener resultado, intentaba esconder mis temores debajo de la sábana.

Que puedo decir de cómo fue transcurriendo mi vida a partir de entonces, Silvia se enteró de lo ocurrido, sobre lo de la enfermedad de mi abuela, se horrorizó y me abrazó para consolarme una y otra vez; en cuanto a lo que sucedió aquella noche y otras tantas veces, me dejaba como siempre en estado de shock, por unos días hasta que se me pasaba; quizás necesitaba más información, pensé que aquello fue una respuesta al haber renegado de ellos, bruscamente. La cuestión era, que seguía con muchas hojas en blanco, y para colmo, mi carácter empezó a cambiar, convirtiéndome en algo parecido, a un dragón echando humo, a la mínima que me alborotaban las ideas de la cabeza. En el instituto, las cosas se resistían a ir mejor; Sergio no se daba por vencido y yo estaba harta de aguantar a zánganos, que ofrecieran irritabilidad a mi ser, removiendo el fuego de mis entrañas. Alicia faltaba de vez en cuando a clase, y yo, decidida ya por esos tiempos, a todo, me arriesgué a traspasar la frontera que nos separaba, sin ningún altercado, ni asaltantes de caminos, ni reprimenda alguna, por parte del padre, una vez entré en la fortaleza; ya que este andaba muy ocupado, atendiendo pedidos, y en vista, de que tenía el paso libre para actuar, pasé directamente a la cocina, para hablar con mi amiga. Y... después de haber sacrificado mi vida, en el intento de acercarme allí, sin ejército, ni nadie que me abalara, Alicia, me contestó así: "no estoy inspirada", "creo que quiero dejar de acudir a clase". En cierta manera... lo entendía, me había sentido así durante mucho tiempo; cada uno, tiene sus motivos y necesidades, y yo sabía lo que le hacía falta. En ese mismo momento, aproveché que su madre entraba con las bolsas de la compra, para ayudarla, con los modales propios para tal caso. Y con mi coloquio devastador, acompañado por una cara que inspiraba pena y desamparo, lástima habitual para estos casos, conseguí que le levantara el castigo interminable, diciéndole que era mi cumpleaños, lo cual era verdad, y que mi madre ya había contado con ella, habiendo comprado gorros, pitos y flautas; y se molestaría mucho, cogiendo un disgusto, que le llevaría en cama durante un año. Aquella pobre mujer, que acabó perturbada ante tales suposiciones y zarandajas, aceptó, no sin antes, prometiéndole, la llamada de mi madre para corroborar dicha fiesta. ¡Perfecto, pues! Nos la llevaríamos a mi casa el viernes para que empezara a relacionarse con nosotras; ella se quedó encantada, y... aunque al día siguiente, y al otro, y al otro, no fue a clase, y yo pensé en los mil demonios que a veces me acompañan, haciendo lo que les viene en gana; si que conseguimos, cuando al final se incorporó de nuevo a las aulas, pasada una semana, que la profesora nos sentara juntas en clase, con la condición de que no nos distrajéramos, ni hiciéramos el tonto, si no nos cambiaría instantáneamente. Así pues, nos lo tomamos en serio; ella quería terminar con ese curso y yo quería acabarlo bien y queríamos hacerlo juntas. Me di cuenta, entre tanto pensar, algo, que a veces, me traía muy mala fortuna; de que Sergio, se había salido con la suya, respecto a Alicia, y de tal manera, que aquella, ya no tenía ganas, ni agallas suficientes, para seguir luchando contra aquel mamotreto, del tres al cuarto. Era el vivo retrato de la escena de Jaime conmigo en clase; lo único que pasaba era, que en el instituto, las cosas, eran distintas; allí la gente, te demuestra sus malas costumbres, sin reparo y sin que halla alguien, que te salve el pellejo; y... aunque al principio, Genaro, me salvase de sus garras, aquel infame, continuaba llevando más allá su odio, sin ninguna intención de retraerse de sus actos. Pero yo, no estaba dispuesta a que alguien como él, rodeado por algunos piltrafillas, que le bailaban el agua, y escuchaban sus estupideces sobre nosotras, solo porque no vestíamos igual o escucháramos la misma música, levantara en aquel edificio una conjura parecida a la histórica, arremolinando a todos, a levantarse contra dos pobres desamparadas. Había que enfrentarse de una vez por todas con el enemigo; aunque, en realidad, no teníamos ni idea de qué hacer, ya que este, no era partidario del diálogo, ni tampoco gustaba de que lo evitases, pues se ponía más frenético todavía. Aún así, y viendo que todo aquello, parecía tener un desenlace, que no invitaba ciertamente al optimismo, intentamos buscar una solución, lo más acertada posible, para acabar con todo aquello.

De un puñetazo fue derribado Sergio y calló como un boxeador en el ring, derrotado por su contrario; solo que este, había terminado, en medio del pasillo, en el cambio de clase.

— ¡Joder, qué pasada!, creo que ni yo lo hubiera hecho mejor. Confesaba Genaro perplejo, todos los rostros miraban al suelo alrededor de Sergio; Alicia se quedó articulación ni palabra y una pechugona creída, que iba siempre creando conflictos, me miró y miró a Sergio, con apestosa gana.

— ¡Levántate estúpido! Le animaba maliciosamente, Alicia la miró y le respondió acercándosele a la cara.

— Ahora, si quieres algo más de nosotras, vienes y nos lo dices a la cara.

— ¿¡Qué ocurre aquí!? Nuestra tutora estaba detrás, el circulo se disipó, nos miró y miró a Sergio y a Genaro; ordenó al primero que se levantara del suelo, y al segundo que se fuera con ella; aquel con cara de asombro, intentaba defenderse pero aquella no le dejaba hablar; estaba furiosa y parlamentaba sin dejar que nos explicáramos. Cuando vio que nosotras los seguíamos, nos miró, preparada para soltar alguna maldición, pero Alicia se adelantó y le comentó que nosotras, éramos las actrices protagonistas de aquel enredo, y sin más dilación, nos hizo pasar a una sala vacía, para aclarar aquel desaguisado.

La seguimos y los demás esperaron a nuestro regreso en la clase de Técnicas que nos tocaba con ella; así que aprovecharon para seguir haciendo el burro.

Nos sentamos en las primeras mesas, y muy seria nos miró a los cuatro.

— ¿Qué es lo que ha pasado aquí? ¡Sergio, Genaro!

— ¡Qué va a pasar! Que la chalada esta me ha pegado un puñetazo, y he perdido varios dientes. Todos le miramos de mala gana y con lástima por la patético que era.

— Venga, no seas exagerado no has perdido ningún diente, quizás se haya hecho ella, más daño que tú. Genaro miraba a la profesora con cara de piedad y al mismo tiempo miraba mi mano, que en aquellos momentos, ya era, del tamaño de un melón. Aquella no daba crédito a sus palabras.

— ¡Vanesa! ¿Le has pegado un puñetazo a tu compañero? Esto no se puede tolerar...Esa conducta, no es propia de ti,..no te llevará a ningún sitio, pero... ¿Cómo lo has hecho? ...y..... ¿Lo has tirado tu al suelo, o ha tropezado? Y yo le iba a explicar, pero Sergio empezó a quejarse, viendo que se le estaba descriminando; tal vez pensó, que yo, saldría de allí con un castigo ejemplar, y sin embargo, aquella...estaba entusiasmada.

— Pero es que no puede ser, se pasa la vida faltándonos el respeto, es inaguantable estar en clase con él; solo por que soy nueva o vayamos vestidas como nos gusta, se mete con nosotras... Gracias a Genaro nos ha dejado vivir unas semanas en paz, pero ha vuelto otra vez a hacernos la vida imposible,...por lo tanto, no he tenido más remedio que defenderme. Pero quiero que sepa, que estoy dispuesta, a aceptar cualquier pena capital que me imponga. Alicia salió en mi defensa.

— Maribel, usted sabe que a mi, el año pasado me hizo lo mismo; yo estoy harta, mis padres han dicho que si vuelve a pasar algo con él, lo van a denunciar, porque yo ya no tengo más ganas de regresar a clase..... además...el señorito, también levanta la mano, lo que pasa es, que... siempre consigue que no lo vean, y los demás tenemos nuestro limite. La profesora le daba la razón con un movimiento afirmativo de cabeza, y se tapaba la cara con las manos mientras resoplaba.

— ¿Entonces tú, esta vez, no has tenido nada que ver? Le preguntaba a Genaro.

— Pues no, ya ve, aprenden pronto, lo que no sabía es que lo terminara tumbando una mujer. Decía Genaro mientras se reía; la profesora no le puso buena cara, y Alicia y yo nos aguantamos las carcajadas, para momento más oportuno y Sergio, se sentía ofendido por todos. Maribel, miraba a este y después me miraba a mi.

— Mira, no voy a llamar a tu casa, por que se que tú no vas pegando a nadie y no das problemas en clase, pero si ocurre de nuevo, algo parecido, no seré tan benévola. Mira Sergio, no voy a consentir que continúes haciendo la vida imposible a tus compañeros, así que te voy a pedir que te vayas a casa. Tienes el resto del día libre, puesto que os toca conmigo y en mi clase no te quiero.

— ¡No puede echarme de clase! Decía Sergio con rabia levantándose de la silla y con un hililllo reducido de sangre ya reseca, que le había salido de la nariz; mientras, la profesora levantaba las manos pidiéndole que se sentara otra vez.

— Ya lo creo que puedo.... ¿Qué es lo que ha pasado esta vez?... Porque siempre hay problemas donde estás tu; a no ser que...pidas perdón a tus compañeras, y reconozcas tu falta de respeto hacia ellas. Sergio enmudecido, nos miraba.

— ¿Qué ha ocurrido? Volvió a preguntar.

— Que insulté a Alicia. Contestaba resignado.

— ¿Y, por qué?

— ¿Por qué?.. Porque si, ¡Yo que sé!... ¿Me da lo mismo, Sabe?, si quiere echarme de su clase, écheme ¡Mis padres vendrán a hablar con usted! Se había levantado otra vez y le respondía con ira.

— Lo estoy deseando desde el curso pasado, y si no vienen les llamaré yo, hablaré con muchas ganas créeme, y Alicia y Vanesa, vendrán para contar lo sucedido también. Ya os podéis ir. Alicia y yo pusimos cara de fastidio y Sergio salió delante de nosotros, recogiendo sus cosas de mala gana y se marchó, el resto del día lo consideramos... como estar en la gloria.

Mi cumpleaños, esta vez, aunque acompañado de tristeza, ya que mi abuela, no era la misma y no estaba como antes, para prepararlo todo, con el amor que la caracterizaba, se celebró con un tono de alegría, esfuerzo del alma, gracias al empeño de mis amigas por que tuviera una tarde especial. Me hicieron dos regalos extraordinarios, por una parte dos cintas de Blues, originales que me pertenecían solo a mi, y el pago de la camisa del grupo....¡Perfecto!; después, parlamentamos en el dormitorio como cacatúas, lo dejamos vuelto del revés, gastamos los carretes de fotos y disfrutamos de la tarta, ya en el saloncito, en compañía de mi abuela. Al observarla un rato, empezando casi a decaer, y presintiendo un ataque de lágrimas sin fin, que alcanzara el cielo, Marta tuvo la genial idea, de enseñarnos unos pasos de baile, acompañados por la música que puso, que nos hicieron estallar, en sonoras carcajadas; esta, que tan emocionaba estaba, tropezó con sus botas nuevas de cowboy, con tan mala suerte, que fue a parar a la mesilla pequeña donde descansaban los víveres, un mueble ya tambaleante por los años, tirando todo lo que había en la superficie, y empapándose el pelo, por el blanco de la tarta y que yo aderecé con la guinda, que le había quitado a mi trozo, poniéndosela, arriba en su coronilla; mi abuela profirió sapos y culebras, creyendo que se habían colado bandoleros en su trozo de mundo y mi madre entró en compañía de mis tías, pensando que un terremoto se había desencadenado en el salón, echándonos a todas a la calle, a continuar con el barullo. Os comentaré también, para dejar cerrada la parte del atropellado cumpleaños, que mi padre apareció esa semana, viéndonos eso si, en el portal, ya que mi madre rehusó su invitación de subir a casa. Este, me obsequió con una cazadora de piel y unas botas camperas, que aunque estas eran nuevas, la cazadora parecía más bien de algún rastrillo de barrio, pero que no por ello desprecié...¡Me venía de perlas y a las mil maravillas! Acerca de porqué, mi padre, accedió a conseguirme las botas y la cazadora, después de llevar, años sin verlo; fue, porque, anteriormente, nos había hecho una visita relámpago, en la que anunciaba, que vendría a despedirse de nosotros en breve. Por lo visto, se iba a vivir a Castellón. Allí había conseguido un puesto de trabajo de profesión camarero: "está muy bien pagado" dijo, como si nosotros lo hubiésemos sabido de todas formas; nos despedimos en el portal, entre bromas forzadas, como con intención de recuperar algo perdido, y yo aproveché mi fecha y su despedida, para sacar algo que creía, me merecía.

Después de eso, esa semana se esfumó, y le continuó otra, otra y otra. En esos días, he de contar, ciertamente, que me notaba, inquieta y desficiosa sin poder concentrarme en la tarea, ya que empezábamos con los exámenes esa semana. Mi abuela se quedó comiendo la merienda que le había preparado mi madre, y mi hermana no tardaría en llegar;

me había quedado con ella, y su mirada empezaba a reflejar algo sin vida, hacia ningún sitio.

— Abuela, quieres que te ponga el programa de coplas que escuchabas todos los miércoles, ¿recuerdas?

— ¿Cómo dices? ¿Qué te vas a jugar?.... Si claro, yo esperaré a que vengan los chiquillos. Desde que comenzó la primera etapa de la enfermedad, le había dado por unos chiquillos que tenía que esperar y atender a toda costa; mi tía Lola nos explicaba que debíamos ser nosotros, pero comenzó a dictar nombres en los que yo no me reconocía, lo mismo que mis hermanos. Más tarde, mi madre, consiguió adivinar, que el origen de esos nombres, procedía del pasado, o sea, eran los nombres de sus hermanos y de sus padres.

— No, no, decía que si quieres escuchar música. Empezó a reírse, mientras hizo intento de levantarse, quitándose la bandeja de en medio.

— Hay, es que no sé qué me dices... ¿¡Donde están los chicos!?

— No, no te levantes abuela, tu quédate hay sentada y termina de merendar, olvida lo que te he dicho,.... me habré confundido. Intenté reducirla en su intento, pero por lo visto, eso ya no lo encajaba de una forma normal, y bruscamente, me empujó.

— ¡Quita, que no quiero comer más!.. Voy a ver donde están los chicos, que ya están tardando. Intenté coger la bandeja que iba de un lado a otro, cayendo las pieles de la fruta, por un lado, y el trozo de pera que no terminó, por el otro. Desistí, al ver que se ponía demasiado nerviosa, malhumorada y entristecida al mismo tiempo. Cogí mis cosas y las guardé, estaba furiosa; mi hermana llegaba en ese momento, le dije que me iba, que había quedado con Silvia; me preguntó si había ocurrido algo al verme un tanto molesta, le contesté que no, y me fui.

Había decidido acercarme a la Escuela de Danza del señor Facundo, no sabía donde se encontraba esa dirección que ponía en la tarjeta, pero la encontraría; me acerqué a la parada del autobús que pasaba por mi barrio, pensé que cualquier conductor me podría decir cual era el autobús más indicado y me senté a esperar el primero que llegara. Llegó un autobús, el treinta y cinco, un señor bastante antipático me contestó que el siguiente era el mío, le di las gracias de mala gana y supliqué que el conductor del próximo autobús fuese más dicharachero para poder preguntarle, en que parada debía de bajar.

Odiaba los autobuses, ese trasiego de gente que se peleaba por un asiento, los frenazos, las curvas, donde todo aquel que se había quedado de pie, se te venía encima.....¡Habráse visto situación más estresante, aparte de la de conducir! Aquel señor, de pelo cano y palillo en la boca, debió confundir su profesión con otra que era la de conducir con otros coches a toda leña por una pista vacía. En una parada aproveché para preguntarle por mi destino, este, me contestó, para sorpresa mía, que me quedara cerca y él me avisaría en cual debía bajar. Por lo tanto, me quedé más tranquila.

Una vez en el Avd. Del Oeste, pregunté acerca del número diecisiete y la Escuela de Danza; gracias a dios la encontré en seguida, esas calles estaban plagadas de tráfico y gente por doquier, me sentía un poco perdida, y solo cuando leí el letrero de la escuela, empecé a tranquilizarme.

Cuando entré, pude notar que el local, despedía un aire cálido que me sentó muy bien porque tenía las manos y los pies entumecidos; olía a recién estrenado, era un lugar espacioso y envolvente, poseía unos ventanales enormes lacados en blanco, por donde se podía ver el exterior, y observar la vida a través del cristal. El suelo era de madera, como el que teníamos en casa, pero este, estaba reluciente y en perfecto estado; desde donde yo estaba, se podían apreciar, unas taquillas y un tablón enorme con anuncios de todo tipo y fotos de algún festival premiado por los alumnos, diplomas y algún que otro trofeo reluciente, que destacaba triunfante, el gran esfuerzo de los alumnos y profesores. De las paredes colgaban cuadros en los que salían bailarinas y bailarines en poses espectaculares, de cuerpos musculosos y envidiables; una música clásica, se escuchaba bastante cerca, pensé que estarían ocupando la sala principal. A lo lejos, el pasillo estaba bastante deshabitado, la luz era blanquecina y molesta, una chica que había ido a avisar al señor Facundo de que estaba allí, volvía con su paso ligero de secretaria, para decirme que me atendería enseguida con una sonrisa agradable. Me sentía bien allí, era uno de esos sitios y una de esas situaciones en las que crees, te pertenecen y de las que piensas que sacaras algo beneficioso, y sus buenas vibraciones te recorren el cuerpo, pensando en algo, que ya sabías de hace tiempo. Que sabías, que estaba por llegar.

El señor Facundo se acercó al pasillo y me alentó con la mano a que me acercara, mientras renqueaba con su bastón reluciente, y así encontrarnos en medio de todo sin tener que caminar mucho; sonreía como siempre de una manera abierta y sincera, le alegraba el verme allí, lo sabía, lo explicaban sus ojos al acercarme y saludarme con un fuerte abrazo.

— ¡Vaya, vaya, que sorpresa mas grata, querida!

— Ya ve, me apetecía pasar por aquí, tenía curiosidad por ver como es una escuela de danza, desde que vi la película de Chorus Line, de la que sacamos un baile para la escuela,... imaginaba que igual solo salían así en la tele. El sonreía y miraba a los bailarines a través de los ventanales; la novia de su hijo impartía clases esa tarde y estaba haciendo un tipo de examen en individual a cada uno con aquella música clásica, que me parecía aburridísima.

— ¿Y... qué le parece?

— Me parece increíble y perfecta... ¡Es increíble!

— Pero bueno, cuénteme... ¿Cómo va su primer año de instituto? ¿Le gusta? Mi rostro no podía disimular cierta insatisfacción.

— No, es un fastidio, me ha tocado con un mequetrefe, que no para de molestarme, y ya es la segunda vez, no estoy estudiando lo que me gusta y contabilidad, no se me da bien .... Además, eso no es lo que más me preocupa. Lo que realmente, me preocupa es... que mi abuela está enferma.

— Pero... ¿Qué me dice? ¡Cuánto lo siento querida!, no sabe como lo siento. ¿Qué es lo que le pasa realmente?

— Tiene Alzheimer ¿Usted sabe lo qué es eso?.. ¡Qué puñetas es eso! Le dije un tanto alterada.

El se quedó callado, sin saber que responder, al ver mi abatimiento.

— Yo... yo no sé qué pensar de la vida; no sé por qué nacemos, no sé si he estado persiguiendo y creyendo algo que no existe; no entiendo porqué cada uno tenemos un destino y qué necesidad hay en cumplirlo. Hasta hace poco pensaba que había algo más, y de hecho puedo asegurar que yo he sentido algo más que no tiene que ver con este mundo. Pero ahora, ahora no lo tengo tan claro; quizás estaba equivocada, quizás mi abuela se equivocó, creyendo en un sueño que no existe.

— Quiere decir... ¿Que no cree en Dios?

— No lo se, pensaba que existía algo diferente a lo que nos rodea, algo especial; creía en algo que nos ayudaba con una fuerza mayor pero....

— Y lo hay querida, lo hay, y si usted lo cree, o lo había creído, como puede dejar de hacerlo en tan poco tiempo. ¿Acaso cree, que lo que le ha ocurrido a su abuela, es motivo suficiente para renegar de su existencia? Nunca se debe dudar de la protección divina. Mi cara reflejaba escepticismo forzado. Su rostro era serio y tranquilo.

— La gente dice, que las personas queremos creer en Dios, porque tenemos miedo a la muerte y necesitamos saber que no va a ser tan horrible como lo pintan realmente. Verá, yo, pensaba, que alguien que adora y protege a algo que ha creado, no lo debería hacer sufrir...

— Escuche, lo que dice acerca del pensamiento de las personas con relación a la creencia de Dios y la muerte, no son más que pamplinas, yo también he escuchado todas esas majaderías, y no son más que eso... ¡Majaderías!; precisamente ellos, son los que más temen a la muerte, y quieren hacerse fuertes, porque el pensamiento de que no exista más que un vacío inmenso, a la hora de cerrar los ojos, les aterroriza; entonces, la emprenden con palabras mezquinas, sin ningún valor o fundamento. Suelen ser personas arrogantes, que no creen en nada más, que en ellos mismos, cuando resulta, que ellos mismos, no tienen credibilidad ninguna; y por lo tanto, no le dan a las personas que tienen a su alrededor, ningún tipo de valor o sentimiento. Y... en cuanto a lo que se ha referido después, él no nos hace sufrir, está equivocada. Yo le miré perpleja, me molestaba que dijera eso. Habíamos llegado, mientras conversábamos lentamente por el pasillo, a un modesto y acogedor despacho, del que salía una luz tenue, más agradable que la del exterior; me ofreció un pañuelo y un vaso de agua, yo se lo agradecí; me senté, estaba cansada, agotada, intenté relajarme, pero seguía sin comprender.

— ¿Qué quiere decir con eso? ¿Acaso piensa que ella no va a sufrir?

— Yo no me atrevería a decir eso, no soy médico, y por supuesto desearía lo mismo que tú, que no sufriera ni ella ni nadie; lo que nos ocurre a todos lo elegimos nosotros mismos. Yo lo miré insultantemente ¡Cómo podía decir tal cosa?

— Querida, nadie ha decidió que su abuela enferme, El no lo ha decidió así, no decide ninguna enfermedad; cuando venimos a este mundo, nosotros mismos elegimos lo que queremos hacer, por donde queremos pasar, es un salto evolutivo, por así decirlo, para nosotros. Hay gente que decide venir a pasar ciertas calamidades, para regenerar el espíritu, y crecer en sabiduría, y otras que no quieren saber nada de volver a la vida, porque su paso por ella, no fue como esperaban; sin darse cuenta de que, si la vida no nos sale como esperamos, es muchas veces, por la consecuencia de nuestro mal entendimiento con ella. Hay gente, que no se entiende con la vida, la desprecia, se revuelven contra ella, y no hacen otra cosa, si no que, adelantar el momento de su muerte. Lo mismo, que hay personas, que arrastran una vida pasada bastante mediocre, de la que no aprendieron nada, por lo tanto, su camino es todo desdichas que hicieron pasar a otros; y si no comprenden con el tiempo, el motivo de su visita, y todavía queda algo en su interior, que no les hace recapacitar con su forma de ser, hacia las personas, o hacia la vida, se irán de esta vida, con gran tormento y sufrimiento.

— No, no entiendo lo que quiere decir... ¿Me está diciendo, que hay otras vidas?, ¿Me está diciendo que alguien elige venir aquí para sufrir? ¿Que saben que les depara una vida de calamidades o enfermedad, y les da lo mismo? ¡No podía creerlo, aquel hombre estaba totalmente loco!

— Exactamente, así es como se aprende a conocer nuestra existencia real, lo que hacemos aquí. Si elegimos vivir, pero al saber lo que nos depara no nos atrevemos a enfrentarnos con esa clase de vida, quedaremos suspendidos en un nivel medio muy poco evolutivo; estaremos entre dos mundos, el nuestro y el de ellos; buscaremos continuamente saber que nos pasa, que nos sucede, porque vagaremos entre tinieblas, creyendo formar parte de dos estados. Todas las personas que se niegan a luchar, a buscar lo que han venido a hacer aquí, a descubrir de lo que son capaces, viviendo a escondidas de sus verdaderos sentimientos, haciendo lo que creen conveniente para los demás, y no lo que es conveniente para ellos, no se sienten en paz, consigo mismos; ni saben lo que son, no han sido nunca felices, todas esas personas que se acaban acomodando, porque creen que lo que tienen, que lo que poseen, en esos momentos es lo suficiente, sea mucho o poco, aquellos que no dan el cambio por miedo a la derrota... Todos ellos, son los que se quedan suspendidos, sin llegar a decidir si vuelven o se acomodan también sin querer conocer nunca, el principio de la verdad; ya que en realidad, ese es el motivo de su decepción con la vida, no haber querido reconocer la verdad, no se han atrevido a enfrentarse a ella. Se aprende y se lucha en la vida, y se conoce, en la muerte.

— O sea, que... contra más vidas tenemos, más conocemos.

— Exactamente, venimos a cumplir los propósitos que se nos dan a elegir antes de nacer; si decidimos que los queremos realizar, que somos fuertes y capaces de hacerlo, más cerca estaremos a las puertas de la salvación; Habremos cumplido una misión querida, exactamente como nos lo han pedido, y habremos salido airosos. Iremos dejando cada vez más atrás, cualquier sensación o sentimiento terrenal, no seremos esclavos de nada, no adquiriremos, más que las obligaciones necesarias, nuestra conducta será la de un ser supremo, que no necesitará, de muchos consejos ajenos, ya que sabremos siempre qué hacer y adonde ir, sin ningún tipo de miedo o sufrimiento. Aunque, también es verdad, que no todos regresamos aquí. Hay muchos más sitios por habitar. Yo le pedí que se explicara, porque sentía dentro de mi, un batiburrillo incesante, que desencadenaría en shock, en cuestión de segundos.

— Si querida, hay muchos sitios, para ser ocupados, no solo este.

— ¿ Pero qué quiere decir, que hay vida en otros planetas?

— ¡Por supuesto que la hay! Con otro hábito, y con una civilización, más avanzada que la nuestra.

— También puede ser, que sean menos avanzados que nosotros.

— Umm...si, podría ser...si, ¿por qué no?. ¡Todo puede ser! ¡Todo es posible!

Estaba segura de que a partir de aquella tarde, de aquella conversación que se repetiría otras tantas veces, el mundo lo iba a ver de otra manera. Facundo se había convertido en mi profesor, no solo tenía profesores en la escuela, también tenía un profesor para la vida. Este siempre decía, que había tres enseñanzas en la vida: la de la escuela, la de la calle y la del espíritu; "las tres hay que aprenderlas, para que nuestros pasos, siempre sepan, a donde se tienen que dirigir". Y yo desde luego, le prometí a Facundo y a mi misma, que así lo haría. Pero de momento, aunque las tuviera en práctica, la enseñanza de la calle era la que más me fascinaba; las vidas de todos, sus pensamientos y pretensiones, sus creencias... La mayoría, no creía en Dios, no quería oír hablar sobre ninguna fuerza extraordinaria, que nos acompaña y ayuda, creían en lo que ellos mismos hacían o deshacían. Decían que, si realmente, estuviese cerca nuestro, un ser omnipotente, no habrían tantos malentendidos que acaban en el desastre de la guerra, ni existirían esos sitios, donde reinan el desamparo y la hambruna. Y a esto, eran contestados por los que si creían; los defensores del cielo, estaban seguros, de que todos, venimos aquí, con una función que tenemos que desempeñar, nos guste o no; y que todas esas cosas del sufrimiento humano, no son más que pruebas que pone el Señor, para ver si la gente rica y poderosa, se centra en sus cabales, y deja de beneficiar a las armas y al vicio.... Y que también vigila de que estos señoritingos, ayuden a los desamparados, y que si estos no hacen semejante cosa, vendrán a padecer el mismo sufrimiento que estos pobrecitos, en la próxima vida. A todo este sermón iluminado, los ateos respondían con abucheos mal entonados, y yo tenía que dejar mis apuntes mentales, para poner paz y gloria, junto con los demás, ya que aquello parecía, la guerra de los doce titanes que se quisieron arremolinar contra el cielo. Así pues, la aquí presente, en texto y tinta, seguía escribiendo todo lo que me confesaban, las teorías sobre la amistad, el dinero, la política, el ojo por ojo, diente por diente,.... los que aun creían en la paz y perseguían y la defendían.....En fin, eran poetas de la calle, pequeñas mentes inteligentes y privilegiadas, invisibles, enmascaradas en un hábito que no les proporcionaba credibilidad; pero yo si canalizaba su fuerza y los comprendía, veía su vida cada día que pasaba con ellos, escuchaba lo que contaban, y yo proporcionaba a mi interés, algunas de las teorías, de sus continuos parlamentos.

Aunque... había algo más, resultaba que había algo más. Según Facundo, en aquella conversación: "Para muchos, solo existe lo que ellos mismos, quieren que exista, y yo digo, que hay que creer, para poder ver, el regalo maravilloso de la vida. La magia está en todas partes y en nosotros mismos, solo nosotros tenemos el poder, de hacerla funcionar. El ser humano, ha sido creado y está capacitado, para poder llevar a cabo, cualquier cosa que se proponga. Si toda la buena fe y humildad, abarcaran el sentimiento del hombre, nuestro mundo, sería un mundo avanzado, en grandiosidad y amor universales; y todos los seres vivos, humanos y animales, se compenetrarían en una explosión de magnanimidad sin precedentes: No habrían desfavorecidos, ni tiranos, porque la pillería no tiene lugar en corazón bondadoso; seríamos uno, y por lo tanto, la justicia sería justicia noble y la verdad, razón necesaria para poder subsistir". Y después, prosiguió de esta manera, cuando yo le pregunté, sobre que creía de la ciencia, en terreno siempre tan desfavorecido con las ideas ocultistas: El ser humano ha dejado en la historia, favorables e inmejorables descubrimientos, para con la humanidad, y todavía quedan más por descubrir, que serán, aun si cabe, de una inteligencia y poder inimaginables. Si Dios otorga, esa sabiduría suprema, porque no unir nuestras fuerzas, cuando llegue el gran día. La ciencia, es la mano de Dios, y sin ella, ni el poder sobrenatural del hombre, el planeta Tierra, sucumbirá, para dar paso, a una inmensa oscuridad." Podrán imaginar, semejante enjambre de ideas en mi cabeza, al escuchar, a semejante portento de sabiduría, que era para mi, el señor Facundo. Y acabamos nuestra charla, con sosiego en el corazón y paz en el espíritu.

"Escriba una carta"... "¿A quién?" pregunté yo; "escriba una carta a su guía espiritual, explore en su mente", diríjasela a ellos, le harán llegar todas las repuestas poco a poco, compartirán su camino, sus manos, serán sus pasos, y sus consejos, la verdad de lo que esté por llegar".

Yo solo tenía un deseo, que las cosas en mi familia, no fueran tropezones en el camino, continuamente. Seguiría anhelando un cambio prometedor, que creía, o no, mejor, estaba segura, nos pertenecía. Lo único que ocurría era que, al confundirse la benevolencia del alma, con las sombras de la discordia, podía decaer mi ánimo, sumiéndome en un mar de tribulaciones, que me hicieran dudar, sobre la existencia, de lo real y lo irreal, de lo que puede ser y lo que no; de por qué no actuar, como actuaba la gente, que ahora mismo tenía a mi alrededor. Dejando a un lado las cavilaciones y sentimientos, y ser como ellos; como yo los veía, duros como un mármol, sin lugar ni tiempo, para las imploraciones y los lagrimeos.

Pasaban los días, sin darnos cuenta; el invierno había venido con la misma furia que el verano y aguantábamos el frió con maldiciones; el instituto parecía estar siendo corto para todo lo que imaginamos. Alicia, Genaro y yo, éramos el grupo de moda en nuestra clase y en el centro entero. Sergio trajo a sus padres y Alicia y yo, tuvimos que comparecer, y pusimos al señorito, de vuelta y media. Sus padres endurecieron el supuesto castigo que le había sido impuesto, desde casi el comienzo de su existencia, y pudimos conseguir salir a flote.

La tarde que Tracy cumplía edad, fue una de esas tardes, en las que nuestros ánimos, que normalmente, vuelan altos, se convierten en indecisión, y empezamos a conversar, desvariando sobre todo lo que no nos parece justo, llegando a alcanzar, cotas altas de imaginación, arreglando el mundo a nuestro antojo. Parecíamos estar demasiado cansados, quizá la vida la llevábamos con demasiado frenesí, y nuestras maneras necesitaban una pausa; aun así, felicitamos a Tracy por su veintitrés cumpleaños, sin que nadie se atreviera a darle un estirón de orejas, por miedo a que, con su naturaleza frenética e impactante, se transformara y nos mordiera en la yugular. Nos comentó que Ringo ya estaba mejor, y que los colegas irían a recogerlo mañana, él no sabía nada así que, sería una sorpresa, se lo llevarían de marcha por ahí. Nos comentó, que la policía había irrumpido en el Bolos después de la agresión con los punkis. La cuestión era que Reme, que les había dejado que fueran a su pub y lo hicieran suyo, que tantas borracheras les había aguantado, y que era como una madre para más de uno, estaba molesta, y les dijo que no los quería ver por allí en unas semanas, hasta que todo se relajara un poco; pensó, que si no aparecían por allí, no solo se iba a evitar un gran disgusto con la policía que llegó a amenazar con el cierre del local, si no, alguna catástrofe mucho más seria que la de Ringo y la de los punkis esa tarde. Tenía razón, desde luego, a ellos les fastidió, pero no había otra solución por lo visto. Así pues, Remedios pasó a atender a los clientes habituales de otro tiempo, (que no dejaban de ser estrafalarios borrachillos de barrio, y algún bohemio tal vez) conocidos también, y que habían dejado de acudir, por haberse hecho aquellos los amos del lugar.

— Y eso quiere decir, que Reme, se va a aburrir un montón.

— No Tracy, eso quiere decir que vendrán todos aquí. Jose era inteligente.

— ¡Bieeen! Alicia ya estaba al tanto de todo lo que había sucedido, y tenía unas ganas increíbles de conocerlos, no paraba de decirlo todos los días; nosotros la miramos y aprovechamos para presentársela a Tracy.

— ¡Venga Budy canta algo!, que esto está hoy, muy aburrido. Le animó Tracy, que tenía unas cuerdas vocales, dignas de la mejor soprano. Cada vez que chillaba, nos zumbaban los oídos.

— No, chicos hoy no, no me molestéis. Budy se hacía el interesante.

— Si, será mejor que no lo haga si no, lloverá mas. Contestó Jhonny, mientras se llevaba una palmada de Budy, en el pescuezo.

— ¿Llueve? Preguntamos las tres, a la vez. Un dato importante. Yo no acudiría la primera, a casa.

Budy pidió paso donde estábamos sentadas nosotras con Jose incluido; él siempre cogía una silla de la barra, algo que el Bola estaba cansado de prohibir, así que se subió a los sillones, y comenzó...

"Here's my story, it's sad but true. It's about girl that i once knew. She look.....todos mirábamos hacia arriba, como si estuviéramos iluminados por alguna visión en la pared, le seguíamos con los coros; la canción, Runaround sue, de Dion and the Belmonts estaba siendo rescatada esta vez, no por Chimo con la maravillosa música que ponía, si no por Budy. Todos sabíamos esa canción ya de memoria, con los coros siguieron las palmas, el Bola se había sentado en la barra y el otro salió, y se acercó al grupo. Tracy y Alicia acabaron bailando, y unas casi olvidadas Carla y Amparo que entraban en ese momento con los misteriosos de la boina azul, se unían encantadas. Como siempre, de manera imprevisible, todo salía mejor. Fue un momento inmejorable, uno de esos momentos únicos que se quedan grabados en la memoria, por los tiempos de los tiempos. Los dulces momentos en la mejor compañía, son rayos de esperanza, que te liberan de ataduras, limpiando el barro del camino, y alentándote a continuar, iluminando el mañana.

Los Four seasons sonaban en casa de Alicia a toda pastilla, mientras se arreglaba apresuradamente, había quedado con Ringo. Le había pedido que desistiera, bueno, yo y todos los que formábamos el Swing los fines de semana; la verdad es que tampoco conocíamos los sentimientos del chico, quizás los tenía almacenados y sin utilizar, a la espera de un alma caritativa, que los pusiese en conexión con el presente; pero tampoco importaba, le decía yo intentando quitar problema a lo que no conocíamos verdaderamente; quizás estábamos exagerando, y ahora Alicia y yo, éramos muy amigas. A Silvia, le habían prohibido salir los fines de semana e íbamos a verla los domingos, aunque no siempre todos; las clases iban por su segunda evaluación, y eso significaba que ahora mismo tendríamos el final del curso y había que apresurarse; así que, nuestro fin de semana, se había reducido en dos días, viernes y sábado. Los de Silvia en su totalidad. Su madre decididamente le había dicho que hasta que no terminaran las clases, no debía salir. Nosotras en cambio conseguimos que nos dejaran quedarnos hasta las nueve y media, en vez de regresar a las ocho y media. En la "media" siempre ocurrían cosas. Alicia, supuestamente se quedaba esa noche, a cenar a en mi casa, y después acudiría a la suya; nuestras respectivas madres, ya habían hablado por teléfono. Al mismo tiempo, yo había quedado con Marta en su casa o sea a dos manzanas de allí. Ya estábamos en el mes de Marzo, atrás habían quedado las entrañables navidades infantiles, esa vez, nos demostraron la otra cara, la cara de la desdicha y la confusión. Mi abuela dio paso a mucha tristeza por parte de todos. Teníamos que irnos a casa antes de lo habitual porque ella se sentía extraña en casa de mi tía y deseaba todo el rato, ir en busca de unos y de otros que nada tenían que ver, con los que estábamos allí; así que, abandonamos el intento de seguir unidos y decidimos quedarnos en nuestros respectivos sitios.

Pero en ese mes de Marzo, decidimos levantar el ánimo, llegaba la primavera, y eso significaba también otra cosa: ¡Que comenzaban las Fallas! Las fiestas más conocidas de mi ciudad, donde respirabas pólvora, te hartabas a chocolate con churros y la música y el ruido formaban parte de nuestras vidas durante cinco días. La ciudad se llenaba de gente como si no existiera ninguna otra ciudad en el mundo y los monumentos abarrotaban las calles y los carretes de fotos; pero aún significaba algo más; significaba que nosotras íbamos a aprovechar ese momento de algarabía, para que nos dejaran salir por la noche. De momento, Marta, Carla, Amparo y yo, habíamos quedado para ir al primer castillo que tendría lugar en la Alameda. A mí me dejaban, porque iba la hermana de Marta, pero estaba encantada con mi salida por la noche sin tener que ser en el barrio, además, habíamos quedado con Jose, Budy y los demás. Esperé a que vinieran a recoger a mi amiga, todo el mundo se detenía con el "run—run" de su Triumph; Ringo, (mientras mi amiga se despedía de mi, enloquecida de la emoción) me preguntó en tono de guasa: "¿Me vas a dejar a tu amiga?" "si no hay más remedio" le contesté yo, mientras, Alicia me animaba a que me fuera y el se rió, "la traeré sana y salva", le medio sonreí con poca gana y despedí a mi amiga.

Mientras me acercaba a casa de Marta me daba cuenta de cómo, en cuestión de segundos, de minutos, de horas, de días.... Las cosas podían cambiar y dar un giro inesperado en la vida; tan rápidamente que no te deja respiro para pensar si lo que ha ocurrido es verdad o simplemente ha existido en nuestra imaginación.

Por más que Marta intentó hacerse con Sandra y Raquel, éstas, no daban señales de vida; las veces que les había llamado siempre le contestaban lo mismo, que acudirían al Swing en cuanto "les fuese posible", o que ya llamarían para quedar y reunirnos juntas, otra vez. Miramos el lado positivo de algo tan simple como para no mirarlo, y nos dimos cuenta de que al fin y al cabo, era mejor olvidarlo todo.

A estas alturas, todos sabíamos o pensábamos, que Sandra había conseguido lo que quería, pero pronto llegaron los rumores de que entre ellos no había nada de nada. Y yo pensaba, que no sabía, quien era más tonto de los dos. Si ella, por querer aparentar una relación, a la que todos veíamos lagunas por todas partes, solo por el hecho, de hacerme ver una victoria, inexistente. O él, por aguantar esa comedia, al sentirse rechazado, pensando, que yo acabaría, rezándole a San Judas tadeo, patrón de los imposibles, para que lo devolviera a mis brazos. Un viernes, antes de las fiestas, acudieron al Swing; al oír la moto acercarse, yo, que estaba fuera con Budy y Jose, pasándonos música en cinta y vinilo, conseguí escabullirme hasta el final de la calle, y en la esquina, casi escondidos y sentados en los escalones donde había una antigua iglesia, seguimos con nuestro trapicheo, mientras Jose de pie vigilaba, para avisarme de su marcha otra vez.

— Oye, está bien que te guste pasar desapercibida... ¿Pero no crees que exageras un poco?". Mandaba callar a Jose con un "chuuus" y me quedaba con un disco de Link Wray que Budy me regalaba por que habían dos canciones ralladas.

Al ver a las demás pensó que estaría en algún sitio; Carla me dijo que hasta se metió en los baños para ver si estaba allí escondida, y yo pensé que cómo no se me había ocurrido antes, este acabó con una reprimenda de el flaco y Carla le volvió a repetir que no acudiría en toda la tarde y aun así esperó más de una hora. Preguntó si me había ido con alguien y mi número de teléfono, ella no se lo dio evidentemente, algo que consiguió ponerle aun más impaciente, pero no se lo dio porque le dijo que en mi casa no existía ningún teléfono, así que de la impaciencia paso al malhumor, algo efectivo, por que consiguió que se fuera. ¿Pero qué quería? ¡Que le recibiera con los brazos abiertos! ¡Encima de que había entrado con ella!...¡Hay que ver, cuando uno ronda, tan pocas primaveras, el arte que tiene para la bobería, y para liar la Marimorena, a la primera de cambio, en cuestiones amorosas!; enseguida los unos dicen que los otros han dicho, siendo que ninguno ha dicho nada, y en un momento, tenemos montada otra Guerra Civil. Carla me dijo que Sandra se enfadó, al ver que Billy simplemente había ido, por ver si yo estaba allí; "mujer... ¡Y qué se pensaba ella!"....Atacaba Amparo, continuando la conversación, (como si la otra le hubiera dado la vez) mientras decía que: "Al principio ella se acercó a nuestro grupo, pero sin entablar conversación alguna, siendo esclava de la puerta, por si entrabas tú". Y luego, añadió Marta, muy enojada, que le había dicho que: "si no tenían intención, ni ella, ni Raquel, de continuar con nosotras, que nos gustaría que dejaran las camisas para que la pudiera utilizar otra, más amiga que ellas; aquella soltó un "¡No me da la gana!", que ya me hubiera gustado oírlo, se hubiese enterado... ¡Lástima no haber estado!; me dijeron que la próxima vez me enfrentara yo solita, que Sandra se había pasado y que Billy se había puesto muy pesado. Jose, Budy y yo nos moríamos de la risa, ante semejante gallinero y seguidamente me llevé un mamporro de Carla.

Alicia, me llamó al día siguiente de habernos dejado a todos a la hora de la cena, esperándola con la mesa puesta. Y tan campante, sin escuchar perdones ni coartadas que valgan, porque según ella, tenía mucha faena en el bar, me dijo que Ray, hacía una fiesta en su bar y que quería que estuviésemos allí; yo le comenté que no era muy buena idea y que si acaso ya nos veíamos en el Swing, pero por lo visto ya había hablado con Marta y esta le había contestado afirmativamente, así que la llamé por teléfono.

— ¡Vamos!, Jose también estará allí y si Jose va, también irán los Teens... ¿Qué quieres? ¡Que estemos solas las dos en el swing!, a mi me apetece cambiar.

— Ya, a mi también pero...

— Perfecto, entonces te recojo a las cinco.

— ¿A las cinco?.. ¡ooye!.. ¿Y cómo sabes que Jose va?, tú te quedaste en casa primero con tu hermana, a mi me llevaron después y no me dijeron nada.

— Por que Alicia estuvo con ellos anoche y yo la he visto hoy, a mediodía, sentada en la terraza de su bar con gafas de sol y medio dormida, quedaron así. ¿No dices que has hablado con ella?

— ¿Qué? Bu...bueno... si, pero... ¡Abuela espera! Marta pensaba que le decía algo a ella. — ¿Qué?, oye.. – Que digo que llamaba desde el bar y había gente, no hemos podido hablar mucho. Mientras intentaba hablar con ella, mi abuela me decía que colgara el teléfono, decía que me fuera a mi casa a hablar con quien me diera la gana, que no tenía que estar allí, y se esforzaba en quitármelo ella misma, con una fuerza imposible de imaginar.

— Ya, ya. Pues no veas... ¡Qué bien se lo ha montado!.. ayer la colega le dijo a su madre que igual dormiría en tu casa, como ya había hablado con tu madre antes de que cenabais juntas allí... Luego no hizo más que volver a avisarla de nuevo diciendo que no iría... "¿Que ha hecho qué?". Le preguntaba yo a Marta mientras la oía reírse al otro lado y yo me seguía peleando con mi abuela por el auricular; casi subida a la mesa y recibiendo un mamporro detrás de otro con la correa de mi perro ya desaparecido, en otra casa y con otro dueño.

— ¡Acaba de comenzar, y ya ha salido por la noche! ¿Te lo puedes creer? es una fenómena.... ¡Qué suerte que tiene! dice que anoche estaba hasta los topes...

— Abuela, ya, ya lo dejo...Oye Marta luego hablamos, ¿vale? ¡Adiós! Mi madre vino en mi auxilio, medio seria, medio riéndose.

— ¡Mamá, mamá! ¿Pero qué haces? ¡El teléfono es de todos! Mi madre intentaba reducirla lo mejor que podía para no lastimarla, bueno, lo intentamos las dos. Ella no paraba de reírse y lo único que me dijo una vez había terminado, exhaustas por la pelea fue:

— Ya he encontrado la manera de reducir la factura del teléfono, ¡si señor!, Pensaba yo, que sería la mejor manera para ella, porque yo, estaba magullada por los cuatro costados. La próxima vez acudiría a la cabina de teléfono que había debajo de casa. Mi hermana llegaba en ese mismo momento, esa mañana quedó encargada de los niños bien temprano, a la espera de que la abuela se hiciese cargo más tarde.

Después de comentarle lo sucedido, comenzó con una serie de preguntas, sin cuartel; ¡No le había quedado claro con la explicación que le había dado mi madre! Que si, ¿cómo era que se había puesto así de repente? ¿Que a lo mejor le habíamos puesto nerviosa nosotras? ¿Que no podía ser que tuviera tanta fuerza? etc., etc.... Yo escuchaba toda la retahíla de preguntas, sin ton ni son, de mi hermana, y me preguntaba, cómo era posible, que hubiese nacido con un repertorio tan extenso. Esta mujer, era la única en casa, que nunca había sentido la experiencia paranormal de seres invisibles, de la que los demás siempre hablábamos. Estaba claro, lo tenía claro ¿Cómo iba ella a notar algo así? Me imaginaba a mi hermana enfadándose con ellos, después de haberle hecho estos, una pifiada; estaba segura, de que, nadie como mi hermana para ponerlos en fila, como hacía con los niños que cuidaba después de haber cometido alguna trastada, y además, empezaría a hincharles a preguntas con los brazos en jarras, o se sentaría en la cama con las piernas cruzadas, igual a las azafatas del "Un, Dos, Tres..." y empezaría un examen rápido y exhaustivo, sobre las razones de cada uno, para asustarla a su antojo, cuando les diera la gana. Si, aquellos lo sabían, y la evitaban cual repelente para mosquitos.

Esa tarde, en el bar de Ray, era evidente que podía pasar de todo ¿Y por qué? Porque estábamos todos al completo. Estaba claro que el Swing estaría absolutamente vacío. Aquel, estaba siendo un buen lugar, para todos, pero, apetecía cambiar, y además, a ellos, el barrio, les perdía; seguían su instinto, buscaban sus raíces y estas, estaban en aquel lugar. Un lugar, que para ellos, últimamente estaba prohibido y vigilado, donde las raíces estaban ya empezando a enredarse demasiado y a causar malas hiervas. Violar la prohibición, meterse en el peligro, trabajar con él, era algo, que les resultaba excitante y alimentaba su adrenalina.

Allí, dentro, como siempre, apenas se podía articular palabra, y yo me quedé afónica durante tres días nuevamente. Angie nos deleitaba con uno de sus bailes especiales con el "Do you love me". Ya había creado un círculo alrededor suyo con un montón de gente que aplaudía sus pasos, había elegido un buen bailarín, para que todos los que le interesaban estuviesen pendientes de ella. Era Rober, ¡cómo no! al que por cierto, no habíamos visto desde la inauguración del Swing. Billy ya me había ojeado y Sandra apenas me dirigió un saludo. ¿Qué le había hecho yo? ¡Nada!..¡Es que yo, no le había hecho nada! Pero mi presencia era como un insulto y una provocación; de todas maneras, mi corazón honrado, no se lo tendría en cuenta. El futbolín estaba ocupado y los asientos también, así que iba a ser la primera vez en quedarme de pie toda la tarde, no pasaríamos desapercibidas, al contrario, seríamos el centro de las miradas, aprovecharían esa tarde para conocernos mejor; no pasaba nada estaban los chicos, y los dos pasmarotes de la gorrita azul, que siempre aparecían de repente. Eran los elegidos para comenzar cualquier conversación de emergencia en caso de apuro, y eso hice hasta que los aburrí, todo lo que hiciera falta, con tal de huir de las miradas inoportunas. En medio de todo y con todo el mundo dando empujones, cada vez que pasaban yo intentaba averiguar si Alicia estaba allí, cada vez que lo hacía me topaba con la mirada resentida de Billy y casi al mismo tiempo con la de Sandra, que lo tenía totalmente vigilado. Tracy vino a saludarnos como siempre y nos advirtió de que nuestra amiga llegaba con Ringo en ese momento; yo me alegré, y me despedí de mis queridos compañeros de charla, aunque ellos habían abierto bien poco la boca, y yo imaginé, que estarían deseando también, cualquier momento especial, como fue aquel, para poder escaparse, de persona tan insoportable. Cuando entró, me di cuenta de lo mucho que había cambiado, pienso, que a veces, el ser humano, necesita cierta ventaja, para descubrirse, como realmente le gustaría. Nos saludamos efusivamente, como si estuviéramos décadas sin vernos; Los Piratas nos miraron, nos habían reconocido, de otras veces, y me imaginé, que además, Alicia les había comentado sobre nosotras. Ella se quedó allí, mientras Ringo y los demás, se repartían los saludos. Marta y yo le pedimos que nos contara todo lo que había hecho la noche anterior, por lo visto estuvo con ellos en la barrio de Los Vikings.

Según ella, Sandra se acercó al verla con Ringo, y entre pitos y flautas, se agenció la camisa, que tantos disgustos, había causado; cuando se quitó la chaqueta delante de nosotras, vimos que la llevaba puesta.

— Le dije, que como ella vivía cerca y puesto que íbamos a estar allí un buen rato, que me la diera; bueno eso, y que Ringo y Billy estaban atentos a la conversación, lo escucharon todo y le animaron a que fuera, en menos que canta un gallo; le dijeron que si nunca la llevaba y ya no iba con nosotras no le servía de nada tenerla colgada cuando yo la podía llevar. ¡No es genial!, luego ya no me habló en toda la noche. Nos reímos las tres y nos chocamos las manos como después de un trabajo bien hecho, le preguntamos por Raquel.

— ¡Oh!.. Creo que han reñido, me lo dijo Billy, por lo visto no le hacía caso y aquella se cansó de ser utilizada. Marta me miró.

— ¿Pero van en serio?

— No colegas, él esta pillado por alguien que ya sabemos. Me miraron las dos y sonrieron maliciosamente.

— Creo que él lo ha hecho para espabilarte un poco, no hizo otra cosa que preguntar por ti durante toda la noche, semejante plasta que está hecho; Ringo ya lo sabe, lo digo por si bromea algo contigo.... Es un tío magnífico, os va a gustar y tiene un sentido del humor increíble; pero no me lo quitéis que os mato, creo que estoy enamorada. Dijo Alicia poniendo ojillos.

— No tranquila, es todo tuyo. Contestó Marta, mientras le pasaba una cola.

— No gracias, tomaré una cerveza.

— Oye...¿Cómo lo tienes tan claro? Quiero decir...¿No te estarás confundiendo? ¿No será que te gusta solo un poquito?

— ¿Eh?, no, un poquito no, me gusta muchísimo, no os podéis imaginar lo bien que lo he pasado, os debo una. Nos dio un beso en la mejilla a las dos y se fue al baño, aunque Ringo la pilló por el camino y se lo impidió declarándole su amor en público. Marta y yo nos miramos, la juerga que llevábamos era impresionante. ¡Hay que ver, qué facilidad tienen algunas personas para hacerse con todo el mundo! Nosotras los conocimos, escondidas detrás de un coche abandonado, porque no nos atrevíamos a acercarnos, y esta mujer, con su coloquio incansable, (aunque imposible de imaginar, solo unos días atrás) y su buen estar con las personas, siendo enemiga de eso que llaman timidez, apuro, vergüenza, pudor.... había llegado, y había puesto un pie en la luna.

— Hola mirad... Ringo, Vanesa, aunque ya la conoces por que estuvo conmigo la tarde que me recogiste y esta es Marta. Ringo nos saludó con dos besos y nos miró las camisas; tenía una sonrisa pícara que le hacía más guapo aún.

— Están chulas esas camisas, me gustan y el nombre también. Enseguida apareció Billy, y a mí, se me paró el pulso y se me desbarataron las neuronas. ¿Acaso nos habíamos llegado a conocer tanto, como para llegar a eso? Él, desde luego no lo veía así, y yo tenía mezclados los entendimientos.

— ¿Qué pasa? ¿Te ha ocurrido algo? ya no he vuelto a saber de ti, la tarde en el Bolos me dijisteis que iríais al Swing... ¿Ocurrió algo? ¿Acaso te molesté? Porque... no era mi intención.

— No... no me molestaste ¿Por...por qué dices eso? decidimos irnos a casa ya está, no pasó nada más. Su forma de mirarme me acosaba, y yo, distinguía a mis amigas divertirse y quería estar allí; pensaba en Alicia, en como vio tan fácil, algo tan difícil. En esos momentos daba cualquier cosa para que algo me sacara de esa situación y salir corriendo. Billy me impresionaba, pero, al mismo tiempo, me sentía incómoda, hubiese preferido a alguien...más asequible, entonces, todo sería más fácil para mí inexperiencia, no sudaría tanto, ni mi corazón iría a cien por hora por tenerlos delante. En fin, no estaba preparada, me daba la sensación, de que todo llegaba a mi vida, demasiado deprisa, y yo...necesitaba verlo todo...con más calma. Así, sabría cómo actuar.

— ¿Además, porque me tendría que molestar algo? ¿Estás con Sandra no?

— ¿En qué planeta vives? No estoy con Sandra, ella está conmigo.

— O sea, le estás haciendo un favor tunante, y eso los demás lo tenemos que ver como algo normal.

— No le estoy haciendo ningún favor, lo hice para ver cual era tu reacción, pero ya veo que a ti te da lo mismo todo.

— No me da lo mismo todo, pero no entiendo por qué haces eso. Tu... y yo apenas hemos hablado dos veces, y aun así... ¿Por qué no dices lo que sientes, sin tener que estar con alguien por quien no sientes nada?

— Por eso mismo, porque en realidad no hemos hablado más que dos veces, porque tu hacías imposible que habláramos más; y nunca me he sentido así, nunca ha sido tan difícil, o a lo mejor antes no significaba nada.

— ¿Y ahora si? ¿Crees que conmigo si? Sandra es mayor, sabrá mejor que es lo que hay que hacer, yo no.

— Para eso no hace falta estudiar, tienes que sentirlo y lanzarte y no pareces precisamente una persona que no se atreva a nada.

— A esto no, a esto si que no me atrevo, no sé que tengo que hacer ni que decir...

— Bueno...déjate llevar. Sin presiones, haré todo lo posible, porque estés a gusto. Yo no sabía que decir, y esa conversación, no terminaba nunca.....Aunque también pensé, que tampoco podía estar mal, que se podría intentar....si realmente, el ponía de su parte como decía, yo pondría de la mía. Me parecía justo.

— Pero mira Sandra, se ha salido fuera, y yo, y yo... ¿No soy como ella sabes? aunque no seamos amigas, me molesta todo esto.

— Todo esto es por culpa mía, y lo solucionaré en un momento.

— ¿Pero, por qué?..quiero decir, si, claro, adelante...yo, te espero aquí. ¡Adiós! Yo me fui corriendo, sin esperar una respuesta, y aquel se quedó allí en medio, mirando hacia la salida y suspirando; se decidió y salió al encuentro de Sandra. Alicia, apareció entre la gente, y agarrándome del brazo, me llevó con los demás.

— ¡Vamos a tomar algo!... Te invito. Me alegraba de verla.

— ¡Chicos, chicos!, no pasa nada, solo vengo a avisaros como lo estoy haciendo con todos los demás de que la policía esta fuera. Ante nuestra cara de asombro, él intento volver a relajarnos, sudaba como un gorrino y su camisa estaba totalmente mojada. "No, tranquilos, es por lo de los punkis, al parecer, los negros que están por aquí cerca han dado falsa alarma a los polis. No pasa nada también están cagados, es normal, pero, aunque se que vosotros no vais a hacer nada, os aviso, si tenéis algún malentendido lo solucionáis mañana domingo, que para algo son tan tranquilos y aburridos, ¿eh?

— Tranquilo Ray, no te preocupes, está siendo una fiesta cojonuda, y no va a pasar nada. Le tranquilizó Jose.

— ¡Gracias!, recuérdeme que te invite a una copa.

Jose le dio unas palmaditas en la espalda de ánimo y Ray se alejó con su preocupación a otro grupo.

Eddie golpeó en el pecho a Budy, y Budy a Jose, y Jose tapó la boca a Carla para que no gritara, que además acababa de incorporase hacía tan solo unos minutos. — ¿Pero qué?..... Intentó decir Carla, pero no pudo; los demás nos giramos hacia donde miraban todos. Eran cuatro, que creí, iban a desbancar a los dos chiquillos de la gorrita azul.

— ¿Quién son esos? Preguntaba Marta muy interesada.

— Los Blue cups, colegas ¿Os acordáis de la movida que os conté en la discoteca donde fue la pelea?.. ¿Aquella tarde en Agosto? Las dos asentimos un poco impresionadas.

— ¡Dios mió, que no pase nada, por favor! Carla miraba al cielo, lleno de humo y luces amarillas, y Jose le pedía que bajara las manos y que no la viera nadie, haciendo el ridículo.

— ¡Esto se pone interesante! Jhonny ya iba como una cuba y Budy le quitó la botella de cerveza de la mano.

— ¡Eh! ¿Pero qué haces?

— Vas a tener que estar fresco por si pasa algo, además, ya no te tienes en pie, así no puedes estar todos los días.

— Oye no son todos los días, solo bebo los fines de semana, ¿vale?,.... además, Ray no quiere follón, y aquí no va a pasar nada.

— Si, eso es lo que dicen todos y luego salimos a tortazos de todas partes.

Alicia preguntaba, lo que oía era extraño para ella, pero no había tiempo, ni estábamos en el lugar apropiado, aquello estaba hasta los topes y había algo que no me gustaba nada. ¿Donde estaba Ringo? Ringo desapareció, cuando dejamos de mirar a la puerta, ya no estaba en el grupo; al final lo distinguimos, cerca de los baños y el futbolín, hablando con sus colegas, la banda se acercó donde estábamos nosotros; Roni me saludó.

— ¡Eh! ¿Qué pasa colega? ¿Dónde está Billy? Lo estoy buscando.

Los Blue cups estaban ya en nuestro sitio, saludaron a sus colegas y Roni los miraba de arriba abajo muy poco disimulado.

— ¡Hostias!, estos que vienen... ¿De jugar a la petanca? Yo no pude evitar reírme, pero disimulando lo cogí del brazo y lo aparté lo que pude porque no sabía donde ponerle.

— ¿No los conoces?

— ¡Qué va! No se quien son estos tíos, ¿y tú?

— Escucha, estos tíos se pegaron con Los Piratas. El se rió a carcajada limpia.

— ¡Joder!, estos tíos se han pegado con todo el mundo... ¡Que ruina, que ruina! Entonces hay movida, ¿no?

— Hombre, espero que no.

— ¡Cómo que no, claro que si! Miró su reloj y balanceándose de un lado a otro por la mona que llevaba encima contestó.

— Son las siete y media, a las ocho menos diez sal corriendo por esa... no, por esa puerta. Intentaba señalar algo y no podía en línea recta.

— No hay otra tonto, y aquí no va a pasar nada. Además, Ray ha dicho que la policía esta fuera.

— ¿El qué? ¿Por qué?

— Por lo de los punkis. Se volvía a reír y yo con él; Billy entraba y se acercó a nosotros.

— Eh ¿Qué quieres?... ¿Qué haces?.. ¿De qué os reíais? Se puso tan serio, que acabamos riéndonos los dos otra vez.

— Te estaba buscando hombre no preguntes tanto, quería que me dieras pasta para una cerveza.

— ¡Eh! ¡Vane! Se están mirando, se están mirando muy mal. Alicia vino corriendo.

— ¿Y qué quieres que haga?, dile a Jose que hable con ellos, el sabe hacerlo muy bien.

— ¿Pero qué pasa? ¿Quién son esos? Me preguntaba Billy mirándome a mi.

— ¡Yo no lo se! ¡No los conozco!, solo se que se pegaron con Ringo y los demás en una fiesta. Billy movía la cabeza de un lado a otro.

— Bueno, la policía se ha esfumado, llevaban aquí casi toda la tarde ¡Cabrones!, no se si volverán.

Al parecer no entraban en razón, Eddie se levantó, hablaba, les hacía comprender junto con Carla, enamoradísima de nuevo, pero las miradas fijas entre todos y cada uno de ellos, empezaba a crear fuegos artificiales. Ringo y el Tinto, hacían temblar a Ray que se acercó a ellos antes de que las cosas fueran a más.

— Venga hay que salir de aquí. Billy parecía malhumorado y Roni miró su reloj.

— ¡Ves!, ya queda poco te lo había dicho. Billy me cogió del brazo y pidió a Alicia que viniera con nosotros. Después, ordenó a Roni.

— ¡Deja de hacer el tonto y avisa a los demás!

Uno de los chicos de los Blue cups se acercó a Alicia, le pedía un cigarrillo, Roni salió corriendo a realizar su cometido y nosotros lo miramos y miramos a Alicia.

— Oye ella no fuma, nos vamos. Billy se interpuso y cogió a Alicia.

— Pero...¿Le conoces, has hablado con él? Le pregunté asustada y nerviosa.

— Solo les he dicho que los dejen en paz, que estaba con Ringo, que no quería que pasara nada.

— ¡Oh, por Dios! ¿Le has dicho algo más?

Ringo se acercaba a nosotros.

— Venga ¡vámonos, he dicho! Billy cogió a Alicia y la intentó sacar de allí, pero el de la gorra, se lo impidió, y Ringo estalló. Demasiado tarde otra vez.

— ¡Eh! ¿Qué haces? ¡Ella está conmigo! ¡Apártate de ella! Le empujó y Billy me ordenó que saliera fuera, que el saldría enseguida, pero ya no pude; en cuestión de segundos, una avalancha de brazos y cuerpos, unos encima de otros, y de algunos que tropezaban y caían, me sorprendió sin saber como salir ni tan siquiera moverme, era imposible hacer marcha, imposible dar un paso hacia adelante o hacia atrás, nunca había estado en medio de tanta fiera desatada. Pensé que no saldría de allí viva, me acordaba de esos desastres de la tele donde en una histeria colectiva, morían todos aplastados; miraba hacia arriba y suplicaba, le pedí al cielo que me sacara de allí, era muy joven para morir y menos en esas condiciones, intentaba buscar una salida, oía a Alicia gritar y pedir paz, pero no había nadie que quisiera escucharla; de repente, un brazo me agarró fuertemente y me sacó a empujones de allí sin pensar en todo lo que había delante, no había otra forma, desde luego. Me llevé pisotones y golpes de los que conseguí librarme, (gracias a Dios, sin ninguna herida grave). ¿A que no se imaginan ustedes, quien era mi salvador?

Era Raúl... ¡si, por Dios! ¿Aquel personaje de las patillas grandes, al que yo había prestado dinero, para los cigarrillos?..Ese. Ni siquiera, me había dado cuenta, de que había estado allí...¿O es que, me lo habían mandado del cielo?. Este, iba apartando a la gente de manera bestial, yo intentaba mirar hacia atrás para ver como iban las cosas, quería saber de Marta y de Alicia; me acordaba de Jose y los demás, pero era imposible distinguirlos entre tanto jaleo. Lo único que vi, es que Los Piratas estaban al completo entregados en la pelea. La voz de Alicia ya no se oía y me asusté, pero cuando llegábamos a la puerta, de repente, alguien gritó mi nombre desesperadamente, me giré, eran Alicia y Ringo que salían a gatas de entre la multitud, nadie se daba cuenta... ¿Cómo lo habían conseguido?, ¡Era imposible! Y los Blue cups precisamente... buscaban a Ringo; sea como fuere me alegré muchísimo, me detuve y Raúl me miró sin entender por qué no avanzábamos.

— ¿¡Qué pasa!? ¡Nos tenemos que ir! ¡Tenemos que salir de aquí! Vio como me agarraba al brazo de Alicia y cuando Ringo consiguió estar casi a nuestro lado, lo entendió; salimos de allí disparados a un grito de guerra de Ringo, que se oyó en la calle dejando a los demás petrificados.

— ¡Vamooos!¡vámonos! ¡coreeed!

Corríamos como nunca lo habíamos hecho, ni tan siquiera el día que nos querían alcanzar, aquellos mentecatos en el instituto, con los huevos; si el profesor de gimnasia me hubiera visto correr así, ya no me habría hecho falta más examen para terminar el curso, con un buen aprobado. Ellos estaban más acostumbrados y se notaba, porque nos llevaban ventaja, íbamos agarradas del brazo como dos muñecas de trapo, así que en realidad, ya no corríamos... ¡Volábamos!, y es que, en cuanto se dieron cuenta de que el que les interesaba no estaba, todos salieron a correr detrás de nosotros. Cuatro contra cuatro, corriendo por las calles, llevándonos por delante a todos los personajes que nos miraban asustados. No veía salida a todo aquello, atravesamos todo el barrio; algunos se emocionaban, creyéndose que estaban en el rodaje de alguna película, cuando veían a los que nos perseguían, retrocedían y se escondían o también se escapaban, metiéndose por cualquier callejón. Al final, conseguimos salir a la avenida que perseguíamos desde el principio, cuando sin saber bien por qué, habíamos cogido otro rumbo; son esos momentos en los que uno, ante las circunstancias, no sabe bien lo que hace. Allí, donde las famosas torres, donde había estado por primera vez con mis amigos, en la primera fiesta de aquel bar. En ese momento, alguien derrapaba a la altura de la gasolinera que teníamos en nuestros morros; un coche viejo con la puerta lateral abierta, frenaba escandalosamente, dejando boquiabiertos a los trabajadores del mono azul; uno de ellos cayó al intentar retroceder y el otro tiró la manguera verde al suelo, conducía Javi y dentro estaba Billy, al que nunca me alegré tanto de ver, como en ese momento. Estaba en el asiento del copiloto, entramos con tanta necesidad de salir de allí, que caímos unos encima de otros apenas sin poder cerrar la puerta que quedó abierta hasta que, a mitad del camino, conseguimos cerrarla; de habernos parado a hacerlo en el momento que entramos, hubieran cogido a cualquiera de nosotros.

— ¡Aaaaja, ja, ja! ¡Guauuu! Si, lo hemos conseguido... ¡Tomad cabrones, tomad! Yo intentaba respirar, necesitaba aire, y bajé mi ventanilla del todo y saqué la cabeza hasta que me pude recuperar; Alicia se reía y vitoreaba, Ringo les hacía cortes de manga a todos, que aun habían intentado perseguirnos corriendo detrás del coche. Billy se giró, comprobó que estuviera bien y puso la música a tope. Little Richard gritaba alocadamente y yo estuve dirigiendo a Javi, para que me acercara a casa, lo antes posible, antes de que tuvieran que llamar a mi madre de comisaría.

— ¿Nos vemos mañana por la tarde? Preguntó Billy, cuando bajó conmigo del coche para acompañarme al portal.

— No, el lunes, mejor el lunes. Lo agradeció de todas maneras, se le notaba una sonrisa especial. No... no hace falta que me acompañes hasta el portal, ya...ya voy yo, no quiero que... Yo señalaba a la ventana y el lo pillaba de inmediato, asintiendo y despidiéndose la vez.

— El lunes por la tarde, ¿eh? ¡Acuérdate! Dijo, haciendo un gesto divertido mientras guiñaba el ojo y me señalaba con el dedo, le sonreí y asentí, cansada, agotada.

Marta me llamó en seguida, para ver como había terminado todo, y Silvia se estiraba de los pelos al día siguiente cuando le contamos lo sucedido. Nosotras habíamos elegido la tarde del domingo para nuestras tareas, y sobre todo para estar con nuestra amiga, pero ella con el tiempo empezó a distanciarse. Pensé que le molestaba el hecho de que nos reuniéramos y le contáramos todos los acontecimientos que conllevaba el fin de semana por el que había sido recluida sin consuelo, a eso había que sumarle el hecho de que, había conocido a un chico en el instituto; alguien de quien me hablaba de vez en cuando, pero por el que yo no había pensado como novio de Silvia, solo porque me negaba a que mis amigas acabaran dándome de lado por irse con alguien que seguro acabaría con nuestra relación. Era un chaval que estudiaba Imagen y Sonido, lo que queríamos haber conseguido nosotras al entrar allí; al parecer eran inseparables y para postre a él le gustaba también la misma música, vestía igual que un rocker, pero no salía a ningún sitio donde estuvieran, ni quería saber nada de relacionarse con ellos, algo raro también. Nosotras nos lo tomamos bien, al fin y al cabo sabíamos que empezábamos a separarnos sin darnos cuenta. Ahora éramos Marta, Alicia y yo, y seguíamos apreciando a nuestra amiga... Mi amiga. "Siempre ocurre algo así, no hay que lamentarse, ni pensar si estábamos equivocados creyendo que no eran geniales; no, simplemente las cosas cambian, la gente sigue su camino y nadie nos pertenece. Hay que darles a todos, un margen de tiempo", decía Facundo, así que, Silvia podía contar con nosotras cuando quisiera, y venirse en cuanto le dejaran.

En casa, las cosas seguían su curso establecido; había noches, que mi madre, debía dormir en casa de la señora, que llevaba cuidando ya un tiempo, porque la hija, que no si lo dejé escrito o se me olvidó, tenía discordia con los horarios, pues era enfermera, y debía cumplir con su obligación lo mismo que mi madre. Por lo tanto, tenía que desatender a mi abuela, para irse a cuidar a otra; por no hablar de nosotros, que ya hacíamos cualquier quehacer en la casa, y cuidábamos de ella, como cualquier sanitario en prácticas. La vida es así, madres que se apartan de sus hijos bien temprano por la mañana, para ir a cuidar a otros, o madres que dejan madres enfermas, para ir a cuidar a otras, algo injusto. Mi madre pues, se iba con dolor de corazón más que nunca, mi abuela estaba en una fase trágica que había que vigilar continuamente, así que por la mañana acudía mi tía Matilde; mi tía Lola estaba en estado de buena esperanza y venia los fines de semana para estar con ella. Pasaban los días y el infierno de la enfermedad, era cada vez más difícil de describir e imaginar. Éramos completamente desconocidos, su mundo se había trasladado a un sinfín de recuerdos de la infancia, donde ella recordaba a su padre y a sus hermanas de una manera continuada y frenética, que le llevaba a terminar llorando la mayoría de las veces; nos suplicaba llevarle a la dirección donde reencontrarse con sus padres y yo, sentía morirme. Tendría unos cuarenta kilos de peso, que poco a poco iban disminuyendo cada vez más, sus gafas se habían quedado grandes, por la falta de sujeción en las facciones de la cara, antes rellenas y ahora hundidas, dando paso a un rostro cadavérico y extraño; todo eso y todo lo que le seguía después, hacía que uno llegase a clamar al cielo por su salvación, por una respuesta o tan solo, para que alguien escuchara nuestro lamento que era el suyo, y consolarnos silenciosamente. Ninguno conseguíamos aceptar aquella situación de la manera en que necesitaba ser aceptada, y yo, necesitaba tranquilizar mi comportamiento, no me interesaba nada de lo que oía ni de lo que me explicaban en clase, hacía mis tareas con fallos inexplicables para mi tutora, que me dirigía miradas de desespero y confusión que me llevaron a tener que reunirme con ella, después de la última clase, antes de partir hacia casa; de mala manera y sin ganas entré en la silenciosa aula de contabilidad, ella se reunió después de reñir con no se quien en el pasillo. Dos chicas, pude oír sus voces, que habían hecho algo que "le había disgustado" como decía ella, y después de recibir un sermón ligero, aquellas siguieron con su camino entre risitas tontas y nerviosas, y ella entró disculpándose por su retraso.

— Bueno, está llegando el verano y con el verano el final de la evaluación, y las ganas de marcharos de aquí y divertiros y olvidaros de la obligación diaria, una obligación que se os hace cada vez más pesada, sobre todo a algunos en especial. Esto no es el colegio, y por lo tanto, voy a ser directa y no me voy a andar con contemplaciones; has bajado mucho y los últimos exámenes son pésimos, teniendo en cuenta que es imposible que los hagas así y contestes las respuestas con tan poco énfasis como le estas poniendo últimamente. No es lo habitual en ti, yo se las asignaturas que se te dan bien o peor, igual que con los demás, se quien es un caso perdido y quien no lo es y ahí vamos,.... que no lo eres; se que puedes dar mucho más de lo que estas ofreciendo y no voy a dejar que te duermas en los laureles, tener que suspender a alguien que vale es muy duro y mi deber es avisarte, también porque se, que muy en el fondo, sea lo que sea que te suceda, sabes comprender muy bien lo que te digo. Yo permanecí callada ante tan largo discurso; su tono serio me irritaba pero sabía que me apreciaba y que lo hacía por mi bien; tuve que pensar en todo eso y sentir que en cierto modo podía sentirme privilegiada por semejante atención.

— Si, no se... se que es así, en mi casa las cosas no van muy bien y supongo que he cambiado un poco y por eso, supongo que he fallado.

— ¿Y, qué piensas hacer?, te puedes apuntar a unas clases de refuerzo puedes intentarlo, pero ese comportamiento de abandono y dejadez deberás de dejarlo apartado, si no, no conseguirás nada.

— Lo intento, lo intento, pero es difícil, a veces pienso que no lo conseguiré, me apetece pasar de todo, y esperar al año que viene, a ver si las cosas son mejores, y yo lo veo todo mejor.

— O sea que te da lo mismo tener que repetir curso, las cosas las veras mejor cuando tu lo decidas; si abandonas ahora, también lo harás el año que viene, los repetidores suelen perder el interés y el estimulo, ven a sus compañeros en una clase adelantada y ellos con gente mas pequeña y... nueva; se sienten ridículos, se ven haciendo de nuevo lo mismo, y lo que es peor, empiezan a pensar el por qué no hicieron lo que debían en su momento; aunque seáis aun muy orgullosos y rebeldes para reconocerlo suele pasar, y eso les hace bajar la guardia cada vez más hasta que, el abandono es completo, y dejan de asistir a clase. Yo bajé la cabeza comprendiendo la razón que tenía, pero la angustia y la situación de mi todo, pesaban como una losa y estaba siempre preferente antes que cualquier cosa.

— Está bien, me apuntaré a clase de refuerzo, aunque no me hacen falta...

— Pero en este momento si. Lo que menos creemos que tiene que ver con uno mismo, es lo que más nos hace desviarnos de la verdad. Las cosas siempre se arreglan y sea lo que sea que esté sucediendo, pasará; a veces no como queremos, pero pasará.

— De acuerdo, haré lo que haga falta, no me gusta el pensamiento de tener que arrepentirme, quizás por eso, aunque no sea lo más valiente, lo haré.

— Cualquier decisión para salir adelante, es valiente.

Me sonrió cuando me levanté, y se despidió de mí hasta el día siguiente.

Tuve muy claro todo lo que habíamos hablado ese día, pero estaba desmotivada por completo, estaba desasistida. Esa tarde en casa, me quedé sola con mi abuela, aunque mi madre tardaría tan solo una hora en llegar; mi hermana se retrasaría porque cenaba en casa de una amiga y mi hermano acababa de bajarse después de haber sentado a mi abuela en su mecedora, (una mecedora roja que formaba parte de la vida de esa casa lo mismo que la sillita verde que habitaba en el balcón cuando las dos contemplábamos la vida desde allí) y más tarde, haberla acostado después de comer. En ese momento, le tocaba la merienda y sus pastillas, pastillas que formaban parte de no se bien qué, pero que necesitaba para bien de ella y de todos; algunas ayudaban a calmar su agresividad, cada vez más destacada, conforme pasaban los días; esa enfermedad, que hacía estragos en su cuerpo, a cada minuto y nosotros debíamos adelantarnos a ella, sin saber bien como.

Aproveché su momento de calma, para escribir una carta, no sabía si estaba segura de hacerlo; pensaba que era una locura, pero a veces eso, te lleva a pensar con más cordura, daba lo mismo hacerlo o no hacerlo, no veía el porqué no podía intentarlo; elegí mi música preferida para conseguir evadirme de todo por completo. J. Lee Hooker entraba por mis oídos y sonaba como la invasión de un alma en un momento de trance. Comencé con bastante pudor, conforme iba avanzando me sentía más segura e incluso animada por algo que rondaba a mi alrededor a la velocidad de la luz; en ella plasmé mi tristeza, mi incomodidad hacia lo que no comprendía, mi rechazo a lo oculto que sabía que algo me debía de decir y no era capaz de abrirme; sobre todo, pedí, por la evolución de mi abuela, del trajín que llevábamos, de buscar más horas en el reloj...de obtener, algo de paz. Tal y como me habían advertido, en su momento, mi abuela y Facundo, me sentía bien, me sentía descargada frente a toda molestia y con el alma en descanso, por lo menos, en esos momentos. Escuchaba a mi abuela hablar continuamente en el comedor, me acerqué a vigilarla antes de empezar a quemar la carta, ella observaba a la gente que salía en la tele y hablaba con ellos, pensaría que se dirigirían a ella o que tenía algo que decirles. El terreno estaba libre, pero no había mucho tiempo; debía subir a la terraza para deshacerme de las cenizas del papel de mi carta; era como cuando quemaban los monumentos de las fallas que tanta tristeza me daba... ¡Con lo que habían significado por momentos, por días, y luego se desvanecían en la nada! Esa era mi carta, pensé, una vez se desvaneciera con todas las ilusiones e intenciones puestas en ella, habría que ver el resultado; ¿Y si no llegaba?. tendría que estar a la espera de volver a escribir otra, que me devolviera la esperanza, en caso de haberla perdido por completo. Releí la carta de nuevo, a veces me avergonzaba de lo que contaba en ella, y a punto estuve de romperla, pero no, no, no...debía seguir. Al final de la carta, me había decidido, en escribir algo sobre Billy, algo así como que me dejara en paz y se fuera muy lejos, a una de esas islas desiertas, que tanto anunciaban por la tele, para así, no tener que ocuparme de una obligación, que me causaba pavor. Pero....¡ay!, lo recordaba, la tarde del lunes, esperándome en el portal de Silvia junto a su moto, pasamos la tarde en Local, hacía tiempo que ya no había aparecido por allí; Santiago se alegraba mucho de verme, salía de la barra para saludarme y darme un apretón que me dejaba relajada la parte de la espalda donde se acumulaba la presión de los libros; estuvimos charlando y riendo con él un buen rato, hasta que llegaron sus amigos a jugar su partidita diaria con las cartas y el dominó, entonces se lió a servir cafés y carajillos a diestro y siniestro, botellines, platos de olivas... Luego, se sentaba con ellos a comenzar el juego, que le llevaría casi toda la tarde. Paseamos por las calles, mezclados con la gente, las tardes ya iban aguantando la luz, y el aire era el presagio del verano, de los recuerdos de otros veranos y los que estaban por llegar; luces de neón que hacían el camino algo inolvidable, algo añorado... A decir verdad, aquello me llenó de vida, y se lo agradecí. ¿Entonces, qué hacía, cambiaba lo que había puesto en la carta, o lo quitaba?... Porque en realidad, no me arrepentía en ningún momento, y eso que, al llegar la hora había decidido no acudir y quedarme como una cobarde atrincherada en casa hablando con Silvia por teléfono, de que lo que había hecho era lo correcto; engañándome a mi misma como otras veces, pero pensé en aquellas palabras, "cualquier decisión para salir adelante es valiente".... Bueno, ¡lo dejo, lo dejo!

Acerqué la cerilla a una esquina del papel, desde abajo, así se quemaba mas rápidamente, lo había visto en el Equipo A, cuando inventaban un sinfín de experimentos para salir de los malos, triunfantes. Mi madre siempre las tenía a mano en la cocina, para encender el fuego; aquello empezó a prender rápidamente, la solté encima de un plato pequeño antes de quemarme y me fui con las cenizas hacia arriba para acabar con todo aquello, lo antes posible.

Se estaba haciendo de noche, y en vez de acercarme al muro en la parte que daba a la calle principal, donde se escuchaba la avenida, me fui a la parte de atrás, donde se juntaban los chavales en grupo y los enamorados, se profesaban palabras de amor. Entonces, cerrando los ojos y abriéndolos al mismo tiempo, como para darme ánimos, soplé y las cenizas formaron una pequeña nubecilla negra de microscópicos papeles quemados, que desaparecieron poco a poco, siguiendo su camino con el viento, cualquiera que fuese su destino. Una extraña ráfaga de viento, que me iba acompañando ya, en varios capítulos de mi vida, me sacó de aquel momento mágico y extraño. Pensé en mi abuela... ¡No había cerrado con llave! Bajé corriendo, entré dando un portazo por el que mi abuela se quejó y al oír su voz.... ¡Gracias a dios!, seguía sentada y fui a reunirme con ella, me miró, y por unos segundos pensé que me había reconocido... A veces estaba segura de que era así, que sabía quién era yo.

— Acabo de hablar con tu abuelo.

Yo la había agarrado de la mano, estaba tranquila.

— ¿Y Qué te ha dicho abuela? ¿Qué te ha dicho?

— Que me espera, y que ya vendrá a recogerme.

Yo lloraba, pero esta vez no lloraba sin consuelo, lloraba por que había algo que me hizo respirar profundamente y quitarme un gran peso de encima; me alegré de saber, porque sabía con seguridad que así había sido, de que él, y algo más que a mi también me pertenecía, estaban al lado de mi abuela constantemente.

— ¿Los sientes? ¿Notas que están cerca de ti?

— Si, creo que si.

— Y... ¿Cómo te encuentras?

— No se, igual supongo, pero un poco más tranquila.

— ¿Por qué?

— Es como si transmitieran calma y serenidad, hay respuestas antes de que existan las preguntas.

Facundo me miraba contento, había decidido ir a verle, bueno, la verdad es que las reuniones con Facundo terminaban siendo algo imprescindibles para mi, y también sabía que lo eran para él. Su hijo se había casado con la chica guapa del moño y el vestido de bailar tangos, se habían ido de luna de miel a Puerto Rico y aprovecharían para visitar a la familia de esta. Así que, ahora, estaban impartiendo clases otros profesores. Había sido una buena idea pensé, el ir a verle, porque se marchaba, se reunía con su hijo y su nuera en breve, al parecer no era solo un viaje de luna de miel, era algo más, un viaje de negocios. Facundo quería comprar un terreno, o algo así me pareció escuchar. Adoraba ese sitio, decía, pensaba quedarse a vivir allí, en un tiempo no muy lejano.

— Ha estado allí antes, entonces.

— Si, mi esposa y yo viajamos allí un par de veces, mi hijo vino con nosotros en el segundo viaje, por motivo de nuestras bodas de plata que se suele decir.. ¡ah!, fue maravilloso, allí conoció a su chica, que ya era profesora de danza.

— Espere, espere...¿Su esposa?

— Si, querida, yo estuve casado. Aunque usted vea a un señor casi, casi viejo, yo era un casanova sabe, las mujeres se me rifaban. Actuaba al decirlo, de una manera graciosa.

— Pero cuando vi a esa mujer, esa mujer que me robo el sentido.... ya no pude vivir sin ella. Se hinchaba, al comentar esto y entristecía de repente. "Ahora...ya hace tiempo que se fue, murió, un cáncer se la llevo para siempre.

— ¡Oh! Facundo, cuanto lo siento, lo siento mucho... ¿Y cuánto tiempo hace exactamente?

— Ahora hará tan solo un año y medio casi, del día que me dejo para siempre. Ella está conmigo, lo se, noto su perfume a veces, en cualquier rincón de la casa, y eso, me consuela en los peores momentos.

Yo le daba palmaditas de ánimo en el hombro.

— Seguro que fue un gran marido, estoy segura de ello, y también estoy segura de que es un buen padre.

— Bueno, eso pregúnteselo a él.

— Su hijo se siente orgulloso de usted, se le nota en la cara, lo he visto pocas veces, pero eso se nota.

— En fin, querida, uno hace lo mejor que puede.... Nosotros nos quisimos y respetamos, hasta el fin de sus días, ha sido la mujer de mi vida.

— Debe ser bonito, supongo, saber que la persona que tienes a tu lado te comprende por encima de todo y esta siempre, contigo.... Eso a mi, me parece algo imposible, pero prefiero no cuestionarlo mucho, prefiero pensar que existe, nada más.

— ¿Nada más? ¿Eso es lo que piensa? El amor es siempre el mismo, entre hermanos, entre padres e hijos, entre amigos...solo que la forma de desarrollarse es distinta. No se sabe, si encontraremos la persona adecuada, la que nos corresponde, en esta vida. Pero si que se, que hay personas, que sufren por amor, y eso, es triste. Puede que tengamos varias relaciones sin prosperar ninguna y después de mucho tiempo, cuando lo creíamos todo perdido, aparezca alguien especial; o puede que no valoremos lo que tenemos, en ese momento...dejándolo escapar, por alguien que creemos mejor.

— ¿Y usted, lo tuvo claro desde el principio? ¿Nunca, mientras estuvo casado, pensó, que igual no era la persona que debía estar a su lado, si no otra?... ¿Alguna vez discutirían?

— ¡Claro que discutíamos! ¡Y las teníamos buenas!.... ¿Pero qué tontería es esa?, es imposible una relación sin plantear el punto de vista de los dos, ahí es cuando surgen malentendidos y riñas, pero... sería imposible que uno siempre hiciera lo que el otro decide, así no solo habrían disputas irreconciliables con el tiempo si no que, no existiría ningún sentimiento de amor. Si quieres de verdad a una persona sabes que significa todo eso.

— No se... ¿Si usted lo dice? Facundo se me quedó mirando fijamente.

— ¿Hay alguien, verdad?.. ¡Ooh! ¡Jajáaa!.. si, lo suponía mi niña ¿Tiene dudas eh? Es normal, el amor a su edad es bonito, pero, hay que tener cuidado, tiene que saber cuáles son sus sentimientos sinceros, y sobre todo, conocer bien a la otra persona.

— Yo no sé nada sobre eso; sé cómo funcionan algunas cosas, claro, pero sobre sentimientos.... todavía lo estoy descubriendo.

— Pero para descubrir hay que averiguar, y a usted eso le gusta, lo se, es la niña mas incansable y a veces mas impertinente que he visto en mi vida.

— Puede ser, si, no digo que no, pero me gusta ser así.

— Eso está bien, pero que no se le vaya a subir a la cabeza. Por cierto ¿Cómo va con sus apuntes? ¿Continúa escribiendo acerca de sus amigos y de lo que le ocurre, día a día?

— Ahora es a lo que más tiempo dedico, cuando escribo me siento mucho mejor. Pero debo de aparcarlo de momento, tengo que acudir a clases de refuerzo, y no me apetece dedicarme a otra cosa.

— Quiere decir, ¿Qué está, bajando el nivel de estudios? Pues eso debe de solucionarlo cuanto antes, si pretende estar atenta a una sola cosa, las demás se le escapan. Habíamos llegado hasta la puerta, en nuestro interminable paseo por los pasillos de la escuela. Tenía que irme, Billy dijo que me recogería; cuando llegó, le presenté al señor Facundo, ambos se estrecharon la mano y quedaron cortados uno y otro; al final, el señor Facundo (después de elogiar la moto de este) se despidió con un "tengan cuidado en la moto" yo le abracé, le iba a echar mucho de menos, lo necesitaba, y ahora se iba. Le dije que me escribiera y me respondió afirmativamente, me dijo que quería que pasara por allí si podía ser, a la semana siguiente. Por lo visto quería que recogiera algo, el ya no estaría, pero por alguna razón debía recogerlo después de su marcha, después del fin de semana, no quise preguntar, así que, le dije que iría.

— Encantado de conocerle, adiós. Le dijo Billy desde la moto.

Yo le lancé un beso, y el se despidió con la mano abierta y parada en el viento.

Alicia seguía su relación con Ringo, había cambiado bastante, se la veía... más extrovertida; su sonrisa se había pasado al bando ganador, y su rostro se trasformó, era otra, y yo prefería verla así, había cumplido ya los dieciséis y pronto me tocaría a mí. Su madre no aprobaba esa relación, pero no podía por menos que aguantarse, esta le prometió que estudiaría y funcionaba espectacularmente en clase, y eso lo valía todo. Me contaba su relación con Ringo como la más acertada de su vida (no sabía cómo podía pensar así siendo la primera vez) ¿Cómo podía asegurar que nadie más le haría sentirse mejor? Preferí callarme, no me gustaba advertir a mis amigas de nada, tan solo escuchar, y de vez en cuando, comentar, porque si no, se enfadaban y pensaban que no les escuchaba. Yo no sabía ciertamente, si ella sabía ciertamente, si sería el amor de su vida; no sabía si serían los amores de nuestra vida aquellos, supongo que por eso no le daba importancia, supongo que por eso, me daba lo mismo.

Nos seguíamos reuniendo en los bancos a la hora del almuerzo, y un día me fijé, cuando todos reíamos las chorradas de Genaro, que empezamos siendo dos y ya éramos seis personas en ese banco; eso era lo que queríamos, allí, en aquel banco, se podía reunir quien quisiera cuando quisiera, siempre que lo hiciera en son de paz.

El novio de Silvia, tenía un sentido del humor difícil de entender, pero al conocerlo bien, comprendías, que era fácil de aguantar. En fin, algo muy extraño, pero así era. Siempre estábamos peleando, pero siempre acabábamos bien; le gustaba dibujar, lo mismo que a mi, y yo le copiaba las caricaturas que solía hacer de los maestros y los compañeros, no le hacía falta ningún tipo de concentración, tal como estaba de pie o sentado y con bolígrafo en mano, dibujaba lo que fuese; yo le pedía que me escribiese canciones de Leño, era su cantante favorito, y después pasó a dejarme las cintas de música. En el momento en el que veía algo extraño por parte de alguien del instituto, enseguida salía en defensa nuestra, y Genaro le seguía después. Era el único momento en el que podía estar con mi amiga como al principio; por las tardes quedaban juntos y hacían las tareas de clase, y los fines de semana ya no la veía. Ella me contaba su tristeza, al no poder reunirse con nosotras, decía que nos echaba mucho de menos; de que intentaba convencer a Julio de que nos reuniésemos todos algún fin de semana, pero el decía que no estaba preparado; y yo pensaba: ¿preparado para qué?..En fin, tenía que esperar un poco más, para recuperar a mi amiga. Aquellos ya no eran los comienzos del instituto donde todos y todas nos miraban de manera extraña por como éramos y por como vestíamos, ahora reinábamos en el instituto. Por donde pasábamos, nos saludaban, y alguna se dejaba ver por nuestro sitio de recreo de vez en cuando para conocernos mejor y para que los demás vieran que se juntaba con nosotros; eso me parecía exagerado, pero si funcionaban las cosas así.... Todo había surgido sin tener que pegar collejas a nadie, ni insultar por las esquinas para causar temor; en algún momento tienen que triunfar las buenas intenciones, no tienen que salir ganando siempre los malos.

Las clases de refuerzo hacían que llegara más tarde a casa, así que no se lo pude esconder a mi madre que se enfadó muchísimo cuando se enteró. Desde lo de mi abuela le había vuelta a cambiar mucho el humor; mi hermana estaba poco en casa con su trabajo y sus clases, y mi hermano en cuanto terminaba sus obligaciones, con prisas se bajaba a la calle sin darle tiempo a que le contestara si podía o no hacerlo; entonces discutía con los dos. Una tarde que mi madre llegó de trabajar, se enfadó y escuché algo, que dañó mis oídos, algo impensable para mí. Me castigó.

— ¡No!

— ¡Cómo que no! Tú a mi no me discutes, estas castigada niña... ¡Estás castigada!, has tenido mucha libertad me parece, eso y las compañías con las que vas, son los responsables de que vayas mal en clase. ¿Quién de todos esos estudia? ¡Ninguno!, se pasaran el día en la calle haciendo el golfo ¿Eso es lo que quieres?, ¿Lo que te gusta?

— Pero ellos trabajan, la mayoría trabajan, no estudian pero tampoco están todo el día en la calle o en la cama durmiendo, eso no es así.

— ¡Ah! Y eso es mejor para ti, qué quieres ¿Dejar los estudios también y trabajar como ha hecho tu hermana? ¿Crees que es lo correcto?

— No se si es lo correcto, supongo que no es lo que quieres tú...

— ¡Pues claro que no!, yo quiero que estudies, quería que siguierais estudiando, y no os pasarais la vida deambulando de un puesto de trabajo a otro, ¿ Quieres terminar de fregona en algún patio, trabajar de camarera hasta reventar? ¿Cómo me ha pasado a mi?

— Pero las clases de refuerzo no quieren decir nada malo....

— ¡Ja! No quieren decir nada, ya iré yo a hablar con la profesora a ver si quieren decir algo o no.

— ¡Si no me dejas hablar, si no me dejas hablar, no te puedo decir que ha pasado!

— ¡Pues que va a pasar!, que no te da la gana de estudiar eso es lo que pasa.

— No, no es eso, últimamente he bajado un poco el nivel de clase en algunas asignaturas, y yo ya he hablado con mi profesora, me da las clases de refuerzo para que no vaya a peor.

— Pues eso, y de momento este fin de semana no sales.

— ¡Pero yo quiero salir, yo no me quiero quedar aquí!

— ¡Te quedarás aquí!, y no se hable más, y me ayudas con tu abuela, y si esta semana me traes aprobados los exámenes saldrás, así que ya sabes.

Mientras habíamos mantenido aquella conversación, mi madre había andado de un sitio para otro, desvistiéndose, limpiando, arreglando, todo a la vez y sin siquiera dejar que me expresara, y eso no lo soportaba; pegué un portazo, que me costó otro disgusto, ya no iría a casa de Silvia donde me proponía ir cuando llegó y tampoco la pude la llamar. "Ya os diréis lo que os tengáis que decir mañana en clase" y encima aun tuve que aguantar el ultimo sermón, que mi amiga estaba castigada y con razón, que ella hacía caso a sus padres y nosotras no, que su hermana ya se había graduado y ahora mismo tendría un buen trabajo y que a Silvia le pasaría lo mismo, y que lo único que iba a encontrar yo, era un puesto vacante en la escuela de los zoquetes.

En fin, después de pasar unas cuantas horas, de nuestro dialogo alborotado, pensé, que en realidad, tenía razón. Eramos menores y cada una danzábamos al son de las manos expertas que nos dirigían, fuesen como fuesen.

Ese fin de semana pensaba en mi encierro, a cada minuto, a cada segundo... el reloj se convertía en mi aliado y en mi enemigo a la vez. Tenía que huir de la realidad porque lo que veía me dolía y no me gustaba, pero me resigné a darme cuenta de eso. Pensaba en cómo hubieran reaccionado Marta y Silvia, eso me ayudaba, aunque mi tozudez no les daba la razón. Marta diría, si hay que hacerlo pues se hace y si no, pues no se hace, así de simple, pasaba de conflictos hasta tal punto que no le afligía casi nada; y Silvia... simplemente, no diría nada, porque aunque lo dijese, no iba a servir de mucho, aunque su manera de sobrellevarlo, igualmente, me sorprendía. Se sabe que con la vida se aprende; pero aun así, es la gente que te rodea, la que te enseña y con la que sabes, todo tiene que ver con ellos hasta tal punto, que de no ser así, si viviéramos solos, no aprenderíamos nada; y de no necesitarlo, de ser autosuficientes y súper preparados para todo, no estaríamos en este mundo, estaríamos en otro distinto y lejano....y mejor.

Acepté la simplicidad de las palabras de Marta, como las teorías de algún filosofo sabio de cualquier época milenaria; pensé que sería como ella, pero había momentos que me ahogaba por segundos, necesitaba movimiento, risas, música...Libertad. Fue el fin de semana más largo de toda mi vida y el papel de Marta me irritaba hasta tal punto de caerme mal mi propia amiga; evidentemente porque cada uno somos como somos, y... aunque no venga mal de vez en cuando, aun así, no podemos ahogar nuestra verdadera personalidad.

Sirvió de algo, muy en el fondo guerrero de mi corazón, sabía que estaba sirviendo de algo; de algo, quizás muy importante. Mi madre y yo hablamos mucho, y la cosa se calmó bastante, yo entendí muchas cosas suyas y ella muchas cosas mías, la ayudé mil veces a trasladar a mi abuela de un sitio a otro; otras veces, lo hacíamos solo mi hermano y yo, así ella podía descansar. Él ya nos sobrepasaba en altura y fuerza y había que mover a mi abuela de vez en cuando mientras descansaba en la cama, porque empezaba a llagarse por todo el cuerpo, después... había que curarla. Por las mañanas al despertarse, y en la siesta después de comer, mi hermana y yo, la lavábamos y mi madre le cambiaba el pañal y la vestía, todo eso que era mecánico todos los días, nos era un suplicio difícil de aguantar; ver a mi abuela en ese estado nos trastocaba y nos dábamos un respiro sobrenatural, para no venirnos abajo. Solo el domingo que vinieron mis tías, como siempre hacían los domingos, mi abuela hizo la siesta en el comedor, con todos nosotros, allí en el sofá, conmigo a su lado, como hacía mucho, mucho tiempo.

Mi madre y mis tías tomaban el café con los cruasanes que siempre llevaba mi tía Lola, y hablaban como siempre de sus cosas; de mi abuela principalmente, de algo positivo, de algo negativo, de algo...

Por la noche pensaba en muchas cosas; en todo lo que ese día no había hecho con mis amigas y en las cosas que se hacían en casa por las tardes cuando yo estaba fuera; en que hacía tiempo que no estaba en las tertulias de mi madre y mis tías donde hablaban de muchas cosas de las que yo tomaba nota, como si fuera la periodista de algún periódico importante; de ir detrás de mi hermana todo el rato para que me dejara dinero y escabullirme de una buena torta, por llegar a ser, sumamente inaguantable; de decirle a mi madre, que le dijera a mi hermana por mí, que me prestara alguna cinta que ya no escuchara para poder grabar encima; como también por ejemplo pelear con mi hermano que se metía conmigo todo el rato, para luego irnos al cuarto castigados por la cuenta de un millón de veces. Así eran, los momentos en mi casa.

Alguien me sopló por la noche al oído, estaba segura de ello, como en un susurro, como en clase cuando hablábamos bajito para que no nos escuchara el profesor de contabilidad, "tú tienes la respuesta"; era una voz clara, una voz clara de mujer, si, estaba perfectamente segura, al día siguiente mientras desayunaba pensaba en esa voz, en lo que me había dicho y estaba segura que cada vez iba descubriendo más; de tener claro, que podía sentirme distinta, de aplacar mi odio... y, aquello empezaba a gustarme, era algo nuevo, y lo nuevo es bonito. Era como si estuviéramos conectadas, igual de conectadas, como yo lo estaba con mis amigas, pero por mucho que le daba vueltas no sabía a que podía referirse; mi madre me despertó de el embobamiento y me sugirió que mi hermana y yo, la ayudáramos con mi abuela en la cura diaria.

Bueno, ya me quedaba poco para mi encierro particular del que deseaba liberarme... con menos ganas; supongo que a veces las cosas materiales, las que tocamos, las que vemos día a día nos absorben el cerebro de tal manera, que no podemos ver mas allá, de lo que tenemos mas acá. Conforme fue pasando el día, iba estando segura de una cosa: De que justo había soplado mi carta y más tarde fui castigada; entonces pensé: Menuda solución me habían revelado...eso lo sabía hacer mi madre muy bien ella solita, lo había demostrado y además, con muy mal genio. Sin embargo, sabía que estaba siendo contestada,... no entendía muy bien el desenlace de todo, y daba vueltas pensando y pensando qué tendría que ver con todo lo que buscaba; a veces queremos las respuestas en un momento y eso es imposible. Estaba segura de que esa voz, era de alguien que me contestaba de algún sitio, acerca de algo que debía o podía solucionar, así que, llegando a esa conclusión primera, empecé a sentirme orgullosa por lo que había hecho y a sentir una fuerza invisible que me llenaba de esperanzas; no quise aun así, emocionarme mucho ante todo aquello, debía dejar que siguieran viniendo las respuestas a mi cabeza, para estar segura del todo.

El domingo ya estaba casi terminando y yo no sabía nada de ninguna "respuesta", me fui olvidando sin más, sobre todo porque había dejado para antes de la cena, un trabajo importante que mi profesora me había puesto, y que debía solucionar. Pero antes de todo eso, Marta me llamó por teléfono para resumirme el fin de semana; al parecer Ray había recibido en su bar (gracias a dios, ya cerrado) la visita inesperada de unos punkis, ya de madrugada; le pintaron las persianas del local, con sus dibujos y frases preferidas dejándolo hecho un tebeo; al parecer amenazaban sobre algo, aunque la policía no quiso hacer ni caso de todo aquello. Ray, sin embargo no estaba muy tranquilo, y los demás, simplemente... lo dejaron pasar. Los Piratas habían acudido ese fin de semana al Swing, el Tinto estaba muy borracho como siempre y pasó la tarde hablando de lo que él respectivamente haría con cada uno de ellos, lo tuvieron que calmar como siempre, no tenían muchos sitios para elegir de momento y no querían que los echaran otra vez de allí; Billy preguntó por mi unas doscientas veces, volviendo loco al personal, y le volvió a pedir el teléfono a mi amiga que me rogaba que se lo diera: ¡De una vez por todas!

Alicia casi me arranca el cuello con su abrazo, me había echado de menos el fin de semana. Entregamos nuestro trabajo, el que decidiría el final de mi evaluación, la profesora le felicitaba por lo bien que había conseguido sacar el curso; nos preguntó allí en clase, mientras todos habían salido ya para la cita con el bocadillo y el descanso, a qué, pensábamos dedicarnos y si continuaríamos el año que viene. De momento yo no tenía claro lo que quería hacer, pero mi madre lo tenía claro por mi, así que, no me quedaban muchas opciones; y Alicia me sorprendió cuando contó que al parecer una tía suya que vivía en un pueblo no muy lejos de allí, y que poseía una empresa de envasados o algo así, le había propuesto ponerla a trabajar con ella; le hacia falta una secretaria, tendría un sueldo y un contrato... ¡Increíble!, yo me había quedado de piedra, nos alegramos por ella y la felicitamos, aunque luego me contó de camino a nuestro sitio y lejos de la opinión adulta de la profesora, que no quería irse, quería quedarse con Ringo.

— ¿Estás segura de lo que estás diciendo? ¡Ojala tuviera yo esa oportunidad!

— ¿Te gustaría trabajar en eso? ¡Siempre has dicho que esto no te mola para nada!, que querías haber escogido otra cosa.

— Bueno... pero ya puestos... con una oportunidad así, tan fácil, siendo tu propia familia... Siempre estarás mejor, que tener un primer trabajo con un encargado o jefe que no conoces.... ¿Y si te aparece, algún tío chalado por ahí?

— ¿Tú te irías sin Billy? Su risita me desarmó, y le di un empujón metiéndola en el kiosco; quería comprarme chicles, y ella elegía un bollo con chocolate, como todos los días.

— Mira, yo sinceramente, no sé lo que haría.

— ¡Ah!, o sea que eso quiere decir que no.

— No, no quiere decir nada, quiere decir que no se lo que haría, no se cómo estas tu de enamorada de tu Ringo.

— Ya lo sabes, que te voy a decir.

— No se, una oportunidad así... no se.

— Ya, mi madre casi me mata cuando le dije a mi tía que me lo pensaría.

— Ahí le doy toda la razón, mi madre seguro que reaccionaría igual.
— Bueno, ya veremos, ¡ah!, a ver si le das el teléfono a Billy....
— ¡Estáis pesados todos!, ¿eh?
Silvia me abrazó lo mismo que mi amiga y me dio la bienvenida al club de los castigados y yo le agradecí su apoyo; ella estaba loca por salir el fin de semana con nosotras, las cosas le iban viento en popa con los exámenes y esperaba poder convencer a su madre. Le pediría a Julián que hablara con ella, al parecer estaba encantada con el novio de su hija; creo que me sentí un poco molesta, por aceptarlo a él y a mi no, pero ya daba lo mismo, simplemente me conformaba con tener a mi amiga de nuevo allí con nosotras, un fin de semana.

Al terminar en clase ese día, regresé sola a casa; Silvia, esperaba a Julián y yo debía estar pronto, para que mi tía se fuese. El colegio nuevo de mi hermano, estaba al lado de casa, aun más cerca que el que nos habían cerrado, y mi madre, cuando lo matriculó dijo: "pues mejor"; pero no fue así, porque el señorito se entretenía más con sus amigos a la salida, haciéndosele más tarde todavía, por lo tanto, me fui a toda prisa. La sorpresa fue cuando llegué, y vi a mi madre, que me llamaba por el patio cuando entraba y a grito pelado; todavía no existían los telefonillos en ese edificio, los demás ya se habían modernizado, y solo faltábamos nosotros, que también deseábamos un ascensor, pero eso no estaba en los planes de ningún vecino, ¡cómo se notaba que no vivían en el último piso! Mi madre me avisó pues, de que debía ir con las recetas a sacar los medicamentos de mi abuela; no me dio tiempo a preguntar qué era lo que hacía ya tan pronto en casa, pero me alegré de que estuviera.

La mujer, me tiró las recetas cogidas a una pinza, para que no se esparcieran por las escaleras, y salí hacia el ambulatorio, que gracias a dios, tampoco estaba lejos; la casa de mi abuela, aunque muy pobrecita, tenía la ventaja, de que estaba en el centro de todo, no teniendo ningún problema para acceder a cualquier sitio, ya fuese andando, o en autocar, pues allí, pasaban los coches de línea, más conocidos e importantes de la ciudad.

No había prisa pues, ya que mi tía, podría irse, sin problema alguno; por lo tanto, llevé mi paseo con calma, y llegue allí casi paseando. Un poco antes, de alcanzar mi destino, y después de saludar a unas cuantas vecinas y conocidos, pasé por delante de un mendiguillo, que descansaba en el suelo, con las muletas pegadas a su única pierna, y que hacía su trabajo, cerca de un comercio de cosas varias, levantando un platito con algo de calderilla, y que movía de un lado a otro, haciendo ruido, para espabilar a los presentes que pasaban por su lado; cuando lo alcancé, el buen hombre, de rostro trabajado y ropas de náufrago, levantó la mirada y me rogó:

— Niña, por caridad, unas monedillas, para este viejo enfermo que nada espera ya, de la vida. Yo, con el alma encogida, pero sabiendo que aquello estaba por encima de mis posibilidades, y revolviéndome los bolsillos, le contesté:

— Buen hombre, lo que yo le pueda dar, es bien poco, pues Dios sabe, que yo también voy por mi casa, con dicho platito, recogiendo, lo que buenamente puedo, pues poco me dan....¿Se apañaría usted, con cinco durillos?

— ¡Estamos!,... con cinco durillos y con menos....Échelo aquí, señorita de los Ángeles.

— Me llamo Vanesa....¿Y usted?

— Yo no tengo nombre, mi nombre se perdió, con todo lo que poseía y lo que llevaba puesto; poco interesa ya como la gente me quiera decir, pues a nadie le importo....Solo Dios lo sabe, y eso ya es suficiente, para cuando me quiera llamar a su lado, que espero, sea pronto....Pero, dígame.... ¿Usted estudia algo para su futuro próximo?

— Pues claro..... aunque, no es mi gran especialidad, ni tampoco de mi agrado, pero lo intento, aunque yo quiero dedicarme a otra cosa más importante en la vida.

— ¡Ah!, pues dígamela, ¿qué es, esa cosa tan importante?

— Quiero ser defensora de los necesitados, que no tienen amparo de nadie; pues ya se sabe, que aunque hayan enterados más poderosos por encima nuestro, poco hacen, más que llevar el mundo a la ruina, y con él, a todos los que no tienen culpa.... Pero dígame, jefe de los desamparados, ¿y usted, en que escuela aprendió?

— ¿Yo?...En la escuela de la vida.

— ¿Y cómo es eso?

— ¿Pues cómo ha de ser? La mejor escuela del mundo, siempre que sea su destino y sepa digerir bien lo que la vida le ofrece por el camino; te aleccionan rápido y no cuesta dinero, pues mis padres no me pudieron pagar educación ninguna. Al principio me fue muy bien, pues conocí gente muy interesante, que me enseñó a ser avispado con los enemigos, y honrado con quien se lo merece; supe labrarme un futuro próspero, más o menos bueno, para poder vivir con dignidad, que es lo único que nos hace falta, pero sucedió, que tropecé en el camino, con varias piedras, y en vez de recogerlas y reconocerlas, para no volver a encontrarlas, se multiplicaron, pues a veces las personas no queremos ver el error, ni escuchar consejos y para cuando eso ocurre ya es tarde. La vida me envió a un callejón sin salida, del que no pude escapar y aquí estoy....Así que sepa usted, de todos modos, que no todo el mundo está preparado para la escuela de la vida, a no ser, que uno aprenda a frenar sus impulsos cuando debe.

— Y ahora..... ¿ A qué se piensa dedicar?

— Me dedicaré, a hacer las paces con mis arrepentimientos y remordimientos, y abandonarme para cuando llegue mi final, pues ya ve usted, que poco puedo hacer, con una pierna, y vestido de esta guisa. Llenaré el plato todo lo que pueda, y viviré el día a día, contemplando el amanecer y acariciando la madre luna, todas las noches, después de mi aperitivo.

— Bueno, pues espero que le vaya bien en su empresa....Adiós señor ilustre.

— Adiós, señorita sabionda, espero que le vaya bien en la vida. Nos despedimos, y me alejé rápidamente, hacia la puerta del ambulatorio, pues teniendo todo el tiempo del mundo, ya se me había hecho tarde.

Una vez llegué allí, todos, porque no quedó ninguno, que no me abordara, al entrar por la puerta, preguntaron por mi abuela y sobre cómo nos iba desde que habían caído enferma. ¿Qué clase de pregunta era esa?.... Mientras esperaba mi turno, la enfermera de curas que nos conocía, de todas las veces que habíamos acudido al médico enfermos y con mi abuela, me preguntó; se había enterado de todo por nuestro médico de cabecera, un señor muy amable que siempre hacía bromas y nos extendía las recetas con un arte nunca visto.

— ¿Cómo está tu abuela Vanesa?, el otro día vi a tu tía y ya me dijo como os las arregláis para todo; es duro, una enfermedad así es devastadora, yo cuando me enteré me supo muy mal todo, de veros aquí llegar con ella cuando os traía a la consulta, y lo que se reía con el señor Emilio. Mientras la señorita parloteaba, yo pensaba, que no estaba acostumbrada a hablar por mi madre o mis tías con la gente que conocían del barrio, y más si eran adultos; me sentía incómoda, pues no sabía cómo expresarme, y tampoco quería parecer maleducada. Esta mujer, la enfermera Clara, era una chica de unos treinta y pocos, muy seria y buena en su trabajo, una mujer honesta con tono de voz reposado, capaz de hacer dormir a un niño potroso en un minuto; era soltera y dedicaba todo su tiempo a su trabajo y se preocupaba mucho por las personas, sobre todo, las personas mayores. Yo le contesté simplemente que si que estaba siendo duro, y que estábamos todos muy tristes, le dije que estaba allí por recetas del señor Emilio y que la farmacia me la iban a terminar cerrando; también le dije, que tenía que comprar dos botes más de Betadine para sus curas, y también gasas. Y para eso, utilicé el tono de preocupación, más grave del mundo, y casi con los ojos haciéndome aguas.

— ¿Pero, tiene alguna herida o algo, se ha caído?

— No, no se ha caído, es simplemente que al estar en cama, y no poder moverse ella sola, le empiezan a salir llagas. Su cara demostraba piedad, esa piedad que conceden las personas que se ponen en tu situación como si la vivieran ellos también; miró su reloj y me dijo que cuando me fuera, ya que era la última consulta, que la esperase, no debía ir a la farmacia, ella me daría lo que necesitara para las heridas de mi abuela. El Doctor Emilio me atendió, se interesó también por su estado; hasta hacía poco, antes de perder la movilidad, aun salía a la calle con mi madre, y se acercaban las dos al médico. Nos avisó de que iría perdiendo agilidad y flexibilidad, tanto como para no poder llegar a moverse con facilidad, ni poder caminar; iría quedándose rígida llegando incluso a ser un impedimento para nosotros mismos, a la hora de lavarla y cambiarla. Por lo tanto, debíamos moverla de vez en cuando al estar tumbada, para evitar que se hicieran heridas. De momento, le puse al corriente de cómo estaban ya las cosas, bastante serio, me dijo que iría a echarle un vistazo en cuanto acabaran los pacientes y yo me alegré mucho, por segunda vez; me preguntó cuántos pacientes quedaban fuera: "dos" le dije, estos, habían llegado para las urgencias. Me dijo que me marchara y que ya acudiría, prometiéndome que nos veríamos más tarde, Clara se puso de acuerdo con el Doctor, vendría con él. Les agradecí eternamente y me fui, mis tripas empezaban a quejarse, y además estaba ya cansada, ese día nos había tocado gimnasia, y el camino se hacía ya pesado. Cuando llegué, mi madre tenía preparada ya la comida, me dijo que había pedido salir una hora antes, que recuperaría por la tarde en caso de hacer falta, para que mi tía pudiese ir a efectuar un recado importante. Le dije que el doctor Emilio estaría en nuestra casa, en breve, y mi madre se sorprendió y se puso muy nerviosa; se alegró por el detalle de la enfermera Clara, y de ahí, pasamos mi hermana y yo a adecentar un poco el lugar, cada vez más viejo y deteriorado. Mi madre todos los días, durante seis años, pensaba en como cambiar la casa por completo; tenía sus ideas imaginarias, sobre cómo iba a ocurrir todo; la cocina nueva, el baño más grande, el armario del comedor al otro lado, el suelo..."“¡El suelo fuera, quiero otro!”; yo pensé, que al final ese cambio llegaría, y que a lo mejor cuando llegara... (Porque yo tenía mis ensoñaciones por otra parte) podría ser, que los obreros, se deshicieran de los espíritus de un brochazo, o de un palazo, y bajarlos con los escombros, una vez terminado el trabajo. El Doctor Emilio vino acompañado por Clara. El Doctor Emilio, palideció ante el degeneramiento que el cuerpo de mi abuela llevaba en poco tiempo, estaba muy delgada desde la última vez que la había visto; Clara había enmudecido, su cara lo reflejaba todo, mi madre no pudo evitar tirar unas lagrimitas que se quería haber guardado para ella en cuanto se hubieran marchado. La enfermera la consoló, el señor Emilio, muy serio la oscultaba, preguntaba de vez en cuando por su medicación, sobre su comportamiento en casa con nosotros, por la alimentación... La cuestión era, que mi abuela seguía teniendo el apetito voraz que había tenido siempre, y Emilio empezó a hacer algún que otro chiste para animar el rato que estábamos allí; nos dijo que las constantes vitales eran buenas y que, por lo demás estaba en perfecto estado, nos felicitó por como lo estábamos llevando todo. “Estáis siendo muy fuertes, esto no es cualquier cosa, así que, estáis haciendo un buen trabajo”. Clara terminó con la cura, y ayudó a mi madre a sentarla en la mecedora roja, se ofreció a acudir a mediodía para curarla ella misma y así, ir observando los cambios. Mi madre suspiró con gran alivio, estaba claro que nosotros lo llevábamos haciendo hacía tiempo, y podíamos continuar, pero ella se sentía más segura si un profesional estaba en esa casa todos los días, por lo que pudiera pasar. ¡Qué maravilla! Ver que alguien comprende tu angustia y te acerca la mano para colaborar contigo y hacerte saber, que no estás solo, frente a nada. Yo sabía también lo que aquello significaba, que había sido escuchada. Esa semana fui a la Escuela de Danza del señor Facundo, como le había prometido y allí estaba, con un poco de morriña, al sentir su ausencia. ¡Tenía ya, tanta cosas que contarle!.. Se acercó un chico, parecía latino, era de mi estatura y con un cuerpo musculoso, su camiseta ajustada marcaba sus abdominales y parecía exhausto; estaba en una clase y había dejado a sus alumnos con unos ejercicios, me sentía mal por interrumpir su trabajo, pero la secretaria no estaba, y este había sido avisado por su jefe, de que yo, llegaría.

— ¡Hola! ¿Qué tal?, me llamo Mario y tu... debes ser Vanesa, si no me equivoco. Asentí y nos saludamos, me dijo que le siguiera hasta el despacho del señor Facundo; mientras caminábamos quise saber sobre su marcha, o si sabía algo de él.

— No, pero el señor Facundo no se fue ¿No le dijo? Yo no podía contactar con él de ninguna manera, más que, cuando me acercaba a su Escuela de Danza para verle.

— ¿Pero, cómo? Si me dijo que se iba en dos días, la semana pasada estuve aquí, el miércoles, y me dijo que salía de viaje en dos días, se reunía con su hijo.

— Si, pero el señor Facundo cayó enfermo. Mi cara se transformo al oír aquella palabra, el chico se dio cuenta y se quedó parado antes de entrar en el despacho.

— ¡Oh!, vaya, por lo que veo no sabe nada de nada, lo siento, no se que vínculo tiene usted con el señor Facundo, creí que podía ponerse en contacto con él por teléfono. Es diabético y parece ser que se le disparó el nivel de azúcar; el médico le mandó reposo durante unas semanas, de momento no sabe cuando podrá partir, y yo no se mucho más. No podía imaginar, nunca pude imaginar que ese hombre caería enfermo, me estaba pasando algo parecido que con mi abuela; la sola idea de que le ocurriera también algo al señor Facundo me deprimía por momentos. Le pedí su dirección, era viernes, y había quedado con Marta y Alicia a las seis en el Swing, les dije que me reuniría allí con ellas, pero había cambiado de parecer; me reuniría con el señor Facundo. Además, tenía tiempo suficiente; su hijo, según Mario, no había regresado, y podría ser, que me encontrara alguna que otra visita, pero me daba lo mismo, acudiría, de todas formas. El problema era, que el señor Facundo no vivía en la ciudad, tenía que coger el metro y yo nunca lo había cogido, estaba un poco intranquila; el chico me indicó que tenía que andar unos cien metros hasta la parada y luego tenía que preguntarle a la persona que estuviera en ventanilla cual debía coger, aunque él lo sabía, prefirió no liarme más de lo que podía hacerlo yo solita, al ser la primera vez en alejarme de la ciudad; me dio el numero de la escuela, en la estación del metro siempre había un teléfono público, me pidió que le llamara en caso de que algo ocurriera.

— Espero que no, pero gracias por todo. Le dediqué una sonrisa.

— De nada, ¡ah!, espera, llévate esto. El chico entró corriendo en el despacho. "Ya casi se me había olvidado; Mario salió de la habitación con un libro encuadernado, del tamaño de una hoja de folio, y con las tapas negras con grabados en las esquinas". Yo me quedé algo sorprendida, le di las gracias de nuevo y salí pitando. La estación de metro la encontré enseguida, no había pérdida, era casi todo el camino desde la escuela en línea recta, hasta la parada de autobús que me había traído; pregunté a la chica que había en ventanilla y me aseguró cual de todos, debía coger. Una vez allí abajo, esperando su llegada, me senté y respiré tranquila pensando que de momento todo había salido bien y no debía preocuparme por nada; cuando me tocara, le preguntaría a alguien que bajara conmigo, por la dirección de la casa. Ya en el metro, (que no tardó nada en llegar) un tanto apretujada y sin haber conseguido asiento, escuchaba atentamente la voz, que nos dirigía a nuestro destino; debía bajarme en Benaguacil, ni idea de donde estaba eso.

Me tocó quedarme de pie, con un montón de gente a mi alrededor, sujetándose de la barrita que había cerca de la puerta, yo hacía malabarismos por sujetarme con un solo brazo ya que con el otro sujetaba el libro negro de Facundo que todavía no había podido ojear. Después de un buen rato de equilibrio, observaba a todo el que me rodeaba, para ver quien era más de fiar a la hora de preguntar. Llegó mi parada, éramos pocos, habían huecos vacíos pero yo continuaba en pie, me sentía extraña y quería bajarme de allí; una señora con bolsas de la compra y aspecto agotado, me pareció la mejor elección para que me pudiera indicar. Bajamos cuatro y acercándome a la mujer, le pregunté:

— Disculpe, es que este pueblo no lo conozco, y tengo que ir a esta dirección. Le enseñé la notita que me había escrito Mario.

— Si mira, termina el descampado que tienes aquí enfrente, y continuas por esa calle todo recto, donde están todas esas casas y la segunda a la derecha; continuas todo recto otra vez y ahí está el numero veinticinco. No estaba muy complicado, por suerte, pero lo único que no me gustaba de aquello, es que no había tanta gente como en la ciudad, se veía vida en movimiento, pero nada que ver con lo que había dejado atrás hacia unos minutos. Le di gracias de mil amores a la señora y me encaminé, todo lo rápido que pude hacia la casa del señor Facundo, deseando que me pudiera recibir y no me tuviese que ir sin verle. Tenía el dinero justo y se me iría ya solo con los viajes; así que, ya me veía pidiéndole a mi madre de nuevo mañana, aguantando el sermón, y el apartado de ruegos y preguntas. De momento, estaba equivocada con respecto a aquel lugar; dejando el gran solar a mis espaldas, donde todo era silencio, fui acercándome a la zona de las viviendas, olfateando movimiento; por las subidas y bajadas iban ya los niños en bicicleta, me sentía acompañada, y me contagiaban con su juego y vocerío, los perros, ya no ladrarían solo mi presencia. Las mujeres hacían corrillo, mientras parlamentaban de esto y de aquello, y los hombres se ocupaban de sacar lustre a sus coches. ¡Era increíble, el choque que parecía existir, entre ciudad y naturaleza!; aunque no sabía, ciertamente, si sería capaz de abandonar y cambiar semejante barahúnda a la que pertenecía mi vida, en la gran ciudad, a aquel sitio, que me inspiraba sobremanera. Era como un pequeño paraíso más accesible que aquél del Edén, y parecía que Dios, había destacado allí su residencia, para poder meditar mejor sobe los mortales; posando su mano y plasmando su sabiduría eterna, por cualquier lugar, haya donde miraras. Y pensé que debería estar allí, entre el sol y la arboleda, el inmenso de las montañas y el celeste del cielo, el sonido de los pájaros y el aroma del viento, que regalaba el dulce e intenso perfume, de la flor del jazmín.

Embriagada por aquel paisaje maravilloso, con auténtica seña del mediterráneo, orgullo del corazón, por patria y bandera, fui llegando a mi destino, casi sin darme cuenta. Decidí preguntar y la información la obtuve sin problemas, de un señor que, alarmado por los ladridos de su San bernardo, se acercó a los barrotes de su residencia, al verme allí parada como un pasmarote, sin asistencia ninguna. Aquel faenaba en el jardín, y lo había pillado en la tranquilidad de su hogar y con la vestimenta adecuada en estos casos; pantalón corto y pancha al aire brillante por el sudor, con gorra y chancletas de playa. Aquel intentaba calmar al perro, pero me pareció que este debía ganarle en altura, aun así, ante la presencia tranquila de su amo, asentó sus buenas costumbres y con esa mirada tierna que caracteriza a su estirpe, accedió al dialogo, sin pestañear.

— Es la última casa, la más alejada....tiene que pasar los campos. Me decía mientras me observaba dudoso.

"¿Es familia del señor Facundo? ¿su nieta tal vez?".

— No, soy una amiga, voy a hacerle una visita, me han dicho que esta enfermo. Imaginé que acababa de enterarse por mi, ya que la expresión de su rostro, denotaba perplejidad, y yo imaginé la escena al retirarme, acudiendo este a su mujer, a contarle la última noticia del día.

— Aaah.... -Se quedó en suspenso. — Yo vigilaré desde aquí para que no le pase nada, me acercaré hasta la mitad del campo, desde allí veré como entra usted y dígale al señor Facundo que yo le he dado la dirección.

— Si, si, no se preocupe gracias, adiós. Nos despedimos y yo me dirigí a toda prisa; esta vez, unos perros dálmata salieron al paso, en cuanto me acerqué a la valla; eran jovencitos, y no paraban de dar saltitos y hacer cabriolas continuamente, al quedarme allí parada continuaron, y alguien en alerta, salió. Una señora de unos cincuenta años, con el pelo moreno y algunas mechones que iban apareciendo por el camino y llegaban a su recogido, miró extrañada conforme se acercaba, llevaba una bata azul con un delantal, cuidaba de la casa pensé. Me preguntó quién era y que quería, le dije que conocía al señor Facundo y quería hablar con él, le enseñé el libro, que no había tenido oportunidad aun de observar; le dije que era un obsequio de él y que quería verle, parecía agradable, pero a su manera también defendía la casa, igual que los caninos.

— ¿Es usted Vanesa, la señorita Vanesa, es así?.

— Si, soy Vanesa.

— El señorito Mario me habló de usted hace un momento, me dijo que vendría, pase, pase, el señor se alegrará de verle. Los perros se calmaron al ver a la señora parlamentar conmigo, a través de la verja. Aquellos, muy simpáticos, me saltaban encima continuamente, buscaban juego; ella les espantó aireando los brazos y me acompañó al interior de la casa. A mis ojos, y por aquel entonces, aquello era un espectáculo de armonía y naturaleza, sin igual; la entrada era un jardín poético, de un inmenso colorid, de espeso follaje, de palmeras, de vistosas flores de lindos colores... La cubierta exterior de la casa, era de un blanco resplandeciente, aportando aun más si cabe, luz y alegría, a aquel grandioso lugar. Un asiento a la entrada del porche techado, se balanceaba por el viento, como si una mano invisible lo accionara. Traspasamos pues, el portón de madera caoba, y en el comienzo de aquel hogar, de estilo colonial mexicano, decidí, abandonarme en mi embobamiento, mientras repasaba cada cuadro, cada figura, cada mueble artesanal... y así rendirme a la espera, de mi querido amigo. El señor Facundo me sorprendió en el gran salón de la casa, con unos pantalones blancos y un jersey del mismo color, acabado en pico y con raya marinera; yo lo veía en perfecto estado y me alegré tanto, que después de su "hola" con una sonrisa imparable, salté a sus brazos y le abracé, dejándolo casi, en estado catatónico.

— ¡Vaya, vaya!... ¡Oh!, que sorpresa más grande... Pero, me vas a ahogar. Le solté y me sequé unas pequeñas lagrimas sin importancia.

— He recogido lo que me pidió, pero no me ha dado tiempo a leerlo ¿Se lo puede creer? El viaje en metro ha sido horrible, estaba lleno de gente, apenas he podido pararme a abrirlo, y luego, para encontrar este sitio, ¡Madre de los desamparados!...

— Ah, si, querida, el transporte publico esta hecho para seres pacientes, la verdad, pero...Bueno, bueno, me ha sorprendido mucho llegando hasta aquí, estoy encantado, y ahora mismo me restablezco, sin quedar ningún mal en el cuerpo. ¿Le apetece que demos un paseo?..

¡ahora es el mejor momento!, le echaremos un vistazo a las higueras... ¿Le gustan los higos? Yo puse mala cara y el pensó que era una respuesta.

— Si, me encantaría dar un paseo, pues parece que estemos en el paraíso, y yo tengo que dar parte de todo esto. Pero...¿Y el libro? ¿Lo miramos después?

— ¡Oh!, si tranquila, tenemos tiempo, bueno... ¿Tenemos tiempo? Se detuvo y me miró.

— Debo estar a las nueve y media en casa.

— Ah, no se preocupe, Graciela le acercará en menos que canta un gallo.

— ¿Ella, no pasa la noche aquí?

— Si, si la pasará aquí, pero se que llegará enseguida. Es un as al volante. Me dijo casi susurrando y nos reímos los dos.

— Esta casa ha estado invadida de eruditos en medicina y ha sido un trasiego de gente, para un lado y para el otro. ¡Qué jaleo!... Ahora que ya estoy mejor, Graciela se queda conmigo "por si las moscas", eso ha dicho mi médico, ya sabe, cuando uno se hace mayor, es lo que tiene.

— ¿Y su querido hijo, se ha enterado?

— No he querido amargarle la luna de miel, tampoco me pasa muy a menudo, intento cuidarme; fue solo un susto ¡Caramba! Mientras hablábamos, habíamos salido ya al jardín, por delante me había parecido una parcela modesta, pero en la parte de atrás, donde descansaba el sol detrás de las montañas, aquello parecía cobrar tamaño y amplitud; las higueras alineadas perfectamente, daban paso a un camino estrecho pero perfecto para pasear. Los perros se habían unido a nosotros, estaban contentos de tener a alguien diferente allí y me olfateaban al mismo tiempo que corrían y jugaban a nuestro paso; empezaba a refrescar y yo había decidido ponerme una rebeca que había heredado de mi madre, y que estuve acertada en coger; estaba suave y cuidada, como todas las prendas nuestras que la mujer, protegía laboriosamente.

— ¡Este sitio me gusta!

— Si, la verdad es que no tiene igual, mi mujer se enamoró de esta casa, en cuanto la vio; así que, después.... perdió interés por mí. Los dos nos reímos.

— Tenía buen gusto.... ¿Hará su viaje?

— Bueno, lo más posible.... ¿Qué digo? ¡Lo estoy deseando! así he vivido siempre y lo echo de menos, sobre todo, desde que ella se fue. En esta casa hay muchos recuerdos, todos hermosos, desde luego, pero a veces siento que me apetece hacer un último viaje. Me encontraré con mi hijo allí, quiere enseñarme la escuela, yo me retiro ya del todo, ya no me ocuparé de nada, más que de descansar y terminar mis días, cuando toque, de la mejor manera. Yo deseaba que fuera lo más eterno posible.

— A mi me gustaría mucho poder viajar, debe ser bonito conocer otros lugares, y no quedarse solo en un sitio.

— Aun eres muy joven, lo hará, estoy seguro de que lo hará, usted conseguirá lo que se proponga. Pero bueno, ¿dígame? ¿Cómo van las cosas?, le aseguro que me tiene en ascuas; espero que su abuela esté bien, dentro de lo que pueda significar esa palabra tal y como está.

— Bueno, la verdad, es que lo voy asumiendo mejor que al principio y además... tengo que contarle algo.

— ¡Oh, me muero de curiosidad, querida!, cuénteme.

— Vera, escribí... escribí la carta.

— ¡Oh, maravilloso, eso es genial! ¿Y qué tal?

— Bueno, me da un poco de vergüenza.. pero, creo... creo que me han contestado....

— Bueno y... ¿Por qué lo cree así?

— Pues verá, mi madre me castigó, y no me dejó salir el fin de semana, yo me enfurecí, porque no estoy acostumbrada a estar en casa, ¡y menos los fines de semana! y...bueno, ya sabe, noto como se me seca la mollera...

— Continúe, continúe.

— Si...bueno, me castigó y yo quería salir. Lo gracioso fue que... bueno al menos a mi me lo pareció así...Verá, escribí la carta un poco antes de que llegara mi madre de trabajar; y en seguida después, discutimos y me castigó. ¡Es como si me hubiese traído mala suerte o algo así...!. Facundo se reía, y los perros al escucharlo, se acercaban y buscaban juego.

— No querida, no es así, aunque pueda parecerlo. Cuando somos jóvenes, nuestra libertad es lo primero, pensamos que cualquier cosa que sucede o nos dicen, nos fastidia nuestros planes.

— Pero... ¿y si quizá, lo merecía, lo necesitaba?

— ¿Por qué? ¿Qué es lo que he hecho para que ocurra así?

— No, querida, quizá esa no sea la pregunta, si no mejor, ¿Qué no ha hecho?

— No entiendo. Me pare en seco, mirándole pasmada.

— Usted, quiere encontrar respuestas....pero, al mismo tiempo, se niega a reconocer que había algo más, después de enterarse de la enfermedad de su abuela, se rebela contra todo, va mal en los estudios...

— ¡No voy mal en los estudios!, es solo que...

— Nunca queremos reconocer la verdad de lo que nos ocurre, puede que no vaya mal del todo, pero si no se interesa ni lo mas mínimo puede que si, simplemente tiene que reconocer eso. Yo agaché la cabeza decepcionada.

— La cuestión de todo, es que además, escribe una carta esperando respuesta, eso significa que usted está dispuesta a todo, y para comenzar algo hay que conocer...querida, no lo ve, por que usted misma se ciega a la búsqueda. ¿Cómo puede importarle lo que no comprende, lo que le ocurra a su abuela, si se enfada por no salir de su casa, por sentirse encerrada?.. Las respuestas las encontramos cuando nos conocemos a nosotros mismos, a veces necesitamos de estar solos y descubrir que esconde el silencio, el silencio esconde respuestas, esconde situaciones que ya hemos vivido y a las que encontramos sentido, cuando resulta que antes, nos había pasado desapercibido; usted no sabe cuán maravilloso es descubrir eso por uno mismo ¿Acaso cree que se lo tienen que dar todo hecho?... Piensa que las respuestas solo se las puede dar alguien, y no es así, las mas importantes las tenemos nosotros mismos. El que deje de lado la verdad y el razonamiento, no solucionará un vacío, que le puede acompañar durante años ¿Porqué no empieza, cuanto antes?

— Si, ahora entiendo... eso fue lo que ella me dijo al oído.

— ¿Ella, quien es ella?

— El sábado, mientras dormía, una voz de mujer muy clara, me decía que yo tenía la respuesta. Pero no puede ser, es...es imposible. El, me miró sorprendido.

— ¡No es imposible! Es...¡Maravilloso!...¡Es increíble! ¡Es magnífico!.. ¿No cree querida?; ajaaja ¡Bienvenida al mundo real!.. estoy muy orgulloso de usted.

— ¿Ah si? ¿Y... por qué? ¿Por qué lo celebra tanto?, quiero decir que yo... estoy impresionada y también me parece magnífico, pero...no entiendo a qué tanto alboroto.

— Porque compartes lo mismo que yo, y además lo entiendes, o por lo menos lo entenderás, a partir de ahora sabrás cualquier cosa sin temor y sabrás en qué momento y cuando.

— ¿En qué momento y cuándo que?..ahora no entiendo yo.

— Pues ya lo entenderá, no se preocupe, no hay prisa, lo importante es saber lo fundamental, cualquier cosa que se quede en el aire, con el tiempo lo entenderá; a partir de ahora la escucharan, aunque siempre ha sido así, pero ahora...ahora es distinto, ahora saben que usted les ha descubierto y los necesita, entonces la ayudaran en cuanto usted lo pida, estarán en su pensamiento, y entonces será libre querida, ¡ah, ja, ja,! Era increíble, la felicidad de aquel hombre hacía que yo la recibiera de la misma manera, me reía al verle jugar con sus perros que se unieron a la locura de su amo.

— Pero, señor Facundo yo ya soy libre.

— Si querida, ahora si, antes no. Cuando uno sufre o no está contento con lo que hace, cuando no se pone remedio para solucionar nada... entonces eres preso de tu miedo y comodidad, como para afrontar los cambios.

— ¿Qué quiere decir? Solo me quedé en casa un fin de semana, las demás veces no, a decir verdad, mi madre no me ha castigado nunca.

— Si, si, usted cree que porque tenga libertad de movimiento ya es libre, cree que por que su madre no le castigue y pueda estar con sus amigas cuando le place ya es libre, puede ser que lo pensemos así, y puede ser que sea así; pero la persona que es libre verdaderamente es la que esta libre de remordimientos, libre de reproches hacia los demás, el que está a gusto con su conciencia y sus actos, el que ya no le sabe a odio cualquier actitud pasada o venidera, y se siente seguro de si mismo.

— O sea, un alma en paz.

— ¡Exactamente! Así es. Estaba animado, hablaba exaltado; además de graciosísimo levantando las manos al cielo y tirando la pelota descolorida a sus perros.

— En el cielo eres libre y en el infierno estás preso; y todo a consecuencia de nuestros actos, ¿no? Yo asentí, parecía que hubiéramos encontrado un tesoro, y él me estuviera indicando el camino. ¿Sería realmente así?

— Lo mismo pasa en la vida, querida.

— Mi abuela será libre, lo que escogió, lo cumplió.

— Así será exactamente, es más, cada día está mas cerca de la libertad. Puede ser, que ya haya alguien cerca de ella, iniciando los preparativos de su marcha.

Cada vez iba comprendiendo más y gracias al cielo, el señor Facundo había dejado el alboroto; Graciela nos observaba de vez en cuando desde el porche, pensando que debía llamar a todo el personal Sanitario posible para que vinieran a ver a su jefe.

— Querida, el "castigo" fue el fruto de todo lo demás; las personas que nos quieren, sienten la obligación, de abrirnos los ojos y espabilarnos, si estamos equivocándonos; usted se involucró, en las horas y minutos que pasó en su casa, mientras afuera, duerme en brazos de lo material; se había desviado de todo lo que realmente merece la pena, porque el exterior a veces consigue, que nos vayamos abandonando, sin darnos cuenta. Mire, observe el sol, es algo extraordinario, inspira belleza y tranquilidad. El señor Facundo a mi lado me mostraba el sol como si fuera un viejo amigo suyo... yo lo observaba deslumbrada.

— Su poder es infinito, deslumbra amor y fuerza, obsérvelo cada mañana y cada tarde y le transmitirá la felicidad que nos pertenece a todos por nacimiento y que tantas veces queda escondida esperando a que solo, nosotros mismos la hagamos surgir; la suerte de saber lo que es, solo la tenemos nosotros, no existe ningún secreto para conocerla o encontrarla, pertenece a nosotros y nosotros la haremos surgir. Acabó la tarde para mi, tenía prisa y tuve que partir. Graciela salió como un rayo, cogió el coche y llegamos en poco más de diez minutos a mi casa. Sobran las palabras acerca de lo todo lo que pude sentir y descubrir esa tarde, de cómo lo viví todo a partir de entonces, el hecho de saber que mi al abuela ya casi era libre me llenaba de satisfacción, podía llevar de otra manera el sufrimiento conjunto de todos y el de ella; pensaba muchas veces en algo como, el que mi abuela saliera de su cuerpo para observar la devastadora enfermedad que recorría su cuerpo y nuestros esfuerzos por cuidarla y quererla más si era posible, "hay que querer todo lo posible y más" me decía ella tantas veces.

Conseguir que los momentos de cada día sean especiales, ese es nuestro objetivo, y nosotras, lo íbamos consiguiendo. Silvia había presentado a su novio, (que al fin se había decidido), en sociedad, ya no aguantaba más sin volver a sus raíces como bien ella decía, y nosotros le dijimos: "pues mejor" nos alegramos mucho, yo la primera. Descubrí que ya bebía alguna que otra cervecilla; había cumplido los diecisiete años y Marta también, después, les seguiría yo. Julián cumpliría diecinueve en Agosto, le habían puesto gafas hacía poco y eso le hacía parecer más serio y empollón; yo bromeaba con él acerca de eso casi siempre que los veía aparecer, y ya teníamos, para estar con la juerga y los tortazos toda la tarde. Alicia estaba más que ilusionada con su amor, a causa y de eso ya conocíamos a todos Los Piratas. Nos dolió descubrir que el rubio tenía novia de hacía dos años, iban en serio y él enseguida se retiraría de las calles para ser persona; nos lo contaba una tarde que quedamos todos en el Club, el bar de Ray.

— Ya es hora de que vayamos sentando la cabeza..¿No?

— Bueno, ya sentaremos la cabeza los demás cuando queramos, piltrafa, tu vete con tu universitaria, si te pasas al bando de los pijos, ya no te dejaremos entrar. Contestaba Lucky mientras llegaba con bebida para ellos; Billy y yo habíamos quedado allí con mis amigas y aparecieron ellos antes.

— No te preocupes, te recordaremos amigo y no te olvidaremos, pero te digo que te vas a aburrir sin nosotros, y pedirás clemencia, siendo ya muy tarde. Nos reíamos con Tomy.

— ¡Eh! ¿Pero qué estás diciendo? ¿Que mi novia es aburrida? Es una tía increíble, así que, ¡a callar, miserable!

— Eso es que te quiere enganchar, por la vía rápida, veréis, ahora mismo tendremos que ir a su boda. Esta vez era Lucky el que volvía a la carga.

— ¿Acaso creéis que os llevaría a mi boda?, ¡pandilla de mendigos! Las risas iban en aumento y yo me divertía con ellos.

— Bueno, entonces tendrás que celebrar tu despedida el día que vayas a desaparecer para siempre, de nuestra vidas. ¡Un brindis por el rubio! Ahora fue Billy, que además levantó la cerveza y los demás hicieron lo mismo. El rubio me acercó una cámara y me pidió por favor que les retratara en aquella inolvidable tarde.

— -¡Vale! ¡Venga!, nos ponemos aquí en la barra. ¡Eh, Ray!, no te preocupes, ni chilles, vamos a hacernos una foto, algunos nos sentaremos encima ¿Quieres salir? Ray le contestó que no, de momento estaba ocupado con los barriles de cerveza, y en el almacén.

Les retraté y después salimos todos; para ese caso, Ray fue el que hizo la foto, salimos en la mesa, todos apretujados; menos mal que a mí me dejaron en primera línea, así se me pudo ver entre tanta altura y sin sufrir ahogamientos. Alguien nos pilló en la pose real y ceremonial fotográfica.

-¡Vaya pandilla atontaos que estáis hechos todos, bueno tu no, tu no, perdona! Me señalaba Ringo, la ventana estaba abierta; él y mi amiga se reían de nosotros, asomados desde allí. – ¡Pues venga, venir, aun estáis a tiempo de pertenecer a esta panda de ignorantes en prácticas! Esa semana, acababa el instituto, habíamos conseguido salir airosas y en casa estaban contentos con nosotras; a Silvia, el encierro y con su novio como profesor particular, le había servido para que sacara muy buenas notas y su madre se enamoró de los dos locamente, para levantarle a su hija, no sé qué castigo, y dejar que se moviera por el mundo. Supongo que por eso, esa tarde estaba emocionada hasta el punto, incluso, de estar inaguantable. Esa tarde, Jose, estuvo con nosotros (avisado por Marta) y Ray, se unió al grupo, haciendo sonar, su inolvidable guitarra, guardada para reuniones exclusivas, como aquella. Era la unión entre los más perseguidos y los que pasábamos desapercibidos; esa tarde, no existían bandas, ni malos, ni buenos, existíamos nosotros nada más, y estaba segura, de que en ese instante, no hubiese valido ninguna mala intención por parte de nadie que hubiese querido volver a separar aquello. Rebeca hubiese sido una de ellas. Ya no era la chica admirada, y es que, aparte de su fachada no tenía nada más que ofrecer, y eso, aunque ellos fueran como fueran, también lo tenían en cuenta, y eso, no existía en sus planes de conquista. Empezó a juntarse con Angie (que por entonces solía verse con Tomy, causándole verdaderos quebraderos de cabeza) y compañía; y se convirtió en algo más insoportable y temible, pero fácil de exterminar. El día que discutimos, fue el primero y el último. Nunca pensamos que ocurriría, pero en realidad, era algo más que evidente. Cada vez lo buscaba más, conforme mas apartada de ellos se sentía, mas odio le embargaba. Acudieron la tarde que sabía que estaríamos solas en el Swing. ¿Y por qué? Porque las tardes del viernes, casi siempre acudíamos solas primero, disfrutábamos de nuestra libertad, estando las cuatro juntas nada más, durante dos horas aproximadamente. Por lo tanto, actuó como siempre, sabiendo que tenía el terreno preparado, y con aquellas fieras que la acompañaban, estaba más que preparado para guerrear. Apoyadas en el coche de Budy, planeábamos sobre como tantear el terreno en nuestras casas, para empezar a salir por las noches, ellas en la puerta, nos miraban y se reían sin disimulo, nosotras optamos como siempre por hacer omiso. Silvia, (la Silvia de siempre) y Alicia, empezaban a molestarse cada vez más; se reían esperando precisamente la reacción que empezaba a funcionar a la perfección, en nuestro circulo. Rebeca, Angie, Diana y la que nunca hablaba, llamada Sena, (me enteré por Alicia), empezaron a hablar en voz alta.

— Si, es que no las dejan salir por la noche, tienen que estar en casa cuando sale Casimiro. Hubieron risas escandalosas entre ellas.

— ¡Eh! ¡Escuchad!: ¿Ringo me quiere o no me quiere? ¿Me van a crecer las tetas ya o aun tengo que seguir poniéndome algodones? Continuaban con las risas, y Silvia dejando su cerveza en el suelo y dándose media vuelta las llamó.

— ¡Oye! ¿Por qué no venís aquí?, es que no se oye bien y me gustaría enterarme de lo que decís.

— Es que a mí, no me da la gana de que te enteres de lo que hablamos. Le respondió Diana repulsivamente.

— Pues si no te da la gana, de que nos enteremos de las gilipolleces que dices ¡Que no se oiga nada! Angie se acercó, Rebeca no se atrevió y prefirió meter cizaña desde la puerta con las demás.

— Tú a mi no me dices lo que tengo que hacer, niñata de las narices, que os creéis que por que hayáis llegado aquí con vuestras camisas estúpidas y vayáis de súper rockers, ya podéis hacer lo que os de la gana.

— Si exactamente, yo voy a hacer lo que me de la gana, cuando me de la gana.

— ¡Oooh! Déjala Angie, que es que está saliendo con Ringo y se piensa que es la mejor, se le ha subido a la cabeza. ¡Ja, ja, ja! Mi amiga tiró su refresco al suelo y se acercó con intención de partirle la cara, yo bajé de un salto del coche y aproveche que Silvia y Marta la cogían para adelantarme. Estaba cansada, igual que terminé con Jaime y Sergio, terminaría con aquello; por eso cuando bajé del coche me acerqué a Rebeca. No me encaré con Angie, ni con nadie más, ella era la que lo había empezado todo. Empezó porque se sentía fuerte al tener a Angie al lado, peo yo pensé, que el sitio en el que estaba, allí en la puerta, era un objetivo más que claro, para nuestros colegas, que estaban dentro. Al fin y al cabo, no lo preparaban tan bien como creían.

— ¡Uh! Espera que viene la señorita Marple, a terminar con todo esto.

— ¿No tienes agallas verdad?

Yo chillaba, quería que se me oyera bien desde dentro.

— ¡Que dices estúpida!, tengo más que tú. Diana aviso a Angie de que los demás estaban atentos a todo, Angie miró con ira a Alicia y a Silvia, pensándose la retirada.

— No sabes con quién estas tratando, te crees muy dura por estar con Billy, y a mi eso me importa una mierda. Me señalaba con el dedo y miraba a sus amigas mientras hablaba, estaba nerviosa, decía lo que decían todos en estos casos, un montón de tonterías e insultos gratuitos, sin responder a nada concreto.

— No tienes lo que hay que tener, vas de gallita por que estas con ellas, yo hago lo que me da la gana con mi vida y eso no es asunto tuyo paleta, no eres más que una ignorante y por lo tanto me da lo mismo lo que hagas o digas de mi y de mis amigas.

— Mira... ¿Ves lo que hago?.. Cuando hago esto... Hizo chasquear sus dedos como cualquier chulo de barrio.

— Cuando hago esto, significa que quiero que te largues. Yo la miraba desafiante, escupí mi chicle con asco y calló a su pie.

— Y cuando yo hago esto, significa que me importa un cuerno. Aquella no daba crédito a las palabras que estaba escuchando, miró el chicle y me miró a mi, y al levantar la mano alguien por detrás le paró. Era el Bola.

— ¡Quita!, gordo asqueroso ¡No me toques!

— ¿¡Que no te toque!?.. ¡Largo de aquí!..¡y no volváis! Miró a las demás que empezaron a insultarle por haber agarrado la mano a su amiga.

— ¡Fuera!, ¡estoy cansado de aguantaros! Las dejó en evidencia, los demás ya habían salido y eso no lo llevaron bastante bien, pero consiguió que se fueran. Yo le devolví la mirada, una mirada fría y perpetua, que se quedó para siempre en mi rostro, frente a cualquier otra Rebeca que siguiera cruzándose en mi camino.

Si, ese verano comenzaba, de una manera muy distinta, pero comenzaba al fin y al cabo, y eso era lo importante; nos clasificamos en el primer puesto y marcamos nuestro terreno, atrás quedaron las niñas que comenzaban, atrás quedo la desconfianza de los primeros días, de lo que conoces pero que todavía no has aprendido del todo, del saber si continuar o dar vuelta atrás, éramos simplemente nosotras, habíamos sido simplemente nosotras, y eso, encajó de cualquier manera, pero nos daba lo mismo. Ese verano elegimos la playa por mayoría; la semana que el instituto acabó, nos reunimos todos en nuestro banco, Genaro preparó globos de agua, trajo dos bolsas, y continuamos haciendo el niño, algo que se nos daba muy bien.

Las cosas por casa continuaban también.... su curso; mi abuela ya no se alimentaba de manera normal; se le daba todo triturado, hasta que terminó por desecharlo nuevamente, pasando así, a unos frascos marrones con un liquido que, se suponía, le podía aportar lo necesario para continuar su lucha. Las gafas ya no se le ceñían a la cara, se le iban cayendo y había que dejarle sin ellas prácticamente casi todo el día, peinábamos con cuidado su pelo, ya que, cualquier cosa para ella era un dolor espantoso. Mi tía Lola se lo tenía que cortar a menudo porque le crecía tan rápido como mi hermano bajaba las escaleras en el momento en que venían a recogerle. Nosotros, que estábamos acostumbrados a cualquier ultima hora, lo aceptábamos sin más, aun así, no nos gustaba estar solos en casa. Pensábamos que podía ocurrir cualquier cosa en cualquier momento; además, se oían ruidos constantemente. Teníamos miedo, mi hermano sobre todo eso lo llevaba muy mal, una noche que se quedó despierto por no poder dormirse, oyó los pasos de mi madre, todo seguro de que ella estaba en casa, seguro de haber oído las llaves y la puerta al cerrarse, se levantó contento y a la vez sorprendido, por la hora a la que aparecía. Salió y abrió la puerta, pero se quedó de piedra al ver que afuera, solo le esperaba una tenebrosa oscuridad y un silencio insultante; cerró la puerta de golpe y colocó una silla detrás en la manivela. Pasó la noche en vela y juró que no volvería a poner los pies en esa casa. Una tarea difícil, para un niño tan pequeño.

Las calles, empezaban a presagiar algo funesto, algo, que todos temíamos, pero ninguno comentaba. El Tinto, cometería un error muy grave. Ninguno, sabíamos en ese momento, las diabluras que pasaban por su mente. Estaba dispuesto a vengarse de los punkis; y aunque en esos momentos, se encontrara solo, no cesaría en su empeño. Hay gente que tiene veneno en las venas, y el Tinto, era uno de ellos.

La tarde que quedé con Billy en el Swing, los chicos del Carmen, ya estaban allí. Alicia se alegró de ver a Ringo, pues no lo esperaba, Lucky se había comprado una moto preciosa, una Chopper azul metalizado, que quería estrenar a toda costa. Decidieron salir todos con las motos, el Vago, que no tenía, iría con el Rubio; nos dijeron que fuéramos con ellos. ¡Sería genial! Pensamos nosotras. Marta ya se había acoplado en la moto recién estrenada, así que Billy y yo, nos unimos a aquella locura necesaria, que todos pedíamos a gritos, una salida sin parada, sin saber dónde ir, donde terminar.... Y yo recordaba aquella canción de los Rolling, que tanto escuchábamos por entonces, She's like a Rainbow, y que mis amigas y yo, tarareábamos extasiadas, cada vez que la oíamos. Íbamos nosotros por el asfalto, tan solo el mar, se atrevía a comparecer en aquella marcha, dejando constancia, de los aullidos de todos aquellos fieros jóvenes, que disfrutaban de la vida.... al máximo. El sol nos iluminaba y yo, inmensa de felicidad y alegría por todo lo que se nos ofrecía, en aquellos instantes y sin pensármelo, me puse de pie en la moto, y apoyando el torso en Billy, extendí mis brazos, para mezclarme con el sol y ahuyentar la negación... quería liberarme y no pensar en nada, más que en todo aquello que se me ofrecía, en esos momentos era un grito a la libertad. Era un grito a la vida. En fin, creo que fue un momento especial y mágico, de esos en los que la vida, te demuestra toda su magnificencia; como si esta se acercara y nos susurrara al oído: Aquí estoy, ¿qué te parece? ¿Te gusta lo que ves? ¿Te gusta lo que conoces? ¿Lo que sientes?.... Nos detuvimos en la playa, pasamos la tarde allí, haciendo el gamberro unos y otros incansablemente, rebozados por la arena, hasta agotarnos y caer rendidos.

Mientras nosotros continuábamos dándole un abrazo a la vida, alguien prefería desafiarla, desafiarla, como siempre, sin darse cuenta de las consecuencias. El Tinto, quiso meterse en el corazón del barrio, en el sitio prohibido, su ira le llevaba a no conocer el miedo, al contrario, se aliaba con él. Conociendo el lugar por donde se movían los punkis, esperó con paciencia, atacó de la misma manera que hacía su compañera Rebeca, a traición. Una de las chicas que salían del garito, en busca de aire fresco iba acompañada por un colega, un colega demasiado borracho ya, para darse cuenta del peligro; después de unos minutos fuera, hablando sin saber de qué, se acercó a una persiana cerrada, a pocos metros de distancia del local, y se puso a orinar en la calle. El Tinto se acercó a la chica y tapándole la boca, se la llevó de allí. Dio marcha atrás, doblando la esquina, tenía poco trayecto, no fue complicado y su colega seguía hablando solo y no se dio cuenta de nada; le acercó una navaja, algo común en él, le dijo que no gritara, si no sería victima en pocos segundos. Su amigo había terminado y la llamaba, pero al ver que estaba solo, pensó que lo más posible, era que su amiga le esperaría dentro con algo más de beber. Cuando este entró y se quedaron solos, ella, terriblemente asustada, intentó deshacerse de aquellos temblorosos brazos, a base de patadas y gemidos, pero, no conseguían escucharle, todo era en vano.

— ¡Qué pasa! ¿Tienes miedo, eh? ¿Tienes miedo?, el miedo es malo, te traiciona y no te deja pensar con claridad, no puedes actuar; os habéis salido con la vuestra, vosotros seguís en vuestro sitio, mientras nosotros hemos perdido el nuestro... ¡Y una mierda! La chica sudaba, estaba furiosa y asustada al mismo tiempo, sin pensarlo le mordió la mano con rabia y su dedo comenzó a sangrar, dándole así, un poco de tiempo, apenas para pedir auxilio; el Tinto se quejaba, pero se contuvo para no ser oído, aquello no hizo otra cosa que enfurecerlo aun más. Le propinó un puñetazo que la hizo caer directamente al suelo, no podía defenderse, él iba a continuar pero alguien chilló; fue su salvación, alguien la vio caer, escucharon sus lamentos y las intenciones que tenía de seguir con aquello. Unos chavales desde el otro lado de la calle, se acercaban corriendo, para evitarlo cuanto antes, y este salió a toda prisa, en cuanto dieron la primera voz, conocía muy bien el barrio; intentaron seguirle pero fue imposible.

— ¡Serás...! ¡Maldito gilipollas, lo tenías que hacer! ¡No te ibas a quedar tranquilo, hasta que no hicieras algo! Lucky se pegaba con el Tinto, los demás intentaron evitarlo, pero fue imposible, en esos momentos, los dos, tenían más fuerza que todos ellos, y además, pensaron que se lo merecía. Se habían enterado por Rebeca, esa tarde, la tarde que ocurrió todo, el Tinto apareció en el Club, sucio, bañado en sudor y fuera de si, y ella se encargó de avisar por la mañana cuando pudo hacerse con ellos. Ray le pidió que no lo hiciera, pero como siempre, ella quería seguir en guerra, y no hizo caso alguno. Por lo tanto, lo encontraron allí, esa tarde, en el bar de Ray, tomando unas cervezas, eso también lo había soplado ella. Ray, no la volvió a dejar entrar nunca más. Sus colegas aparecieron, con el rostro convertido por la ira.

Ray se llevaba las manos a la cabeza e intentaba frenar una posible catástrofe. No podía ser, otra vez no, la última fue con la banda de los gorras azules, los que por cierto, arrastraron, con muy mala suerte, a aquellos dos chicos de igual indumentaria, que siempre iban solos por el mundo y metiéndolos a todos en el mismo pelotón sin dejar que se explicaran, ni defendieran. Acabaron todos en el hospital.

En fin, al final, Ray, intentó razonar con Lucky para que lo soltara y parara todo aquello.

— No me obliguéis a llamar a la policía, por favor, os lo suplico. Lucky cayó derrumbado en el suelo, el Tinto ya derramaba sangre por la nariz y el rostro. Ringo se acercó a este.

— ¿Sabes en el lío que nos has metido tu solito?.. ¡Vendrán a por nosotros, ya no queríamos esto!... ¡Ya no!, ¡eres un estúpido! Se dio media vuelta y mirando a Lucky y a los demás, les dijo que salieran de allí; dejaron al malherido, y Tommy decidió poner orden al lugar, pero Ray le pidió que lo dejara, que ya lo arreglaría él, y que se fuera, que ya no quería a más nadie, en lo que quedaba de tarde.

Aquellos se quedaron sin sitio de reuniones, como bien habrán podido imaginar; tuvieron que exiliarse al barrio donde vivían los Vikings, único lugar donde los aceptaban, y donde podrían estar sanos y salvos en caso de que los punkis quisieran tomar represalias. Esperarían, dejarían pasar un tiempo, hasta que se calmaran las cosas.....¿Perdonarían aquellos?

Alicia siempre nos contaba muchas cosas, la tarde que a lo mejor, decidíamos pasar por allí, para poder estar juntas. Nos preguntaba muy a menudo por Jose y los demás, siempre decía que algún Sábado se pasaría por el Swing, que dejaría a Ringo, por una tarde, para estar con nosotras, pero nunca lo llevaba a cabo, así que, dejamos de esperarla. Cuando Ringo acababa su jornada de trabajo, en un taller de motos, pasaba a recogerla, y se reunían con todos, en el bar de la tía de Roni, pues fue aquel, el sitio elegido, para sus reuniones, sin tener más aliciente, que estar todos juntos y comentar sobre épocas pasadas. Nos contó también, que pasaba mucho tiempo con Sandra, pues esta, después de que Billy hablara con ella, y le explicara la verdad y solo la verdad, acerca de sus sentimientos, prefirió alejarse y olvidar, pues así fue, tal y como se lo contó a Alicia, allí en su barrio, con su hermano Rubén y los demás de la pandilla, a los que ahora se habían sumado los Piratas. Billy, era el único de todos, que pasaba la vida entre los dos barrios, él los veía por la noche, cuando me dejaba en casa. Cuando salía de trabajar, se reunía conmigo en el Swing, yo me acercaba con Silvia y su novio, y allí, pasábamos la tarde todos juntos. Nos enteramos por aquel entonces, en aquel desbarajuste de idas y venidas y preocupaciones existenciales, que el bar de Ray, tenía de nuevo, algo de vigilancia, ya que este, después de todo lo ocurrido, y de las pintadas en el local, estaba más tranquilo, decía, teniendo algo de patrulla, con los agentes de la ley rondando por allí cerca. Comenzaban los jueves, que era cuando abría y hasta el domingo; así que, si los punkis tenían intención de acudir en busca de pelea, afortunadamente no lo conseguirían. Bueno, tal vez, no lo conseguirían allí, ya que, como Ray decía, si aquellos querían venganza, no pararían hasta encontrarlos, fuese donde fuese, estuviesen donde estuviesen. Yo quise pensar que no, el secreto de donde se escondían estaba a salvo, ellos, no llegarían hasta allí, quedaba lejos para ellos, y al fin y al cabo, se habían quedado con gran parte del barrio.

Una tarde que el calor, se hacía irresistible, y no pudiendo encontrar la paz ni en el dormir, ya que el sueño es el único escondrijo del alma, para poder evadirse de la realidad sea cual sea el inconveniente, salía yo de mi despertar, con dificultad para poder espabilarme y reaccionar así con claridad, llevándome trompazos con las paredes y codazos con las puertas, hasta que no acabé en la ducha, para alivio mío, ya que era la única manera de volver a ser persona. Tenía la boca seca, y decidí beberme todo el zumo que mi madre dejaba preparado en la nevera, cuando veía que no le hacíamos caso a la fruta; cuando se dio cuenta de que así funcionaba, pensó "si ellos no van a la fruta, la fruta irá a ellos". Mientras refrescaba mis papilas gustativas, y así de repente, recordé algo, era como si hubieran esperado a estar completamente espabilada y de regreso a este mundo, para accionar de nuevo la palanca de emergencia, que nos tiene sujetos a la vida, para hacernos ver, que hay que estar alerta, ya que nuestro alrededor está lleno de contrariedades. Como decía, una voz, tan clara como la otra vez, una voz que me había dicho "cuidado".... ¿Cuidado porque? De repente, invadida por el suspense, me quedé plantada allí en la cocina sin saber reaccionar, hasta que el timbre, me devolvía a la realidad, sonó dos veces, y salí disparada, si no quería que mi madre me devolviese a la realidad ella misma, con algún cachetazo.

Le estuve dando vueltas y más vueltas a aquella frase, durante toda la semana y la siguiente; no sabía bien donde poner atención, si a la calle o a mi casa, así que decidí hacerlo en las dos. Se lo conté a mi madre, pero ella me dijo que dejara de preocuparme de esa manera, y de comerme la sesera, pues no podía estar todos los días esperando una tragedia sin más; y que cuando tuviera que ocurrir, tendría un presentimiento, ellos volverían a avisarme de cualquier manera. Así que, eso hice, dejé que pasara, solo estaría atenta, solo eso.

Había que apurar los días, señores; las vacaciones se nos iban, y no sabíamos que hacer primero, pues lo queríamos todo a la vez, Sandra y Raquel (esta primera, ya curada de sus heridas comunes y leves, en corazón y entendimiento) que ya habían realizado las paces entre ellas mismas, aparecieron también, con intención de reanudar algo que se había quedado por el camino, no se sabe bien porqué, pero que sirvió para afianzar la amistad y aderezarla con algo de confianza, pues no todo lleva el curso que nosotros queremos. Así pues dimos pie, a las horas en la playa, las tardes en el cine, las reuniones en el swing, las carreras detrás del autobús, que volvíamos a perder, embelesadas en nuestros intereses, más importantes que cualquier cosa en el mundo, y casi necesitamos de una poción mágica, como el gran Asterix, para devolvernos las fuerzas y el conocimiento.

Entre tanto jaleo y correría, como si se tratase del fin del mundo, yo veía como mi madre iba arreglando ya los libros del curso, para mi hermano y para mi. Era así, como yo veía, mientras entraba y salía, sin hora ni freno, encima de mi cama, la compra de los libros un día, el material al otro día, para terminar, en una notita final, al tercer día, donde todo formaba ya una gran pirámide que no podría ser imitada por los egipcios, que decía: "¡Recógete las cosas ya, granuja, que van a salir bichos y telarañas!"; al lado otra notita de mi hermana: "Como no hay manera de dar con tu paradero, te dejo escrito mi regalo, para tu cumpleaños; una mochila nueva, para que guardes tus enseres escolares. No esperaré a Diciembre, para que así le puedas dar uso, desde el primer día... Si has leído esto, contesta, ¡niña del demonio!". Así que, eso hice, dirigí una notita, de mi puño y letra, a las dos, y la dejé en la cocina, punto de encuentro, durante el día, en el trajinar de la casa, decía así: "Gracias de mil amores, por la compra de tan importante objeto, escribiré una notita al cielo, para que tenga en cuenta, tu enorme detalle; y a ti madrecilla, no te apures por el desastre, que en cuanto llegue el regalo esperado, lo guardo todo dentro, y ya no hay más soponcio que valga, ni telarañas que nos invadan. Un beso muy grande de esta que os quiere, hasta el final de sus días". Ni que decir tiene, que en cuanto entré por la puerta, me pillaron del pescuezo, y me escuché toda la sonata acostumbrada: Desvergonzada, cuentista, lianta en prácticas, y no se cuantas palabrejas más, que me dejaron con cara de boba durante unas semanas. ¡Habráse visto, si eran desagradables, las dos señoritingas, sangre de mi sangre!

Yo le contaba estos desastres hogareños a mi amiga, mientras ella me confesaba, que en su casa, casi la cuelgan como a la famosa Maria Antonieta, y necesitan a todo el personal sanitario de la ciudad, para dar remedio a sofocos y bochornos. Pues la niña, no solo dejaba los estudios, para pasar a cobrar un jornal, bastante bien remunerado, y así comprarse, todo cuanto se le antojara, sin tener que depender de las quinientas pesetas, que le daban por caridad cristiana, y que ya hubiese querido yo, si no que, quería independizarse a toda costa, y probar las mieles de la libertad total, en su propia casa. Yo le dije que era una canalla,..... que se había pasado con crueldad, y que debía de padecer, alguna enajenación transitoria de esas, de las que hablaban los médicos. A todo esto, nos dirigíamos al barrio de los Vikings, pues aquella tarde, Jose y compañía, habían decidido, pasar la tarde en el cine; y como Silvia y Julián habían decidido abandonarnos para unirse a ellos, los mandamos a paseo a todos, para dirigirnos al barrio, donde descansaban aquellos, en su cómodo encierro; y terminar el verano, como dios manda, pues el llegar hasta donde estábamos había costado mucho esfuerzo, como para terminar entre butacas y palomitas. Pero que verdad, la de que el destino, nos tiene preparado a cada uno, un proceder, pues de haber sabido el desenlace de aquella tarde, hubiéramos colapsado todos el cine, acabando con las entradas y con la paciencia de la taquillera.

A esa misma hora, en el barrio del Carmen, Tracy salía de su casa; el chico que acudió al Bolos, dando el soplo de la llegada de los punkis por algo de plata para su vicio con el caballo, le abordó en mitad del camino. Ella le preguntaba por el motivo de su intromisión, él le dijo que necesitaba dinero, aunque parecía bastante más tranquilo que otras veces, les daba pena aquel ser vivo apartado de la vida tan joven, con solo catorce años de edad;

— No voy a ir a cambiar ahora, no tengo tiempo, he quedado con los chicos y lo que llevo suelto es para el autobús. Luego cuando llegue, si te veo te doy algo ¿De acuerdo, niño salido de la nada? Ella seguía caminando deprisa, estaba a punto de llegar su número y si lo perdía, tendría que esperar unos quince minutos más.

— Vale, vale, no te preocupes tía, eres guay, se os echa de menos por aquí, ¿eh? A ver cuando volvéis.

— Sabes que no podemos, chiqui, ya nos veremos, le daré recuerdos a los chicos de tu parte y ves cambiando de vida granuja, así no puedes estar siempre.

— ¡Eh, oye! Y... ¿seguro que no tienes más dinerillo, suelto?

— Que no indeseable, ya te he dicho que no.

— ¿Pero te vas muy lejos? Es que no se si estaré luego por aquí y yo necesito...

— Pues si, voy hasta el barrio de Los Vikings. ¿Te acuerdas donde vivía, Roni? ¿eh?.... ¿cuando viniste con nosotros a la sesión de Blues, aquella noche? El otro asentía con cara de borracho.

— Pues estamos por allí. Ahora déjame ya, que tengo que al final voy a perder el transporte.

— ¿No me puedo ir contigo?, estos tendrán pasta, ¿verdad? – ¡Déjame ya hombre!, te he dicho que no, adiós. Tracy salía corriendo, su autobús estaba parado. Aquel vio como llegaba a la parada y subía; dando media vuelta, se acercó a alguien que le estaba esperando con unas cuantas monedas; en realidad, un buen pellizco para calmar su vicio, durante unos días. A mi no me apetecía quedarme a la sesión de peluquería, que tenían concertada Marta y Sandra, en casa de esta; así que, me acerqué al bar. Billy aun no había salido, apenas le quedaba una hora en el trabajo, me quede con Alicia y con Roni, que aun seguía de vacaciones; estuvimos jugando al parchís y a la hora ya nos habíamos cansado, de dar vueltas al tablero, y pasar de la oca a las fichas de colores y de las fichas de colores a la oca, y tiro porque me toca. Gracias al cielo, los demás empezaban a llegar, el Vago entraba, sucio de pintura; pidió por favor una cerveza bien fría, y le dijo a la tía de Roni, que le pusiera una cinta de los Rolling, y dejara el Doo-woop, para cuando nos fuéramos a la iglesia. Roni les dijo a los demás, si les apetecía jugar al dominó, aquellos le dijeron que no, aquel insistió, "mientras nos tomamos unas cervecitas, venga" mientras lo decía se levantaba, y solo cuando dijo que el pagaba esa ronda, Ringo le contesto “haber empezado por ahí, va venga, os voy a machacar”.

— Vale, pues esperar que voy a mi casa, aquí no hay.

— ¿Estás de guasa? ¡Pues venga, date prisa!

— ¿Vanesilla, me acompañas?

— Si, claro. Cuando salíamos, llegaba Billy a paso ligero, había ido a cambiarse antes. – ¿Adonde vais, si puede saberse?

— Nos vamos a por el dominó, quieren jugar todos una partida. Le contesté.

— ¡Estamos!, pues que se vaya él.

— Venga desconfiado, si no vamos a tardar. Le replicó Roni. Y mirando a este, mientras le señalaba, le dijo.

— Te doy cinco minutos para que busques el dichoso dominó... bueno mira, ¿Sabes qué?, que me voy con vosotros. ¡De acuerdo, claro! Le contestamos los dos, pero la tía de Roni le daba el alto; habían quedado en instalar unas estanterías nuevas que había comprado, para poner las bebidas; olvidó, que él mismo se había ofrecido y le había prometido que se las instalaría en cuanto saliera el viernes de trabajar.

— ¡Oh, vaya! Si, si, no se preocupe, señora mía ya voy. Me miró poniendo cara lastimosa, mientras la otra le miraba desde la esquina de su bar, con los brazos en jarras; nos reímos y Billie le volvió a repetir lo mismo.

— De acuerdo hombre, ¡pero que pesados os ponéis todos! Mientras seguíamos nuestro camino, veíamos llegar a los demás en sus motos, nos saludaron, pronto los perdimos de vista. El piso de mi amigo, era un piso grande y bonito, estaba solo, no había nadie, sus padres estaban fuera, “están en el pueblo vienen el fin de semana”; hurgó en los cajones de la mesita donde descansaba el teléfono, lo encontró, después de desordenarlo todo, lo suficiente como para llevarme una buena reprimenda, en caso de haber sido mi casa, y nos fuimos. Como siempre, Roonie hablaba y hablaba, me llamó la atención una propaganda de ropa, parecían estar bien los precios.

— Venga niña, que el enamorado me va a matar. Dijo Roni mientras habría el portal.

— ¡Hay, vamos!, solo la quiero ojear, ya voy.

— Pues llévatela, bueno voy caminando.

— Desde luego... vale, me la llevo. Pero Roonie ya no me escuchaba, había salido, doblé el papel y lo guardé en el bolsillo de mis vaqueros rotos.

— Roni ya es... Roonie yacía en el suelo, a unos metros de mi; le habían pegado, sangraba, yo me asusté, pero sin saber porqué, permanecí inmóvil; un brazo, le agarraba fuertemente del cuello. El me miró.

— ¡Corre, vete de aquí, corre! ¡Avísales! No le dejaron terminar la frase, le volvieron a golpear, los punkis me miraron.

— ¡Cogedla! ¡Quiero a esa tía! Me habían confundido, estaba segura, pensaban que era la novia de Ringo; eche a correr, todo lo rápido que había aprendido a hacerlo, desde que los había conocido; pensé que nunca había corrido tanto antes, de hecho.... siempre acababa corriendo, perseguida por alguien. Sentía mucho miedo, mis piernas flaqueaban y dolían, pero yo tenía que continuar; de vez en cuando miraba hacia atrás, las personas que se cruzaban conmigo, huían o se apartaban, mirando a los delincuentes que llevaba detrás; yo deseaba con todas mis fuerzas, que no me alcanzaran y que llegase pronto al bar donde estuviesen todos. Le pedía a mi Dios que me ayudara, me ayudara a correr más deprisa, le pedía que no me cogieran; estaba agitada y asustada, nos miraban, todo el mundo nos miraba. Se tropezaron con un grupo de chavales que yo había pasado, cayeron encima de ellos, pero aquellos no se atrevieron a decirles ni hacerles nada, se quedaron en el sitio, pero yo ya les llevaba ventaja, me quedaba muy poco; pude ver las motos, me giré, porque me pareció seguir sola, aquellos me miraron y se dieron media vuelta. Aproveché para poder respirar y cuando llegué, abatida, sin poder apenas pronunciar palabra, Tommy, que descansaba fuera arreglando la moto, alzó la vista y mientras se acercaba a mi, llamo a Billy; gritó su nombre varias veces sin descanso, este, salió del bar disparado; me agarró y me preguntó qué pasaba, estaba desesperado. Me preguntaba y me preguntaba una y otra vez, que es lo que me pasaba y donde se encontraba Roni; vi como salían todos y como Alicia y Tracy se acercaba también corriendo.

— ¡Qué pasa! ¡Qué ha pasado!.. Tranquila, tranquila respira, que ocurre.

— Est...es...está, lo han cogido los punkis, en su portal, le pegaron. Billy quería saber si me habían hecho algo, le dije que no, que pude escapar a tiempo, los demás se llevaban las manos a la cabeza, enfurecidos, y Billy maldecía una y otra vez a las malditas estanterías; los demás se preparaban, y Alicia le rogaba a Ringo que no fuera, el se la quitaba de encima, "¡No puede ser mujer, tengo que ir, quédate aquí, quédate aquí!". Ella quedó desconsolada, apoyada en la pared, hasta que se resbaló al suelo, y tapaba con las manos su rostro lleno de lágrimas.

Todos se habían marchado ya, y Billy me miró, me abrazó y se fue, yo me acerqué a mi amiga, pero no quería nada de nadie, ni de mi. Se levantó ahuyentándome y se fue corriendo, me quede allí sola, hubiese deseado que mi Silvia estuviera allí, o Marta, que pronto se enteraría de aquel jaleo porque el balcón de Sandra daba a la calle donde se estaba desatando la mayor y más desagradable pelea que habíamos visto, hasta el momento. Tuve que salir detrás de Alicia, en ese estado, era capaz de cualquier cosa; cuando conseguí llegar a su altura, una lucha encarnizada, me sorprendió en medio de la calle. La gente gritaba asustada, se oía a los coches frenar en seco, derrapar, para no llevarse por delante a ninguno de los que aparecían forcejeando en medio de la carretera; algunos bajaban también de sus casas, ante el caos reinante, pero no se atrevían a meterse en medio de todo aquello, no sabían por donde empezar. Veía a Billy intentando zafarse de dos tíos que le golpeaban con puños americanos, otros lo hacían directamente, con las hebillas de acero de sus cinturones; yo me tapaba los ojos, me daba media vuelta, me negaba a estar allí, presenciándolo todo, sin poder hacer nada. La policía estaba avisada, podía oír las conversaciones desesperadas de la gente que contemplaban todo desde sus casas. Se herían casi de muerte, se les estaba escapando de las manos y yo no podía sostener a Alicia, no podía con ella y con mi propio dolor al mismo tiempo. Tracy chillaba y chillaba, y maldecía sin conseguir nada. La policía llegó, y alguien gritaba detrás de nosotras, que nos apartásemos de en medio de aquella locura; eran Marta y Sandra, intentamos calmar a Alicia como pudimos y nos mantuvimos al margen, los confundíamos, ya no sabíamos quien era quien, cuerpos tirados en el suelo que no parecían levantarse; los que continuaban, parecían estar fuera de si, la policía no pudo hacerse con ellos. Al final, metidos en el centro del desastre, formaron parte de ellos, durante un largo momento, que a mi me pareció interminable; se ayudaban con las porras para poder rebajarlos, pero era imposible, todo inútil, retiraron a los espectadores de en medio y hubieron chavales, hombres, que al final, decididos, se introdujeron en la pelea también; veían que aquello estaba yendo demasiado lejos, ya no tenían miedo por lo que pudiera ocurrirles. Tracy, finalmente, tuvo que ser reducida, la tuvieron que sacar de allí dos agentes, porque sin pensárselo dos veces, se había metido entre el desastre; los tíos de Roni, tuvieron que ayudar, entre los dos la cogieron, la mujer le rogaba que saliera de allí, al final, lo consiguió y se unió a nosotras. Una ambulancia llegaba, yo sacaba la cabeza de entre mis rodillas, pues estábamos sentadas en el suelo, entre dos coches, escuchando los lamentos de Alicia, de Tracy, y del mundo entero, pues yo creía que había llegado el día del juicio final, y había llegado el momento en el que Dios, nos juzgaba a todos, recordando a cada cual, la responsabilidad de sus actos; y yo aun así, rogaba y rogaba para que no existiese ninguna desgracia lamentable, en el peor de los caos.

Con el ruido de la ambulancia y la colaboración de la gente valiente que ayudó, además de que ya no habían fuerzas para continuar, aquello fue llegando a su fin; se empezaron a oír otra vez gritos, gritos llenos de dolor ante el resultado, yo cerraba los ojos e intentaba no moverme de allí, pero Alicia, que salio detrás de Tracy, me involucró en la tragedia. Salí tras ellas, como pude me levanté del suelo, me sentía cansada y sin fuerzas, Marta y Sandra venían conmigo. Marta me cogía del brazo como intentando ayudarme y consolarme a la vez. Cuando las alcanzamos, un alarido, nos puso los pelos de punta; me pasaban mil imagines por la cabeza, Alicia se desplomaba en el suelo y Tracy intentaba ir detrás de los chicos que llevaban a alguien tapado en una camilla, mientras chillaba el nombre de Ringo.

— "No, no puede ser ¿¡Qué ha pasado!?". Marta y yo nos acercamos a Alicia, que intentaba ir detrás de su amor y se lo impedían los agentes, nosotras le cogimos como pudimos las tres en el suelo ya sin fuerzas, pero un sanitario se nos adelantó, intentando tranquilizarla; de repente, sin darnos cuenta, estábamos en medio de la vorágine, el escenario era Dantesco, todo a nuestro alrededor era un sinfín de caras magulladas y casi desfiguradas; cuerpos que parecían inertes, algunos que intentaban apoyarse en el hombro de alguien con bata blanca o uniforme azul. Un montón de gente pasaba por delante nuestro y yo no podía ver nada; me di cuenta de que Sandra, había desaparecido, imaginé que había ido en busca de su hermano. Una mujer lloraba desconsoladamente, imaginé que alguno de sus hijos estaría allí, después supe que era la madre de Javi, su marido la abrazaba, el rostro del hombre era serio y con un rastro de decepción, sus ojos un tanto nublados, al ver que se llevaban a su hijo dentro de la ambulancia.

— No llore señora, se repondrá, permanece estable no se preocupe. Le animaba el conductor. Y el matrimonio entraba al interior del vehículo y desaparecían con su hijo. – ¡Yo debo ir allí!, ¡Debo ir con Ringo! Alicia disfrutaba de la toma de un tranquilizante que le habían propinado, si no conseguía relajarse, terminaría yéndose como ellos en ambulancia, pero no precisamente como acompañante, aunque empezaban a causarle efecto, se negaba a quedarse de brazos cruzados.

— Ahora no puedes, no te van a dejar, tranquilízate e iremos a verlo al hospital en cuanto se vayan. ¿Y por qué Tracy llora tanto? ¿Por qué? ¿Qué ha pasado? Sabía que algo había sucedido, no se esperaba nada bueno, dentro de la camioneta, donde Ringo permanecía inmóvil y casi ya, entubado.

— ¡Cabrones, cabrones! ¡No responde, No responde, no me dice nada! "Por favor chica salga de aquí, haga el favor". Tuvo que volver a intervenir la policía, para que no se acercara más al lugar de la tragedia.

— ¡Vanesa, Vanesa!....alguien gritaba mi nombre, yo intenté levantarme de nuevo, Sandra se acercaba corriendo, y mi corazón latía tan deprisa, que me daba la sensación de portarlo en la mano.

— ¡Qué ocurre, qué pasa!

— Tranquila, no pasa nada, dicen que se repondrá, pero quiere verte, te está llamando, y te está esperando, ven, ven por aquí. Alguien se tenía que quedar con Alicia, llamamos a Marta que hablaba por teléfono con su hermana, para decir que se retrasaría; colgó el auricular, vino a las prisas... y salimos disparadas. La madre de Sandra estaba allí, le acompañaba una vecina que había acudido inmediatamente, en su ayuda. Permanecía seria y muda, como si careciera de gestos. El hermano de Sandra, se quejaba desesperadamente de su pierna, los brazos.... la cara; estaba lleno de cortes profundos y la sangre se difuminaba en su ropa rasgada; llevaba un ojo totalmente cerrado y la madre se lamentaba ante semejante estado; cuando esta nos vio pasar, obligó a Sandra a no moverse de allí, bajo ningún concepto; Sandra le suplicó que me acompañaba no muy lejos de donde estábamos, "voy a estar aquí mismo, un segundo por favor mama, tan solo estoy ahí". Caminábamos despacio, mareadas de tanto mirar de un lado a otro, intentando cuidar nuestros pasos, hasta conseguir avistar de nuevo a Billy; me quedé quieta, mis pies, no articularon ningún movimiento, los impulsos de mi cerebro, parecían frenarse entristecidos ya, por semejante delirio. Billy, permanecía cabizbajo y afligido, sus ojos apenas se podían distinguir, su ropa aparecía hecha jirones, y las manos que intentaban coger las mías, estaban ensangrentadas. No pude contener unas lagrimas, después un suspiro, y más tarde una sonrisa, que aparecía de no sabía dónde. Mis pies consiguieron reaccionar y me acerqué, lo toqué, y el alcanzó a tocar mis mejillas, pero se derrumbó inmediatamente, apoyando el rostro en mi estomago. "Lo siento, lo siento". Lloraba y se balanceaba de un lado a otro, mientras me apretujaba; su madre se alejó llorosa hacia cualquier otro lado; Sandra se fue, se reunió con su madre y su hermano.

— ¡Qué hemos hecho!.. ¡No debía haber ocurrido!.. ¡No debía haber ocurrido, nunca! Lo siento, lo siento mucho. Enloquecido, repetía una y otra vez lo mismo, estaba totalmente alterado; yo lo tranquilizaba y le pedía que se olvidara de una vez. Lo que más me molestó de todo aquello, sin que piensen que soy un demonio, salido de las entrañas de la tierra, es que el inductor de todo, no se hallaba presente. No se enteró de nada, descansaría en algún bar, totalmente borracho, ignorando, que dentro de unas horas, tendría que hacer frente a la verdad.

— Escucha, no puedo ir contigo ahora, Alicia está muy mal, y nos la tendremos que llevar a casa.... Creo que Ringo no está bien, y si la dejo sola... en cuanto pueda iré a verte ¿De acuerdo?

— Qué...qué ha pasado...¡Dime! ¿Por qué no vienes? Las ambulancias comenzaban la retirada, se llevaban a todos los caídos, el desastre había llegado a su fin, la batalla, había concluido. La madre de Billy, se acercó inmediatamente y se introdujo rápidamente para acompañarlo. El no pareció muy contento, al ver que me quedaba allí; nos despedimos y comencé a buscar a mis amigas. Marta me esperaba con Alicia, decaída y resacosa, con la mirada ausente; me acerqué, y la convencimos de que ya era hora de largarnos de allí. Habíamos llegado como todas las tardes, con la misma ilusión de siempre, y todo había dado un giro inesperado, totalmente inesperado para todos; ¡Es increíble, como la vida de una persona, puede cambiar o variar, en cuestión de segundos! Tracy, en su delirio y paseando de un lado a otro, empezaba a atar cabos, en la esquina del bar, junto con Roni. Los golpes que había recibido en cara y torso, se empezaban a convertir en hematomas, él nó les dio importancia; cuando los chicos llegaron y se cruzaron entre todos, a golpes y patadas, el yacía en el suelo, malherido y sin poder moverse; unos chavales consiguieron retirarlo a tiempo y lo dejaron en su casa. Ahora, otra vez en el bar, (pues no consintió quedarse en casa ni un minuto, con las noticias que fue recibiendo) escuchaba enmudecido, las palabras de Tracy. Malhumorada, mientras bebía y fumaba a la vez, la oíamos gritar sobre alguien, estaba muy nerviosa y al vernos aparecer, abrazó a Alicia y la consoló, volvieron a llorar "no va a ocurrir nada, se pondrá bien, ya lo veras"; Marta y yo, nos miramos, nos comprendimos, y no dijimos nada. Nos contó todo lo que había ocurrido antes de llegar esa tarde al bar; estaba dispuesta a buscar venganza, le intentamos disuadir de cualquier estrategia que pasara por su mente, ya había corrido suficiente sangre por el momento. Debía olvidar, pero recordamos que Tracy, estaba hecha de la misma pasta que ellos, y nunca se rendían, continuaban y continuaban, sin poner fin a nada. Marta y yo, finalmente, decidimos irnos, Alicia no quería venir con nosotras y Tracy no paraba de buscar una amenaza contra aquel que les había traicionado, no serviría de nada; dos semanas más tarde, el chiqui, aparecería, tirado en el suelo, (en el cajero de un banco) muerto de sobredosis. Las cosas iban sucediendo pues, sin darnos respiro; la vida, nos colocaba, a cada uno, en su sitio. Por lo pronto, la noticia salió en los medios de comunicación, y a Silvia, solo la pude ver en el instituto. Algún que otro domingo que no quedaba con Julián, nos veíamos y pasábamos la tarde deliberando sobre la vida, y de cómo había empezado todo y como había terminado. En realidad no sabíamos si sería el final; yo pensaba que no había un fin definitivo de nada; simplemente, hay cambios, algo nuevo, y el tiempo hace que nos olvidemos de los sinsabores que nos hicieron sufrir en su momento, para volver a resurgir más tarde, sea cual sea el sitio o la circunstancia. Alicia, nunca había creído en eso, nuca había creído en Dios, ni en algo especial, que nos enseña desde otro mundo, y por eso, el día que Ringo murió, juró y perjuró, que renegaría por siempre jamás de ese algo que le había arrebatado la vida, al amor de su vida, como ella le nombraba. Había estado en coma durante cuatro días, hasta que al final su alma nos dejó para siempre, el fuerte traumatismo craneal producido por los devastadores golpes recibidos de sus verdugos, que siempre habían pensado que la agresión de la muchacha en aquel antro de mala muerte, había sido ejecutada por él; habían acabado con su vida. Marta nos avisó, después de terminar las clases, (a las que, por cierto, Alicia, ya no había vuelto a acudir) y la noticia fue recibida entre lamentos, sin desear más nada, que poder parar el tiempo y desear retroceder. A nuestra amiga, ya no la habíamos visto desde aquella tarde, no cogía el teléfono, ni tampoco llamaba, por lo tanto, a su bar, no llegamos a ir para nada. Fue Tracy, la que dio la noticia llena de dolor; acudirían a despedirle y contaban con nosotras. Por lo tanto, y después de pensarlo bien, decidimos acudir. Esa tarde, llamé a Billy; únicamente fui a visitarle un par de veces, corriendo y apurada por volver pronto a casa, pues mi madre me había prohibido salir. No tuve más remedio, que conseguir el teléfono de la habitación, y así, poder ponernos en contacto; todos habían sido ingresados en el mismo hospital, el de tantas otras veces, por lo tanto, ya sabía lo de Ringo, hubiese sido imposible no enterarse, cuando caminaban las familias de unos y otros por allí, vagando como almas en el purgatorio. Apenas supo que decir, y a mi tampoco me salían las palabras; sollozaba y hablaba, pero no conseguía continuar. No podría ir al entierro, y eso lo lamentaba.

Las tres, caminábamos tristes a la búsqueda de un taxi; por nuestro caminar y la indumentaria, habríamos pasado, por aquellos, que en un tiempo lejano, veíamos pasar desde mi barrio, como una procesión silenciosa de Semana Santa. No teníamos ni la más remota idea, de donde descansaba el campo santo, ni falta que hacía, así pues... ¿Quién mejor que un taxista para dejarnos en la puerta sin ningún problema? Admitimos de buena gana, el silencio ofrecido por las circunstancia, y yo aproveché ese momento, para recordar la canción preferida de Ringo "Out the time"; cuando llegamos, me alegró ver a Carla y Amparo, en compañía de Jose y los Teens, también estaba Eddie... ¡Bien por Eddie! Que había decidido despedir a Ringo, olvidando todo lo demás; Tracy y la demás compañía femenina, que no deseábamos ver ninguno, también estaban allí, con los rostros ocultos en gafas de sol, y caras pálidas y macilentas; nadie hablaba, cada uno llevaba su dolor por dentro, sin querer ser molestado por nadie. Para nuestra sorpresa, Lucky, el Rubio y el Vago, también habían acudido; eran los que habían conseguido saltarse las reglas del hospital, gracias a que, sus heridas, no habían llegado a ser tan graves como parecían. El Vago, con muletas, cojo de la misma pierna, y enyesada hasta la rodilla; a Lucky con la cara hinchada y amoratada, escondida también, en sus gafas de sol, con su brazo escayolado y también cojeando de su pierna izquierda, se le veía profundamente hundido, no desplegó ni una sola palabra con nadie, lo mismo que sus colegas; el rubio, ausente en la pelea, lloraba continuamente, mientras repetía una y otra vez, que aquello, no podía ser, que era imposible, que no era su amigo al que iban a enterrar, que este aparecería en el bar de Ray, cualquier noche, invitándoles a beber, para luego largarse por ahí, con viento fresco. De los Vikings, Roni, Javi y el hermano de Sandra, un poco más recuperados que los anteriores, serios y pesarosos se acercaron donde nosotras estábamos, nos dimos un largo abrazo y entramos dentro. Rebeca, no levantaba la cabeza para nada y permanecía apoyada en un coche, sin moverse ni pronunciar palabra. Quise saber donde estaba Alicia, y Jose dijo que estaba en el bar con Tracy, había sufrido un desvanecimiento y habían acudido a una cafetería cerca de allí, para que se tranquilizara hasta que acabara la misa oficiada antes, lo dejé estar y esperé su llegada. Ya dentro, alguien a mis espaldas me abrazaba, era Alicia, con gafas grandes y tremendamente delgada, se echó a llorar y yo hice un esfuerzo, por mantenerme firme, pensé que sería lo mejor, y por algún motivo.... no me salían las lagrimas.

Escuchábamos las palabras del religioso, que profundizaban más la herida, oyéndose un llanto de cuando en cuando; esa mañana, nos dejó un sabor agrio y aunque el sol brillaba, no era como el de aquella tarde en la playa, ni como el de la tarde en el cine, mientras retratábamos la felicidad, a golpe de clic; mientras la gente salía, caminaba lentamente, me sentía agotada y entonces pensé en aquella palabra, "cuidado", en aquellas hojas con ofertas, que llamaron mi atención e hicieron que llegara a retrasarme en salir del portal de Roni. Me habían confundido con la novia de Ringo. Me estremecía solo con pensarlo, solo con imaginarlo. Una vez más, me habían advertido y también asegurado, que allí estaban, que siempre están....

Nuestras vidas cambiaron, después de ser castigadas, nos quedaba el pequeño sabor dulce, de poder vernos en el instituto, otra vez, volvíamos a ser Silvia y yo; Alicia seguía sin dar señales de vida, y Marta había empezado a trabajar; de vez en cuando, pasaba por mi casa y hablábamos. Nuestras conversaciones eran melancólicas, buscábamos el regreso, pero sabíamos que las cosas, de momento, debían seguir paradas, sin más. Billy había salido del hospital y comenzaba su recuperación, poco a poco; estaba desficioso e irritable, y a veces se le notaba demasiado el malhumor; me lo contaba su madre, cuando llamaba por teléfono, había días que me era imposible ir a verle. Yo sabía que ese era el problema, mayormente, de su apatía. A veces nos enfadábamos por el auricular, yo no podía salir de casa, y el no podía acudir a la mía, todavía no cogía la moto, y eso le fastidiaba. Los Piratas, no aparecían por ningún sitio, Jose y los Teens, continuaron su marcha en el Swing, que fue el único bar, junto con el Club, que siguió funcionando; pero los ánimos, eran otros, la conversación de lo ocurrido era aplastante, no se hablaba de otra cosa. Gracias a Genaro, que continuaba haciendo el tonto como siempre, conseguimos olvidar poco a poco y como pudimos.

Un día sin más, Alicia apareció por mi casa, sorprendiéndome desde luego; venía a despedirse, aceptaba el trabajo con su tía, en el pueblo donde se habían conocido sus padres y donde había crecido ella; dejaba la ciudad y lo dejaba todo, necesitaba olvidar, dijo, y no le vendría mal un cambio, estaba de acuerdo, pero la echaría de menos; nos despedimos y prometió que me escribiría. La vi alejarse, con ella se iban buenos momentos, alguien más abandonaba el puesto del sueño de nuestra juventud, miré al cielo, estaba encapotado pero aun no amenazaba lluvia, una brisa de poniente me envolvió, esa tarde, escribiría una carta. Escribí todo lo que necesitaba contar, todo lo que podía ahuyentar, hasta desinflarme de malas vibraciones y conectar con lo mas puro y necesitado en ese momento; les agradecía una cosa, el haberme librado del peligro, y además, confesarles algo, ¿por qué no?, pues a veces, yo también deseaba poder marcharme, aunque fuese por un corto espacio de tiempo; si, poder evadirme, de todo aquello, era cada vez más, algo que se me antojaba como una gran necesidad, pues pensaba que aquello, podría fortalecer mi corazón, tan vulnerable e inactivo en aquellos momentos. Quería saber, de verdad, qué era realmente lo que quería, y por supuesto lo que debía hacer, terminaba la carta, con necesidad de protección hacia todo lo que tuviera que acontecer, y a recibir fuerza, cuando llegara el final de mi abuela.

¡Cuántas veces pensaba en eso!, ¡cuántas veces contra mas decaíamos, la mirábamos y suspirábamos con angustia!, anhelando su descanso, porque llegara el final de su sufrimiento. Cuántas veces pensaba que no sería capaz de despedir a esa persona tan importante en mi vida y que creía, nunca se iría de mi lado; no sabia si iba a poder aguantar ese final, ese final era para mi, y los demás, nuestro sufrimiento diario. Mi madre, reunida con mis tías, se lamentaba una y otra vez de aquel padecer inhumano, y de su infeliz casamiento con mi padre. "No debes pensar en eso ahora, ya ha pasado, nunca sabemos que es lo que puede ocurrirnos con ciertas personas, así es como tiene que funcionar" le contestaba mi tía mientras servia el café para dar paso al manjar de la bollería.

— ¿Así es como tiene que funcionar?, ¿y ya está?

— ¿Si, qué más quieres? ¿Acaso crees que ahora importa ya todo eso? ¿Crees que cambiará todo, por rebuscar en las biografías de tu memoria?...No calientes las células de tu cerebro, y deja que terminemos en paz el rato de la merienda, no importunes con lo que se pudo o no se pudo.

— Podría haberme dedicado a algo mejor, tenía buenos estudios para hacerlo, pero no, tuve que hacer caso al zascandil este, al granuja entre granujas, y dejar mi oficio, en mesas grandes, con papeles que firmar y verificar, arreglada como una señoritinga, y sin callos en los pies y las manos de tanto darle a la fregona, ni dolores de espalda, de tanto cuidar personas, cuando la que más lo necesita, no recibe mi ayuda,.... ¿no lo he de pensar?, pensarlo es inevitable; y ahora la mamá, tan enferma.... ¿Donde está Dios ahora, donde?

— Bueno, bueno, vicepresidenta del gobierno, no marees más la perdiz, que me va a entrar la jaqueca...Y no digas eso, ¡nunca lo digas!.. ¿Qué pensaría la mamá si estuviese bien y te escuchara?Ahora solo hay que esperar, a que Dios la cobije en el mejor lugar y en primera fila, nada más.

Yo escuchaba eso desde mi dormitorio, con la puerta entornada; escuché la conversación y pensé: ¿Y si yo me equivoco? ¿Y si me equivoco también? ¿Me sucedería lo mismo? Podría ser, o si lo pensaba bien y me lo proponía, tal vez no. Pensaba en mi padre, habíamos sido, algo parecido, a un trofeo olvidado, aun así, incluso ese trofeo, es admirado de vez en cuando, se rescata de su rincón para darle brillo, y nosotros, ninguno, salimos de allí, especialmente muy lustrosos. Estábamos llenos de polvo imaginario, y mi madre cargó con una losa a sus espaldas durante mucho tiempo. Cuando regresó aquel día, para decir que se marchaba definitivamente a otro sitio y establecerse allí, antes de su marcha, conseguí unas botas y una cazadora, de segunda mano. ¿Habría hecho las paces con la vida? ¿Decidió darle un buen apretón de manos? Mi madre me dijo que él, no sabía reconciliarse con la vida, y que nadie destruye el dolor de muchos años, con dos prendas de ropa gastadas, que nunca fueron de su agrado, quería limpiar su conciencia, decía.

Bueno, les informaré de que las clases de refuerzo, eran una obligación soporífera, que más que reforzarme me instigaban a odiarlas sobremanera; llegaba a casa, cuando todos habían comido y sin hambre, me tumbaba, solo quería dormir y desconectar de la realidad. Ya no existía ningún momento para ir a ver a Billy, y el teléfono se convertía en algo frío y poco estimulante para mi; muchas eran las veces en las que avisaba de que, en caso de preguntar por mi, dijeran que no estaba, que seguía en mis clases particulares, y si estaba en casa sola, directamente no lo cogía. Los apuntes que siempre había continuado desde hacía tiempo, habían quedado sumergidos en el olvido, no podía visitar tampoco al señor Facundo, que estaba segura, se había enterado de todo. Me había invadido una pereza nada común y poco favorable, y mi madre me lo repetía una y otra vez; volvía a estar un tanto irritable, y para colmo, mi hermano, jugando el partido de fútbol de todos los viernes, había sufrido una esguince y chillando como un cochinillo lo habían llevado al hospital, mi madre salió a toda pastilla y preocupada del trabajo para ir a recogerlo; ahora el niño yacía convaleciente, con la pierna en cabestrillo, al lado de la cama de mi abuela, donde dormía mi madre, así pues, había doble faena; mi madre decía, que trabajaba más, en su casa, que en casa de las Señora Pura. Las noches que debía quedarse en casa de esta, fueron en aumento; cuando en un principio iban a ser solo dos días entre semana, ahora ocupaban toda la semana, pero económicamente, empezábamos a desplegar, y eso, era lo principal. De todas maneras, ya nadie le sacaba de su malhumor, aunque le hubiésemos puesto el especial de Navidad donde salían los Martes y Trece, que tanto le gustaban.

Fueron pésimas navidades y tampoco aguantamos esa vez, las verbenas que jaleaban debajo de casa, en el Casal fallero, para el mes de Marzo; ni mi madre se acercó a las procesiones de Semana Santa, a las que nunca había faltado, cogida del brazo de mi abuela, casi todos los años. Supongo que a veces necesitamos parar el mundo, y sentarnos a respirar; siendo los únicos seres vivos existentes, mientras los demás se han quedado petrificados en el lugar donde se encontraran, y en cada cosa que estuvieran haciendo; esperando para que vuelvas a apretar el botón, o lanzar un grito al cielo, que de comienzo a todo. La vida ese año, había pasado rápida, como si no nos hubiese avisado de que esta vez, iba con prisa; me volví la persona más vaga del mundo, y hasta mi ser especial, o al menos, eso me pareció, me había dejado en el olvido, supuse que quizás, estaba esperando a que yo misma reaccionara; me lo imaginaba, a mi lado, sentado a los pies de la cama, con cara de aburrimiento, y hojeando un papel con las actas que le quedaban por cumplir conmigo. Sin embargo, había algo que continuaba cada vez más, unos ruidos extraños como golpecitos en la pared, sonaban todas la noches, ya no era la única que lo oía, (¡menos mal!). Sucedía a veces, que de repente, nos quedábamos a oscuras, el contador hacía saltar el botón de la energía, y los platos en el fregadero, hacían ruido por su cuenta y cuando les apetecía; como mi madre no se encontraba en casa quizá nos avisaban de que existía una obligación sin cumplir; dormíamos los tres en el mismo cuarto y mi madre cuando llegaba a casa y veía aquella especie de comuna hippy, que habían montado sus hijos, se llevaba las manos a la cabeza y nos soltaba una buena bronca, antes de irse de nuevo.

Billy me había llamado, quería que me acercara a su casa, quería hablar conmigo, y yo, un tanto desagradable le había dicho que no podía; bastante tenía, con no poder salir, desde que mi madre me castigara durante cien años, como para encima tener que recordarlo cada vez que hablábamos; al final me contesto: "Déjalo, últimamente estás insoportable, sino quieres saber nada de mi, me lo dices y punto, cuando se te pase la mosca que llevas encima, me llamas" y me colgó. Sus palabras me llegaron al corazón y a punto estuve de volver a llamar, cuando vi que mi hermano en el sofá, mientras comía un helado se reía de mi: "Ja, ja, te ha dado plantón por teléfono, es que es patético, no me extraña que te haya colgado, con esos humos de faraona que te das". Supe que no era el momento para llamar y disculparme como me hubiese gustado, y más delante del niño, del que deseaba fervientemente que se recuperara cuanto antes, o acabaría vendado de pies a cabeza, si seguía bajo mis cuidados profesionales.

Esa noche nos las arreglamos como pudimos para cambiar a mi abuela y meterla en la cama, con mi hermano y su pata a la funerala, (mi hermana se quedaba esa noche a cenar en casa de su amiga, aunque mi hermano decía que era mentira y que donde se quedaba era en casa de su novio); como decía, fue un tanto difícil, aun así y después de hacer callar al niño, que desde que estaba con la pierna en alto, se conocía la vida de todos, como si fuera una Maruja de peluquería, le curamos las heridas que ya cabalgaban por todo aquel cuerpo escuálido. Mi hermano se levantó de un salto, cogió sus muletas y se fue al sofá, hacían una película que queríamos ver, llevábamos toda la semana esperando, era de Ciencia Ficción y nos habíamos preparado un cuenco con palomitas que habían dejado olor a quemado en la casa, por unas cuantas que se nos habían chamuscado en la sartén; la película casi a la mitad empezó a aburrirme,... me había esperado otra cosa tal vez, pero un sueño me invadía sin poder aguantarlo, así que me despedí de mi hermano, hasta el día siguiente. Me dejé caer en la cama, y cuando empezaba a abandonarme en cuerpo y alma, noté una sensación extraña a mi alrededor, algo funcionaba en las tinieblas de mi habitación, aun así el cansancio me ganó y cerré los ojos; de repente, una imagen borrosa se acercaba a mi, "ahora despierta ya, despiértate". Salté de la cama y me quedé sentada, asimilando lo que acababa de ocurrir, me di cuenta de que seguía aun sola en la habitación, no habría pasado mucho tiempo pues...unos segundos, si acaso; mi hermano continuaba viendo la tele. Entonces, escuché un ruido, en el cuarto de mi madre, un ruido de sofoco, una llamada de socorro, que provenía de mi abuela; salté de mi cama buscando las zapatillas con los pies, y seguidamente oí ruidos en el comedor, mi hermano parecía querer levantarse y al intentar hacerlo, algo cayó al suelo. Un ruido torpe de sus muletas y un golpe en la puerta del comedor que siempre dejaba cerrada por miedo a los ruidos extraños de casa, me sacudió; nos encontramos los dos en el pasillo, salimos a la vez de las habitaciones cada una en una punta, nos metimos corriendo en el dormitorio donde descansaba la enferma; al abrir la puerta un frío espeluznante, me sobrecogió y sentí cierto escalofrió, en aquella noche de Junio. Mi hermano y yo fuimos a socorrerla de inmediato, era como si quisiera, expulsar el veneno que salía de sus entrañas, un ruido espantoso a mucosidad, le ahogaba; mi hermano y yo, sin desistir, intentamos sentarla para conseguir su alivio, le llamábamos y hablábamos, y gritábamos al mismo tiempo, pues la desesperación en esos casos, no te deja pensar con claridad; sintiéndome incomoda, por la torpeza que nos ganaba, salí corriendo a por un vaso de agua, intentando salvar el sufrimiento, fuese lo que fuese; al poner del vaso cerca de su boca, lo incliné para que llegara el agua pronto, el liquido le hizo expulsar poco a poco, para su sufrimiento y el nuestro, la maldad de su enfermedad; nos alarmamos, volvimos a repetirlo de nuevo, creyendo que se recuperaría una vez lo hubiese expulsado todo; al instante, un silencio, un silencio horrible, por parte suya, por parte nuestra, mientras nos mirábamos y la mirábamos a ella; con la mirada perdida hacia la nada... mi abuela dejo de vivir; sus pulmones se habían encharcado, y nosotros que creíamos haberla aliviado, y lo único lo que conseguimos, fue ayudarle a dar su ultimo suspiro. Se quedó tan rígida en nuestros brazos, que ni siquiera pudimos acostarla como dios manda; le llamábamos, pero ni siquiera se oía un gemido, asustados, le tocábamos y su piel estaba fría, fría como aquella habitación; le toqué la muñeca y no tenía pulso, mientras mi hermano comenzaba a llorar, tapándose la cara, yo me vine abajo agarrada aun de su mano, sin llegar a creer del todo, que se había ido para siempre.

Un dieciocho de julio del año 1994, a las dos y media de la madrugada, esa persona, que yo creía inmortal, que yo había deseado, perdurara a mi lado para que me escuchara contarle todos mis deseos, alegrías, aventuras, amores y desamores, nos dejaba, para caminar aliviada, hacia la libertad.

Pasamos a llamar a mi tía Marisa, que era la más cercana; lamentándose y con desesperación, dijo que se acercaba en un momento; yo me quedé parada en la mesa, con el teléfono en la mano, lo colgué lentamente y mientras mi hermano seguía sentado a los pies de la cama de su abuela, observándola sin despegar la mirada; me acerqué a la cocina a preparar algo de café, despacio y arrastrando los pies, como derrotada por una batalla, larga y predecible, miré el aparato de música y acerté como pude, con los ojos lastimados por la desesperación, a poner a su querida Concha Piquer, para que se marchara de casa, cantando una de las canciones que más adoraba. Mientras sonaba la música, esperábamos la llegada de mis tías, y arrodillada en el suelo, mientras mi hermano la peinaba con la loción de su colonia preferida, puse sus brazos en cruz y le cerré los ojos; mientras, escuchaba aquella voz poderosa y entrañable... "Te quiero más que a mis ojos, te quiero más que a mi vida, más que al aire que respiro, y mas que a la mare mía....” Lloraba sin consuelo, y me la imaginaba en compañía de mi abuelo, mirándonos desde la puerta de la habitación. Mi tía se acercó con mi prima, y ya de madrugada, mi madre aparecía desesperada sin cerrar la puerta ni mirarnos a ninguno; se acercó a la cama y cogiéndole los brazos le decía una y otra vez, llorando: “¿Hay madre, madrecita mía, no podías haber esperado a que yo estuviera en casa, para despedirme de ti?”. Allí estuvimos adorándola, hasta que, después de lavarla, la envolvimos en un sudario, (pues ella, así lo había pedido) y a las ocho de la mañana, llegarían Don Emilio y Clara, para despedirse de ella. Al día siguiente, ese día en que despedí a mi abuela por última vez, todos llorábamos desolados su perdida; mientras ella correteaba a nuestro alrededor, nosotros, apenas podíamos levantar cabeza... ¡Cómo pensar seguir viviendo, cómo acertar a dar un solo paso, si mi fuerza eres tu, y sin ti, es imposible que exista la luz, y si todo es oscuridad, para qué pensar en caminar, si mi meta eras tu, y desde hoy, ya no estás!

Con los ojos enrojecidos y sin pronunciar palabra, desde que cerrara sus ojos por última vez, apenas moví un pie, mientras los demás fueron saliendo en grupo. No les acompañé, me quede allí, me quede sola, sin hacer caso de las voces de mis tías y mi madre, que me llamaban para acompañarles, me hubiese quedado toda la noche de haber podido, no quería dejar el cuerpo de mi abuela allí e irme sin más; noté unas pisadas detrás de mi, me giré y sin poder creérmelo, el señor Facundo me sorprendió, ese rostro añorado por mi durante tanto tiempo....y ahora estaba allí; sin más, me eché a sus brazos, mientras él me consolaba.

— Chuuus, ya, ya mi niña querida, ya ha pasado todo, desahógate todo cuanto quieras, pero no padezcas, pues ella también sufre, si la ve tan afligida; ahora ya es libre y descansa, acaba de dejar su encierro.

— ¿La podré ver? ¿Podré volver a verla?

— Siempre que lo necesites.

Conseguí calmarme poco a poco; Facundo lo conseguía siempre, con un tacto sobrenatural. Comenzamos a caminar, mientras él me llevaba cogida por el hombro, yo me sonaba de manera escandalosa, estaba colorada, y mis ojos pesaban, me costaba mantenerlos abiertos.

— ¿Cómo sabías que estaba aquí?

— Bueno, tengo un increíble don, para las artes adivinatorias ¿No le he enseñado nunca la bola de cristal, guardada bajo llave en el escritorio de mi despacho? Al final había conseguido que sonriera.

— Verá, querida, llevaba casi un año sin saber nada de usted, observé los periódicos y me enteré de lo ocurrido con... su gente, al ver que no llamaba ni acudía, preferí pensar, que algún día nos encontraríamos. Se paró, habíamos llegado a la puerta que separaba el espacio, con la vida.

— La verdad, es que, venía a despedirme de usted, me marcho por fin a Puerto Rico; el médico dice que estoy perfecto, me he portado bien... así que, me acerqué a su instituto, y al preguntar por usted me dieron la noticia y decidí acercarme; quería verla, y darle algo que se olvidó el día que estuvo en mi casa.

— ¿Ah si? ¿Qué?.. no recuerdo. Ya cerca de su coche, abrió la puerta, alguien conducía por él; el señor Facundo, sacó un libro, el libro que había recogido de la Escuela de Danza y que, increíblemente, no había podido ojear todavía, yo lo cogí, y por fin lo abrí; sorprendida, me di cuenta de que sus hojas estaban en blanco, el libro, era un libro vacío. Lo miré.

— Pero ¿Qué es...?

— Querida, ya lo sabe, ¿no se lo pueden dar todo hecho? Según usted, escribía en sus ratos libres, todo lo que iba ocurriendo a su alrededor.... ¿Qué tal si lo empieza a escribir ahí, de una manera...diferente?

— ¿Quiere que escriba los apuntes, mis apuntes?

— Apuntes, apuntes ¿Usted cree, que lo que escribimos, tanto en papel, como en la memoria, sobre nuestra vida, son solo apuntes? Usted puede hacer algo más que eso; ahora dentro de poco, tendrá tiempo libre, ya llegan las vacaciones, tiene tiempo para meditar, recuerde, el silencio a veces hace maravillas; construya algo firme y verdadero.

— ¿Usted cree?, en realidad disfruto haciéndolo, pero lo veía como un hobby.

— ¿Y qué es un hobby, si no, el alma que se libera de las ataduras terrenales?, es nuestro verdadero yo, en contacto con nuestra más pura esencia. ¿Acaso pretende esconderse por más tiempo? ¿Dejando que la vida le entregue las respuestas porque si... abandonándolo todo, solo por que las pide y de vez en cuando le llegan?; no querida, nadie le pide que olvide, de hecho, nunca debe olvidar, si no, continuar. Le miré, y llegue a la conclusión de que tenía razón, todo ese tiempo me había entregado a la pasividad y a la memoria de lo vivido sin más, sin hacer nada, absolutamente nada. Parecía un alma en pena, tanto en la calle, como en casa; podría intentarlo, eso era... solo intentarlo.

— Está bien, lo haré, lo haré por usted, que tanto me ha ayudado, por mi abuela que siempre creyó en mi, y...

— Y por usted, siempre por usted, usted es lo primero y lo último de todo. Simplemente, debe hacerlo.

— ¿Le volveré a ver?

— ¡Oh! Seguro, no crea que se va a librar de mi tan fácilmente, le escribiré en cuanto pueda, y usted debe contar, como va todo.

— La mejor amistad, es la que nunca se pierde, y usted es la mejor colega de mi pandilla. Nos reímos los dos, le abracé fuertemente. También él, se me iba.

— Le echaré de menos señor Facundo, gracias por todo.

— Hasta que nos volvamos a ver, querida, y no deje de divisar el sol, en algún lugar, donde se alzan las montañas, o allí, donde se divisa el mar, busque la mejor puesta de sol, es una buena fuente de inspiración. Yo asentí, el entró en el coche, dio aviso a su chófer, y me dedicó una última sonrisa, mientras se despedía de mi.

Así que, allí me quede, en silencio; una ráfaga de viento que se levantó a mi alrededor, despertó una sensación, una necesidad... una ilusión....

La primera en saberlo, fue mi profesora, aquella paciente mujer, que gracias a dios, me había tocado dos veces consecutivas; me entregó las notas y cruzando los brazos me preguntó.

— Te han caído dos, espero que las recuperes. No creo que vuelva a ser tu tutora, pero espero verte por los pasillos; has pasado por un mal momento, es normal que esto termine así, pero lo has hecho bien de todas maneras; estoy segura de que este verano conseguirás hacerte con las asignaturas... las cosas siempre se arreglan.

— Si, creo que podré, intentaré volver a la normalidad en cuanto pueda.

— ¿Qué vas a hacer este verano? ¿Lo pasáis fuera?

— ¿Fuera? No, nosotros siempre pasamos las vacaciones aquí...pero, a decir verdad, este verano, creo que... si, que me voy a ir.

— ¿Ah si? ¿Tú sola? y... ¿Dónde?.. ¿Te ha invitado alguna amiga?

— No, no, bueno, tampoco lo sé seguro, pero creo que, me acercaré donde vive mi padre; se fue hace tiempo a Castellón, está en algún pueblo, Benicassim o algo así... no se nada de él, pero creo que allí... creo que allí, alejada un poco de todo... Intentaré renovarme. Además, quiero hacer algo, y necesito buscarlo en otro sitio.

— Bueno, pues sea lo que sea, espero que lo encuentres, pero no te olvides de presentarte en Septiembre ¿De acuerdo?

— De acuerdo, así será, creo que tres meses pueden dar para mucho.

Cuando se lo conté a mi madre al principio, se quedó callada; era, como si no me hubiese escuchado, o quizá pensó, que no había oído bien; mi tía Lola, le alentó.

— Bueno...son unas vacaciones, quizás, es mejor que se vaya, antes de que esté por ahí....

— ¡Pero allí! ¡Con su padre!.. ¿Ni siquiera sabes si vive con alguien? o... qué clase de vida lleva, que la puedo imaginar pero...en fin... haz lo que quieras, yo también necesito descansar y relajarme. Yo me alegré.

— Le llamaré, le preguntaré cómo le va y si puedo subir este verano.

— Estarás sola, no creas que podrás contar con él para mucho, y tampoco tienes mucho dinero... y si no comes bien...

— Vale, vale, tranquila, le llamo ahora mismo, y si Claudia y tu... podéis dejarme algo, aunque tampoco creo que tenga problemas para comer. Mi madre puso cara de recordar el pasado.

— ¡Claro que si!, y yo también te dejaré lo que pueda, si consigues hablar con él y te vas, yo te cercaré a la estación. Eso me alegró, y corrí a llamarlo, tenía el teléfono del bar donde trabajaba. Una señora más o menos de la edad de mi madre, se puso al otro lado del auricular.

— Un momento, ahora se pone. Con mucho jaleo de fondo, casi no lograba escucharlo.

— Si... ¿Quién?

— ¡Papa!

— ¿Quién es?

— Soy Vanesa, oye... ¿Puedo ir por allí?

— ¿Cómo dices?... ¡ah!, hola Vanesa, dime, es que ahora estoy ocupado, pero si es rápido.

— Que te decía, si puedo ir allí, a verte, a quedarme este verano, vamos si...

— ¡Eh!.. Si, si, cuando llegues, me llamas desde la estación e iré a recogerte, solo dime el día que sales y a que hora. Yo me alegré, estaba muy contenta, no había salido de casa yo sola sin mi familia y ¡menos tan lejos!, era todo un reto para mi y sentía un cosquilleo en el estómago. Hicieron recolecta, mi madre, mi hermana y mis tías, para que pudiera estar bien, el tiempo que tenía pensado.

— Si ves que van las cosas mal o te quedas sin dinero, no dudes en volver.

— ¡Ah!, gracias Claudia, no os preocupéis, no tiene por qué pasar nada.

— Oye... pero... ¿Tú estás segura, calamidad?, mira que lo podías pensar mejor... a veces eres algo impulsiva y te puedes equivocar.

— No, no creo, lo llevo pensando bastante tiempo y...estoy segura.

— Bueno, tu llama todos los días y guarda siempre para el billete de vuelta, por si tenemos que ir todos en comitiva a recogerte.

— De acuerdo, me voy, si no perderé el tren. Nos abrazamos, me dieron cuarenta besos y mi hermano me pidió que le trajera algo de allí.

— Alguna camiseta, con el nombre propio del lugar. Mi hermano me miró mal. "Como hacen los que se van de vacaciones...como yo". Le decía emocionadísima.

— No, no seas melón ¿Para qué quiero yo, una camiseta de esas?

— De acuerdo ya veré, de todas maneras ya no esta allí, ahora esta una parada después de Benicassim, es Oropesa o algo así.

— ¡Mira que si no vas a saber bajar!.. ¡Tú mira bien y escucha la voz esa de los trenes!

— Bueno, bueno ya está bien, ya me percataré yo, de que suba al tren adecuado, y me imagino que ella sabrá donde bajar, adiós. Mi tía cogió una bolsa y yo cogí la otra; se despidió de su hija, que se quedó al cuidado de todos y ahora aprovecharé para decirles, pues con tanto jaleo había olvidado esto que es tan importante como el milagro de la vida, que tenía una prima de lo más salada, que no paraba de llorar, ni de noche ni de día... Que salíamos todos pitando cuando aparecía, pues los berridos eran tan atronadores, que nos parecía ir perdiendo las constantes vitales de un plumazo, sin fuerzas para calentarle un biberón, o ponerle el calzado, pues de la potencia que gozaba la soprano en prácticas, temblaba todo su cuerpo, y los zapatos salían disparados, sin contemplación ninguna; y allá que nos pasábamos el día entero, recogiéndolos del suelo una y otra vez, hasta que nos cansábamos de hacer tanto el bueno y el tonto, y dejábamos tan simple y enojosa tarea, para la madre que la trajo al mundo; que seguramente, se había olvidado de traernos un libro de instrucciones, pues para aquella peladilla, no valía el instinto maternal, ni el sexto sentido, ni la intuición femenina, ni la Virgen María, ni el Espíritu Santo. Y ahora, seguiremos con el día de mi partida, pues recuerdo que los nervios me tuvieron a flor de piel y con el gusanillo en el estómago, todo el día.

— Pero... ¿Qué llevas aquí?

— Si la que pesa, es la mía.

— ¡Madre mía! ¡Pero qué cargas aquí, niña! ¿No decís que no tenéis ropa? Si hubiera sido, una de esas casas grandes de las películas, hubieran estado los tres para una foto, mientras se despedían de mi; mi madre con el pañuelito blanco, moviéndolo arriba y abajo mientras lagrimeaba; sin embargo, arremolinados en la barandilla de la escalera, como podían, observaban como bajábamos. "¡¡Adiós!!" ese adiós colectivo me alegró y al mismo tiempo me entristeció ¡Cómo los iba a echar de menos!.. Bueno, en realidad, ya los echaba de menos. Una vez en el coche, cerca de la estación, me preguntaba continuamente, si no me estaría equivocando y tenía que gritarle a mi tía desesperadamente que me llevara de nuevo a casa, mientras aquella se llevaba el susto de su vida y le saltaban las gafas de sol, por la ventanilla. No, deseché la idea; además, mi tía se encargó, de tenerme entretenida, durante todo el rato que duró el viaje en coche, pues la charreta de esta, solo era comparable, con los pucheros de mi prima. En cuanto llegamos a la estación, compré el billete, y después de conseguir la información adecuada, nos dirigimos al tren. Me quedaban unos diez minutos, llamamos a mi padre, para decirle a la hora que lo cogía, tenía que anunciarle mi llegada, como él me dijo; mi tía y yo, nos despedimos con un fuerte abrazo, "hasta pronto".

— Hasta pronto tía, gracias por acercarme, nos veremos en septiembre.

— Bueno, recuerda que yo no me examino, y quien sabe... quizá vengas antes. Nos reímos. Si... necesitaba unas vacaciones.

— Si, si, claro, nos veremos en casa.

— Si, allí nos vemos, pásatelo bien; yo compraré los mejores cruasanes y prepararemos una buena merienda, así, me cuentas todo, un beso palomilla.

Cuando de repente me vi, sola, con tanta gente a mi alrededor, corriendo por alcanzar su tren o simplemente esperando, me sentí extraña, sin saber que hacer; pero intenté mezclarme y abrirme paso entre la gente y la vida, empezando por allí. Cogí los Walkman que Silvia me había prestado cuando nos despedimos; mis dos amigas del alma apenadas por mi marcha, me pedían que volviera pronto. ¡Hay que ver como son las cosas! Siempre había sido yo, la que en verano, se quedaba sola, viendo como los demás se iban con sus padres a sus residencias de verano, y ahora era yo, la que partía, y mis amigas las que se quedaban. "Escríbenos, para saber la dirección y mandarte cartas, no te olvides", les dije que eso no lo podía olvidar. "¿Las cosas volverán a ser como antes?" aunque Marta no estaba tan segura, yo les dije que si, volveríamos a reunirnos muy pronto, las tres con nuestras camisas y volveríamos a reír con Jose, Budy...

— Claro que si, no tiene por qué cambiar nada, volveremos a estar juntos otra vez, esto es pasajero; tu recupérate del todo, podemos plantearnos hacer un viaje todos el veranos que viene ¡Seguro que podemos! Silvia ya se emocionaba solo pensándolo, la verdad es que podía ser algo genial.

Anunciaban mi tren en la vía uno, me dirigí hacia allí corriendo, como si fuera a perderlo; ya dentro, tuve suerte de coger sitio en la ventana que es donde más me gustaba, aunque tendría que compartirlo, por que había un montón de gente, paseando arriba y abajo; subían en cuadrilla los chavales, buscando sitio todos juntos, era imposible, demasiado tarde, estaba completo. Se acomodaron todos en el suelo, a mi me tocó, con una señora mayor que viajaba con su hijo, muy entretenido en los pasatiempos de una revista; a mi lado, una chica de mi edad, más o menos, observaba unas fotos entretenida, mientras sonreía y disfrutaba ella sola. Por lo tanto, intuyendo, que aquel viaje sería tranquilo, y sin ganas de entenderme con el mundo, por el momento, me enchufe los Walkman; "como se lo que te gusta la música, y lo que te molestan los viajes largos, te lo dejo a ti, yo no lo voy a utilizar". Creo que fue el mejor regalo de viaje que pudieron hacerme, el tren se puso en marcha, acurrucada en el asiento, casi adormecida, quise escuchar esa canción, que me recordaba tanto, lo que dejaba atrás en ese instante; con "Volver" de Gardel, emprendí un viaje que se me hizo corto, al contrario de lo que yo había imaginado, y que me llenaba de el pecho de aire renovado, contra mas nos alejábamos, y mas descubría. Cuando paró el tren, mi padre me esperaba en la estación, con su ropa de camarero; tuve que acercarme yo con las bolsas... ¡No había cambiado nada!; solo al verme cada vez más cerca, se adelantó y me las llevó, plantándome un sonoro beso en la mejilla. Nos acercamos a un coche, sucio y destartalado, de un amigo suyo; era pintor, me dijo, y desde luego aquel tenía toda la pinta; llevaba los pelos arremolinados y la barba bastante crecida, pero no parecía tener la misma edad, debía ser mas joven pensé. Subimos al coche que olía a todo menos a limpio, un montón de cachivaches, descansaban a mi lado, y cada vez que cogíamos una curva, debía sujetarlos para que no acabara con ellos encima.

— Ahora mismo, se llenará el restaurante de gente, a la una ya están empezando a sentarse, ¡los muy impacientes, como si se fuera a acabar la comida! Yo le miraba y sonreí, lo mismo que el chófer.

— El piso está bien, te gustara, Paquito esta durmiendo allí.

Y Paquito saludó levantando la mano, como cuando la profesora pasaba lista en clase.

— Bueno, de momento, pero tenemos tres habitaciones, así que, vamos a estar bien.

Llegamos por fin, y dejamos las cosas, en la que sería mi habitación, una habitación amplia, iluminada, y verdaderamente aseada; no era utilizada, imaginé que por eso estaba así, aunque olía a abandono y tenía algo de polvo. El piso era formidable, estaba muy cerca de la playa, me informaba mi padre, mientras abría las puertas de la terraza, que también daba al salón. Una terraza amplia, con mesa y sillas, que también necesitaban de cuidados especiales, y que se convertirían en mi lugar de excepción de la casa, a la hora de iniciar los estudios de mi gran libro; y que sepan ustedes, ahora ya, grandes amigos míos, que allí, a mi lado, divisé las montañas, y que en ese mismo instante, supe que estaba en lo cierto, supe que debía estar allí, y que allí, se formaría una segunda etapa de mi vida, estuviese el tiempo que estuviese. Mientras disfrutaba de las vistas, mi padre se acercó.

— Bueno, yo ya me tengo que ir, este ya se marcha; luego vendrá a por ti, por si quieres comer allí, ¿De acuerdo, niña?

— Si, iré, estoy hambrienta como un naufrago y no me apetece ir a comprar ahora, imagino que la nevera estará vacía de víveres. Murmulló algo, que me pareció un si.

Se fue, y allí me quedé; me sentía sola, echaba de menos a mi familia, a mis amigas... aun así, me pareció una soledad distinta de la soledad cuando uno se siente vacío, de la soledad de aquella hamburguesa, que había quedado atrás en el tiempo. Aquello era la soledad del cambio, del lugar, del entorno...creía que la necesitaba. Deshice la maleta, e intenté limpiar aquel sitio, donde iba a estar viviendo durante el tiempo que estuviese escrito, y del cual yo, no tenía noticia ninguna.

En los días siguientes, fue difícil ver a mi padre; me di cuenta, aquel día que comí en el restaurante donde trabajaba, de que aquello era un atropello de gente, nunca visto por estos ojos; la personas, hacían cola para todo, en cualquier sitio, se quedaban sin poder comer donde querían y buscaban otro lugar, donde llenar sus estómagos; los supermercados, presentaban unas estanterías vacías de comida, y todo suponía tener una paciencia increíble. Por las noches se oía a la gente hasta altas horas de la madrugada y, bien empezado el día, también. Aun así, mi padre seguía viviendo de la misma manera que siempre, apenas descansaba y por las noches, se iba de fiesta con la pandilla que hubiese en el bar en ese momento. Su aguante no tenía límites existentes en este mundo, acababan tarde de trabajar, y aprovechaban para disfrutar lo que aquel sitio, les ofrecía en las correrías nocturnas; muchas veces, le oía llegar, pero otras, no estaba segura de si en realidad, llegaba a dormir en casa. El iba a su marcha, yo, a la mía. Solo una noche salimos juntos, quería presentarme a su círculo social; era la primera vez, que llegaba a casa a las ocho de la mañana, y la primera vez que probaba una cerveza... bueno dos; me duraron toda la noche y al día siguiente mi cabeza funcionó como el centrifugado de una lavadora. De vez en cuando, me sentaba a escribir en la terraza, había conseguido un radiocasete del bar, con tanta grasa, que apenas podía a abrir la tapa, para insertar la cinta; "Por una cabeza" así se llamaba la música que sonaba en esos momentos, si, me había apropiado de la cinta que Facundo, me dio como regalo, para mi abuela.... así sería como estar con los dos. A mi padre, no le interesaba lo que escribía, de vez en cuando me preguntaba, y yo emocionada empezaba a contarle muchas cosas, pero enseguida me cortaba; sin embargo, tenía que escuchar una y otra vez sus historietas de la juventud sin pestañear, y yo, bostezaba del aburrimiento, cuando ya se pasaba de lo permitido, cuando ya llevaba dos horas de discurso; después... desaparecía sin más. Seguía conservando su atractivo a sus cuarenta y pocos, y me hablaba de sus ligues en las discotecas de moda, era todo un personaje, allá donde fuera lo conocían, y terminaban invitándole a lo que quisiera tomar (que no era poco), y eso, en cierta manera, me recordaba a algo. Mi abuela, seguía en mi recuerdo, latiendo constantemente; era todavía una imagen viva para mí y una noche...una noche la vi. Se acercó a mi, borrosa, efervescente.... Me llamaba, y su voz, sin embargo, era clara y firme, como cuando aún vivía, sin estar enferma; mi primer impulso claro está, fue echarme a su cuello. Yo me sentía ligera, mis movimientos eran como un suspiro, eran como el viento que todo lo desliza a su paso, era un movimiento delicado, sutil... Me acarició, y yo notaba unas lagrimas en mis mejillas, gotas que no empapaban, que no se desplazaban, y no caían; me dijo que se encontraba muy bien, que nos quería mucho, yo le rogaba que no se fuese, una y otra vez, pero ella me calmaba. "No llores mi niña, ya no hay motivos para hacerlo... Ahora, tienes mucho que contar, aparta el miedo y empieza", yo me negaba, pero, notando un beso suave, como un roce vergonzoso en mi mejilla, se marchó, diciendo una última cosa, "no cierres tu corazón".

Tendré que avisarles, ahora, en este momento, pues no sé si tendré otro mejor, en lo que queda de historia, que, al despedirse mi abuela para siempre e iniciar su viaje, hacia otra vida, las demás almas, se disiparon, para dejarnos vivir en paz. Y toda la familia, tuvo que darme la razón, reconociendo mi teoría, pidiéndome mil perdones, y haciendo exageradas alabanzas. Bien, sigamos.

"No cierres tu corazón", así me levantaba una mañana preciosa y soleada, con un bullicio increíble en las calles; eran las diez, me levanté con una energía y vitalidad incomparables, y además decidí, por primera vez estando allí, acercarme a la playa. Me lo preparé todo cuidadosamente, ese iba a ser, mi primer día en la playa, sola. Seguía notándome bastante perezosa en cuanto a lo relacionado con el libro; empecé por ordenar las notas, por las fechas apuntadas en alguna esquina del papel; no se me daba mal, desde luego, pero necesitaba estimulación, inspiración. De momento, empezaba bien el día, el ambiente de las calles, era alegre y optimista, capaz de animar a cualquiera que estuviese triste y hundido; por la tarde continuaría con él. Me había llevado los Walkman, escuchaba a Bo Didley, ya tumbada, con una gorra de mi padre y embadurnada de los potingues que vendían en todas partes, me dispuse a disfrutar... de no hacer nada. Llegaban recuerdos, el primero era de Lucky, una tarde horrible de lluvia; había pasado tan solo una semana, de la muerte de Ringo, y este, totalmente borracho, fuera del bar de Ray, con la sexta cerveza en la mano y sin haber probado bocado desde días, hablaba solo con el viento huracanado y echaba maldiciones al cielo, su pecho al descubierto y empapado en sudor, imitaba la danza de los indios, alrededor de un fuego inventado; yo estaba fuera, esperando a que saliera Marta, nos íbamos ya a casa. Ray lo rescató de su locura, metiéndolo en el bar con la ayuda de el Vago, que le tiraba la cerveza al suelo, y llamaba a un taxi, para acompañarlo hasta casa. Recordaba también a Javi, en las escaleras del portal de Billy, una vez que fui a visitarlo y que al marcharme, nos encontramos y hablamos hasta la llegada de mi autobús.

— Oye Javi.. ¿Alguna vez, has pensado, lo que quieres hacer con tu vida?

— Últimamente, cada vez más; Creo que el Rock'n'Roll, perjudica seriamente mi vida. Los dos nos reímos.

— ¿Por qué me preguntas eso?

— No se ¿Crees...a veces piensas...que a lo mejor no llegarás a ser nada en la vida?

— ¿Por qué tengo que pensar eso? y... ¿Por qué nada?, de momento estoy bien, trabajo y estoy con mis amigos en cuanto puedo reunirme con ellos...y creo que, en realidad, no quiero ser nada, porque yo soy una persona, soy alguien, soy alguien grande...y eso basta, ¿No?

— No se, que quieres decir....bueno, déjalo.

— Quiero decir, que me conformaré con ser una persona, simplemente, lo que me depare el futuro sera cosa mía; espero hacerlo bien, pero para hacerlo bien, tienes que ser una gran persona, con eso basta, ¿no?

— ¿Tu crees? ¿Crees que es así?

— Estoy seguro. Se levantó y me tendió la mano, para que me levantara.

— Anda, vamos, listilla, piensas demasiado. Nunca pensé que él, realmente, estuviera tan cerca de la verdad.

Pensaba mucho en Billy, en como estaría, que haría en ese momento; lo habíamos pasado muy mal, el huracán emocional, había podido con nosotros, y ahora...al recordarlo, al haber pasado la vorágine de sucesos consecutivos, lo echaba de menos. Se había portado muy bien conmigo y sentía mucho, que todo hubiera tenido un final tan dramático. Marta me dijo, que debería haberle dicho que me iba a pasar el verano fuera, pero Silvia me dijo, que mejor lo dejara así, si tenía pensado irme de veras; y Marta de nuevo acechaba "si se entera se va a molestar,... las cosas no se hacen así tampoco, te cuesta dar la cara". Bueno, había que ver, desde que estaba sola, la cantidad de cosas, que debería de haber arreglado o debería haber hecho bien, y solo en esos momentos, resurgían sin más, como si hubieran estado esperando a que las rescatara; no podía rechazarlas... ¿Sería eso, a lo que se refería Facundo, tantas veces? Encuéntrate a ti misma, debes conocerte tu, para comprender todo lo demás; me iban llegando una a una, las palabras de mi abuela, también retumbaban en mi conciencia, sin darles un significado concreto; lo mismo que las de Marta y Silvia.

— ¡Está bien!.. ¿ Y qué mas debo hacer? ¡Venga!. ¡Dios mío! Estaba en el salón, hablando sola...esperando una contestación. ¡Oh no! ¿Quizá me estaba comportando como mi padre? ¿Sería igual de pasota, hasta que se convirtiese en algo perjudicial y maligno que me perseguiría hasta el fin de mis días?... ¡Ay!, que mal me sentaba eso de encontrarme a mi misma, quizá eran los primeros síntomas... ¿Debería de consultar algún prospecto habitual?

Ya, por la noche, otra frase del señor Facundo; la vocecita de mi conciencia, debía estar desatada (y un poco borde, porqué no decirlo) desde que había llegado, "si te centras solo en una cosa, puedes perder otras"; me tapé la cabeza con la almohada y al final, ya vencida, me quede dormida.

Me apliqué en hacer de mis notas lo que me había pedido Facundo, y cada vez me daba más cuenta de que aquello, estaba hecho para mi; hacía un rato que había hablado con mi madre por teléfono, me contó, que mi abuela había acudido a despedirse de ella, ya que no pudieron estar juntas la noche que se despidió para siempre; estaba loca de alegría y yo también; seguía allí, con nosotros, y esa, sin duda, era la mejor inspiración para mi. Esa tarde, elegí a Loquillo, "Siempre libre" era la canción que necesitaba escuchar en esos momentos. Mientras comenzaba a sonar, analizaba mis primeros capítulos, llamaron abajo, ni siquiera me molesté en abrir; volvieron a llamar, y seguía sin moverme; las hojas, de repente, se habían revelado entre si, al entrar una brisa que me las arrancó de las manos... ¡No podía ser! ¡Ahora no!, ... las tenía perfectamente ordenadas, si se volaban estaba perdida, debía empezar otra vez, una la cogí como pude, tropezando con la bici medio oxidada, que me había conseguido mi padre, ¿por qué todo me lo daría igual? y se quedó pues, toda arrugada. Al sentarme de nuevo, me di cuenta de que una hoja, había quedado debajo de la baranda, en el suelo de la terraza; se había ensuciado, cuando fui a cogerla, me di cuenta de que la otra volaba y me abandonaba sin más, sin siquiera decirme por donde me había quedado. Mientras la observaba despedirse de mi, vi que alguien alzaba las manos y la cogía, volví a mirar, esta vez detenidamente; ¡Oh!.. ¡no podía ser!.. ¡era Billy!

— ¡Eh, eeh! ¡Billy, eeh! ¡Aquí, aquí, arriba! Yo le saludaba con la mano, y chillaba como una histérica, mientras la señora mayor, que regaba las plantas todas las tardes a la misma hora, me miraba intrigada y a la vez, miraba hacia abajo. Billy me vio, se alegró, porque sonreía mucho y me decía que bajara, mientras me lanzaba un beso al aire "¡Que rico!"; la señora, habló por primera vez "¡Venga baja, que se va a ir!" "Si, si", dejé todo tal y como estaba, eso si, poniendo las hojas dentro del libro, para no perderlas de nuevo; dejé sonar la canción, me quede allí parada, mirando mi habitación, cogí las llaves y bajé corriendo... "no cierres tu corazón" si, si, ahora si... Billy había venido a por mí, y no podía ocurrir nada mejor, todo volvería a empezar, solo había que dejar que los recuerdos, descansaran de momento; pero no sin llegar a olvidar nunca, lo que habíamos sido, y lo que éramos, y seguiríamos siendo.

Mis amigas habían pedido mis cartas, no solo para leerlas y estar conmigo el ratito que les permitía el papel, si no, para enviar a alguien la dirección deseada; me lo contó Billy, cuando nos volvimos a encontrar.

En la segunda quincena de Agosto, recogí mi pequeña maleta, e inicié el regreso a casa. Si, porque me di cuenta, de que ya era el momento de levantar el vuelo, y aquel sitio, ya me pertenecía, y siempre estaría allí, cada vez que lo necesitara; y porque Billy, cogía las vacaciones y así, podríamos estar juntos; ni que decir tiene que no podía vivir más, sin mi familia y amigas del alma.

Billy me esperaba abajo mientras yo recogía mis enseres; miraba la habitación por última vez y ya la añoraba.

Mientras nos despedíamos aquella casa y yo, aunque no hubiera estado solo yo, puse una canción que, recuerdo, mi abuela reconoció una tarde que tuve la radio a mi disposición; fue en el programa de Flor de Pasión que mis colegas y yo, escuchábamos con tanto entusiasmo. La canción era de los Drifters "Save the last Dance for me"; bien, como recuerdo que le encantó, decidí plasmar en el último momento, lo que me quedaba en ese lugar, con un último baile. Mientras yo me deslizaba de un lado a otro del pasillo recogiendo y bailando al mismo tiempo, sabía que, (porque ahora sabía más que nadie sin haber caído en la cuenta, después de varios siglos de antigüedad) mis abuelos, seguían mis pasos; y también sabía que, apoyado en alguna puerta, como cuando lo conocimos en los recreativos, Ringo estaría allí fumándose un cigarrillo, mientras contemplaba la escena.

Según mi profesora, yo, nunca sería "nada", y...posiblemente, así sea; pero, por el momento, me conformaré, con ser alguien en la vida.

FIN